Lothar Schöne

Kri(senf)all im Rheingau

Der Roman spielt hauptsächlich in bekannten Regionen, doch bleiben die Geschehnisse reine Fiktion. Handlungen und Charaktere sind frei erfunden. Tatsächlich existierende Personen haben ihre Zustimmung erteilt.

Bibliografische Information der Deutschen Nationalbibliothek
Die Deutsche Nationalbibliothek verzeichnet diese Publikation in der Deutschen Nationalbibliografie; detaillierte bibliografische Daten sind im Internet abrufbar über http://dnb.ddb.de

www.niemeyer-buch.de

Umschlaggestaltung: C. Riethmüller
Der Umschlag verwendet Motiv(e) von 123rf.com
Druck und Bindung: Nørhaven, Viborg
Printed in Denmark
ISBN 978-3-8271-9485-5

Lothar Schöne

Kri(senf)all im Rheingau

Ein Rhein-Main-Krimi

CW Niemeyer

Für Gert Ueding
(„Der Krimi ist der Gesellschaftsroman unserer Zeit")

„Senf ist ein Lebenselixier. Sie müssen nur von meinem Tiger-Mostrich naschen – dann wissen Sie, was ich meine.“

Rosalie Weisenbach

1 Ein grotesker Mord

Vlassopolous Spyridakis griff gierig nach dem Döner, den ihm Adil eben über den Tresen gereicht hatte. Es war kurz nach zehn am Morgen, er hatte noch nicht gefrühstückt, sein Kühlschrank war wie üblich leer gewesen, und ihn plagte der Hunger.

„Heute noch nichts gegessen, Commissario?“, fragte der türkische Imbissbudenchef.

„Unsereiner ist Tag und Nacht im Dienst, gegessen wird praktisch nie ...“

„Gegessen wird nie, da könnten Sie recht haben“, fiel ihm Adil ins Wort, „wenn ich so Ihre Figur ansehe. Frühstücken Sie denn nicht wenigstens?“

„Niemals, ich trinke nur einen Kaffee.“

Vlassi biss in den Döner und schnitt ein seliges Gesicht, dann setzte er seinen Satz fort: „... nur bei Ihnen mache ich eine Ausnahme und greife mal zu was Essbarem. Sie wissen, was das bedeutet?“

Adil setzte eine nachdenkliche Miene auf, um sich schließlich zu einem „Nö“ durchzuringen.

„Es ist ein Kompliment für Sie“, erklärte Vlassi gravitätisch.

„Ach so. Sonst nehmen Sie doch immer Lahmacun.“

„Abwechslung! Abwechslung tut not“, erwiderte Vlassi und aß frohgemut weiter.

„Tut not?“, fragte Adil, dem diese Redewendung etwas seltsam, wenn nicht altmodisch und unverständlich erschien.

„Da haben Sie schon wieder was Neues gelernt“, erklärte Vlassi kauend, „prägen Sie sich diesen idiomatischen Ausdruck ein, und Sie werden bald zur feinen Wiesbadener Gesellschaft gehören.“

„So wie Sie“, stellte Adil mit ernster Miene fest.

„So wie ich“, bestätigte Kommissar Spyridakis. „Manche halten mich zwar für einen Griechen, aber in Wirklichkeit bin ich deutscher als viele Natural-Deutsche.“

„Natural-Deutsche?“

„Das sind die, die hier geboren sind und Müller, Meier oder Schmidt heißen“, antwortete Vlassi, „jetzt hab' ich Lust auf einen Kaffee, geben Sie mir bitte einen türkischen.“

Adil drehte sich nach hinten und machte sich an seiner Kaffeemaschine zu schaffen, die bald vor sich hinspruzzelte und eine schwarze Flüssigkeit ausspuckte. Und während der türkische Gastronom schnell einen Becher darunterstellte, sprach er weiter: „Ah ja … dann kann ich kein Natural-Deutscher werden, ich heiß' doch Adil?“

„Das wird schwer. So ein Name klingt undeutsch. Besser wäre es mit Adolf. Her mit dem Kaffee!“

„Adolf?“, fragte Adil grübelnd.

Vlassi nippte am Becher, dann fasste er sich nachdenklich an den Kopf: „Besser doch nicht. Der Name Adolf ist vorbelastet, den hört man hierzulande nicht so furchtbar gern.“

„Bleib' ich also bei Adil, aber das ist undeutsch.“

„Es ginge auch Alfred, Alfons, Alexander, Aaron."

„Aaron?", fragte Adil und reckte den Kopf vor.

„Sie haben recht", korrigierte sich Vlassi, „das klingt jüdisch, das geht auch nicht."

„Aaron will ich auf keinen Fall heißen", erklärte Adil mit fester Stimme.

„Brauchen Sie auch nicht", beruhigte ihn Vlassi, „am besten ist's, wir bleiben bei Adil. So ist Ihre Identität gewahrt."

„Identität gewahrt?"

„Sie bleiben der, der Sie sind, und können doch deutsch sein."

„Meinen Sie?", fragte Adil und fuhr gleich fort: „Wie heißen Sie eigentlich mit Vornamen?"

„Vlassopolous."

„Dann sind Sie ja wirklich Grieche?"

„Nur mein Name verrät mich. Ich bin hier in Deutschland zur Schule gegangen und hatte nie Lust, mich anders zu nennen."

„Sie könnten Vlassopolous-Adolf heißen", grinste der Türke.

„Bitte, bitte, Adil, wir wollen doch keine Sprachverhunzung betreiben!"

„War nur so eine Idee."

„Schlechte Idee, ganz schlechte Idee."

Adil buchstabierte laut vor sich hin: „Sprach-ver-hunzung. Das Wort gefällt mir."

Vlassi biss wieder in seinen Döner und murmelte mit vollem Mund: „Denken Sie immer daran, dass Sie keine Sprachverhunzung betreiben."

„Keine Verhunzung", bestätigte Adil, um gleich darauf festzustellen: „Also, Sie sind eigentlich Natural-Grieche, ich bin Natural-Türke, da müssten wir uns doch die Köpfe einschlagen?"

Vlassi nahm einen Schluck aus dem Becher: „Aber warum denn? Ihr Döner schmeckt mir, Ihr Kaffee auch, und Sie lernen von mir, dass Sie keine Verhunzung betreiben dürfen. Weshalb sollten wir uns nicht mögen?"

„Haben Sie auch wieder recht."

„Natürlich hab' ich recht. Aufs Individuelle kommt's an!"

„Aber der Erdogan sagt was anderes, wenn ich den so in unserem Fernsehen hör', der ist auch auf Natural-Deutsche schlecht zu sprechen."

„Adil, hören Sie etwa auf Politiker?"

„Na ja, manchmal schon."

„Hören Sie immer weniger drauf. Politiker haben eigene Interessen. Das sind nicht unsere Interessen. Adil und Vlassi haben andere Interessen. Wir zwei wollen uns gut verstehen, ganz egal, was Erdogan oder irgendein anderer Politiker im Fernsehen sagt."

„Vlassi? Sind Sie das?", fragte Adil.

„Ja, es ist die Abkürzung von Vlassopolous."

„Gefällt mir besser, dieses Vlassi, da haben wir fast gleich lange Namen."

Vlassi aß genussvoll den Rest seines Döners auf, dann sagte er: „Na, das ist doch ein Anfang für unsere individuelle griechisch-türkische Freundschaft."

Adil nickte bedächtig, es leuchtete ihm ein, was sein Stammkunde da sagte, aber er hatte doch einen Einwand:

„Meine Religion, meine ganze Kultur, die passt doch eigentlich nicht so richtig zu Europa."

Vlassi hob den Kopf und dachte nach, schließlich sagte er: „Vielleicht haben Sie da gar nicht so unrecht." Er griff nach seinem Kaffeebecher: „Aber ich glaube, dass man sich individuell trotzdem gut verstehen kann. Das sieht man doch an uns, oder?"

„Haben Sie auch wieder recht."

„Ich komm' jetzt schon so lange zu Ihnen, und wir haben uns noch nie auf den Kopf gehauen", teilte ihm Kommissar Spyridakis grinsend mit, „nennen Sie mich Vlassi."

„Sehr gern, Commissario … ääh, vielmehr Vlassi", erwiderte der Türke, „wenn Sie mich Adil nennen."

In dem Moment ertönte aus heiterem Himmel eine Sambamusik. Kommissar Spyridakis griff in die Seitentasche seines Jacketts und zog sein Handy hervor.

„Der Samba ist mein Klingelton, ich fühle mich da wie in Rio", erklärte er dem verdutzten Adil.

Am Telefon ertönte die Stimme von Kriminalrat Robert Feuer: „Herr Spyridakis, wo stecken Sie?"

„Im Dienst. Ich observiere gerade ein verdächtiges Essen."

Vlassi zwinkerte bei diesen Worten Adil zu.

„Was reden Sie da für einen Blödsinn? Verdächtiges Essen – unglaublich!"

„Natürlich bei einem Hochverdächtigen", fügte Kommissar Spyridakis an und zwinkerte wieder Adil zu.

Der zeigte Humor und zwinkerte zurück.

„Herr Spyridakis", erscholl die dienstliche Stimme Kriminalrat Feuers, „lassen Sie Ihr verdächtiges Essen sausen. Wir haben einen Mord!"

„Weiß Frau Wunder schon davon?"

„Ich hab' sie nicht erreicht. Die kümmert sich wahrscheinlich um ihren verdächtigen Vater in Eltville und hat das Handy abgestellt", knurrte Feuer ins Telefon und schob nach: „Sie müssen die Vorhut bilden."

„Verstehe, bei Mord vergesse ich alles andere. Wo soll ich denn hin?"

„In die Taunusstraße, in den Senf-Palast. Da wartet ein grotesker Mord auf Sie. Die Spurensicherung hab' ich schon losgeschickt."

„Ein grotesker Mord?", fragte Vlassi erstaunt, doch Robert Feuer hatte schon aufgelegt.

Adil sah seinen Stammgast, den Commissario, mit großen Augen an und wiederholte: „Ein grotesker Mord?"

Vlassi nahm seinen Becher zur Hand und trank den Kaffee seelenruhig und mit Genuss aus. Beim Abstellen sagte er zu Adil: „Da hören Sie, womit ich mich rumschlage. Mit grotesken Morden."

Mit diesen Worten verabschiedete sich Vlassi, drehte sich aber an der Tür noch einmal herum: „Bei grotesken Morden liegt Körperverhunzung vor, keine Sprachverhunzung."

2 Die Göttin im scharfen Rheingauer

Einen Monat zuvor geschah in dem kleinen Ort Walluf im Rheingau etwas sehr Normales und doch Ungewöhnliches. Eine Frau namens Rosalie führte einen Löffel zum Mund und kostete vorsichtig. Auf den ersten Blick schien es, als würde sie dem Inhalt des Löffels nicht ganz über den Weg trauen. War es eine sauer gewordene Suppe? Doch nach einem Moment und bei genauerem Hinsehen bemerkte man, dass sich eine schwelgerische Note in ihr Gesicht schlich.

Rosalie legte den Kopf nach hinten und schmeckte nach. Jetzt bestand kein Zweifel mehr: Sie genoss, was sie gerade ausprobierte. Nur die Umgebung schien nicht ganz passend für eine so offenkundige Feinschmeckerin. Denn Rosalie befand sich in einem Hinterhof, und vor ihr stand ein Bottich mit einer unansehnlichen gelben Masse. Sie war nicht fest, aber auch nicht flüssig, besaß eher eine Konsistenz, die zum Streichen geeignet schien.

In dem Moment hörte sie eine Stimme hinter der offenen Tür, die zum überdachten Hof führte: „Ist denn hier überhaupt niemand da?“ Sogleich legte Rosalie den Löffel ab, ging zur Tür und streifte einen Vorhang zur Seite: „Natürlich ist hier jemand da! Was darf es sein?“

Vor dem Tresen stand ein Mann in mittleren Jahren mit Windjacke und offenem Hemd: „Eine Bratwurst bitte. Mit Bratkartoffeln, wenn's geht. Ich setz' mich schon mal."

„Kommt sofort."

Rosalie begab sich zur Grillstation ihres kleinen Lokals *Zum scharfen Rheingauer*, dort lagen noch einige Bratwürste, von denen sie eine schnell in eine knusprige Form brachte. Der Gast war zufrieden, als er die kümmerliche Bratwurst und einige Bratkartoffeln auf seinem Teller sah – doch Rosalie musterte ihn mitleidig.

„Fehlt hier nicht noch was?", fragte sie.

„Was soll hier fehlen? Ich hab' doch nur das bestellt." Aber gleich kam dem Gast eine Idee: „Ein Bier noch, bitte!"

„Es fehlt noch was", beharrte Rosalie eigensinnig auf ihrer Diagnose.

„Sagen Sie's mir", knurrte der Unbekannte.

„Sie wollen doch mit Niveau essen. Hier fehlt Senf!", klärte ihn Rosalie auf.

„Wenn Sie's glücklich macht, dann bringen Sie mir den halt noch."

Rosalie eilte hinter den Tresen, doch der Gast hatte es sich schon anders überlegt, er wollte sie doch nicht glücklich machen: „Ach, lassen Sie mal, ich brauch gar keinen Senf. Ist mir zu scharf."

„Schade", murmelte Rosalie, „ich hätte Ihnen auch eine andere Sorte anbieten können."

Der Mann gab keine Antwort. Während er ein paar Bratkartoffeln mit der Gabel aufspießte und sich in den

Mund steckte, hatte er das *Rheingau-Echo* hervorgezogen und sich schon in die Zeitung vertieft.

*

Zur gleichen Zeit saß ein Mann namens Dani Birnbaum in seinem Büro im Wiesbadener Vorort Schierstein und studierte die letzten Zahlen seines Immobilien- und Bauunternehmens. Er ächzte leise auf, das sah überhaupt nicht gut aus. Und wenn er auf die linke Seite seines Schreibtischs schaute, erblickte er nur Rechnungen. Er fasste mit spitzen Fingern nach ihnen und blätterte sie durch. Das war ja ungeheuerlich, was sich da angesammelt hatte! Beschäftigte er überhaupt so viele Handwerker? Konnte man so viele Rechnungen je begleichen? Er lehnte sich zurück und sah sinnend hinauf zur Decke. Ihm pochte ein wenig das Herz, und er wollte mit seinem Blick auf keinen Fall zurück auf den Schreibtisch.

Im Grunde war er pleite, wenn er's recht bedachte – aber das durfte niemand erfahren. Wenn doch, ging er mit seiner Firma sofort den Bach runter und zwar mit Karacho. Dani erhob sich nachdenklich und machte ein paar Schritte zum Fenster. Durch sein Hirn schossen einige Ideen – aber keine teilte ihm mit, wie er einen Konkurs abwenden könnte. Vielleicht sollte er einen Happen essen, fiel ihm ein, manchmal flog ihm beim Essen eine rettende Idee zu. Er streifte sich in jähem Entschluss sein Jackett über. Natürlich musste er in seiner Situation die

Nobelherbergen der Stadt meiden, aber ganz in der Nähe am Rhein gab es ein Lokal, das harmlos und billig aussah und dessen Name es ihm beim Vorbeifahren angetan hatte, *Zum scharfen Rheingauer* hieß es.

Eine knappe halbe Stunde später betrat er das Lokal von Rosalie Weisenbach, es war schon später Nachmittag, und der *Scharfe Rheingauer* litt keineswegs an Überfüllung. Zwei Männer erhoben sich gerade vom Tisch, es waren die letzten, sie zahlten und warfen der Chefin ein achtloses „Tschüss" zu, dann verließen sie die Herberge. Dani nahm in der Nähe des Tresens Platz, gleich darauf näherte sich ihm Rosalie.

„Was kann ich denn bei Ihnen im *Scharfen Rheingauer* essen?", fragte Dani.

„Eine gute Bratwurst", war die Antwort.

„Na, dann nehm' ich die doch."

Im gleichen Moment tauchte Danis Mutter im Hintergrund auf – allerdings nur in seiner Fantasie. Sie näherte sich ihm, drückte ihre Hände in die Hüften und fragte: *Was hast du da gerade bestellt? Eine Bratwurst! Hat mein Sohn alles vergessen, isst er jetzt unkoscher? Vom Schwein!*

Dani musste sich nicht rechtfertigen, denn das Trugbild seiner Gedanken war gleich wieder verschwunden, machte ihm aber doch etwas zu schaffen. Es dauerte nicht lange und Rosalie brachte ihm das Gewünschte. Diesmal jedoch hatte sie neben der Bratwurst einen Klacks Senf deponiert.

„Ein Bier dazu?", munterte sie ihn fragend auf.

„Warum nicht?"

Während Rosalie das Pils zapfte, schnitt sich Dani ein Stück von der Bratwurst ab, führte es zum Mund und kaute nachdenklich darauf herum. Die Wurst schmeckte nach nichts, er hätte auch in ein Stück Pappe beißen können. Er stippte in den Senf, seine Gedanken flogen zu den unbezahlten Rechnungen auf seinem Schreibtisch. Doch kaum spürte er den Senf auf der Zunge, heiterte sich seine Miene auf. Das schmeckte ja … also, das war ein ganz ungewöhnlicher …

Er warf einen Blick zu der Wirtin, die am Zapfhahn schwer an einem Fünf-Minuten-Bier arbeitete. Sie musste Mitte dreißig sein, sah gar nicht übel aus mit ihrem blonden halblangen Haar, der Stupsnase und den keck hervorblitzenden Sommersprossen auf den Wangen.

„Sagen Sie mal!“, rief er der Wirtin zu, „was ist denn das für ein Senf?“

Sie schaute erstaunt auf: „Schmeckt er Ihnen?“

Dani nickte: „Ziemlich gut sogar.“

Rosalie hielt inne, so was hatte ihr noch niemand gesagt. Konnte es sein, dass sich ein Feinschmecker in ihren *Scharfen Rheingauer* verirrt hatte? Oder hörte sie etwa Spott in seiner Stimme, wollte sie der Mann veruzen? Das Bier war gezapft, und sie brachte es zum Tisch des Gastes. Der Bursche vor ihr sah sie interessiert an, er konnte nicht älter als Anfang vierzig sein, besaß volles dunkles Haar, das ungebärdig nach allen Seiten strebte, sein Hemd stand oben offen, er wirkte wie ein Taxi-Unternehmer, der mal Pause machte, nur sein Sakko verriet einen guten Geschmack.

„Er schmeckt Ihnen?“, fragte sie noch einmal.

Dani räusperte sich: „Der hat was … Ungewöhnliches. Was man von der Bratwurst nicht gerade behaupten kann."

„Die Bratwürste kaufe ich ein …"

„Den Senf nicht?", fiel ihr Dani ins Wort.

Rosalie schürzte die Lippen: „Nein, den stelle ich selber her."

„Interessant. Ich dachte, so etwas wie Senf kommt aus einer Fabrik."

„Es spricht für Sie, dass Sie den Unterschied bemerkt haben", erwiderte Rosalie mit Charme in der Stimme.

Dani nickte: „Sagen Sie mal, wenn Sie ihn selber machen, haben Sie vielleicht noch andere Sorten?"

Auf diese Frage hatte Rosalie gehofft, endlich mal einer, der die Qualität ihres Mostrichs erkannte und sogar mehr wollte.

„Aber natürlich habe ich noch andere Sorten."

„Kann ich da mal probieren?", fragte Dani vorsichtig.

„Warum nicht, Sie scheinen mir ein Feinschmecker zu sein."

Dani machte eine wegwerfende Bewegung: „So weit würde ich nicht gehen, aber wenn mir was schmeckt, werde ich neugierig."

Rosalie drehte sich auf dem Absatz um und ging nach hinten, um nach kurzer Zeit wiederzukommen. Sie hielt einen Teller in der Hand, auf dem drei Häufchen Senf lagen und ein Löffelchen.

„Senf solo. Nur für Sie", sagte sie und stellte den Teller vor Dani auf den Tisch. Dani Birnbaum nahm den Löffel und probierte von einem der Senfkleckse.

„Ausgezeichnet“, murmelte er und teilte mit: „Hier ist viel Meerrettich verwendet.“

Rosalie nickte: „Probieren Sie weiter.“

Dani führte das Löffelchen mit der nächsten Probe zum Mund.

„Oh“, sagte er und legte den Kopf ein wenig nach hinten, „der schmeckt nach Sekt.“

„Ihr Geschmackssinn funktioniert. Das ist mein Champagner-Senf.“

„Der prickelt fast auf der Zunge“, lobte Dani.

„Eine angenehme Säure hat er, aber ich sollte ihn noch etwas verfeinern“, hörte er von der verkannten Senfherstellerin.

„Bin gespannt auf den nächsten“, sagte Dani und stippte schon in den dritten Senfklecks.

Rosalie sah ihm neugierig zu, als er den Löffel abschleckte.

„Der schmeckt gar nicht nach Senf, aber irgendwie auch gut“, kommentierte Dani.

„Das ist mein Bananen-Senf, muss man sich erst dran gewöhnen, passt sehr gut zu Meeresfrüchten und Fischgerichten“, erläuterte die Inhaberin des *Scharfen Rheingauers*. Sie war in den letzten Minuten regelrecht aufgeblüht und höchst angetan von diesem Gast, konnte sich nicht zügeln und fuhr begeistert fort: „Ich arbeite ständig an neuen Kreationen, jetzt habe ich einen Tango- und einen Lakritz-Senf entwickelt. Aber meinen normalen Gästen kann ich sie nicht vorsetzen, die haben keinen Sinn dafür.“

Die können ihre Kreationen nicht würdigen, dachte Dani Birnbaum im Stillen. Er schaute zu ihr auf, sagte nichts, doch man konnte ein wenig Bewunderung in seinem Blick erkennen. Diese Frau in diesem armseligen Lokal, ging es ihm durch den Kopf, ist kein armes Würstchen, mit Würsten hat die überhaupt nichts am Hut, die ist eine Besessene – eine Senfbesessene. In seinem Oberstübchen klickte es. Wenn das keine Geschäftsidee ist! Und vor seinen Augen verwandelte sich plötzlich das unscheinbare und ärmliche Lokal namens *Zum scharfen Rheingauer* in einen Goldpalast. Er saß nicht mehr auf einem harten Holzstuhl, sondern in einem Sessel aus Samt und Seide, und an seinem Gürtel baumelten kleine Senfbottiche aus Gold, aus purem Gold. Ja, ja, überlegte er, während er die kleinen Goldbottiche in Gedanken streichelte, diese Person vor mir hat nicht nur eine Geschäftsidee – die Frau ist eine Geschäftsidee.

Er räusperte sich: „Sagen Sie, Frau … wie war doch noch mal Ihr Name?"

„Weisenbach, Rosalie Weisenbach."

„Ich heiße Dani Birnbaum", erklärte er, „wissen Sie, Frau Weisenbach, dass Sie ein Talent haben?"

„Meinen Sie? Bisher hat das noch niemand bemerkt."

„Das sollte Sie nicht stören. Es liegt auch an der Umgebung hier."

Dani erhob sich und rückte kavaliersmäßig einen Stuhl: „Nehmen Sie doch bei mir Platz."

Rosalie sah ihn verwundert an und setzte sich. Dani nahm ihr gegenüber Platz, schnitt eine geheimnisvolle Miene und sprach: „Darf ich offen zu Ihnen reden?"

Rosalie nickte stumm.

„Sie haben ein Talent, ich möchte sogar sagen, ein enormes Talent. Und aus Ihrem Talent könnte man eine Marke machen."

„Wirklich?", staunte Rosalie.

„Eine Schlemmer-Marke könnte man daraus machen", bestätigte Dani und hob dabei die Stimme etwas, um seinem Satz die volle Geltung zu geben.

„Aber ... das ist bisher noch niemandem aufgefallen", wagte Rosalie zu zweifeln.

„Weil noch niemand wie ich hier war", erklärte Dani und dachte daran, dass es eine Fügung von oben war – schließlich hatte ihn eine Eingebung in den *Scharfen Rheingauer* geführt. Sofort sprach er weiter: „Sie und Ihr Senf, das ist eine grandiose Kombination. Ohne Übertreibung möchte ich sagen: Sie scheinen mir eine Senfgöttin zu sein!"

„Ja, vielleicht", murmelte Rosalie – eine Göttin zu sein war ihr sehr recht, nur war es bisher niemandem aufgefallen.

„Aber was sind Sie?", wollte sie von ihrem Gast wissen.

„Eine berechtigte Frage", erwiderte Dani, „Sie sind eine Senfgöttin, ich bin ein Finanzgenie! Zusammen werden wir ein Senfimperium schaffen!"

Rosalie kam mit dem Staunen nicht nach, sie wollte gerade fragen, womit sich das Finanzgenie vor ihr denn so beschäftige, kam aber nicht dazu, denn vor der Tür klingelte es. Es klingelte nicht an der Tür, sondern wahrhaftig vor der Tür, und Rosalie erkannte das Klingeln sofort. Es war eine Fahrradklingel, eine Ankündigung gewissermaßen. Tatsächlich ging im nächsten Moment die Tür auf und ein mittelgroßer Mann trat ein, er musste Mitte dreißig sein, war unrasiert, trug ausgeleierte Jeans und ein blau-schwarz kariertes Holzfällerhemd.

„Hallo Rosalie“, rief er, „ich hab's gerade noch geschafft.“

Die Chefin des *Scharfen Rheingauers* sah ihm missmutig entgegen, dieser Bursche kam ihr im Moment sehr ungelegen, gerade jetzt, wo es um sie als Göttin ging. Sie kannte den Unrasierten, er kam nahezu täglich, trank ein Bier und bestellte meist einen kleinen Käseteller. Die Bratwurst verschmähte er – und sie wusste auch warum. Der Mann in den ausgeleierten Jeans war ihr nicht unsympathisch, sie hatten sich sogar durch den Dauerbesuch ein wenig angefreundet, aber jetzt war er ihr ausgesprochen unerwünscht.

„Hallo Hamed. Ich bin hier gerade … also in einem wichtigen …“

„Ich kann warten“, erklärte der ungebetene Gast.

Rosalie fühlte sich gegenüber dem Finanzgenie an ihrem Tisch bemüßigt, eine kurze Erklärung abzugeben: „Ein Stammgast, Herr … Birnbaum“, Und leise fügte sie hinzu: „Mein Lokal hat leider noch geöffnet.“

„Widmen Sie sich Ihrem Stammgast“, beschied ihr Dani großzügig, „ich kann ebenfalls warten.“ Und er setzte mit einem gewinnenden Lächeln hinzu: „Vor allem, wenn es um eine Göttin geht.“

Rosalie lächelte zurück und erhob sich, um sich dem Fahrradklingler zu nähern, der zwei Tische weiter Platz genommen hatte.

„Ein Bier wie üblich?“, fragte sie.

Hamed, der offenbar gute Ohren besaß, grinste sie an: „Eine Göttin sind Sie? Das wusste ich ja noch gar nicht."

„Weil Sie keine Bratwurst essen. Und deshalb nicht meinen vorzüglichen Senf kennen."

„Da hab' ich offenbar was verpasst."

Rosalie nickte: „Also ein Bier?"

„Und etwas Senf", erklärte Hamed, „da, wo ich herkomme, ist Senf zwar unbekannt, aber man soll immer mal was Neues ausprobieren. Vielleicht werde ich zum Liebhaber."

Rosalie zog die Augenbrauen hoch, dieser Hamed überschätzte sich. Aber was an einem kurzen Nachmittag so alles passieren konnte! Zuerst dieser Birnbaum, jetzt Hamed, der mit seinem rostigen Fahrrad fast täglich zu ihr geradelt kam und auf einmal ihren Mostrich probieren wollte. Aber was soll's? Sie würde ihm zwei Kleckse Senf bringen, und er würde sie angewidert von sich schieben. Sie verschwand nach hinten in der Küche, und die beiden Männer im Gastraum musterten sich neugierig.

Schließlich sagte Dani: „Sie kommen öfter hierher?"

„Ja, ja, Döner sind mir ein Graus, Bratwürste allerdings auch …"

„Da haben Sie nicht viel verpasst mit der Bratwurst hier", kommentierte Dani, „sind Sie etwa Vegetarier?"

„Nein, nein, nur diese Würste interessieren mich nicht. Hier gibt's ein gutes Bier, aber den Senf von Rosalie hab' ich noch nie probiert."

„Da wiederum haben Sie was verpasst."

„Hol' ich jetzt nach. Wissen Sie, es interessiert mich auch beruflich."

„Beruflich?", fragte Dani, „haben Sie beruflich was mit Senf zu tun?"

„Überhaupt nicht, ich bin PR-Mann."

„PR-Mann?"

Hamed lehnte sich zurück: „PR-Mann von hohen Graden. Aber im Moment trete ich etwas kürzer."

Dem geht's so wie mir, dachte Dani, ich trete demnächst nicht nur kürzer, sondern überhaupt nicht mehr. Laut sagte er: „Ah ja, und was machen Sie im Moment, wenn ich fragen darf?"

„Ich verdiene derzeit meine Brötchen als Anzeigenchef."

„Anzeigenchef sind Sie?"

„Anzeigenchef vom *Rheingau-Echo*."

Von diesem Blatt hatte Dani noch nie gehört, tat aber so, als wüsste er Bescheid: „Ah, das *Rheingau-Echo*."

Der ungebetene Gast namens Hamed sah sich vorsichtig um, als wolle er gleich ein enormes Geheimnis verraten, dann sagte er leise: „Ich hoffe, dass mir Rosalie für die nächste Ausgabe unseres Weltblatts eine Anzeige gibt."

In dem Moment tauchte Rosalie von hinten mit einem Bierglas und einem Teller auf. Hamed verstummte sofort.

„So, hier ist Ihr Bier und eine Kostprobe meines Senfs", sagte sie.

Hamed nahm einen tiefen Schluck vom Gerstengetränk, um dann von einem der Senfkleckse zu kosten. Kaum hatte er ihn auf der Zunge, teilte er mit: „Oh, der ist ja … also wirklich, ich muss sagen …"

„Sagen Sie nichts, Hamed", erklärte Rosalie, die die schlecht gespielte Szene sofort durchschaute, „sagen Sie lediglich, dass Sie eine Anzeige für Ihr Blättchen von mir wollen." Sie warf ihm einen scharfen Blick zu: „Ach, sagen Sie auch das nicht! Ich gebe Ihnen gleich die Antwort. Sie lautet Ja. Sie haben Ihre Anzeige."

„Das ging aber schnell", wunderte sich Hamed.

„Sie heißen Hamed?", fragte Dani, „sind Sie Moslem?"

Hamed nickte.

„Dann dürfen Sie doch eigentlich kein Bier trinken."

„Bei Rosalie mache ich eine Ausnahme, wenn Sie gestatten", erwiderte Hamed.

„Die Herren haben sich schon kennengelernt?", wollte Rosalie wissen.

„Nur paar Worte miteinander gewechselt", erklärte Dani, „dieser Mann kam mir etwas einsam vor, ich wollte ihn nicht so sitzen lassen."

„Sie scheinen ein ausgesprochen liebenswürdiger Zeitgenosse zu sein", sagte Hamed pikiert, „Herr ... wie war noch Ihr Name?"

„Dani Birnbaum", sagte Dani.

„Birnbaum, das klingt jüdisch", erwiderte Hamed, „sind Sie Jude?"

„Ich gestehe es, ja. Und ich bin froh, dass Sie nicht gefragt haben: *Sind Sie etwa Jude?*"

„Man weiß doch, was sich gehört", erwiderte Hamed großmütig.

Rosalie hielt es für angebracht, jetzt einzugreifen: „Was ist los hier? Soll das ein Religionsgespräch werden?" Und zu Hamed gewandt, sprach sie energisch: „Ich bin mit Herrn Birnbaum in einem Senfgespräch. Um nichts anderes geht es. Hamed, bitte verzehren Sie den Senf oder auch nicht, den ich Ihnen gebracht habe, und halten Sie sich aus allem andern raus."

Dani schaute zu ihr auf: „Ein kluges Wort. Ich liebe Frauen mit Tatkraft."

Rosalie sah auf ihn hinab: „Bitte kein Süßholzgeraspel. Kommen wir zum Wesentlichen."

Hamed schien etwas beleidigt von Rosalies ruppiger Art. Was Frauen sich in Deutschland herausnahmen – unglaublich! Zufrieden war er aber über die Anzeige, die er ergattert hatte. Er schaute betrübt auf den Teller vor ihm und widmete sich dem anderen Senfklecks, doch wenn man genauer hinsah, konnte man bemerken, dass auch dieser Mostrich nicht gerade seine Geschmacksnerven traf. Rosalie nahm wieder Platz bei Dani und wollte das gewissermaßen dienstliche Gespräch fortsetzen. Sie beugte sich etwas zu ihm vor und sagte leise: „Also bin ich eine Senfgöttin und Sie sind ein Finanzgenie?"

Dani nickte.

„Was haben Sie denn auf Ihrem Gebiet Geniales zustande gebracht?"

Dani hörte einen ironischen Unterton in ihrer Frage heraus, jetzt musste er den Chef rauskehren: „Ich bin Unternehmer. Im Bausektor. Da ist finanziell allerhand zu stemmen."

Rosalie reagierte wie erwartet: „Oh, das hört sich ja gut an, wenn auch nicht gerade genial."

Doch da rief Hamed mit seinen guten Ohren zu ihnen herüber: „Bauunternehmer! Da bin ich doch Ihr Mann!"

Rosalie wurde es jetzt zu bunt, sie stand abrupt auf: „Kommen Sie, Herr Birnbaum, wir müssen nach hinten gehen." Und mit einem grimmigem Seitenblick auf Hamed stellte sie fest: „Ständige Störungen kann eine Senfgöttin nicht ausstehen."

3 Scheintot oder Senfleiche?

Kommissar Spyridakis machte einen kleinen Fußmarsch von Adils Imbiss in der Dreililiengasse zur Taunusstraße, wo ihn Kriminalrat Feuer hinbeordert hatte. Mit dem Auto zu fahren wäre Unsinn gewesen, Vlassi hätte doch keinen Parkplatz auf der Antiquitätenmeile der Stadt ergattert. Feuer hatte von einem Senf-Palast geredet – Vlassi wusste gar nicht, dass es in der Taunusstraße so etwas wie einen Palast gab, noch dazu aus Senf. Was sollte das sein? Ein Laden, in dem man sich eine Krone aus Mostrich aufsetzen konnte? Oder durfte man dort auf einem Thron sitzen und sich Senf reichen lassen? Er selbst war senfabstinent, die gelbgrüne Pampe konnte er nicht ausstehen, vor allem nicht die scharfe, die einem den Gaumen verbrannte.

Als er vor dem Senf-Palast ankam, erkannte er den Wagen der Spurensicherung, der halb auf dem Bürgersteig stand. Der sogenannte Palast war ein ganz normales Ladengeschäft. Kommissar Spyridakis ging hinein, begrüßte die Kollegen und sah sich um. In feinen Regalen standen eine Menge Gläser mit unterschiedlich farbigem Inhalt, da war ein schmaler Tresen und eine Kasse. Aber wo war die Leiche? Etwa zerstückelt in jenen Gläsern? Das wäre wirklich ein grotesker Mord, und der Mörder hätte Feinarbeit leisten müssen. Er wollte gerade fragen, als ihn ein

Kollege der Spurensicherung nach hinten winkte. Ah ja, da befand sich ein weiterer Raum. Vlassi ging durch die Tür, und vor ihm erstreckte sich … so etwas wie ein Labor. Töpfe und Bottiche, Teller und Tiegel und alles in Weiß. Eine Frau in ebenfalls weißem Kittel kam auf ihn zu, ihr standen Tränen im Gesicht, die Haare waren aufgelöst, sie musste sich zusammenreißen, als sie fragte: „Sind Sie der Kommissar?"

„Ja, Spyridakis ist mein Name."

„Hier ist etwas Schreckliches geschehen."

Vlassi wollte nicht unhöflich und auch nicht zu direkt sein, aber er musste endlich erfahren, was geschehen und wo die Leiche war.

„Ein Mord?", fragte er, „wo ist denn die Leiche? Und wer sind Sie?"

„Ein Mord, ja! Ich bin Rosalie Weisenbach."

Die Frau deutete auf eine Ecke des Raums, Vlassis Blick folgte ihrem ausgestreckten Finger und sah hinter einem Bottich eine Person am Boden liegen. Die Leiche? Aber grotesk sah die gar nicht aus. Er wollte sich eben an die Kollegen von der Spurensicherung wenden, ob die jene Person am Boden schon inspiziert hatten, als von der Tür her eine bekannte Stimme erschallte: „Herr Spyridakis, wo sind Sie?"

„Hier, Frau Wunder, hier!"

Hauptkommissarin Julia Wunder kam ihm durch den Verkaufsraum entgegen.

„Tach, Herr Spyridakis. Haben Sie sich schon die Leiche angesehen?"

„War gerade dabei, als ich Ihre Stimme hörte."

Julia sah Rosalie Weisenbach, die einen Schritt hinter Vlassi stand. Sie erkannte sofort, dass diese Frau mitgenommen war, stellte sich kurz vor und fragte mitfühlend: „Ein Kollege von Ihnen, der Tote?"

Rosalie Weisenbach nickte und nannte ebenfalls ihren Namen: „Mehr als ein Kollege, ein Partner."

Julia hatte längst den Mann am Boden in der Ecke entdeckt, sie sagte zu Frau Weisenbach: „Sie haben nichts angerührt oder verändert hier?"

Rosalie verneinte: „Nein, ich habe nur einen Blick auf Dani geworfen, im Knien."

„Bitte bleiben Sie da", wies sie Julia an, „wir müssen uns zuerst die Leiche ansehen, dann habe ich einige Fragen."

Sie ging mit Vlassi zu der Ecke des Raumes, wo die Person bäuchlings dalag.

„Vielleicht ist er gar nicht tot", mutmaßte Kommissar Spyridakis, „vielleicht hat sie uns einen Scheintoten gemeldet."

Julia zog sich bereits Latexhandschuhe über und forderte Vlassi per Blickanweisung auf, dasselbe zu tun. Nachdem der seine offenbar zu kleinen Handschuhe mühsam übergestreift hatte, forderte sie ihn auf: „Jetzt können Sie Ihren Scheintoten mal rumdrehen."

„Ich?", entsetzte sich Vlassi.

„Sie wollen mir, einer zarten Dame, doch nicht diese Schwerarbeit überlassen", wies ihn Julia an.

Vlassi ließ sich auf die Knie nieder, dann senkte er seinen Kopf. Der Tote oder Scheintote lag mit dem Gesicht am Boden, er musste wohl oder übel den Burschen umdrehen, damit man mehr von ihm sah. Vorsichtig fasste ihn Vlassi an der Schulter und drehte ihn um, sodass man das Gesicht sehen konnte. Sofort wich er zurück. Das sah ja schrecklich aus, was seine Augen da erblickten.

„Was hat er im Gesicht?", fragte Julia von oben.

„Ich … weiß nicht", stammelte Vlassi und rutschte auf den Knien etwas von der reglos daliegenden Person weg, als könnte das, was er da sah, eventuell ansteckend sein.

Julia rief: „Frau Weisenbach, kommen Sie doch mal her!"

Rosalie kam näher, und als sie das erblickte, was man vom Gesicht des Toten sehen konnte, schluchzte sie leise auf, dann sagte sie: „Ja, das ist er."

„Womit ist denn sein Gesicht so verunstaltet?", fragte Julia.

„Senf, das ist Senf."

„Senf?"

„Na ja, das ist hier eine Senfmanufaktur."

„Verstehe", entgegnete Julia, „dann ist das, was ihm im Gesicht klebt, nichts anderes als Senf. Aber woran haben Sie denn Ihren Kollegen erkannt, er lag doch auf dem Bauch."

„An seinem Anzug, er trug gern diesen dunkelblau gestreiften."

Jetzt kniete sich Julia neben den Leichnam und fasste ihm an die Halsschlagader. Da schlug kein Leben mehr, dieser Mann war wahrhaftig tot. Sie erhob sich und wandte sich an Kommissar Spyridakis: „Der Leichnam muss zu Doktor Hauswaldt, veranlassen Sie das bitte."

Vlassi erwiderte: „Eine Senfleiche. Ich wusste gar nicht, dass man mit Senf Leute umbringen kann."

„Deshalb soll dieser Mann ja zu Frau Doktor Hauswaldt." Und Julia fügte leise hinzu, damit Rosalie Weisenbach es nicht hören konnte: „Sie wird uns Aufschluss geben über die wahre Todesursache."

Sie drehte sich zu Frau Weisenbach: „Ich möchte Ihnen einige Fragen stellen, gehen wir doch nach vorn und schließen Sie die Tür zum Geschäftsraum. Das ist ein Tatort hier."

Die beiden Frauen verließen den laborähnlichen Raum und begaben sich nach vorn, Rosalie Weisenbach verriegelte die Tür zur Straße, dann sagte sie: „Wir können uns an das Tischchen dort setzen."

Tatsächlich stand ein kleiner runder Tisch mit drei Stühlen in einer Ecke. Auf ihm befanden sich weiße Näpfe. Rosalie erklärte: „Unsere Probierecke."

Die Damen setzten sich, und Rosalie wischte sich mit der Hand eine Träne von der Wange. Julia beobachtete sie genau, sie wusste, dass die unmittelbaren Reaktionen von Beteiligten sehr wichtig waren. Hatte diese Frau Weisenbach ein paar Tränen verdrückt, um mitleidig zu erscheinen? Und wischte sie sich jetzt so dekorativ über die Wange, um zu zeigen, wie die Angelegenheit sie mitgenommen hatte? Frauen konnten sehr erfinderisch in diesen Dingen sein.

„Frau Weisenbach, Sie stellen hier Senf her, und der Tote war Ihr Partner, habe ich das richtig verstanden?"

„Ja, es ist Dani Birnbaum, und wir waren Partner." Rosalie machte eine kleine Pause: „Eigentlich hat er sogar mein Talent entdeckt, und er hatte die Idee für diesen Senf-Palast."

„Sie stellen den Senf selber her?“

„Ja, und auch ungewöhnliche Sorten.“

„Gibt es denn dafür genug Kunden?“

„Sie werden es vielleicht nicht glauben, aber es gibt mehr als genug.“

„Ich muss gestehen“, sagte Julia, „dass ich bisher nichts von diesem Senf-Palast gehört habe.“

„Wenn die Umstände andere wären, würde ich Ihnen etwas zum Probieren geben.“

„Danke“, erwiderte Julia, „das holen wir vielleicht nach.“ Sie überlegte einen Moment, um dann zu sagen: „Haben Sie einen besonders scharfen Senf? Einen, der so aussieht, wie ihn der Tote im Gesicht trägt?“

„Ja, natürlich.“

„Dann geben Sie mir mal einen Klecks in so ein Näpfchen hier.“

Rosalie Weisenbach erhob sich, nahm ein weißes Näpfchen und verschwand nach hinten, um kurz darauf zurückzukehren. Sie stellte das gefüllte Näpfchen auf den Tisch und setzte sich wieder. Hauptkommissarin Wunder rief: „Herr Spyridakis, kommen Sie doch mal bitte her!“

Vlassi erschien mit fragendem Gesicht auf der Bildfläche, Julia deutete auf das Näpfchen und sagte: „Probieren Sie mal.“

Sie wusste genau, dass Vlassopolous Spyridakis senfabstinent war, wollte sich aber doch einen kleinen Scherz mit ihm erlauben.

„Ist da Senf drin?“, fragte Vlassi.

„Ja, wir müssen überprüfen, ob er vergiftet ist“, erklärte Julia ungerührt.

„Aber mein Senf ist doch nicht vergiftet!“, empörte sich Rosalie Weisenbach.

„Das müssen wir herausfinden – per Test“, teilte Julia mit.

„Und ich soll das Versuchskaninchen sein?“, wollte Vlassi wissen.

„Nur mal eine Stichprobe mit dem kleinen Finger nehmen“, erläuterte Julia und unterdrückte ein Schmunzeln, „möglicherweise bekommen Sie ein paar kleine Krämpfe, mehr wird's nicht sein.“

Vlassi sah seine Chefin nachdenklich an, ihm war klar, dass das eine Prüfung war, und er reagierte richtig: „Mach ich sofort; falls ich tot umfalle, gehe ich schon mal nach hinten zu der anderen Leiche. Da reduziere ich die Arbeit für die Kollegen.“

Julia grinste ihn an: „Machen Sie das. So ist's genau richtig.“

Vlassi nahm das Näpfchen auf dem Tisch und verschwand. Rosalie Weisenbach schaute ihm nachdenklich hinterher.

„Macht der das wirklich?“, wandte sie sich an Julia, „das scheint ja für den ein Todeskommando zu sein.“

„Ist es das?“, fragte die zurück.

Rosalie sah sie erschrocken an: „Aber nein, mein Senf ist doch nicht vergiftet, ich probiere ihn ja selbst oft.“

„Herr Spyridakis, kommen Sie zurück!“, rief Julia.

Sofort stand Vlassi wieder im Verkaufsraum.

„Frau Weisenbach hat sich angeboten, die Verkostung selbst vorzunehmen. Geben Sie ihr das Näpfchen.“

Vlassi hatte schon geahnt, dass es so kommen würde, natürlich hatte er vom Senf nicht gekostet, er hatte nicht mal eine Fingerkuppe in ihn gestippt. Sein hypochondrisches Wesen verhinderte derlei gefährliche Abenteuer. Mit weit ausgestreckter Hand reichte er das Näpfchen der Senfdame.

Frau Weisenbach nahm das Näpfchen entgegen, griff sich ein Löffelchen aus einem Behälter auf dem Tisch, stippte mit ihm in den Senf und ließ es sich schmecken.

„Wunderbar", sagte sie, „es handelt sich um den Rheingauer Riesling-Senf."

Julia hatte sie beobachtet, die Dame hatte keinen Moment gezögert – das sprach für sie.

„Danke", sagte sie in Richtung Vlassi, „dass Sie noch nicht selbst die Probe gemacht haben."

„Ich lasse Damen immer gern den Vortritt", teilte Vlassi mit und verschwand wieder nach hinten.

„Frau Weisenbach", wandte sich Julia an Rosalie, „erzählen Sie doch mal, wie es zu diesem … äh, Senf-Palast kam und wie lange Sie mit Ihrem Partner schon gearbeitet haben."

„Eigentlich hatte ich ein kleines Lokal in Walluf, es war ehrlich gesagt eher eine Art Imbissbude, als eines Tages Dani Birnbaum bei mir erschien. Er erkannte sofort, dass mein Senf was Besonderes ist, was vorher niemand bemerkt hat. Er ist eben ein Feinschmecker und hat mir die Idee mit dem Senf-Palast schmackhaft gemacht. Er wollte sich auch um einen Kredit kümmern …"

„Sie haben den Kredit bekommen, wie ich sehe", fiel ihr Julia ins Wort.

„Ja, und er hat sich auch mit Hamed ziemlich gut verstanden."

„Wer ist Hamed?“, fragte Julia.

„Der dritte Partner, wir sind drei“, antwortete Rosalie.

„Wo ist er denn? Ich sehe keinen Hamed.“

„Der ist unterwegs, Hamed ist unser Marketingmann.“

„Ich brauche seine Adresse, geben Sie sie mir am besten gleich.“

Frau Weisenbach notierte sie auf einem Zettel und reichte ihn Julia.

Die Hauptkommissarin warf einen Blick darauf: „In Walluf wohnt der Mann.“

Frau Weisenbach nickte.

„Also gut“, murmelte Julia und steckte den Zettel in ihre Manteltasche, um dann Rosalie aufzufordern: „Erzählen Sie bitte weiter, Sie hatten also Ihr Lokal ursprünglich in Walluf.“

„Ja, Dani kam eines Tages, und schon war die Idee geboren ...“

4 Beelzemädchen statt Beelzebub

Nach dem ersten Besuch erschien Dani Birnbaum bereits am nächsten Tag wieder in Rosalies kleinem Bratwurst-Imbiss am Wallufer Rheinufer. Er hätte nicht gedacht, dass es so schnell gehen würde, aber wenn die Hose brennt, muss man die Jacke retten. Und mit Rettungsaktionen kannte er sich aus. Diesmal saßen noch einige Gäste im *Scharfen Rheingauer*, und Dani nahm an einem Seitentisch Platz. Doch kaum hatte ihn Rosalie erspäht, kam sie auf ihn zu. Nur ein Wort verließ ihren Mund: „Und?"

Dani schmunzelte überlegen: „Ich sagte Ihnen doch, dass ich ein Finanzgenie bin. Natürlich hat es geklappt."

„Wir haben den Kredit?", fragte Rosalie überrascht und musste sich setzen.

Dani hob die Hände wie ein Großmogul: „Selbstverständlich."

Natürlich erzählte er ihr nicht, wie er kämpfen musste. Die Bank kannte seine finanzielle Lage, erhoffte sich aber, durch eine Finanzspritze doch noch etwas für sich selbst retten zu können. Dani hatte letzten Endes einen Kredit herausgeschlagen für ein Unternehmen, das sensationell war, wie er den Bankleuten glaubhaft vermittelte. Und das gelang ihm nur, weil er selbst daran glaubte.

Er ließ die flachen Hände auf den Tisch sinken: „Rosalies Gourmet-Senf. Die Spezialität für Genießer. Wie gefällt Ihnen das?“

Rosalie staunte ihn an: „Nicht schlecht.“

„Ich sagte Ihnen doch, dass Sie ein Genie vor sich haben.“

„Allmählich bin ich geneigt, das zu glauben. Ich hätte nie gedacht, dass Sie einen Kredit besorgen können.“

Dani hob den Kopf: „Wir müssen raus aus dieser Bude hier. Nichts für ungut, aber das ist kein Ort für unser Produkt.“

„Unser Produkt?“

„Ja, ja, ich weiß, es ist Ihr Produkt, aber da dürfen wir in Zukunft nicht pingelig sein. Wir wollen doch eine gemeinsame Firma gründen.“

„Hallo Rosalie“, ertönte eine Stimme von einem hinteren Tisch, „ein Bier noch und eine Bratwurst, aber ohne diesen Senf.“

„Da hören Sie's“, sagte Dani mit geneigtem Kopf, „Ihre Kunden verstehen gar nicht, was sie hier Außergewöhnliches vorgesetzt bekommen, die sind ungeeignet für lukullische Höhenflüge.“

„Ich komm' gleich wieder“, beschied ihm Rosalie und verschwand, um ein Bier zu zapfen. Als sie zu Dani zurückkam, teilte sie ihm leise mit: „Sie haben recht, diese Leute hier sind lukullische Neandertaler …“

„Sie zeigen Einsicht“, fiel ihr Dani Birnbaum ins Wort, „das gefällt mir, und jetzt, wo wir den Kredit in der Tasche haben, können wir großzügig planen. Setzen Sie sich doch!“

„Eigentlich macht man so was nicht, die Wirtin sollte sich nicht zu einem Gast setzen."

„Ach, hören Sie auf. Wirtin – das ist bald Schnee von gestern. Wir denken ab sofort in gewaltigeren Dimensionen."

Rosalie schaute kurz in die Runde, bevor sie bei Dani Platz nahm. Aber es lümmelten sich nur drei Gäste in ihrem *Scharfen Rheingauer*, die konnte sie vernachlässigen.

„Gewaltigere Dimensionen – das gefällt mir", wiederholte sie Danis Worte.

„Sie müssen von jetzt an wie eine Senfgöttin denken, nicht wie ein Senf-Beelzebub", ermahnte sie Dani.

Sie sah ihn scheel an: „Da haben Sie sich in der Wortwahl vergriffen. Beelzebub ist ein theologischer Begriff, mit Gott hat der nichts zu tun."

„Wir wollen doch nicht ins Religiöse abgleiten", erwiderte Dani, „sind Sie eigentlich katholisch?"

„Ausgesprochen katholisch!"

„Aber Sie können mit einem Juden was anfangen."

„Natürlich, warum nicht? Ich hab' mich nur an Ihrer Wortwahl gestört."

„Und ich will Sie auf keinen Fall als Beelzebub bezeichnen. Sie sind ja überhaupt kein Bub."

Rosalie sah ihn spöttisch an: „Da bin ich aber froh, dass Sie das gemerkt haben."

„Sie sind höchstens ein Beelzemädchen", zwinkerte ihr Dani zu.

Rosalie verstand den Spott, lächelte und sagte: „Bleiben wir doch bei der Göttin, das gefällt mir viel besser. Und schon jetzt kann ich Ihnen zusagen, dass ich in Zukunft auch wie eine Göttin handeln werde."

„Wunderbar, da sind wir uns schon mal einig." Dani machte eine kleine Pause: „Warum lassen Sie mich eigentlich hier verdursten? Bekomme ich kein aufschäumendes Gerstengetränk?"

„Ein Bier wollen Sie? Können Sie denn auch zahlen?"

Dani stöhnte auf: „Sie haben vergessen, dass ich ein Finanzgenie bin."

Rosalie stand lächelnd auf, ging hinter die Theke, zapfte ein Bier und brachte es Dani. Für sich hatte sie eine Cola samt einem Glas mitgebracht.

„Ist es eigentlich angemessen, dass ich als Göttin Ihnen ein Bier bringe?", wollte sie von Dani wissen.

Der korrigierte sie: „Senfgöttin bitte! Eine Senfgöttin kann auch mal ein Bier bringen."

Rosalie grinste ihn an: „Da haben Sie gerade noch mal die Kurve gekriegt. Also, wir müssen gewaltiger denken ..."

„Wir müssen umziehen", fiel ihr Dani ins Wort, „darauf sollten wir anstoßen." Er nahm sein Bierglas in die Hand, Rosalie goss sich etwas Cola ein, dann klangen die Gläser, wenn auch etwas verhalten.

„Wir müssen umziehen", wiederholte Dani, „am besten nach Wiesbaden. Wir können nicht länger hier unten am Rhein rumlungern."

„Da haben Sie recht", bestätigte Rosalie und warf einen Blick zu den restlichen Gästen, „das ist kein Ort für Senfgöttinnen."

Dani nickte ihr zu: „Wohl gesprochen, Frau Göttin."

„Wir müssen einen Genießerladen eröffnen, ein Fachgeschäft für mein Produkt …"

„Einen Gourmet-Tempel!", bestätigte ihr Dani, „für unser Produkt. Und zwar in einer feinen Gegend."

Rosalie sah ihn zweiflerisch an: „Aber wer wird davon erfahren? Vielleicht sitzen wir wochenlang auf dem Trockenen?"

„Sie haben recht, Frau Göttin", erklärte Dani, „mit anderen Worten: Wir brauchen Werbung."

„Aber woher nehmen und nicht stehlen?"

„Jeder muss von unserem Senf sprechen und sich die Finger vor Verlangen lecken", sinnierte Dani und schaute auf sein Bierglas.

In dem Moment hörte man ein Klingeln, es war das bekannte Fahrradgeklingel und kam von außerhalb. Es vergingen nur Sekunden und Hamed stand in der Tür.

„Hallo Rosalie", rief er, „Ihre Anzeige ist schon platziert."

Die Senfgöttin sah ihm mit großen Augen entgegen, dann schaute sie zu Dani. Der las sofort ihre Gedanken und fragte leise: „Meinen Sie wirklich?"

Sie nickte und antwortete ebenso leise: „Er ist wenigstens billig, wir können nicht den ganzen Kredit mit Werbung verpulvern."

Hamed machte zwei Schritte in den Gastraum und fragte gekränkt in Richtung Rosalie: „Werde ich jetzt schon nicht mehr begrüßt? Nur weil Herr Birnbaum da ist?"

„So sind sie, die Moslems", flüsterte Dani, „immer gleich beleidigt."

Rosalie jedoch stand auf und begrüßte Hamed wie einen alten Freund: „Ich heiße Sie herzlich willkommen in meiner bescheidenen Hütte, Hamed, auch wenn Sie sich als Senfverächter verdächtig gemacht haben. Ein Bier?"

Hamed nickte verwundert, das schien ihm etwas zu viel an Begrüßung. Er blieb unschlüssig stehen.

„Kommen Sie doch an unseren Tisch!", rief ihm Rosalie zu, die hinter die Theke gegangen war.

Dani machte eine einladende Bewegung, was Hamed mit einer kritischen Frage quittierte: „Warum so freundlich auf einmal?"

„Wir sind doch immer freundlich, wir Morgenländer", erwiderte Dani.

„Meinen Sie, Herr Birnbaum?"

„Sie können mich ruhig Dani nennen. Darf ich Hamed sagen?"

Hamed rückte sich den Stuhl zurecht und nahm endlich Platz.

„Klar können Sie Hamed zu mir sagen, Dani."

„Das ist doch ein Wort."

Rosalie näherte sich den beiden von der Theke her: „Hier kommt ein Bier und noch ein Bier. Für gute Gäste."

„Bei mir versteh' ich, was Sie sagen", erklärte Hamed gravitätisch, „ich komm' ja schon ewig, aber bei dem Herrn hier habe ich Verständnisschwierigkeiten."

„Der Herr heißt Dani", erklärte Dani in versöhnlichem Ton.

Rosalie stellte die Gläser auf den Tisch, setzte sich zu den beiden und sagte zu dem, der ewig schon zu ihr kam: „Gleich werden wir sie ausräumen, die Verständnisschwierigkeiten."

Sie machte eine bedeutungsvolle Pause, Hamed sah sie neugierig an.

„Zunächst einmal: Ich brauche keine Anzeige mehr im *Rheingau-Echo*."

„Was!", empörte sich Hamed, „sie ist doch schon fest eingeplant, da ist nichts mehr zu machen!"

„Bezahlen tu' ich sie ja auch", sagte Rosalie, „machen Sie sich keine Sorgen. Aber ich brauch' sie eigentlich nicht mehr."

Sie sah Hamed fordernd an. Da der verständnislos zurückglotzte, sprach Rosalie weiter: „Jetzt sollte doch eine Frage von Ihnen kommen."

„Ja, ja", besann sich Hamed, „warum … brauchen Sie sie nicht mehr?"

„Das ist genau die richtige Frage", bestätigte ihm Rosalie, und Dani nickte dazu.

Die letzten zwei Gäste wollten zahlen und riefen nach der Wirtin. Rosalie erhob sich, versprach gleich wiederzukommen und entfernte sich.

„Die macht's aber spannend", sagte Hamed, „was ist denn bloß los hier?"

Dani nahm einen Schluck von seinem Bier, stellte das Glas wieder zurück und teilte seinem moslemischen Tischnachbarn mit: „Wir sind dabei, gewaltiger zu werden."

„Gewaltiger werden?" Man sah Hamed förmlich an, dass er den Verdacht hegte, mit einem Mann zu sprechen, der reif für die Klapsmühle war.

Die restlichen Gäste waren gegangen, und Rosalie kehrte zurück an ihren Tisch.

„Haben Sie Hamed schon aufgeklärt?", fragte sie Dani Birnbaum.

„Aber nein, das überlasse ich der Göttin selbst."

Hameds Gesicht wurde bleich, er schaute zu Rosalie, dann warf er einen Blick zu seinem jüdischen Nachbarn. Sollte er in eine blasphemische Veranstaltung hineingezogen werden?

Rosalie Weisenbach hatte sich gesetzt und sah Hamed wohlwollend ins Gesicht: „Lieber Hamed, Sie kommen schon lange zu mir …"

„Stimmt", murmelte der.

„Und noch länger arbeiten Sie bei diesem Anzeigenblatt, richtig?"

Hamed nickte, sollte ihm hier eine Standpauke gehalten werden, entwickelten sich die beiden etwa wie sein Clan daheim? Doch schon fuhr Rosalie fort: „Sie sind doch Designer, wenn ich mich nicht täusche, ein PR-Mann von hohen Graden?"

„Ja, eigentlich schon …"

„Da ist doch dieses *Rheingau-Echo* kein richtiges Terrain für Sie."

„Terrain?"

„Kein Betätigungsfeld, Sie sind für Bedeutenderes geboren, für Gewaltigeres!"

Schon wieder gewaltig, dachte Hamed, ich muss mich vorsehen, die wollen mich in irgendwas Kriminelles reinziehen, und zum Schluss werd' ich ausgewiesen und muss zurück zu den Kamelen.

„Wir hätten da ein Angebot für Sie", erklärte Rosalie.

„Ein Angebot?"

„Genau! Wissen Sie, Herr Dani Birnbaum …“

„Dani genügt“, korrigierte sie Dani.

„Herr Dani Birnbaum hat erkannt, dass ich eine Göttin bin …“

„Eine Göttin?“, murmelte Hamed und rückte den Stuhl nach hinten. Es schien so, als wolle er aufstehen und das Weite suchen.

„Eine Senfgöttin“, schob Rosalie erklärend nach, „Senf ist meine Leidenschaft, ich stelle Senfsorten her, die die Gaumen der ganzen Welt erfreuen …“

„Wir wollen nicht übertreiben“, fiel ihr Dani ins Wort und wandte sich zu Hamed, „Rosalie hat eine großartige Begabung, die in dieser Umgebung leider niemand bemerkt.“

„Und deshalb wollen wir umziehen und einen Gourmet-Laden eröffnen“, fügte Rosalie an.

Bei Hamed fiel der Groschen: „Einen Gourmet-Laden eröffnen mit diesem herrlichen Senf von Rosalie. Ja natürlich! Darauf hätte ich schon längst kommen können.“

„Sind Sie aber nicht, Hamed. Ich bin drauf gekommen“, erklärte Dani trocken.

„Und Ihnen ist überhaupt nicht aufgefallen, dass mein Senf herrlich ist“, teilte Rosalie mit und schaute Hamed vorwurfsvoll an.

„Na ja, also … ich bin kein ausgesprochener Senfliebhaber, muss ich gestehen.“

„Alles Schnee von gestern“, sagte Dani, „auf jeden Fall werden wir diesen Senf zu einer Marke machen, und unser Laden soll ein Gourmet-Tempel werden.“

„Richtig, richtig." Hameds Gesicht strahlte auf, man sah, dass er Feuer fing.

Rosalie erklärte gravitätisch: „Und Sie, Hamed, sollen unser PR-Mann werden, Anzeigen, Werbung und so weiter."

Hamed starrte sie ungläubig an.

„Sind Sie dabei? Wollen Sie unserem Team angehören?", fragte Dani.

Und Rosalie wollte wissen: „Wie heißen Sie überhaupt mit Nachnamen, Hamed?"

Zögernd antwortete er: „Hamed Belalil."

„Herr Hamed Belalil", erklärte Rosalie feierlich, „wir haben Sie als PR-Mann für unsere Firma auserkoren."

Hamed musste schlucken, dann fragte er: „Wirklich?" Nach einer kleinen Pause schob er eine weitere Frage nach: „Kann man da was verdienen?"

Dani sah ihn an, als hätte er es mit einem tumben Toren zu tun: „Verdienen? Wir werden im Geld schwimmen! Wir sind auf dem besten Weg, die Senfkönige Deutschlands zu werden. Mit dieser Senfgöttin hier an unserer Seite."

Rosalie warf ihm einen bewundernden Blick zu, reden konnte dieser Birnbaum, so viel war klar, überzeugen auch, denn er hatte einen Kredit besorgt.

Hamed Belalil blieb stumm, schaute seinen Nachbarn Dani jedoch ebenfalls respektvoll an, dieser Jude schien tatsächlich was vom Geschäft zu verstehen.

„Verstehe ich Ihr Schweigen richtig?", fragte Rosalie, „Sie sind dabei?"

Hamed fand endlich wieder Worte: „Ich bin dabei. Ich schwimme zu gern im Geld."

„Na, das ist doch ein Wort!“ Dani hob sein Glas: „Darauf müssen wir trinken!“

Und die drei so ungleichen Gestalten im *Scharfen Rheingauer* stießen miteinander an.

„Auf unsere Zukunft als Senfkönige!“, erklärte Dani.

Und Rosalie ergänzte: „Mit einer Senfgöttin in eurer Mitte.“

*

Zur gleichen Zeit befand sich Alfred Weisenbach, der Vater Rosalies, in einem kniffligen Gespräch etwas weiter entfernt, nämlich in Mainz. In einem Gespräch, in dem es überhaupt nicht um Senf ging.

„Der Segen der Kirche liegt mir sehr am Herzen“, sprach er gerade zu einem Mann, der in einem etwas altmodisch eingerichteten Zimmer ihm gegenüberstand und der im Straßenanzug nicht gerade wie ein Geistlicher aussah. Doch genau das war er, es handelte sich um Herbert Schuster, seines Zeichens Weihbischof der Mainzer Diözese. Und Alfred Weisenbach gehörte ebenfalls der Kirche an, er war Domdekan.

„Das verstehe ich ja, Herr Weisenbach“, erwiderte der Weihbischof, „aber so gern ich möchte, ich kann nichts übers Knie brechen.“

„Und ebenso liegt mir daran, dass Sie die heilige Prozedur vornehmen“, erklärte Weisenbach unverdrossen.

„Das werde ich gern tun, das wissen Sie doch, aber …“

Weisenbach fiel ihm ins Wort: „Einen Termin können wir also noch nicht vereinbaren? Aber wir könnten uns doch darauf verständigen, dass es hier im Dom …"

Weihbischof Schuster machte ein paar Schritte in Richtung Fenster, als wolle er nachsehen, ob der Dom überhaupt noch stehe. Am Fenster angelangt, teilte er mit: „Ja natürlich, hier in unserem schönen Dom wird die Hochzeit stattfinden."

„Danke", sagte Alfred Weisenbach erleichtert, „das wollte ich doch vor allem wissen, das beruhigt mich schon mal."

Der Weihbischof drehte sich zu ihm: „Ich verstehe."

„Wir sind gute Katholiken, seit Jahrhunderten schon, und unsere Familie lebt seit Ewigkeiten in der Stadt."

„Na", schmunzelte Weihbischof Schuster, „mit der Vokabel Ewigkeit sollten wir Geistlichen doch etwas vorsichtiger umgehen."

„Natürlich, Sie haben recht, dieses Wort ist für andere Zusammenhänge vorgesehen. Es ist wie mit der Seele. Wie oft wird dies Wort missbraucht." Alfred Weisenbach machte eine kleine Pause, dann fragte er: „Was meinen Sie denn, wann wir …?"

„Wir müssen vorausschauend planen. Also, ich würde sagen, in etwa zwei Monaten könnten wir die Hochzeit, wie soll ich sagen … starten."

„Ein treffender Ausdruck, wie ein Flugzeug, das abhebt", ergänzte der klein gewachsene Alfred Weisenbach und streckte sich, „wunderbar, das wäre also im Herbst."

„Ja, ja, etwa", antwortete Weihbischof Schuster und wirkte etwas überfordert. Er machte zwei Schritte auf den

Domdekan zu: „Ihre Tochter muss sich schließlich auch vorbereiten und der, mit dem sie durchs Leben gehen will, ebenfalls."

„Dafür werde ich schon sorgen", erwiderte Weisenbach und zog seinen Bauch ein, „doch jetzt will ich nicht länger Ihre Zeit in Anspruch nehmen."

Damit verließ er seinen irdischen Chef, und als Weisenbach über den Domplatz ging, schmunzelte er. Das hatte er gut hingekriegt, dieser Schuster war ein zögerlicher Bursche, aber er hatte ihn festgenagelt. Und Weisenbach wusste auch genau, wohin ihn seine nächsten Schritte führen würden. Es war unausweichlich, er musste es tun, und nachdenklich ging er zu seinem Uralt-Mercedes, der im Leichhof stand.

5 Senf als Religionsersatz?

Hauptkommissarin Julia Wunder und Rosalie Weisenbach saßen sich nach wie vor im Verkaufsraum des Senf-Palasts gegenüber. Julia hatte staunend Frau Weisenbachs Geschichte zugehört. Jetzt sagte sie: „Sie erzählen wirklich interessant, und Sie wissen sogar Dinge, die Sie nicht selbst erlebt haben."

Rosalie hob die Schulter: „Na ja, erzählt bekommen. Von meinem Vater unter anderem. Und Sie wollten ja die Vorgeschichte wissen."

„Ja, vielen Dank. Also, Sie sind eine Senfgöttin, Dani hat einen Kredit für dieses Geschäft hier bekommen ..."

„Den Senf-Palast", korrigierte Rosalie.

„Genau, genau. Sie wollten die Senfkönige Deutschlands werden, und Dani und Hamed sind Freunde geworden."

„Freunde? Das ist übertrieben", erklärte Rosalie Weisenbach.

„Keine Freunde? Woran lag das?"

„Kann ich Ihnen nicht sagen. Sie waren Geschäftspartner."

„Lag es etwa an der unterschiedlichen Religion?", bohrte Julia.

Rosalie zuckte mit der Schulter: „Weiß ich nicht."

„Aber Sie haben doch tagtäglich mit den beiden zusammengearbeitet."

Rosalie Weisenbach lehnte sich zurück, sie wollte offenbar nichts mehr zu dem Thema sagen.

„Na gut", fuhr Julia fort, „ich werde ja diesen Hamed bald kennenlernen. Wie heißt er noch mal mit Nachnamen?"

„Belalil."

Julia zog den Zettel aus ihrer Manteltasche und ergänzte die Adresse mit dem vollen Namen des Senfpartners von Rosalie.

„Sagen Sie, Frau Weisenbach, Ihre Hochzeit wurde von Ihrem Vater vorbereitet, das wussten Sie also?"

„Ja, natürlich."

„Und Ihr Vater ist Domdekan in Mainz?"

Rosalie nickte.

„Wer soll der Glückliche werden, ich meine Ihren Bräutigam?"

„Eckart. Wir sind verlobt."

„Eckart wer?"

„Eckart Wagner heißt er."

Julia Wunder zog ihr Moleskine-Notizbüchlein aus ihrer Seitentasche und notierte den Namen.

„War Ihr Verlobter stolz auf Ihren Senf-Palast hier?"

Rosalie Weisenbach richtete sich auf: „Eher nicht. Er hielt das für kein seriöses Geschäft."

„Was macht er denn beruflich?"

„Er arbeitet beim Finanzamt in Mainz."

„Finanzbeamter also."

Rosalie nickte.

„Und Ihr Vater, wie stand der zu Ihrem beruflichen Aufstieg – so kann man doch sagen?"

„Meinem Vater hat dieser berufliche Aufstieg, wie Sie sagen, nicht besonders gefallen. Senf – das war nichts für ihn. Er fand schon mein Lokal in Walluf nicht besonders. Was schreiben Sie denn da?"

Julia hatte sich einige Notizen gemacht, sie antwortete: „Ein paar kleine Merkhilfen, Gedankenstützen gewissermaßen."

Rosalie warf ihr einen misstrauischen Blick zu: „Sie kriegen ja doch alles raus, vermute ich jedenfalls …"

„Sie vermuten richtig, Frau Weisenbach, aber ich bin trotzdem für jede Information dankbar."

„Dann erzähle ich Ihnen am besten noch etwas."

„Ich bin ganz Ohr, und ich bin sehr neugierig, muss ich gestehen."

*

Während Alfred Weisenbach sich nach dem Gespräch mit dem Weihbischof frohgemut ins Auto setzte, um sein Ziel im Rheingau anzusteuern, versuchte Dani Birnbaum in seinem Büro im Wiesbadener Vorort Schierstein die Papiere für den Konkursverwalter seiner Baufirma zu ordnen. Der Mann saß ihm im Nacken und hatte ihn gerade verlassen. Es handelte sich um einen Bücherfreund, doch darunter verstand er gut geführte Kontobücher, und saubere Bilanzen liebte er ebenfalls abgöttisch. Dani kam nicht weit, denn ohne Ankündigung und ohne zu klopfen wurde die Tür aufgerissen und eine Frau stolzierte ins Zimmer.

Es handelte sich um seine Verlobte Zippi, mit vollem Namen Zippora, aber so sprach sie niemand an, ihre Familie und auch seine hatten sich für die Kurzform Zippi entschieden. Zippi wusste weder etwas von seinem beruflichen Fiasko mit der Baufirma noch ahnte sie etwas von seinen Senfambitionen.

„Warum rufst du mich nicht an?", fragte sie in verärgertem Ton, setzte sich auf einen Stuhl vor dem Schreibtisch und schlug ihre wohlgeformten Beine übereinander.

Dani warf einen kurzen Blick darauf: „Wenn du wüsstest, was mir alles am Bein hängt. Ich bin froh, dass ich mich nicht selbst vergesse."

„Was dir alles am Bein hängt? Meinst du damit etwa unsere Hochzeitsplanung?"

Jetzt, wo sie es sagte, fiel es Dani wieder ein. Ja, die Hochzeit, sie wollten heiraten, und Zippi huldigte dem Gedanken, einen wohlhabenden Mann an der Angel zu haben. Sollte er sie über seine finanzielle Situation aufklären? Auf keinen Fall, das würde nur neue Verstimmung nach sich ziehen, außerdem lebt es sich besser mit einem angenehmen Ruf. Und der bestand nun mal darin, dass er Penunzen hatte.

„Nein, nein", wiegelte er ab, „ich meine nicht unsere Hochzeitsplanung, aber hier in der Firma geht alles drüber und drunter."

„Alles?", fragte Zippi spitz.

„Nicht gerade alles, aber vieles, vieles! Du würdest dich wundern, worum ich mich alles kümmern muss."

„Aber anrufen wirst du doch wenigstens mal können."

Dani stand auf, ging um den Tisch herum und beugte sich zu Zippi, um ihr einen Kuss zu geben.

„Du hast ja so recht“, sagte er mit reumütiger Stimme, „man wird ja wohl anrufen können.“ Er ächzte theatralisch auf.

Zippi schien durch den Kuss und sein Ächzen ein wenig besänftigt, mit milder Stimme fragte sie: „Soll ich mich vielleicht um unsere Reise nach Jerusalem kümmern?“

Dani ging wieder um den Schreibtisch herum: „Natürlich, unsere Reise! Ja, das wär' wirklich toll, wenn du das machen könntest.“

„Wir müssen uns auch um die Ketubba kümmern“, sagte Zippi und sah ihn fragend an.

„Richtig“, seufzte Dani und ließ sich in den Schreibtischstuhl plumpsen, „könntest du diese verantwortungsvolle Aufgabe übernehmen?“

Zippi nickte und sah ihn zweiflerisch an: „Aber sag mal, ich muss mich doch nicht zum Schluss selbst heiraten?“

Dani lachte gezwungen auf: „Aber nein, Liebste, dafür werde ich auf alle Fälle Zeit haben.“

Alfred Weisenbach erreichte derweil den Ort Walluf im schönen Rheingau, nahm einen Parkplatz oben in der Haselnussgasse und ging zu Fuß nach unten zum Rhein. Das Wetter war angenehm, und er wollte zu seiner Tochter, um ihr die frohe Botschaft mitzuteilen, jenes Versprechen, das er dem Weihbischof abgeluchst hatte. War es nicht wunderbar? Der Mainzer Dom war für ihre Hochzeit reserviert. Die Hochzeit mit dem Finanzbeamten Eckart. Finanzbeamter, das war ein krisenfester Beruf, einer für die Ewigkeit gewissermaßen, und so einen soliden Partner wie Eckart Wagner brauchte seine Tochter, dieser Mann erdete sie – es gab nichts Wichtigeres für Rosalie.

Unterwegs überlegte er, wie er seiner Tochter diese spinnerte Idee mit dem *Scharfen Rheingauer* austreiben könnte. Schon der Name reizte ihn, und wahrscheinlich würde sie ihm wieder einen „teuflischen Thüringer" kredenzen, eine dieser Bratwürste, die er nicht verknusen konnte. Obendrein quälte sie ihn gern mit irgendeinem abartigen Senf, einem Rosen-Senf oder Chili-Senf oder Maronen-Senf oder ähnlich Ungenießbarem. Wie konnte man nur auf die Idee verfallen, die Menschheit mit Senf zu peinigen? Wer hatte ihr diesen Unsinn eingeimpft? Er jedenfalls nicht. Manchmal kullerte der Apfel doch ziemlich weit weg vom Baum. War Senf nicht eigentlich ein Abfallprodukt, ging es ihm durch den Kopf, dann wäre Rosalie doch besser beim ZDF auf dem Mainzer Lerchenberg aufgehoben, dort machen sie aus Abfallprodukten ganze Fernsehsendungen.

Als Vater Weisenbach die Tür zum *Scharfen Rheingauer* öffnete, sah er ein leeres Lokal. Sofort fühlte er sich bestätigt, viele Besucher hatte seine Tochter nicht. Doch im Hintergrund hörte er eine laute Stimme, sie war nicht nur laut, sondern hörte sich scheltend an. Es wird doch nicht …, dachte er und ging weiter, bis er an den Eingang zum Hinterhof stieß. Vorsichtig öffnete er die Tür, und was er sah, bestätigte ihn. Denn im Hof befand sich nicht nur Rosalie, sondern auch Eckart, ihr Verlobter.

„Du willst doch nicht behaupten", sagte der gerade in einem Ton, der keinen Widerspruch duldete, „dass das, was ich gerade kosten musste, irgendjemandem schmeckt?“

Rosalie erwiderte spitz: „Dir vielleicht nicht, aber ich habe hier in meinem Lokal Feinschmecker, die meinen Senf zu schätzen wissen …“

„… und ihn sich wohl auf der Zunge zergehen lassen“, vervollständigte Eckart ironisch.

„Spotte nur, du ungläubiger Thomas, dir werden noch die Augen übergehen“, erwiderte Rosalie.

„Hoffentlich nur die Augen und nicht der Gaumen.“

Alfred Weisenbach hielt die Zeit gekommen, um einzugreifen: „Liebe Kinder, ihr wollt euch doch nicht wegen einer unansehnlichen gelben Masse in die Haare kriegen …“

„Da hätte ich bei Eckart wenig zu fassen“, schnaubte Rosalie.

Der entließ einen Pfeifton aus dem Mund: „Jetzt wird's auch noch persönlich, jetzt wirft man mir schon mein schütteres Haar vor.“

„Schütteres Haar?“, fragte Rosalie in gespieltem Ernst, „meinst du deine Glatze?“

„Bitte, bitte“, versuchte Vater Weisenbach zu schlichten und wandte sich an Eckart: „Senf ist ein wichtiges Lebensmittel …“

Er kam nicht weit, denn Eckart fiel ihm ins Wort: „Ein Grundnahrungsmittel gewissermaßen. Wir sollten es tagtäglich zu uns nehmen. Stimmt's, Rosalie?“

Die überhörte den Spott und teilte mit: „Ja, natürlich, jeden Tag gehört Senf auf den Tisch, und zwar meiner.“ Sie wandte sich an ihren Vater: „Papa, ich möchte dir eine neue Kreation von mir vorstellen. Probier bitte und sag mir deine Meinung."

Alfred Weisenbach spürte, wie ein gewisses Unbehagen in ihm aufloderte, getraute sich aber nicht, das Angebot seiner Tochter abzulehnen. Das hieße ja, Partei für Eckart zu ergreifen, und das wäre ihm unpassend vorgekommen. Also schlug er einen diplomatischen Ton an und sprach: „Ja, gewiss probier ich deine neueste Kreation, die lass ich mir doch nicht entgehen."

Rosalie stippte mit einem Löffelchen in einen Bottich und reichte ihm die Senfprobe.

„Muss es denn gleich so viel sein?", wagte ihr Vater einzuwenden, „es ist doch etwas für Feinschmecker."

„Eben, eben", beruhigte ihn Rosalie, „du wirst gleich nach einem zweiten Löffel verlangen."

Eckart schaute seinem Schwiegervater in spe prüfend zu, als der den Löffel ergriff, und Alfred Weisenbach wusste, dass er jetzt Stärke zeigen musste. Oder sollte er besser Ehrlichkeit zeigen? Er konnte doch nicht auf Teufel komm raus auf der Seite seiner Tochter stehen. Außerdem war er innerlich sowieso gegen diesen ganzen *Scharfen-Rheingauer*-Kram – das könnte er jetzt gewissermaßen klarstellen. Er führte vorsichtig den Löffel zum Mund, hielt inne und roch.

„Ist das Senf?", fragte er.

„Aber natürlich, mein Senf", antwortete Rosalie.

„Es riecht stark, aber eigentlich nicht nach Senf."

„Probieren geht über Studieren", klärte ihn seine Tochter auf.

Misstrauisch nippte Alfred an der Probe.

„Du musst mehr nehmen, um den vollen Genuss zu haben“, hörte er von Rosalie.

Vater Weisenbach tat wie geheißen. Als er den Senf auf der Zunge spürte, überkam ihn das Gefühl, sich schütteln zu müssen – aber er hielt sich wacker und tat's nicht. Stattdessen schluckte er und sagte mit steinerner Miene: „Das ist kein Senf.“

Eckart hatte die Aktion mit hochgezogenen Augenbrauen verfolgt, jetzt breitete sich auf seiner Miene Genugtuung aus: „Bitte, da haben wir's.“

Alfred Weisenbach fasste sich nach dem ersten Schock: „Das schmeckt wie Lakritz – Rosalie, was hast du mir verabreicht? Du willst mich doch nicht etwa umbringen?“

„Papa, das ist Lakritz-Senf. Du hast etwas bekommen, was kein Sterblicher je erhält.“

Eckart Wagner fühlte sich berechtigt einzugreifen: „Sterblicher – das ist genau das Stichwort. Kann man eventuell nach Genuss dieses Senfs das Zeitliche segnen?“ Er hob sein Haupt und strich sich mit dem ausgestreckten Zeigefinger über den Hals.

Rosalie musterte ihn überlegen: „Ja natürlich, am ehesten sterben die, die nicht an meinen Senf glauben.“

Alfred Weisenbach suchte Halt an der Tischplatte, doch die letzte Vokabel von Rosalie brachte ihn auf Trab, ihm kam der Besuch beim Weihbischof in den Sinn: „Bitte, Rosalie, wir wollen doch keine Glaubensfrage daraus machen, deine Senfproduktion nimmt ja religiöse Züge an, das wird ja geradezu blasphemisch.“

Eckart ließ sich hören: „Senf als Religionsersatz. So kommt es mir inzwischen auch vor.“

Vater Weisenbach hatte den Löffel mit der unaufgeschleckten Probe in einem günstigen Moment zurück auf einen Tisch gelegt und wandte sich jetzt in sehr väterlichem Ton an seine Tochter: „Deine Senfambitionen in Ehren, Rosalie, aber wir müssen an die Zukunft denken. Daraus kann man doch kein nachhaltiges Geschäft machen …“

Rosalie hob den Kopf: „Du wirst dich noch wundern, Papa.“

Mit diesen Worten verließ sie den Innenhof, doch an der Tür wandte sie sich um und erklärte in Richtung Eckart: „Und du dich auch! Obwohl wundern ja nicht zu deinen Stärken gehört.“

Zur gleichen Zeit, als Alfred Weisenbach die Probe des Lakritz-Senfs im Hof des *Scharfen Rheingauer* herunterwürgte, wanderte Hamed Belalil in seinem Quartier ruhelos hin und her. Viel zu gehen hatte er nicht, denn seine Behausung als Wohnung zu bezeichnen käme einer Übertreibung gleich – sie bestand neben einer winzigen Toilette mit Duschzelle lediglich aus einem Zimmer, einem kleinen und karg eingerichteten mit einer Kochplatte und einer Essecke an der Seite. Ansonsten existierte noch ein ausgeblichenes Sofa, das Hamed sowohl als Ruhe- wie als Schlafplatz diente und dem er sich häufig widmete, um nachzudenken über die Welt im Allgemeinen und seine Situation im Besonderen. Wenigstens befand sich seine Herberge im schönen Walluf, nicht sehr weit entfernt von Rosalie Weisenbachs Imbiss. Auf dem Esstisch standen mehrere Näpfchen mit Senf. Rosalie hatte sie ihm wohlverpackt mitgegeben, und dieser Birnbaum hatte ihm noch einmal seine Aufgabe klargemacht. Er, Hamed, der PR-Mann von hohen Graden, müsse ein Label entwickeln für den Senf der Senfgöttin! Werbung sei nötig, sie müssten in eine feinere Gegend umziehen, die Feinschmecker dieser Welt sollten von ihrem Senf erfahren!

Hamed machte einen zögernden Schritt und schaute angestrengt an die Wand. Denn dort hing ein Wandschmuck. Ja, er besaß Wandschmuck – keinen Picasso zwar, doch Werbeseiten aus Illustrierten, die er sich an die Raufasertapete geklebt hatte. Konnte ihn eine Mercedes-Annonce vielleicht anregen? Mit Rosalies Senf fahren Sie ins Paradies. Wieso fahren? Besser war gleiten – gleiten Sie ins Paradies? Aber das klingt nach Ausrutschen. Nein, nein, das war nichts, so konnte er den Senfkunden nicht kommen. Hamed wandte den Blick zum nächsten Wandschmuck, einer Uralt-Reklame, die kürzlich in einer Illustrierten wieder abgedruckt worden war: Fahre Prinz und du bist König. Er überlegte. Könnte man nicht sagen: Iss Senf und du bist göttlich! Im nächsten Moment schüttelte sich Hamed, das war ja blasphemisch, da könnte er gleich formulieren … und du bist wie Allah oder … du wirst wie Mohammed. Um Himmels willen, solche Sprüche durfte keiner seiner Glaubensbrüder erfahren …

Seine Gedanken schwurbelten zurück zum Imam seines palästinensischen Dorfes. Der hatte ihm und seinen Mitschülern eingebläut, dass die wahre, die fromme Haltung die des Hinnehmens und Annehmens sei. Die Gebote und Tabus des Islam waren streng zu befolgen, denn nur der Koran besaß die einzige und absolute Wahrheit.

Fragen durfte man keine stellen, erinnerte sich Hamed, und kritische Fragen waren absolut verboten. Auf die Weise wurde das selbstständige Denken bei ihm und seinen Freunden schon frühzeitig unterdrückt. Woher kam eigentlich der Hass auf die Juden?, fragte er sich. Antisemitismus war in seiner Jugend vollkommen normal, alle in seinem Dorf konnten Juden nicht ausstehen – obwohl sie gar keine kannten. Bei ihm änderte sich das erst, als er zum Studieren nach Tel Aviv an die Universität ging. Das war möglich, weil er sich aus der Umklammerung seiner Familie löste. Und an der Uni stellte er fest, dass seine jüdischen Mitstudenten überhaupt keine leibhaftigen Teufel waren, wie der Imam ihm weisgemacht hatte. Nach dessen Auffassung gab es noch andere Teufel in der Welt, Amerikaner, Christen, Demokraten, Kommunisten – lauter Ungeheuer, die den Islam zerstören wollten.

Hamed erinnerte sich an eine Situation, wo der Imam seine Schützlinge zu später Stunde zum Dorffriedhof bestellt hatte. An einem offenen Grab erklärte er ihnen, dass sie alle hier enden würden, Schlangen und böse Geister warteten auf sie und würden sie quälen – falls sie Allah und dem Koran nicht gefolgt seien. Aber das Schlimmste kam noch. Sie mussten alle, einer nach dem anderen, in das ausgehobene dunkle Loch hinabsteigen und sich dort auf die Erde legen. Wie alt war er damals? Dreizehn oder vierzehn? Der Imam rief von oben: *Wenn du tot im Grab liegst, werden dich Engel anschreien und fragen, wer dein Prophet ist. Bist du nicht gläubig, werden die Wände des Grabes dich erdrücken.* Trotz seiner Angst war er zu dieser Zeit überzeugt davon, den echten Glauben zu besitzen –

alle anderen waren weniger wert als er, vor allem die Juden. Erst in Tel Aviv beim Studieren wandelte sich seine Einstellung. Weil er echte Juden kennenlernte? Bestimmt, aber er begann auch, mal ein Bier oder einen Wein zu trinken, und er ging sogar ins Kino, was der Imam daheim immer als besonders schlimme Sünde hingestellt hatte.

Nach und nach hatte er sich freigemacht von den Fesseln seiner Religion, und dennoch überfielen ihn immer wieder Zweifel, die geschürt wurden durch Anrufe der Muslimbrüder aus seiner alten Heimat. Ob er denn ganz seine Herkunft verleugnen wolle, ob er den Koran und den Imam vollkommen vergessen habe?

Leicht ist die Freiheit nicht, dachte Hamed, man muss alle Entscheidungen allein treffen und kann sich nicht mehr an religiöse Autoritäten klammern. Aber er wollte es so, und seinen Entschluss, nach Deutschland zu gehen, hatte niemand in seiner alten Heimat mitgetragen. Im Gegenteil, die sogenannten Frommen, für die ein Menschenleben nicht viel zählte, zeigten ihm deutlich ihre Missgunst. Aber was soll's, dachte er, das ist wohl der Preis für meine Abkehr von ihnen. Und jetzt lebe ich hier in Deutschland, in Wiesbaden und im Rheingau, in einer individualistischen Welt, wo er auf sich selbst aufpassen … und sich bewähren musste.

Hameds Blick fiel auf einen weiteren Wandschmuck. Da warb eine Matratzenfirma mit dem Spruch „Schlafen himmlisch weich". Konnte man das nicht auf Senf ummünzen? Etwa: Essen himmlisch senfig? Er trat einen Schritt zurück und schüttelte den Kopf. Aber was war mit dieser Rasierwasserwerbung? Wenn er den Claim abwandelte in „Rosalies Senf und Sie sind bei allen Frauen obenauf". Hamed stöhnte leise auf. Das ging auch nicht, obenauf könnte man falsch verstehen und ihm vorwerfen, Werbung für sexistischen Senf zu machen. In der Welt, aus der er kam, ging das überhaupt nicht, und in der westlichen Welt, in der er jetzt lebte, war so etwas ebenfalls verpönt. Immer schön seriös bleiben, nahm er sich vor und machte zwei Schritte zum Fenster – wo er eine Weile hinausschaute, bis ihm auffiel, dass ihm auch hier nichts einfiel.

Hamed Belalil stöhnte laut auf, es war zum Kamelmelken. Rosalie Weisenbach und Dani Birnbaum hatten ihn doch angeheuert, weil sie sich etwas von ihm versprachen. Das war eine Chance für ihn. Er musste liefern – nur was? Ihm kam partout keine umwerfende Idee in den Sinn. Hatte die westliche Gesellschaft ihn ausgedörrt? War der europäische Lebensstil ihm nicht bekommen? Oder hatte er auch früher keine Ideen gehabt und es sich nur weisgemacht, welche zu haben? Vielleicht war er gar kein PR-Mann von hohen Graden, wie er glaubte. Er drehte sich zurück ins Zimmer. Welcher Stil ist das eigentlich, in dem ich lebe?, fragte er sich. Gar keiner, ich lebe wie ein armer Schlucker, ich lebe wie eine marokkanische Bergziege, und ein Jude gibt mir Anweisungen. Wie konnte er sich überhaupt von einem Juden anheuern lassen, das durfte niemand erfahren, vor allem nicht seine Verwandten in der Heimat. Wenn ihm doch wenigstens etwas einfiele. Er schaute wieder zur Wand, aber die Illustrierten-Ausrisse inspirierten ihn nicht. Sein Blick schweifte zu seinem kleinen Esstisch.

Es half nichts, er musste sich überwinden, er musste von dieser scheußlichen gelben Masse in den Näpfen probieren, vielleicht regte ihn das an, vielleicht sprang ein Funke auf ihn über, ein Kreativitätsfunke. Gab es das überhaupt?, fragte sich Hamed im nächsten Moment. Konnte ein Funke aus einer schleimigen Substanz springen – ihm mitten ins Gehirn? Das war ja gruselig. Aber probieren könnte er es, er musste den Funken anlocken, irgendwie herauslocken aus diesen Näpfen. Denn wenn kein Funke sprang, müsste er weiter beim *Rheingau-Echo* Anzeigen einsammeln, und das war eine noch trübere Aussicht als einen Funken aus den Senfnäpfen hervorzukitzeln. Los, Hamed, spornte er sich an, probier von diesem Zeug, du musst dir ein Herz fassen, du musst diesen scharfen und elenden Stoff auf der Zunge spüren, du musst ihn am Gaumen spüren, du musst ihn sogar herunterschlingen, und du musst dabei etwas empfinden, etwas Angenehmes und Positives. Dann springt der Funke. Er schlich wie eine Katze um den heißen Brei, bis schließlich seine Hand nach vorne zuckte und ein Näpfchen ergriff. Mit dem Zeigefinger stippte er hinein und führte den beschmutzen Finger zögerlich zum Mund …

*

Alfred Weisenbach, der kleine geistliche Herr, schlenderte derweil mit Eckart, dem Verlobten seiner Tochter, am

Rheinufer entlang. Die beiden waren eine Weile stumm nebeneinander hergegangen, jetzt aber hielt Alfred im Schritt inne.

„Und du hast gar keinen Einfall?“

„Nein, ich bin schließlich Finanzbeamter, da sind Einfälle entbehrlich, ich muss nur wissen, wo was steht.“

„Mach dich nicht so klein!“, erwiderte Alfred, „und schließlich geht’s hier nicht um dein Amt, sondern um dich, um dich höchstpersönlich. Etwas Gedankliches wäre da willkommen.“

„Ich weiß, ich weiß“, murrte Eckart.

„Na, hoffentlich! Wir müssen Rosalie diese verrückte Idee austreiben.“

„Woher hat sie das eigentlich, diesen Senfspleen? Mit Sicherheit steckt dieser Herr Birnbaum dahinter.“

„Frag mich was Leichteres, Eckart. Von mir hat sie’s jedenfalls nicht.“

Alfred Weisenbach machte wieder ein paar Schritte nach vorn, Eckart folgte ihm schnurstracks.

„Das wird ja allmählich zu einer Manie“, sagte er, „da muss man sich eventuell Sorgen machen.“

„Ich mach’ mir jetzt schon Sorgen“, stöhnte Vater Weisenbach auf, „dabei bin ich gekommen, um euch was Wichtiges mitteilen.“

„Was denn?“

„Ich war kurz zuvor beim Mainzer Weihbischof, habe einen Hochzeitstermin für euch herausgeschlagen – im Mainzer Dom. Ist das nix?“

Eckart erwiderte: „Wunderbar, wunderbar.“ Doch seine Stimme hörte sich trostlos an.

„Ein bisschen begeisterter könntest du klingen. Menschenskind, der Mainzer Dom ist für euch reserviert!"

„Wann denn eigentlich?", fragte Eckart und versuchte, seiner Stimme einen munteren Klang zu geben.

„Schon bald, in zwei Monaten."

„So schnell?"

Alfred drehte sich zum Verlobten seiner Tochter: „Ihr wollt doch heiraten! Oder habe ich da was falsch verstanden?"

„Nein, nein", beruhigte ihn Eckart, „wir sind uns einig."

„Einig, einig – wie klingt denn das? Die Ehe ist ein heiliges Sakrament, keine Geschäftsbeziehung." Alfred fasste Eckart am Ärmel: „Oder hast du irgendwelche Bedenken an eurer Verbindung?"

„Nein!", erwiderte der, „überhaupt nicht. Mir macht nur diese Senfgeschichte zu schaffen." Und kleinlaut fügte er an: „Und diese Bude, die sie *Zum scharfen Rheingauer* nennt."

„Der Name stört mich auch", erklärte Domdekan Weisenbach, „klingt ja fast wie ein Bordell."

„Scharf ist eigentlich nicht schlecht", gestand Eckart und warf einen wehmütigen Blick zum ruhig dahinfließenden Rhein, „aber wenn mich meine Kollegen fragen, was meine Frau macht, soll ich da sagen: *Die macht beim scharfen Rheingauer in Senf?*"

Alfred wiegelte ab: „Klingt anrüchig, ja, deshalb muss uns was einfallen, um sie da loszueisen."

„Diese ganze Bude ist doch grauenhaft", legte Eckart nach, „und Rosalies Senferfindungen im Hof sind noch schlimmer. Für eine Existenz, wie ich sie mir vorstelle …"

Sein Schwiegervater in spe fiel ihm ins Wort: „Mach meine Tochter nicht schlecht. Sie ist für eine bürgerliche Existenz ausgezeichnet geeignet, kommt schließlich aus einer alten katholischen und ehrwürdigen Familie. Und sie ist immerhin eine kreative Kraft. Wenn auch, da will ich dir recht geben, ihre Kreativität auf seltsamen Bahnen wandelt."

„Auf sehr seltsamen", ergänzte Eckart, „mir scheint das sogar eine etwas perverse Kreativität zu sein."

Vater Weisenbach drehte sich zu ihm: „Jetzt übertreibst du aber, mein Lieber! Pervers ist was anderes."

Eckart dachte bei sich, dass er da besser nicht nachfragen sollte, sein Schwiegervater kannte sich offenbar mit Perversitäten aus.

„Na ja", erwiderte er stattdessen und vermied penibel das P-Wort, „hast du schon mal von einer Frau gehört, die in Senf macht und offenbar das Glück ihres Lebens darin findet?"

6 Rosalies Gourmet-Senf

„Wie?", fragte Julia Rosalie Weisenbach, „Dani Birnbaum hat eine Verlobte gehabt?"

Die beiden Frauen saßen sich nach wie vor im Verkaufsraum des Senf-Palasts gegenüber.

„Ja, er hat eine Verlobte gehabt, so wie ich auch einen Verlobten habe."

„Wie ist denn der Name von Herrn Birnbaums Verlobter?", wollte Julia Wunder wissen.

„Ich kenne nur den Vornamen, Zippi heißt sie."

„Zippi?"

„Das ist eine Abkürzung … ich glaube, für Zippora." Rosalie hielt inne: „Verdächtigen Sie sie etwa?"

Julia sagte: „Warum nicht? Ich brauche jedenfalls die Adresse von dieser Zippi. Wir müssen sie schließlich informieren, dass ihr Verlobter nicht mehr lebt."

„Ich habe keine Adresse von ihr. Sie können sich nur an Danis Mutter wenden."

„Haben Sie deren Adresse?"

Rosalie Weisenbach schüttelte den Kopf.

Hauptkommissarin Wunder erhob sich und ging in den Laborraum nach hinten, wo Vlassi mit den Leuten von der Spurensicherung in einem offenbar lockeren Plausch war. Mit ernstem Gesicht trat sie auf ihn zu: „Herr Spyridakis, das hier ist ein Tatort, kein Kaffeekränzchen."

„Ich habe nur letzte Anweisungen gegeben.“

„Das waren hoffentlich die allerletzten.“ Mit leiser Stimme informierte sie ihn über das, was ihr Rosalie Weisenbach erzählt hatte, und fügte hinzu: „Finden Sie möglichst schnell die familiären Verhältnisse des Toten heraus, Mutter, Vater, außerdem war Herr Birnbaum verlobt. Die Dame heißt Zippi …“

„Was ist denn das für ein Name?“

„Es gibt Namen wie Vlassopolous, den Freunde auch Vlassi nennen, und es gibt Namen wie Zippi“, klärte ihn Julia robust auf, „gehen Sie an die Arbeit, Sie müssen den Eltern und der Verlobten die Trauernachricht überbringen.“

Ich schon wieder, dachte Vlassi, getraute sich aber nicht, das laut auszusprechen. Beim letzten Fall musste er auch schon den Trauerboten spielen bei diesem Damenduo auf der anderen Seite des Rheins in Gonsenheim, und ohne seine ausgeklügelten psychologischen Kenntnisse wäre er böse gescheitert.

„Ich mach' mich an die Arbeit“, teilte er folgsam seiner Chefin mit.

Die nickte und sagte: „Kümmern Sie sich außerdem um den Vater dieser Senfgöttin hier, er heißt Alfred Weisenbach und ist in Mainz Domdekan. Den müssen Sie auch besuchen.“

„Halten Sie ihn für verdächtig?“, fragte Vlassi mit gesenkter Stimme.

„Verdächtig sind zunächst mal alle, die mit diesem Laden was zu tun haben“, beschied ihm Julia.

Vlassi stimmte ihr innerlich zu und teilte mit: „Ich mache mich auf den Weg.“

„Warten Sie noch einen Moment, ich sag' Ihnen gleich noch was."

Julia ging nach vorn in den Verkaufsraum und fragte Rosalie Weisenbach: „Weiß Ihr Vater eigentlich schon Bescheid?"

Rosalie schüttelte den Kopf: „Nein, ich habe Dani als Erste daliegen sehen und gleich die Polizei angerufen."

„Wann fangen Sie eigentlich an, ich meine, wann öffnen Sie Ihr Geschäft?"

„Um zehn Uhr."

Eine vernünftige Zeit, ging es Julia durch den Kopf, doch Frau Weisenbach teilte sie mit: „Wir werden Ihren Vater informieren, sagen Sie mir bitte, wo wir ihn erreichen können."

„Soll ich das nicht besser selbst tun?", fragte Rosalie.

„Wir machen das schon."

„Sie glauben doch nicht etwa, dass mein Vater etwas mit dieser Sache hier zu tun hat?"

„Überzeugt von Ihrem Senfgeschäft war er aber nicht."

Rosalie richtete sich auf: „Und da wird er zum Mörder – wollen Sie das andeuten?"

„Nein, natürlich nicht. Ich deute nicht an, ich ermittle. Außerdem brauche ich die Adresse von Ihrem Verlobten."

„Am besten, Sie nehmen sie beide gleich fest", erwiderte Rosalie spitz, „die sind alle hochverdächtig, weil sie Senfverächter sind."

„So weit sind wir noch nicht", erwiderte Julia beschwichtigend, wollte aber doch die Dame Rosalie etwas piesacken: „Aber möglich wär' es, dass Senfverächter zur Mordwaffe Senf greifen."

Rosalie atmete tief durch, sagte aber nichts, nur nichts jetzt sagen, am Ende gehörte sie selber zu den Verdächtigen, und dieser Kommissarin konnte es einfallen, sie hier und jetzt festzunehmen. Nach einem Moment abgrundtiefen Schweigens nannte sie Julia die Adresse ihres Vaters und ihres Verlobten Eckart.

Julia ging nach hinten und teilte dem wartenden Vlassi beides mit, ebenso wie die weiteren Einzelheiten des Gesprächs mit Rosalie, um ihn dann mit leiser Stimme anzuweisen: „Informieren Sie sich über diese Personen, suchen Sie sie am besten auf, nehmen Sie den Kollegen Lustig für die Mainzer Befragung mit, auch die Mutter des Toten ist zu benachrichtigen."

Vlassi schluckte, da kam eine psychologische Großtat auf ihn zu.

Julia sagte: „Ich bleibe noch ein bisschen hier und unterhalte mich mit der Senfgöttin. Wie Sie wissen, liebe ich Paläste, auch wenn sie aus Senf bestehen, da fühle ich mich sehr wohl." Und sie fügte hinzu: „Wahrscheinlich war ich in meinem letzten Leben eine Prinzessin im Erbsensenf."

„Verstehe", nickte Vlassi mit ernster Miene, „ich möchte Sie nur inständig ermahnen, keine Senfverkostung vorzunehmen."

„Sind Sie etwa an meinem Weiterleben interessiert?"

„Und wie", erwiderte Vlassi, „wenn Sie mit dem Gesicht in einen Senfbottich fallen, muss ich am Ende von der gelben Masse wieder kosten."

Mit diesen Worten ging er nach vorne, verabschiedete sich im Verkaufsraum von Frau Weisenbach mit einem höflichen Auf Wiedersehen und verließ den Senf-Palast.

Julia war ihm gefolgt, setzte sich abermals zu Rosalie und sagte: „Erzählen Sie doch mal, wie Sie hierher in die Taunusstraße kamen.“

*

Zwei Tage, nachdem Dani Birnbaum den Bankkredit in der Tasche hatte, saß Rosalie am Steuer ihres Uralt-Kombis, neben ihr befand sich Dani, und hinten quetschte sich gerade Hamed hinein. Eigentlich war kein Platz auf der hinteren Bank, denn dort wie im Gepäckraum lag allerhand Gerümpel, das die drei Senfunternehmer zuvor hineingepackt hatten. Umzug hieß die Devise. Umzug nach Wiesbaden, wo die Eroberung der feinen Welt stattfinden sollte.

Rosalie fuhr los und quälte sich mit dem Kombi durch die engen Gassen von Walluf, sie hatte ihr Fenster heruntergelassen, das Wetter ließ es zu, und plötzlich rief sie aus: „Rheingauer Riesling-Senf muss her! Warum ist mir das noch nicht eingefallen?“

„Riesling-Senf?“, ließ sich Hamed von hinten hören, „ist das mit Alkohol?“

„Natürlich“, antwortete Rosalie, „wir leben in einer Weingegend, hier gibt es herrliche Weine – die haben alle Alkohol.“

„Eine gute Idee“, schaltete sich Dani ein, „wir leben in einer Weingegend, und in Zukunft wird man

Riesling-Senf zum Wein und zum Riesling-Sekt genießen."

„Aber das passt doch gar nicht zusammen", hörte man von hinten einen Einspruch.

„Wir machen es passend, Hamed", erwiderte Dani, „dein PR-Genie wird es passend machen."

„Ich weiß nicht", hörte man es von hinten murmeln, „ich weiß nicht."

Dani drehte den Kopf zu ihm: „Wo bleibt dein Unternehmergeist, Hamed!"

Und Rosalie fügte an: „Wir müssen positiv denken. Nach vorne denken, Hamed! Das macht den Unternehmer aus."

„Vor allem uns Senfunternehmer", erläuterte Dani.

Die drei nicht mehr ganz jungen Jung-Unternehmer hatten sich inzwischen das Du angeboten, was aber nicht bedeutete, dass sie sich vollkommen verstanden, manchmal konnte man sogar den Eindruck gewinnen, dass es Duz-Feinde waren. Immerhin war bei Hameds einsamer Senfverkostung schließlich doch noch ein Funke gesprungen, und diesen Funken hatte er sofort aufs Papier gebracht. Er lautete: „Rosalies Gourmet-Senf. Die Spezialität für Genießer".

„Ich finde übrigens deinen Label-Spruch gar nicht übel", teilte Dani mit.

„Gar nicht übel?", murrte Hamed, „der ist super. Wenn ihr wüsstet, wie ich daran gearbeitet habe."

Rosalie besänftigte ihn sofort: „Ich finde ihn klasse. Rosalies Gourmet-Senf, die Spezialität für Genießer – das hat was."

„Danke“, kam es von hinten, „endlich erkennt mal jemand mein Genie.“

Sie waren auf der Rheinuferstraße angekommen, und Rosalie schlug den Weg in die hessische Hauptstadt ein.

„Genie muss wachsen“, erklärte vorne Dani und drehte sich ein wenig zu Hamed hinter ihm: „Niemand kommt mit Genie auf die Welt, höchstens mit einem kleinen Talent. An dem muss man arbeiten, bis alle Welt einen als Genie anerkennt.“

„Ich habe es offenbar mit einem genialen Klugscheißer zu tun“, erwiderte Hamed, „woher hast du solche Weisheiten, aus deinem Talmud?“

Dani drehte sich in Fahrtrichtung: „Aus dem Koran jedenfalls nicht, so viel kann ich dir sagen.“

„Zettelt ihr schon wieder ein Religionsgespräch an?“, fragte Rosalie, „könnt ihr euch nicht wie normale Geschäftsleute benehmen?“

„Ich benehm’ mich ja so“, tönte es von hinten, „aber der jüdische Kollege nicht.“

„Ich wollte nur dein Wachstum zum Genie befördern“, erklärte Dani, „aber das hast du nicht verstanden.“

Weil ich schon eines bin, dachte Hamed, sprach es jedoch nicht aus. Er war so klug, nicht noch mehr Öl ins Feuer zu gießen. Schließlich bin ich Geschäftsmann, überlegte er, und ein moslemischer Geschäftsmann muss auch mit einem Juden klarkommen, ja ihm zeigen, dass er ihm überlegen ist.

„Wo fahren wir überhaupt hin?“, wollte er wissen.

„In unser neues Geschäft“, erklärte Dani, „ich hab’ alles vorbereitet, es ist perfekt, wir müssen nur einziehen.“

„Wo ist es denn?“, fragte Hamed.

„In der Taunusstraße, sehr gute Gegend, du wirst Bauklötze staunen.“

„Wie nennen wir denn unser Geschäft?“, fragte Rosalie, „wir brauchen einen Namen.“

„Hamed!“, drehte sich Dani zu seinem Kompagnon, „hier kommst du schon wieder ins Spiel. Einen Namen!“

Hamed Belalil fühlte sich bedrängt, er sollte schon wieder kreativ werden, dabei hatte er doch erst eine Riesennummer abgeliefert. Dieser Birnbaum forderte ihn dauernd heraus. Aber es wäre unklug, jetzt zu passen – schließlich gedachte er, alsbald im Geld zu schwimmen.

„Einen Namen?“, sinnierte er und verfiel in Schweigen.

„Einen Namen zu finden ist doch nicht schwer“, kam es von Dani.

„Dann find' du mal einen auf die Schnelle“, konterte Hamed.

„Also bitte, dann werde ich dir gleich einen sagen.“

Rosalie war inzwischen im Wiesbadener Vorort Schierstein angekommen, sie musste an einer Ampel anhalten und sagte: „Wie wär's denn mit Senf-Schloss?“

„Schloss, Schloss“, überlegte Dani laut, „gefällt mir nicht so richtig. Wie wär's denn mit Senf-Palazzo oder Senf-Palais?“

„Nein“, schaltete sich jetzt Hamed ein, „wir leben doch in Deutschland, warum denn Palazzo oder Palais, nennen wir unser Geschäft doch Senf-Palast.“

Dani drehte sich zu ihm: „Ausgezeichnet, Hamed! Das ist's. Der Senf-Palast!“

Hamed fühlte sich geschmeichelt, und jetzt zuckte ein weiterer kreativer Gedanke durch seinen Kopf. Er rief nach vorn: „Und wir sind die Senfkönige im Senf-Palast!"

Dani überlegte einen Moment, dann sagte er: „Gar nicht übel, ich wollte schon immer mal König sein."

„Es klingt nach Geld und Luxus", bestätigte ihm Hamed.

Die Ampel schaltete auf Grün, Rosalie fuhr an. „Gefällt mir. Die Senfkönige! Und vielleicht sollten wir sagen ‚Rosalies Senf-Palast'. Finde ich noch besser."

Dani musterte sie von der Seite. Diese Frau, dachte er, weiß ihren Namen und ihre Interessen geschickt ins Spiel zu bringen, und vielleicht ist ihr Vorschlag gar nicht schlecht, eventuell ziehen wir mit Rosalie im Geschäftsnamen noch mehr Kunden an.

„Du hast recht", sagte er, „Rosalies Senf-Palast klingt irgendwie persönlich, nach echter guter Handarbeit. Was meinst du, Hamed?"

„Klingt nach echter deutscher Wertarbeit, bin ausnahmsweise deiner Meinung."

„Danke, mein morgenländischer Kollege. Rosalies Senf-Palast klingt nach Qualität, und genau das müssen wir mitteilen."

Rosalie fuhr inzwischen die Biebricher Allee entlang in Richtung Hauptbahnhof, und ohne auf Dani zu schauen, erklärte sie: „Darauf könnt ihr euch verlassen, die Qualität liefere ich."

„Qualitätssenf im Senf-Palast, ganz klar", stimmte Dani zu.

„Verwässere bitte nicht meinen Claim", kam es von hinten, „Qualität in Rosalies Senf-Palast, so heißt das."

Und Hamed stützte sich zufrieden auf einen Kochtopf neben sich, während er sein Haupt an eine Bratpfanne lehnte, die aus dem Kofferraum des Uralt-Kombis ragte.

Der Tag endete lang und arbeitsreich für die drei Senfkönige. Sie hatten ihr kleines Ladengeschäft in der Taunusstraße einigermaßen eingerichtet und saßen erschöpft im Hinterzimmer auf wackligen Stühlen.

„Das soll's für heute sein", sagte Rosalie.

„Ich bin völlig fertig, so schwer habe ich schon lange nicht mehr gearbeitet", teilte Hamed mit.

„Hast du überhaupt schon schwer gearbeitet?", fragte Dani.

„Schwerer als du dir vorstellen kannst!"

„Bitte", sagte Rosalie, „nicht schon wieder einen Streit anfangen, ihr habt doch gerade begonnen, euch zu verstehen. Wir wollen den Abend mild und sanft ausklingen lassen."

„Ich bin doch mild und sanft", sagte Hamed aufgebracht, „aber der da nicht, der muss es noch lernen." Er deutete mit dem Kopf auf Dani.

Der Angesprochene rappelte sich auf und erklärte: „Ich kann überhaupt nichts mild und sanft mit euch ausklingen lassen. Ich muss weg."

„Und ich dachte, wir könnten noch einen Wein zusammen trinken gehen", sagte Rosalie.

„Geht leider heute nicht, ich muss … es ist etwas Privates."

Dani hatte es sich schnell überlegt – warum sollte er seinen Mitkönigen lange Erklärungen abgeben, schließlich ging es sie nichts an, zu wem er musste und weshalb. Er stand auf und reckte und streckte sich, als müsse er seine Knochen wieder in Form bringen.

„Nicht mehr der Jüngste, was?", fragte Hamed spöttisch.

„Ich fühl' mich wie hundert nach diesem Tag, und wenn du dich nicht so fühlst, hast du auf der faulen Haut gelegen."

Hamed warf Dani einen zornigen Blick zu, erwiderte aber nichts. Rosalie sagte zu Dani: „Also gut, wenn du keine Zeit mehr hast, fahr' ich dich nach Walluf zu deinem Auto."

„Dass Deutsche immer so ungemütlich sind", erklärte Hamed, der sich vollkommen im Klaren war, dass die Vokabel Gemütlichkeit zum deutschen Grundwortschatz gehörte, „aber bitte, dann fahren wir eben nach Hause, schließlich steht mein Schloss auch in Walluf."

*

Rosalie Weisenbach konnte nicht wissen, dass Dani Birnbaum eine knappe Stunde später einen Parkplatz für seinen 3er BMW in der Grillparzerstraße in Wiesbaden suchte. Er hatte Glück, fand rasch einen und musste nur wenige Schritte zu dem Haus gehen, das er ansteuerte. Hier wohnte nicht seine Verlobte Zippi, hier wohnte gewissermaßen ein anderes Problem – seine Mutter.

Er klingelte an der Haustür, und seine Mamme meldete sich.

„Ich bin's, Mama", sagte er.

„Schnele! Komm hoch.“

Jetzt ist sie noch guter Dinge, dachte Dani, als er die Treppe in den ersten Stock hinaufstieg, aber bald wird sich das ändern. Er ächzte leise vor sich hin.

„Was ist denn los mit dir?“, rief seine Mutter von oben, die mit scharfen Ohren sein melancholisches Ächzen hörte, „du wirst doch nicht vorzeitig altern.“

Dani wackelte verneinend mit dem Kopf. Als er oben war, drückte ihn seine Mamme an sich, als müsse sie ihn vor einem unsichtbaren Feind beschützen, der ihm nachgestiegen war.

„Du musst essen, du musst gut essen“, sagte sie, nachdem sie ihn losgelassen hatte, „du bist ein viel beschäftigter Mann. Und du siehst völlig überarbeitet aus. Hast du soviel zu tun in deinem Büro?“

„Ja, ja“, stimmte Dani zu und folgte ihr in die Küche.

„Setz dich erst mal, ich mach dir gleich einen Pfannkuchen.“

„Einen koscheren?“, fragte Dani besorgt.

„Ja, natürlich. Das hier ist ein ziemlich koscherer Haushalt, das weißt du doch.“

„Hast du auch was zu trinken für mich?“

„Wasser? Wein?“

„Ein Schluck Wein wäre gut“, murmelte Dani und dachte an den entgangenen Weinabend mit seiner Senfkönigin.

„Dein Wunsch ist mir Befehl“, erwiderte seine Mutter gut gelaunt und öffnete eine Flasche.

„Ich weiß gar nicht, ob das ein Rheingauer Riesling ist, ich hab’ ihn geschenkt bekommen“, erklärte sie, „er trägt den schönen Namen Dotzheimer Judenlerche, hast du das schon mal gehört?"

„Noch nie."

„Dotzheim ist ein Wiesbadener Vorort, vielleicht haben Juden da mal Wein angebaut, vielleicht kommt der Name daher. Auf jeden Fall werden wir eine Verkostung der Judenlerche vornehmen."

Danis Mutter Tova schenkte in zwei kristallene Gläser ein und hielt ihrem Sohn eines davon hin.

„Worauf trinken wir? Auf meinen erfolgreichen Sohn! Auf seine Immobilien!"

Dani erschrak. Auf seine Immobilien wollte sie trinken. Da konnte er unmöglich drauf anstoßen, seine Firma war ja mehr als futsch, fast schon nicht mehr existent. Und so schnell wollte er bei seiner Mamme nicht auf den wunden Punkt kommen. Ahnte sie etwas? Aber er durfte auf keinen Fall jetzt vorpreschen und mit der Tür ins Haus fallen. Worauf könnte man denn sonst anstoßen? Eventuell auf Senf?

„Auf deinen erfolgreichen Sohn", wiederholte er etwas zögerlich.

„Sag ich doch", erwiderte Tova, und Mutter und Sohn stießen miteinander an und tranken.

„Dieser Wein ist gar nicht schlecht", sagte sie, legte den Kopf nach hinten und fügte nach einer Weile hinzu: „Na, bei dem Namen kann er ja nicht schlecht sein."

Sie lachte aufmunternd und begab sich an den Herd. Dani nickte zustimmend, obwohl seine Geschmacksnerven ein wenig blockiert waren. Warum wohl? Er wollte seiner Mutter etwas mitteilen, eigentlich musste er es, aber er wusste nicht so recht, wie er es anstellen sollte. Vielleicht könnte er einfach …

Seine Mutter schnitt in seine Gedanken mit der Frage: „Hast du mitgekriegt, was in Jerusalem passiert ist, auf dem Tempelberg?“

„Ich hab’ nur gearbeitet heute, erzähl du’s mir.“

„Ein palästinensischer Terrorist hat eine jüdische Familie abgeschlachtet. Darauf hat die Polizei Metalldetektoren am Eingang zum Tempelberg angebracht, damit keine Waffen mehr reingeschmuggelt werden können …“

„Gut so“, sagte Dani.

„In der Tagesschau vorhin hat man den Vater des jungen palästinensischen Terroristen gefragt, was er von dieser Maßnahme halte. Er hat den Mord seines Sohnes gerechtfertigt und gemeint, die Ehre des Muslime sei in Gefahr, wenn der Tempelberg weiter gesichert bleibe.“

„Eine groteske Verdrehung von Täter und Opfer.“

„Ja, natürlich! Aber die Medien hier haben ganz viel Verständnis für Leute, die sich im Namen Gottes in die Luft sprengen. Man fragt im deutschen Fernsehen lieber den Vater eines Mörders nach seiner Meinung, die Opfer fragt man nicht.“

„Offenbar erwartet man“, sagte Dani, „dass die Israelis sich brav erschießen lassen.“

„Wo sollen Juden sicher leben, wenn nicht in Israel?“, fragte seine Mutter.

Dani nickte, wollte das Gespräch aber auf ein anderes Gleis bringen: „Diese Judenlerche schmeckt wirklich sehr gut“, teilte er mit.

Tova drehte sich zu ihm: „Dafür hast du aber lange gebraucht." Sie machte eine kleine Pause, um dann fortzufahren: „Ich will doch hoffen, dass du im Geschäftsleben nicht so eine lange Leitung hast. Was machen übrigens deine Geschäfte, erzähl mal."

„Ich hab' da was völlig Neues aufgetan", erklärte Dani.

„Ein neues Bauprojekt? Wird mein Sohn noch reicher?"

„Na ja, also, es ist …"

Seine Mutter unterbrach ihn: „Da muss ich dir einen Witz erzählen. Ich hab' ihn von Fred."

„Wo ist er eigentlich?", fragte Dani.

„Mit einem Freund ein Bier trinken. Er wird sicher gleich kommen." Sie hielt kurz inne. „Der Witz geht so: Drei jüdische Mütter reden über ihre Söhne. Die erste: *Mein Sohn ist so reich, dass er sich Paris kaufen könnte.* Die zweite: *Mein Sohn hat so viel Geld, dass er sich Paris und New York leisten könnte.* Und was glaubst du, was die dritte Mutter sagt?"

„Die dritte Mutter bist du?", fragte Dani.

Tova hob die Pfanne und warf den Pfannkuchen gekonnt in die Luft: „Könnte schon sein, ja, ja, ich bin die dritte Mutter."

„Und was sagst du?", wollte ihr Sohn wissen.

„Ich stelle mich vor die zwei anderen und erkläre: *Wer sagt euch denn, dass mein Sohn bereit ist zu verkaufen*?"

Sie lachte los, und auch Dani konnte sich ein Lachen nicht verkneifen, obwohl die Geschichte hart an seiner Realität vorbeiging.

Tova servierte ihm auf einem großen Teller den Pfannkuchen.

„Iss! Du musst zu Kräften kommen!“

Sie setzte sich zu ihm an den großen runden Küchentisch und sah Dani zu, wie er sich ein Stück abschnitt und mit der Gabel in den Mund steckte. Er kaute vorsichtig, um dann mitzuteilen: „Das schmeckt ja richtig gut, obwohl koscher.“

„Glaubst du, Juden essen koscher, weil es nicht schmeckt?“, erwiderte seine Mutter, „religiöse Gebote dienen dem Menschen, nicht umgekehrt. Ich sehe schon, ich muss dich noch von manchem Irrglauben befreien.“

„Wahrscheinlich hast du recht, Mama.“

„Natürlich hab’ ich recht.“

Tova ließ ihren Sohn einen Moment in Ruhe essen, dann fragte sie unvermittelt: „Was wolltest du mir vorhin eigentlich sagen?“

Dani trank einen Schluck Wein, als müsse er sich stärken, dann sagte er: „Also, ich bin da auf eine neue Geschäftsidee gekommen …“

„Wir können uns bald Paris kaufen?“, lächelte seine Mutter.

„Vielleicht, weiß ich noch nicht.“

„Red’ schon. Ein Hochhausprojekt?“

„Nein“, wand sich Dani, „etwas ganz anderes.“

„Du willst doch nicht eine Erdlochbude bauen und in den Untergrund gehen?“

„Es hat etwas mit Senf zu tun“, überwand sich Dani endlich.

„Mit Senf? Kann man mit Senf Häuser bauen?“

„Ach, Mama. Ich bin kreativ, ich hab’ nicht nur die Baufirma im Sinn.“

„Hast du Senf im Sinn?"

„Ich habe da eine Frau kennengelernt, die macht wunderbaren Senf …"

„Eine Senf-Frau? Was ist denn das für eine Berufsbezeichnung?"

„Sie hat ein Lokal in Walluf …"

„In die Gastronomie willst du?"

„Mama, hör mir doch mal zu und unterbrich nicht dauernd!"

„Ich höre meinem Sohn zu und schweige", erwiderte Tova pikiert.

Dani griff zum Weinglas und trank. Dann sagte er: „Sie ist keine Senf-Frau, sie erfindet Senf."

Tova hob den Kopf und teilte mit: „Ich schweige."

„Sie erfindet ganz unterschiedliche Senfsorten, ich habe Kostproben genommen, diese Frau ist genial, solche Senfsorten gab es bisher noch nicht."

„Darf ich reden?", fragte seine Mutter.

„Meinetwegen."

„Bist du jetzt Senf-Sommelier geworden?"

„Nein, das war ein Zufall. Ich war zufällig in ihrem Lokal und wollte keine fette Bratwurst essen, da hat sie mir Senf gebracht. Und dabei bin ich auf den Trichter gekommen."

„Auf was für einen Trichter? Glaubst du, mit Senf kannst du was ausrichten?"

„Man kann damit Geld verdienen. Ich sehe da eine Goldgrube."

„Eine Goldgrube? Sohnele, Grube bleibt Grube. In einer Grube kann man elendiglich umkommen." Tova machte eine kleine Pause und teilte mit: „Du hast doch schon eine Goldgrube, deine Baufirma!"

„Senf ist ein total unterschätztes Lebensmittel", erwiderte Dani, „das ist ein riesiger Markt."

„Ich mag Senf nicht, Häuser sind mir lieber."

Tova setzte sich aufrecht hin und verschränkte die Arme vor ihren Brüsten. Dani aß weiter und überlegte, wie er ihr die Pleite seiner Baufirma beibringen konnte.

„Weißt du", sagte er schließlich, „der Immobilienmarkt wird überschätzt, die Renditen sind minimal geworden."

„Was redest du für einen Unsinn! Der Vermieter hier hat gerade die Miete erhöht. Der geht spazieren, guckt in die Luft und verdient dabei ein Vermögen."

Sie lehnte sich mit beiden Armen auf den Küchentisch: „Jungele, du willst mir doch nicht sagen, dass du Probleme mit deiner Goldgrube hast?"

„Mama, du siehst das falsch, es ist keine Goldgrube."

Tova stand abrupt auf und rief: „Eiwei, wenn du sagst, es ist keine Goldgrube, dann ist es nur noch eine Grube und du bist hineingefallen! Und was wird Zippi sagen, ihr wollt heiraten. Ohne Geld?"

Dani konnte das Gezeter nicht mehr hören: „Ja, ich bin in die Grube hineingefallen! Aber ich bin noch nicht tot!"

„Und deshalb willst du ins Senfgeschäft?"

Dani schluckte den Bissen, den er gerade im Mund hatte, herunter und erklärte: „Aus meinem Grubengrab rufe ich dir zu: Senf ist die Zukunft!"

Seine Mutter sah ihn entgeistert an: „Bist du meschugge geworden? Senf ist unjüdisch. Im Senfgeschäft haben es Juden noch nie weit gebracht, sie haben es links liegen lassen. Ich kenne überhaupt niemanden, der sich für dieses gelbe schleimige Zeug interessiert …"

Sie wollte weiterreden, doch Dani erhob sich und nahm seine Mamme versöhnlich in den Arm: „Ich werde dich bald von diesem herrlichen Senf überzeugen."

„Ach hör auf, du willst mich nur in dein Senfgrab ziehen."

Als Dani seine Mutter eine halbe Stunde später verließ und auf der dunklen und nachtleeren Straße zu seinem Wagen ging, lösten sich aus der Schwärze hinter den Bäumen einer Grünanlage zwei Gestalten. Noch bevor er das Auto erreichte, waren sie bei ihm. Einer tippte ihm von hinten auf die rechte Schulter, Dani drehte sich herum.

„Wir wollen dir eine gute Nacht wünschen", sagte einer der Fremden.

Dani Birnbaum witterte sofort Unrat, nickte aber lediglich und murmelte: „Gleichfalls."

„Und bei der Gelegenheit fragen, wann du deine Schulden zahlst."

„Meine Schulden?"

„Du hast erhebliche Schulden und bist säumig."

Dani versuchte, das Gesicht des Dunkelmanns zu erkennen, leider war die nächste Laterne weit entfernt, sodass er nichts Genaues sehen konnte. Aber er hörte am Akzent des Unbekannten, dass es sich um einen Araber handeln musste.

„Soweit Sie das überhaupt angeht – ich werde zahlen", sagte Dani.

„Das behauptest du schon lange. Aber wir sind keine Bank, wir haben nicht so viel Zeit.“

Kaum hatte der Größere der beiden ausgesprochen, schlug der Kleinere Dani in den Magen. Es war ein ansatzloser Schlag, völlig überraschend. Dani kippte nach vorn und hatte das Gefühl, sich übergeben zu müssen. Der Kleinere zog ihn an den Haaren nach oben und schlug ihm mit der Faust ins Gesicht. Dani taumelte nach hinten und musste sich am Auto abstützen.

„Außerdem bist du Jude, die können wir nicht leiden“, sagte der Größere.

Er hob den Kopf zu seinem Kollegen, es war ein Signal, dass der nicht weiter auf den mühsam sich am Auto Festhaltenden einschlug. Dann sagte er zu Dani: „Das war nur ein kleiner Denkzettel. Wir sind nicht wie eine Bank und auch nicht so geduldig wie das Finanzamt. Das sollst du wissen.“

Die beiden verschwanden im Dunkel der Grünanlage, Dani zog sich am Auto hoch und musste einige Male durchatmen, bevor er in der Lage war, den Wagenschlüssel aus seiner Hosentasche hervorzufingern.

7 Sie sind pietätlos!

„Allmählich verstehe ich", sagte Julia, „wie es zu dem Namen Senf-Palast gekommen ist."

„So schwer ist das ja nicht zu verstehen", erwiderte Frau Weisenbach und fügte stolz hinzu: „Und dass wir uns als Senfkönige begreifen, ist doch auch klar, es gibt niemanden, der exquisiteren Senf als wir herstellt."

Die beiden Frauen saßen sich nach wie vor im Verkaufsraum des Senfgeschäfts in der Taunusstraße am runden Tischchen gegenüber. Julia dachte, sie meint sicher, dass niemand ihr, Rosalie Weisenbach, das Wasser reichen kann, sprach aber einen anderen Gedanken aus: „Mir hätte übrigens Senf-Palazzo auch gut gefallen, und die Bezeichnung Könige finde ich geradezu apart."

„Ja, ja", bestätigte Rosalie mürrisch, „Sie sehen ja, wie einer unserer Könige enden musste."

„Wenn ich Sie richtig verstanden habe, gab es wohl Spannungen zwischen Herrn Birnbaum und Hamed ... wie heißt er noch mal mit Nachnamen?"

„Belalil."

„Gab es Spannungen zwischen Herrn Belalil und Herrn Birnbaum?"

„Na ja, Spannungen – wo gibt es die nicht? Sie waren eben manchmal unterschiedlicher Meinung, das kommt doch vor", erwiderte Rosalie Weisenbach.

„Das kommt vor“, bestätigte Julia, „und mir kommt es außerdem so vor, als sei die Religion der Auslöser gewesen.“

Rosalie sah die Hauptkommissarin spöttisch an: „Kann man es sich immer aussuchen, mit welchen Leuten man zusammenarbeitet? Soll man vielleicht vorher nach deren Religion fragen?“

„Auf keinen Fall!“, stimmte ihr Julia zu, „aufs Individuelle kommt’s an, „mein Kollege zum Beispiel ist griechischer Herkunft …“

„Ein Grieche? Die sind doch griechisch-orthodox“, fiel ihr Frau Weisenbach ins Wort.

„Da haben Sie recht, aber das war bisher kein Thema für uns, schon gar nicht bei unserer Arbeit.“

„Aber es gibt bestimmt manchmal Spannungen zwischen Ihnen!“, erklärte Frau Weisenbach überzeugt.

Julia beugte sich ein wenig zu ihr vor: „Im Vertrauen, ich bin evangelisch, und die Protestanten sind groß im Dulden.“

Die Senfgöttin sah sie irritiert an: „Sie dulden also jeden Fehltritt Ihres Kollegen?“

Julia dachte keinen Moment an die Religion Vlassis, stattdessen schwirrte ihr einen Augenblick lang seine psychologische Unbeholfenheit durch den Kopf, dann antwortete sie: „Ich dulde sie nicht nur, ich befürworte sie.“

Frau Weisenbach war perplex und schaute Julia fragend an.

„Warum wohl?“, fragte die Wiesbadener Hauptkommissarin und kam sich im selben Moment wie ihr Vater vor, der ihr solches Fragen beigebracht hatte. Doch ihre

Gesprächspartnerin im Senf-Palast wusste keine Antwort. Julia musste sie wohl selbst geben und tat es auch sofort: „Weil man aus Fehltritten lernt."

Jetzt raffte sich Rosalie zu einer Entgegnung auf: „Meinen Sie? Glauben Sie das wirklich?"

„Ich meine es nicht nur, ich habe es sogar schon erlebt."

„Tatsächlich?"

„Sie zweifeln?", fragte Julia zurück.

„Eigentlich schon. Die meisten Menschen sind doch unbelehrbar."

„Ich möchte Ihnen widersprechen, Frau Weisenbach, meine Erfahrung ist, dass die meisten Menschen sich entwickeln. Man muss ihnen nur Gelegenheit dazu geben. Sich zu entwickeln ist eine Lebensaufgabe."

Rosalie Weisenbach setzte sich aufrecht: „Und was hat das mit diesem Verbrechen hier zu tun?" Schnippisch fügte sie hinzu: „Klären Sie das vielleicht philosophisch auf?"

„Oh nein", erwiderte Julia, „das werden wir ganz konventionell behandeln. Ich wollte nur ein wenig auf die Fehltritte eingehen, von denen Sie gesprochen hatten."

Rosalie sah sie stirnrunzelnd an: „Fehltritte hin oder her. Hier ist ein Mensch zu Tode gekommen, ein Mensch, mit dem ich gern zusammengearbeitet habe. Was gedenken Sie zu tun?"

„Nicht nur ein Mensch", entgegnete Julia, „ein König ist zu Tode gekommen, ein Senfkönig ..."

„Sparen Sie sich Ihre Ironie!", fuhr ihr Rosalie Weisenbach in die Rede, „ich glaube, ich habe Ihnen schon zu viel erzählt."

„Auf keinen Fall. Sie haben mir noch zu wenig erzählt. Ich muss mir schließlich ein Bild machen von den Verhältnissen hier im Senf-Palast.“ Und nach einer kleinen Kunstpause fügte sie hinzu: „Und von den Verdächtigen, die möglicherweise hier herumschwirren.“

„Ich wusste es von Anfang an“, erklärte Frau Weisenbach, „dass Sie mich im Verdacht haben. Soll ich etwa Dani umgebracht haben?“

„Wer behauptet denn das?“, beruhigte sie Julia, „aber Sie haben ihn gefunden, das stimmt doch?“

„Ja, das stimmt, und vorher habe ich ihn mit dem Gesicht in den Senfbottich getunkt, bis er aufhörte zu zucken.“

„Sie sind eine kräftige Person, das wäre möglich. Und Fantasie haben Sie auch. Auf einen Senfmord kommt nicht jeder.“

„Wer sagt Ihnen denn, dass es Fantasie ist?“, begehrte Rosalie Weisenbach auf, „ich konnte vielleicht Dani nicht leiden, er hat mich angemacht, wollte mir gewisse Senfsorten aufschwätzen, die ich auf Teufel komm raus nicht herstellen mochte. Das war ich leid und hab' ihn mit Senf in eine andere Welt geschickt.“ Sie hielt inne, um aber gleich fortzufahren: „In eine Welt, in der man hoffentlich Senf nicht entbehren muss.“

Julia hatte sie während ihres Redeschwalls aufmerksam betrachtet, jetzt sagte sie trocken: „Na ja, auf jeden Fall kommt er mit Senf in dieser anderen Welt an, genug Reisezehrung hat er ja im Gesicht.“

„Sie sind pietätlos!“, fauchte Frau Weisenbach sie an.

„Mich interessiert mehr, wie sich das Geschäft hier in der Taunusstraße angelassen hat, welche Kunden kamen, ob es Neider gab und so weiter. Erzählen Sie mir davon."

„Verdächtige meinen Sie?", erwiderte Rosalie Weisenbach und hob ihren Kopf, „Sie haben doch schon ihre Hauptverdächtige, sie sitzt vor Ihnen."

„Liebe Frau Weisenbach, Sie machen es mir wirklich nicht leicht, ich möchte doch lediglich etwas mehr über Ihr Geschäft hier erfahren, über Ihren Senf-Palast."

Ihr Gegenüber sah Julia misstrauisch an, dann sagte sie: „Ich brauche einen Klacks Senf und ein Glas Wasser."

„Aber natürlich, holen Sie sich beides."

Rosalie Weisenbach erhob sich und ging nach hinten, eine halbe Minute später kam sie mit einem Tablett zurück. Auf ihm standen zwei kleine Flaschen Mineralwasser, ein Flaschenöffner, zwei Gläser und ein Schälchen Senf mit einem Probierlöffel. Sie stellte das Tablett auf das Tischchen und teilte Julia mit: „Ich habe Ihnen ein Fläschchen Wasser mitgebracht. Bitte bedienen Sie sich."

„Das ist aber nett, vielen Dank."

„Die Flaschen sind noch ungeöffnet, Sie sollen nicht glauben, dass Sie mit Senfwasser vergiftet werden."

Hauptkommissarin Wunder schmunzelte, Frau Weisenbach reichte ihr den Flaschenöffner: „Bitte öffnen Sie selbst."

„Aber natürlich", ging Julia auf ihre Vorsichtsmaßnahme ein, „wer weiß, wie geschickt Sie mit Ihren Fingern sind und was Sie mir ins Mineralwasser streuen könnten."

„Eben daran dachte ich auch. Und wenn nicht Ihre Kollegen noch im Nachbarzimmer wären, würde ich Ihnen schnell noch das Gesicht mit Senf vollschmieren."

Julia öffnete ihr Fläschchen Mineralwasser und erwiderte: „Ich bin heilfroh, dass die Kollegen noch da sind. Mit Ihnen allein wäre ich ja höchst gefährdet, ich könnte einen unangenehmen Senftod erleiden."

Rosalie Weisenbach nahm mit dem Probierlöffelchen einen Klecks Senf aus dem Schälchen und führte ihn zum Mund, um mit gespitzten Lippen davon zu naschen. Sie schloss sogar für einen Moment die Augen, und Julia konnte erkennen, wie sie die Senfprobe genoss.

„Es ist der Champagner-Senf", klärte Rosalie Weisenbach sie auf, „eine meisterliche Kreation, wenn ich so sagen darf."

Julia nickte: „Wenn der Fall abgeschlossen ist, werde ich bestimmt ein Senf-Seminar bei Ihnen besuchen und natürlich anschließend Ihre Kundin werden."

Frau Weisenbach sah sie missbilligend an, hörte sie da etwa einen ironischen Unterton?

„Aber jetzt", fuhr Julia fort, „erzählen Sie mir noch etwas von Ihrem Palast hier und wie sich das Geschäft angelassen hat."

*

Rosalies Senf-Palast in der Taunusstraße erstrahlte einige Tage nach dem Einzug in geradezu unwirklicher Pracht. Alles im Laden war auf Hochglanz gebracht, und im vorderen Raum standen in feinen Holzregalen schicke Gläser mit Senf. Natürlich wurde nicht nur der normale

Mostrich feilgeboten, vielmehr lachten den Besucher auch einige Spezialsorten an wie Rheingauer Riesling-Senf, Champagner-Senf, Lakritz-Senf, Bananen-Senf und ein Biolissimo-Senf. Letzterer für jene Kundschaft, die auf Bio aus war und in Naturprodukten ihr Heil sah. Man wollte auf jeden Fall mit der Zeit gehen, und die Zeit gierte nach Gesundheit.

Tatsächlich fand sich bereits am ersten Tag eine ganze Reihe von Kunden ein. Sie naschten an diversen Probeschälchen, schienen entzückt, um nicht zu sagen verzückt, lächelten jedenfalls entrückt vor sich hin. Senf genießt man hier pur, wurde Dani Birnbaum nicht müde zu betonen. Er wirbelte im Laden herum, trug einen feinen Anzug und erklärte die Besonderheiten ihres Produkts. Alles handgemacht von einer Göttin, wie er lächelnd betonte, von einer Senfgöttin. Und die Kunden lächelten ebenfalls und – kauften. Diese ungewöhnlichen Senfsorten schienen ihnen zu munden. „Rosalies Senf-Palast" brummte schon nach wenigen Tagen.

Hamed Belalil hatte keinen geringen Anteil daran. Denn bereits am Tag nach dem Einzug machte er sich auf zum *Wiesbadener Kurier* und dem *Wiesbadener Tagblatt*, um Anzeigen zu schalten. Beide Zeitungen gehörten zu einer Zeitungsgruppe, die auch die *Mainzer Allgemeine Zeitung* einschloss, was zur Folge hatte, dass sich schon bald nicht nur Wiesbadener, sondern auch Mainzer in Rosalies Senf-Palast einfanden – die Menschen von der anderen Seite des Rheins hielten den Senf, den es hier gab, für exotische und elegante Kuriositäten, die sie in ihrer Stadt vergeblich suchen würden. Natürlich nahm Hamed den Andrang zum Anlass, mit stolzgeschwellter Brust durch den Laden zu spazieren. Das aber war, so machte ihm Dani klar, dem Geschäft nicht förderlich. Er zog ihn rasch nach hinten, denn Hameds ausgebeulte Hosen und seine ausgelatschten Sportschuhe passten nicht zum Stil des Palasts. Dani sprach vom Ambiente ihres Geschäfts, worauf Hamed erwiderte: „Was für eine Ambition haben wir eigentlich?"

Doch trotz kleiner Missverständnisse sah er schließlich ein, dass er sich andere Klamotten anschaffen musste. Von der Kleidungsfrage war auch Rosalie betroffen. Sie hatte sich zwar im hinteren Raum ein Labor, wie sie sagte, eingerichtet, trug aber immer noch ihren ausgeleierten Pullover und ihre alten Jeans.

„So kannst du nicht nach vorne kommen", beschied ihr Dani, „eine Göttin sieht anders aus."

Wohl oder übel musste auch sie sich wandeln. Schon nach wenigen Tagen glänzte Rosalie Weisenbach in einem neuen Outfit. Sie trug einen weißen Rock, eine frische grüne Bluse und darüber einen weißen Kittel. Hin und wieder erschien sie vorn im Ladengeschäft und erntete bewundernde Blicke. Sie sah wirklich attraktiv aus, die Verwandlung von einer grauen Pulli-Maus zu einer anziehenden Geschäftsfrau war gelungen. Und Dani musterte sie heimlich mit wachsender Begeisterung. Diese Rosalie hatte tatsächlich was von einer Göttin – zumindest war sie nah dran.

In ruhigen Momenten, die selten waren, dachte er daran, dass diese Rosalie-Göttin vor Kurzem noch in einer Art Imbissbude herumgestapft war, deren Gäste nichts von ihren Köstlichkeiten wissen wollten. Namenlos und unbeachtet standen ihre Kreationen im Hinterhof und fristeten ein belangloses Dasein in unansehnlichen Bottichen. Das hatte sich geändert – er und kein anderer hatte als Senf-Sommelier das große Talent von Rosalie entdeckt. War nicht er, Dani, der wahre König in ihrem Senf-Palast? Lange konnte er nicht über diese Frage grübeln. Er musste möglichst schnell an Geld kommen, denn mit Grauen dachte er an den Abend zurück, an dem er seine Mutter verlassen hatte und die schlagwütigen Dunkelmänner ihm aufgelauert hatten. Auf die wollte er in Zukunft verzichten.

Nachdem die Senfkönige einige Tage nach dem Einzug das Ladengeschäft am Abend geschlossen hatten, setzten sie sich zusammen. Dani hatte bereits Kassensturz gemacht.

„Wir haben heute und in den letzten Tagen ausgezeichnet verdient", teilte er mit.

„Das ist ja große Klasse", sagte Rosalie, „ich hätt' nicht gedacht, dass nach so kurzer Zeit der Laden so gut läuft."

„Ich brauch' dringend Geld", erklärte Hamed, „ich muss mir einen Anzug kaufen und ein Paar neue Schuhe." Er warf einen missbilligenden Blick auf Dani: „Sonst darf ich ja gar nicht hier rumlaufen."

„Bekommst du, bekommst du, und vom Hausverbot nehme ich dann Abstand", teilte ihm Dani förmlich mit.

„Und euer PR-Mann hat schon eine neue Idee", erklärte Mitkönig Belalil stolz und setzte eine geheimnisvolle Miene auf.

„Red schon, Hamed!", forderte ihn Rosalie auf.

„Wir brauchen einen Internetauftritt. Ohne Internet existiert man gar nicht, da ist man so gut wie tot."

„Schon tot, wo wir gerade erst zum Leben gekommen sind?", erwiderte Dani.

„Außerdem haben wir doch eigentlich schon genug Kunden", fügte Rosalie an.

„Vertrau' deinem PR-Mann", erwiderte Hamed, „wir wollen doch im Geld schwimmen. Ich mach das mit dem Internetauftritt, ich bastele uns eine Seite."

Dani sah ihn zweifelnd an, Hameds Idee fand er eigentlich gut, er zweifelte nur an den diesbezüglichen Fähigkeiten seines arabischen Kollegen.

„Sag mal, Hamed, ich hab' dich noch gar nicht gefragt: Was bist du eigentlich für ein Landsmann?"

Hamed richtete sich im Stühlchen auf: „Ich bin Palästinenser."

„Oh", sagte Dani, „das ist ja 'ne brisante Neuigkeit. Sind wir da nicht eigentlich Feinde?"

Er grinste zu seinen Worten, und Hamed verstand sofort. Er grinste zurück: „Ich würde sogar sagen Todfeinde. Wenn alle solche Todfeinde wären wie wir, würde es besser aussehen auf dieser Welt."

„Aber hältst du mich nicht für einen jüdischen Unterdrücker und dich nicht für einen palästinensischen Sklaven?"

„Glaubst du, ich glaube alles, was die Hamas im Gaza-Streifen erzählt?"

„Dafür bist du zu klug", erwiderte Dani ernst.

„Endlich mal ein wahres Wort von dir. Und du glaubst hoffentlich auch nicht den Reden deiner Regierung?"

„Meine Regierung? Du meinst doch nicht etwa die israelische? Meine Regierung sitzt in Berlin."

„Aber du bist doch Jude."

„Na und? Ich bin Jude, du bist Moslem, aber wir leben beide hier in diesem Land. Und unsere Regierung turnt in Berlin rum."

Rosalie schaltete sich ein: „Und ich bin Katholikin, wenn ihr's wissen wollt. Wisst ihr, wo meine Regierung sitzt?"

Die beiden Männer schauten sie verblüfft an.

Rosalie genoss ihren Blick einen Moment, dann fuhr sie fort: „Meine Regierung sitzt nicht in Berlin – sie sitzt in Mainz."

„In Mainz? Gibt's da auch 'ne Regierung?", fragte Hamed.

„Ja, klar", antwortete Rosalie, „aber die meine ich nicht. Bei Regierung denke ich an meinen Vater."

„Ah", sagte Hamed erleichtert, „das verstehe ich, bei mir ist auch die Familie die Regierung."

„Und bei mir spielt die Mutter gern Regierung", fügte Dani an.

„So viel zum Thema Regierung", stellte Rosalie fest und erhob sich, „ich muss euch was ganz anderes erzählen …" Sie ließ den Satz offen und machte eine Pause.

Prompt fragte Dani: „Was denn? Sag schon!"

Die Senfgöttin gab keine Antwort, sie stolzierte in den hinteren Raum und rief von dort: „Doch nicht hier. Um das zu erzählen, brauch' ich ein gewisses Ambiente."

„Schon wieder diese Ambition, was meint sie denn damit?", fragte Hamed seinen Mitkönig Dani.

„Sie will mit uns einen trinken gehen", antwortete der trocken und rief zu Rosalie hinten: „An welches Ambiente denkst du denn?"

„Lasst euch überraschen", tönte es zurück, „ich bin gleich bei euch."

Hamed sah Dani an und sagte: „Ich bin bei der Ambiente dabei. Find' ich gut, dass wir einen trinken gehen."

„Es wird alkoholisch", merkte Dani an.

„Wer arbeitet, soll auch trinken", sagte Hamed, „das gilt nicht nur für Moslems, das gilt vor allem für Könige wie uns."

„Na, endlich sind wir uns mal einig über das Ambiente", nickte Dani.

Von hinten kam Rosalie, sie hatte sich umgezogen, trug ein rotes Kostüm, das ihr ausgezeichnet stand, und sagte: „Kommt, ich weiß den richtigen Ort, wo ich mein Geheimnis für euch lüften werde."

8 Ist Gott für Muslime ein Schlächter?

Während Hauptkommissarin Julia Wunder der Erzählung von Rosalie Weisenbach lauschte und schließlich neugierig fragte, um welches Geheimnis es ging, saß Vlassi bereits im Präsidium vor seinem Computer und googelte den Namen des Toten aus dem Senf-Palast.

Daniel Birnbaum, fand er schnell heraus, war Bauunternehmer mit Büro in Wiesbaden, im Vorort Schierstein. Eine Telefonnummer fand er auch, und ohne zu zögern, rief er an. Dort meldete sich nach mehrfachem Klingeln eine weibliche Stimme. Vlassi nannte seinen Namen, ließ seine Berufsbezeichnung vorsichtshalber weg und fragte die Frau, ob sie die Sekretärin von Dani Birnbaum sei. Mit entschiedener Stimme verneinte sie das und setzte hinzu, sie sei seine Verlobte und warte auf ihn. Vlassi dachte einen Moment nach, dann entschied er, ihr nicht den Tod ihres Dani mitzuteilen. So etwas sollte man nicht am Telefon sagen, das hatte er von seiner Chefin Julia Wunder gelernt.

„Ich bin ein Geschäftskollege Ihres Verlobten …“, log er, wurde aber gleich unterbrochen.

„Auch ein Senfkönig!“, rief die Dame, und das hörte sich ein wenig spöttisch an, „sind Sie Hamed?“

Vlassi murmelte etwas möglichst Undeutliches in die Muschel, was der Verlobten nicht gefiel: „Sprechen Sie deutlicher!“

Vlassi entschloss sich zu einer kleinen Lüge: „Ja, Hamed, so werde ich genannt. Und Ihr Name bitte?“

„Zippora. Sagen Sie Ihrem Mitkönig Dani, dass er mich unbedingt anrufen soll!“

„Mach ich“, erklärte Hamed alias Kommissar Spyridakis brav, „er soll Sie anrufen.“

„Ja, er soll seine Zippi anrufen.“

„Noch eine kleine Frage habe ich“, schob Vlassi nach, „wo wohnt eigentlich Dani Birnbaums Mutter? Er hat, ääh, vergessen, mir das zu sagen … wir wollen uns dort treffen.“

„Seine Mutter? Na, in der Grillparzerstraße.“ Und Zippi fragte neugierig: „Wird das ein arabisch-jüdisches Freundschaftstreffen?“

„Ich hoffe es“, antwortete Vlassi schnell, „wird ja höchste Zeit, dass wir uns besser kennenlernen. Grillparzerstraße 23, ja?“

„Nein, 15.“

„Danke“, sagte Vlassi, „da bin ich aber froh, dass ich Sie telefonisch angetroffen habe.“

Auf der anderen Seite war ein enttäuschtes Schnaufen zu hören, wahrscheinlich deshalb, weil Vlassi-Hamed und nicht Dani angerufen hatte, dann legte Zippi grußlos auf.

Kommissar Spyridakis überlegte. Hatte er richtig gehandelt? Auf jeden Fall ist der Tod ein Ereignis, das telefonische Kontakte von Seiten des Verstorbenen unmöglich macht. Hätte er dieser Zippi etwa mitteilen sollen, dass sich ihr Verlobter demnächst aus dem Jenseits bei ihr meldete? Nein, nein, es war schon richtig, dass er geschwiegen hatte. Vielleicht hätte er sie sonst am Telefon in eine Ohnmacht gestürzt. Sie wäre mit dem Kopf auf eine Tischkante gefallen und eventuell ebenfalls verblichen. Vlassi war nach kurzem Nachdenken mit sich und seiner Aktion im Reinen.

Sollte er sich jetzt zur Mutter von Dani Birnbaum aufmachen? Wieder einmal wie im letzten Fall eine undankbare Aufgabe erledigen? Ihr den Tod des Sohnes mitteilen? Das war eine grausame Mission, dazu hatte er partout keine Lust, die Mutter würde wahrscheinlich in einen Weinkrampf verfallen, und wie sollte er sie da trösten? Einen Trost gab es nicht. Andererseits konnte er nicht den Auftrag seiner Chefin ignorieren. Und vielleicht hatte die Mutter sogar etwas mit dem Tod ihres Sohnes zu tun. Wer kennt sich denn schon in Verwandtschaftsbeziehungen aus? Sie konnten verschlungen, verwickelt und problematisch sein. Hatte er nicht erst vor Kurzem in der Zeitung gelesen, dass ein Sohn seinen Vater mit einem Beil erschlagen hatte? Vielleicht war Danis Mutter eine Senfhasserin und konnte die Geschäfte ihres Sohnes mit dem Mostrich nicht ertragen, vielleicht litt sie an einer Senfallergie, vielleicht zeigte ihr Gesicht schon überall grüne Punkte und der Senf kam ihr aus den Ohren. Sie konnte ihren Sohn nicht mehr sehen, und jede Umarmung von ihm wurde ihr zur Qual …

Gemach, lieber Vlassi, sagte sich Kommissar Spyridakis, halt ein, deine Fantasie galoppiert mit dir davon! Du musst deines Amtes walten und Frau Birnbaum aufsuchen, soll sie etwa aus der Zeitung erfahren, dass ein Senfkönig namens Birnbaum im Senf umgekommen ist? Wer sollte Frau Birnbaum Bericht erstatten, wenn nicht er

– auch wenn er's mit Unbehagen tat. Vlassi raffte sich widerwillig auf, die Grillparzerstraße befand sich keine zehn Autominuten von seinem Dienstsitz entfernt.

Als er unten im Hof des Präsidiums in seinen kleinen Corsa stieg, strich ihm der Gedanke durch den Kopf, dass er vielleicht Ernst Lustig anrufen sollte, um ihn zu bewegen, den Vater der Senfgöttin zu verhören, schließlich gab es Spuren in die Domstadt. Er entschloss sich, den Anruf zu verschieben, erst zu Frau Birnbaum, dann kam Lustig dran, erst das Naheliegende, dann das Entfernte – obwohl das Entfernte in diesem Fall das viel Angenehmere zu versprechen schien.

Rasch fand Vlassi in der Grillparzerstraße einen Parkplatz, und als er an der Nummer 15 den Klingelknopf neben dem Namen Birnbaum drückte, war ihm doch etwas mulmig zumute. Doch statt einer weiblichen Stimme wie erwartet ertönte in der Sprechanlage eine männliche.

„Ja, bitte?"

„Mein Name ist Spyridakis, ich möchte Frau Birnbaum sprechen."

„Da haben Sie Pech, meine Frau ist nicht da."

Durch Vlassis Hirn schoss ein Gedanke. Die Mutter des Toten war nicht da, nur ihr Mann, dem könnte er die Nachricht auch überbringen, das wäre wahrscheinlich sogar einfacher.

„Ich kann eigentlich auch mit Ihnen sprechen."

„Worum geht es denn, Herr Spyro…, wie war Ihr Name noch mal?"

„Spyridakis, Herr Birnbaum."

„Ich heiße nicht Birnbaum, aber wenn Sie unbedingt wollen, kommen Sie hoch."

„Danke", rief Vlassi, und schon summte es am eisernen Tor.

Kommissar Spyridakis eilte in den ersten Stock hinauf, wo der Mann von Frau Birnbaum an der offenen Tür stand. Er musste etwa Mitte sechzig sein, hatte ein gut geschnittenes Gesicht, eine Glatze und einen gepflegten grauen Vollbart.

„Herr Spyrodakis, Sie haben's aber eilig."

„Spyridakis, wenn's recht ist."

„Entschuldigung, Herr Spyridakis, kommen Sie doch herein und tragen Sie Ihr Begehr vor."

Manieren hat er und eine kultivierte Sprache, dachte Vlassi, mit dem lässt sich's reden. Der Mann mit dem Vollbart führte ihn in eine weitläufige Küche und sah ihn fragend an.

„Ich bin von der Kripo", gestand Vlassi und machte ein bekümmertes Gesicht.

„Sie tun gerade so, als wäre das ein Verbrechen." Frau Birnbaums Mann machte eine Pause und schob nach: „Ist es eines?"

„Ich hoffe nicht", erwiderte Vlassi, „wie ist eigentlich Ihr Name, wenn Sie nicht Herr Birnbaum sind?"

„Ich bin der Lebensgefährte von Frau Birnbaum, so sagt man doch heute, und mein Name ist Silbermann, Fred Silbermann."

„Das heißt, Herrn Birnbaum gibt es nicht mehr?"

„Könnte man so sagen, er ist verstorben." Herr Silbermann machte eine Pause: „Und jetzt sind Sie dran."

„Ja, natürlich", beeilte sich Vlassi zu antworten, „ich habe die Aufgabe, eine schlechte Nachricht zu überbringen ... eigentlich Ihrer Frau ..."

Vlassi überlegte, ob er dem Lebensgefährten den Tod des Sohnes überhaupt mitteilen durfte, aber da ertönte schon Fred Silbermanns Stimme: „Schlechte Nachrichten höre ich nicht gern! Und für Tova ist das überhaupt nichts."

Vlassi atmete innerlich auf, da hatte er ja Glück gehabt, dass er beim Lebensgefährten gelandet war.

„Die Sache ist die", hob er an, „der Sohn von Frau Birnbaum, also dieser Sohn ist ... ein Senfkönig ..."

„Weiß ich, weiß ich, kommen Sie zur Sache! Was ist mit Dani?"

„Also ... wir haben Dani aufgefunden ... im Senf ... tot."

Fred Silbermann wich einen Schritt zurück, auf seinem Gesicht zeigte sich ungläubiges Entsetzen. Eine Weile war es völlig still in der Küche. Dann sagte Herr Silbermann tonlos: „Das ist ja entsetzlich."

Er machte ein paar Schritte zum runden Esstisch und ließ sich auf einem Stuhl nieder: „Wie ist er zu Tode gekommen? Ein Unfall?"

Gibt es auch tödliche Senfunfälle?, ging es Vlassi durch den Kopf, doch er antwortete leise: „Das wissen wir noch nicht genau. Es deutet eher auf Mord hin."

Silbermann hob den Kopf: „Auf Mord?"

„Genaues kann ich noch nicht sagen, tut mir leid, wir sind noch am Anfang der Ermittlungen."

Fred Silbermann erhob sich und machte ein paar unruhige Schritte durch die Küche, dann blieb er stehen:

„Sie wissen, dass Dani Birnbaum Jude war? Ich übrigens auch."

„Das ist mir neu."

„Dann wissen Sie wahrscheinlich auch nicht, dass der Antisemitismus wieder zugenommen hat."

„Tatsächlich?", fragte Vlassi.

Herr Silbermann nahm ihn in den Blick: „Sie lesen offenbar keine Zeitung."

„Oh doch, natürlich."

„Dann sollte Ihnen nicht entgangen sein, dass die Vokabel Jude wieder zum Schimpfwort geworden ist. Und das Schimpfwort ist meist nur der Anfang."

„Sie meinen, vom Schimpfwort zum Mord ist es nur ein kleiner Schritt?"

„Diskriminierung ist meist der erste Schritt zu Untaten, das wissen wir doch aus der deutschen Geschichte." Fred Silbermann warf einen musternden Blick auf den langen Lulatsch ihm gegenüber, dann sagte er: „Ihr Name verrät Ihre griechische Herkunft, aber Sie sind doch Deutscher?"

„Kann man so sagen, ich bin jedenfalls hier zur Schule gegangen und aufgewachsen."

„Na also, das Fach Geschichte ist Ihnen also nicht unbekannt."

Vlassi bestätigte durch Kopfnicken, besann sich aber darauf, das Gespräch wieder an sich zu reißen: „Also, Sie meinen, der Tod von Dani Birnbaum könnte etwas mit seiner Religion zu tun haben?"

„Herr Spyridakis, bei der Mainzer jüdischen Gemeinde trauen sich 98 Prozent nicht, öffentlich zu sagen, dass sie Juden sind. In Frankfurt und Wiesbaden ist es ganz ähnlich. Und warum ist das so?"

„Weil sie ...", setzte Vlassi an.

„Ganz richtig, weil sie Angst haben", vervollständigte Fred Silbermann seinen offenen Satz.

Kommissar Spyridakis nickte nachdenklich.

„In Hamburg gab es vor Kurzem einen Attentäter, der im Supermarkt einen Menschen mit dem Messer tötete und sieben andere schwer verletzte. Was glauben Sie, was er rief, bevor er zustach?"

„Ich weiß es nicht", gestand Vlassi.

„Er rief *Allahu Akbar*, und er hasste Juden."

Fred Silbermann ging zum Fenster und schaute hinaus. Ohne sich umzudrehen, sagte er nach einer Weile leise: „*Gott ist groß* heißt das. Was für eine Gottesvorstellung haben diese Menschen? Ist Gott ein Schlächter und sie seine Werkzeuge?" Er schwieg wieder, dann sagte er ebenso leise: „Juden bezeichnen sie als Hunde und Ratten, und sie selbst wollen als Märtyrer sterben."

Herr Silbermann drehte sich vom Fenster zu Kommissar Spyridakis um: „Sage ich Ihnen etwas Neues?"

Vlassi schüttelte leicht den Kopf, natürlich konnte er dieser Frage nicht zustimmen.

„In Berlin ist vor einiger Zeit ein Rabbi von vier arabischen Jugendlichen zusammengeschlagen worden, sie brachen ihm das Jochbein. Warum? Es gibt keinen Grund dafür, der Rabbi hatte ihnen nichts angetan, sein Fehler war, dass er ein jüdisches Käppchen trug."

„Davon habe ich gelesen", erwiderte Vlassi.

„Sie lesen also doch, da bin ich zufrieden. Wissen Sie auch, dass sich Juden in gewisse Stadtteile in Berlin nicht mehr hineintrauen, sie sind dort nicht sicher, sie können jederzeit angegriffen werden. Das gilt für Neukölln und Wedding und sogar für Schöneberg."

„Aber doch nicht für Wiesbaden und Mainz", entgegnete Vlassi entschieden.

„Wie lange noch?", fragte Fred Silbermann.

Kommissar Spyridakis' Miene war sehr nachdenklich geworden, jetzt aber wollte er doch der pessimistischen Sicht seines Gegenübers widersprechen: „Noch gibt es uns, noch gibt es Kripobeamte, die im Dienst …"

„Sich im Dienst verzehren, wollen Sie sagen?", fragte Fred Silbermann spitzzüngig.

„Nein, wollte ich nicht sagen", widersprach Vlassi, „ich verzehre mich ungern, aber ich kläre gern auf."

Herr Silbermann warf ihm einen Blick zu, der, wenn nicht alles täuschte, etwas mitleidig ausfiel: „Na, dann klären Sie mal auf. Ich habe Ihnen ja schon einige Tipps gegeben, wo Sie suchen sollten."

„Ja, ja", erwiderte Vlassi, „danke dafür, und bitte sagen Sie Frau Birnbaum Bescheid." Er räusperte sich: „Es tut mir leid, so eine Todesnachricht überbringen zu müssen. Mein Beileid."

Vlassi war schon an der Tür, als ihm noch etwas einfiel: „Und bitte informieren Sie auch die Verlobte von Dani Birnbaum."

9 Eine geheimnisvolle Erfindung

„Nun sagen Sie schon, um welches Geheimnis es sich handelt!"

Julia Wunder sah Rosalie Weisenbach, mit der sie immer noch im Senf-Palast saß, scharf an, sie konnte nicht länger warten, sie war neugierig auf die Enthüllung dessen, was Frau Weisenbach ihren Mitkönigen angekündigt hatte.

„Na ja, ich wollte auf den Erfolg trinken, wollte meinen Männern was bieten und hab' sie in die *Schlupp* eingeladen."

„Die Schlupp?", fragte Julia.

„Sie kennen die *Schlupp* nicht? Das ist ein wunderbares Lokal in Walluf. Da kann man schlemmen, und preislich geht es noch."

„Aha. Sie sind also in die *Schlupp* gefahren, und dort haben Sie Ihr Geheimnis den beiden Männern mitgeteilt."

„Genau so war es."

„Bitte spannen Sie mich nicht länger auf die Folter – was für ein Geheimnis?"

Rosalie Weisenbach lächelte die Hauptkommissarin an, es schien so, als sei sie sich vollkommen bewusst, die Kripofrau hinzuhalten. Und sie tat es mit Lust. Wenn man ein Geheimnis mit sich herumträgt und es nicht preisgibt, verschafft einem das vielleicht sogar Vorteile.

„Nun reden Sie schon", ermunterte sie Julia, „ist das Geheimnis am Tod Ihres Mitkönigs schuld?"

Die Miene von Frau Weisenbach veränderte sich ins Nachdenkliche. Konnte es eventuell sein, dass ihre Erfindung Dani das Leben gekostet hatte?

Grübelnd teilte sie mit: „Das weiß ich nicht, aber möglich wäre es." Sie machte eine kleine Pause: „Sie haben ja schon gemerkt, dass der Senf-Palast etwas Besonderes ist und ich eine Senferfinderin bin ..."

„Eine kreative Senfgöttin, ich weiß."

„Botanisch gesehen ist Senf eine Art Kreuzblütler", fuhr Rosalie Weisenbach fort, „und mit Raps, Rettich und Kresse verwandt. Die ätherischen Öle im Senf machen seine Wirkung aus ..."

Julia unterbrach die Senfgöttin: „Wollen Sie mir eine Vorlesung halten?"

„Nein, aber das müssen Sie wissen, um das Nachfolgende zu verstehen!"

Hauptkommissarin Wunder senkte ergeben den Kopf, was Rosalie als Einwilligung deutete weiterzusprechen.

„Die Sache ist die", erklärte sie, „ich musste in kurzer Zeit einige neue Senfsorten kreieren."

Julia sah sie fragend an.

„Dani kam eines Morgens in unser Geschäft und erzählte mir von seiner Mutter. Dani ist Jude, wie Sie ja schon wissen, und seine Mutter wollte erfahren, ob es bei ihm im Senf-Palast auch einen koscheren Senf gäbe."

„Gibt's den?"

„Nein, natürlich nicht, aber ich wollte unbedingt einen erfinden, das hat mich herausgefordert."

Julia wollte eben fragen, ob sie mit der Herausforderung klargekommen sei, doch Rosalie Weisenbach sprach schon weiter: „Koscherer Senf, so was gab's noch nie, und Sie werden lachen, ich hab's geschafft." Sie machte eine Pause in der Hoffnung, dass die Kripofrau ihr gegenüber vielleicht eine Kostprobe verlangen würde. Da nichts dergleichen geschah, sprach sie weiter: „Ach, er würde Ihnen bestimmt nicht schmecken, ich habe einige ätherische Öle weggelassen."

„Ach so", erwiderte Julia, „ich hab' schon gedacht, Sie haben Schweinefleisch weggelassen." Sie wirkte etwas genervt, was Rosalie überhaupt nicht hinderte, sie weiter zu informieren: „Der koschere Senf hat mich in eine üble Situation gebracht. Denn wissen Sie, was passierte?"

Julia schüttelte den Kopf.

„Hamed kam und fragte mich, ob ich nicht einen arabischen Senf entwickeln könnte; wenn es schon einen jüdischen Senf gäbe, dann wolle er auch etwas für seine Leute. Einen Mostri arab, wie er sagte. Eigentlich gar keine schlechte Idee. Eine Geschäftsidee für den ganzen Nahen Osten. Die kennen ja so was nicht."

„Und wollen es vermutlich auch nicht kennenlernen", schaltete sich Julia jetzt ein.

„Sagen Sie so etwas nicht!", widersprach Frau Weisenbach, „diese arabischen Länder gieren nach europäischen Erzeugnissen, von allein kommen die doch auf nichts. Ich habe experimentiert und bin zu dem Ergebnis gekommen, dass man bei dem Senf für die orientalischen Länder mit Harissa arbeiten müsste …"

„Harissa?"

„Eine feurige Paprikapaste."

Julia stöhnte auf: „Also Harissa-Senf. War das Ihre geheimnisvolle Erfindung, von der ich so gern erfahren würde?"

Rosalie Weisenbach sah sie lächelnd an und antwortete knapp: „Nein."

„Liebe Frau Weisenbach", erwiderte Julia Wunder und stöhnte leicht auf, „Sie sind eine Meisterin der Spannung, dieses Kompliment kann ich Ihnen jetzt schon machen. Eigentlich sollten Sie Krimis schreiben, Sie könnten meinen Hausautor Schöne bestimmt gut beraten."

Frau Weisenbach erhob sich und grinste sie von oben an: „Ich muss Ihnen doch erzählen, was Sie erfahren müssen. Was wahrscheinlich zur Aufklärung des Falles beiträgt."

„Danke, das ist reizend, dass Sie mir so zur Seite springen. Also, Sie haben den Harissa-Senf erfunden und in den Orient geschickt."

„Na ja, nicht gleich in den Orient, es gab andere Probleme. Beim Harissa-Senf musste ich nämlich Kurkuma weglassen …"

„Kurkuma?"

„Ein wichtiger Bestandteil unseres Senfs!"

„Sie bringen mich noch dazu, Ihre Senfsorten alle durchzuprobieren", ächzte Julia, „und wenn ich das gemacht habe, bin ich wahrscheinlich die nächste Senfleiche."

„So hat mein Verlobter Eckart auch gesprochen. Er sagte sogar, dass der traditionelle deutsche Senfbegriff gesprengt werde."

Hauptkommissarin Wunder horchte auf: „Er war also dagegen?“

„Ja, natürlich, er war überhaupt gegen diesen Senf-Palast und meine erfinderische Tätigkeit.“

„Endlich sagen Sie mir mal was Interessantes. Wie hat sich denn seine Gegnerschaft gezeigt?“

„Er hat mir Vorhaltungen gemacht.“

„Sie haben sich gestritten?“

„Manchmal … das wissen Sie doch schon.“

„Und Ihr Verlobter Eckart wusste, dass Herr Birnbaum Ihr Ideengeber war?“

„Was heißt Ideengeber?“, fragte Rosalie empört zurück, „ich habe meine eigenen Ideen.“

„Ich meine doch“, besänftigte Julia sie, „ob er wusste, dass Herr Birnbaum Sie zu Höherem ermuntert hat, ich meine zu diesem Senf-Palast hier?“

„Er hat es vielleicht geahnt.“

„Ah ja.“

„Was heißt denn *Ah ja*“, empörte sich Frau Weisenbach, „verdächtigen Sie etwa meinen Verlobten?“

„Wir verdächtigen jeden, der mit diesem Geschäft was zu tun hat.“ Und Julia setzte spöttisch hinzu: „Vor allem Ihren Verlobten.“

„Das ist ja unglaublich, mein Verlobter ist zwar Senfverächter, der mein Genie nicht erkannte – aber doch völlig harmlos.“

„Geben Sie mir bitte seine Adresse. Und wie heißt er mit Nachnamen?“

„Eckart Wagner. Er wohnt in Mainz, in Gonsenheim, in der Elsa-Brandström-Straße 23.“

Julia Wunder notierte sich die Adresse in ihr Moleskine-Notizbüchlein. Während sie schrieb, wollte sie wissen: „Was genau hat denn Ihr Verlobter einzuwenden gehabt gegen Ihre Senf-Tätigkeit?"

Rosalie Weisenbachs Lippen spitzten sich, es sah aus, als wolle sie gleich mit ihnen zustoßen: „Er hat über meine Kreationen gelästert."

„Das ist übel. Wie kann man das nur tun?"

Frau Weisenbach sah Julia beleidigt an: „Tun Sie das etwa gerade auch?"

„Aber nein."

„Es kam mir aber so vor."

„Sie irren sich, Frau Weisenbach, ich bewundere jeden kreativen Menschen. Wem ist es denn schon gegeben, neue und ungewöhnliche Senfsorten zu entwickeln?" Julias Stimme klang überzeugend, und ihre Worte zeigten Wirkung, Rosalie schien besänftigt und fuhr fort: „Sie müssen wissen, Eckart kommt aus einer anderen Welt, er ist Beamter …"

„Bitte keine Beamtenschelte. Ich bin auch Beamtin."

„Ja, aber Sie sind eine andere Sorte. Eckart ist Finanzbeamter."

„Was wollen Sie damit andeuten?"

„Na ja, ich sag es ungern. Aber für neue Ideen, für was Ungewöhnliches haben Finanzbeamte im Allgemeinen keinen Sinn. Eckart war hitzköpfig und meinte sogar einmal, dass nach dem Genuss meines Senfs das Ende für den Esser nahe sei …"

Rosalie verstummte, sie dachte daran, dass ihr Verlobter sie eigentlich nur von ihrem unseriösen Gewerbe abbringen wollte und ihr Vater, der Domdekan, ja eigentlich auch so dachte.

Julia schaute sie sinnend an: „Das Ende nahe sei … das ist eine interessante Formulierung. Und leider auch eingetroffen."

„Nehmen Sie doch nicht alles wortwörtlich, Frau Kommissarin! Er wollte mich damit doch nur ärgern."

„Vermutlich haben Sie recht …"

„Vermutlich? Ich habe recht!"

„Ja, ja", murmelte Julia, „also, Sie haben Harissa-Senf und koscheren Senf erfunden. War das erfolgreich?"

„Ob sie gekauft wurden? Na und ob."

„Auch der koschere Senf?"

„Wir haben ihn natürlich nicht koscher genannt. Wollten wir eigentlich zuerst, und Dani war sogar beim Mainzer Rabbi deshalb. Der hat ihm aber den Koscher-Stempel verweigert. Aber Dani hatte eine gute Idee. Er sagte, wir nennen unseren Senf koshar, verstehen Sie, das klingt so wie koscher, ist aber ein ungeschützter Begriff …"

„Und die Senfliebhaber wissen nicht, was das ist", fügte Julia ein.

„Dani sagte immer, koshar ist die Steigerung von koscher."

„Der war ja ebenso erfinderisch wie Sie", bemerkte Julia bewundernd, „hat er das auch den Kunden im Laden gesagt?"

„Nein, nur mir und Hamed."

„Hat er es nicht vielleicht Freunden mitgeteilt? Und vielleicht hat sich da jemand betrogen gefühlt?"

„Warum denn? Wenn der Senf schmeckt, fühlt sich niemand betrogen“, erwiderte Rosalie Weisenbach energisch.

„Hamed wusste also über den koscheren Senf Bescheid, war er mit dem Harissa-Senf zufrieden?“

Frau Weisenbach senkte leicht den Kopf: „Nicht so sehr, muss ich gestehen, er ist eben kein Senfgourmet. Aber immerhin hat mich seine fehlende Begeisterung auf eine andere Idee gebracht. Und jetzt komme ich auf das zurück, was ich vorhin schon sagen wollte …“

„Auf das Geheimnis? Da würden Sie mich glücklich machen, wenn Sie mir das endlich mitteilen könnten.“

Rosalie sah die Hauptkommissarin mit überlegener Miene an und sagte nur ein Wort: „Ja.“

„Nun klären Sie mich doch auf, um was es dabei geht“, flehte Julia sie an.

Rosalie Weisenbach beugte sich vor, als würde sie gleich etwas verraten, was kein Mensch hören dürfe. Leise sagte sie: „Es geht um den Tiger-Sonf.“

„Tiger-Sonf?“, fragte Julia in normaler Lautstärke.

„Müssen Sie so brüllen?“, fauchte Rosalie die Hauptkommissarin an, worauf die flüsternd wiederholte: „Tiger-Sonf?“

„Um eben den.“

„Warum denn Sonf? Ist das ein Geheimsenf? Darf davon niemand wissen?“

„Doch, die Leute wissen es, sprechen aber nicht gern darüber. Mein Tiger-Sonf ist ein Geheimelixier.“

„Frau Weisenbach“, sagte Julia, „Sie sehen mich perplex. Nie hätte ich gedacht, dass Senf ein Geheimelixier sein könnte. Ich muss Sie um weitere Auskünfte bitten. Aber bitte – machen Sie's nicht ganz so spannend!"

„Was wollen Sie denn?", erwiderte Rosalie empört, „Sie können doch froh sein, dass Sie mich als Informantin haben. Ich hätte ja auch tot im Bottich liegen können, als Senftote hätte ich mich sicher gut gemacht. Und wenn ich grausam im Senf verendet wäre, könnte niemand Sie über meine Kreationen aufklären. Vor allem nicht über den Tiger-Senf."

Julia Wunders Mund entfleuchte ein leises Ächzen. Mit dieser Rosalie Weisenbach war schwer Kirschen essen, und bereits jetzt wuchs ihr Verständnis für den unwilligen Verlobten Eckart und Vater Weisenbach ins geradezu Unermessliche …

*

Vlassi schritt nach dem Besuch bei Fred Silbermann zügig zu seinem kleinen Opel. Hatte er es eilig? Nach dem Gespräch mit dem Lebensgefährten von Frau Birnbaum schien es ihm, als käme es auf jede Minute bei diesem Mordfall an. Wer wusste denn schon, wen der Mörder des armen Birnbaum als Nächsten im Visier hatte. Als Vlassi sein Auto erreichte, atmete er durch, die Rede von diesem Herrn Silbermann hatte ihn doch etwas mitgenommen. Waren Juden neuerdings in diesem Land gefährdet – und traf es demnächst auch Leute mit griechischem Namen? Vorsichtig nahm er hinterm Steuer Platz, als könnte ein

Bömbchen unterm Sitz lauern. Er schaltete das Radio ein und lenkte sich für einige Sekunden mit einer Schlagermelodie ab, um dann abrupt das Gedudel abzuschalten. Er musste Ernst Lustig in Mainz anrufen, mit Lustig würde er auf andere Gedanken kommen, der Senfmord an Birnbaum musste keine antisemitische Tat sein. Vlassi wählte auf seinem Handy die Nummer des Mainzer Hauptkommissars.

„Lustig", schallte es ihm entgegen.

„Hier ist Spyridakis, Herr Lustig, wir haben einen abstrusen Mord in unserer Stadt ..."

„Was hab' ich damit zu tun? Ihr habt doch immer abstruse Fälle, beim letzten Mal haben Sie mich auch in so einen unangenehmen Fall reingezogen", raunzte der Mainzer Kripomann.

„Die Spuren führen in den Mainzer Dom", erklärte Vlassi ernst.

„Was? Sind Sie verrückt geworden? Sie wollen doch nicht andeuten, dass unser Bischof was damit zu tun hat?"

Vlassi überlegte schnell, er wollte Lustig unbedingt animieren, mit ihm den Vater von Rosalie Weisenbach aufzusuchen, durfte aber nicht zu direkt werden.

„Wir wissen noch nichts Genaues, vermutlich hat der geistliche Oberhirte nichts damit zu tun. Aber ich baue auf Ihr psychologisches Geschick, mit Ihnen kommen wir weiter." Da es auf der anderen Seite still blieb, fuhr er fort: „Sie sind in theologischen Fragen doch viel versierter als ich."

„Was haben Sie denn für einen abstrusen Mord in Ihrer Stadt?", brummte Ernst Lustig.

„Einen Senfmord.“

„Das wird ja immer doller! Senf und Kirche, das schließt sich aus. Bei uns in Mainz gibt es simple Raubmorde und Beziehungstaten, aber keine Senfmorde. Bei uns wird anständig gemordet, so wie sich’s gehört.“

„Das weiß ich doch, Herr Lustig. Und genau deshalb rufe ich Sie ja an. Ich will Ihnen was Besonderes bieten und versuche, von Ihrer Erfahrung und Ihrem Einfühlungsvermögen zu profitieren.“

„Dass ihr nie was allein schafft!“, ächzte Hauptkommissar Lustig und machte eine kleine Pause: „Sie wollen mich also mal wieder durch Ihre Anwesenheit belästigen.“

„Stimmt genau. Und ich könnte auch gleich da sein.“

„Was heißt gleich?“

„In zwanzig Minuten.“

„Sie wissen ja, wo Sie mich finden“, stöhnte Lustig, „und bringen Sie keinen Senf mit, ich bin jetzt schon allergisch gegen die Pampe.“

10 Macht müde Männer munter

Während Vlassi auf dem Weg nach Mainz war, sandte seine Chefin Hauptkommissarin Wunder der Senfgöttin Rosalie Weisenbach einen flehentlichen Blick und sagte: „Sie hätten als Senfleiche bestimmt eine prima Figur abgegeben, aber ich bin sehr froh, dass Sie noch leben ...“

„Warum denn?“

„Weil Sie mich jetzt endlich über den Tiger-Sonf aufklären werden. Bitte tun Sie's, sonst stürze ich mich in einen Senfbottich.“

„Sie wollen die nächste Senfleiche sein?“, fragte Rosalie und grinste spöttisch, „wer soll dann den Fall aufklären?“

„Ich würde lieber am Leben bleiben, aber das schaffe ich nur mit Ihrer gütigen Hilfe.“

Rosalie Weisenbach nickte zufrieden: „Nun gut, dann will ich Sie jetzt mal auflockern und Ihnen von meiner sensationellen Erfindung erzählen.“

„Oh bitte ja, tun Sie das, ehe ich an geistiger Auszehrung zugrunde gehe.“

Frau Weisenbach beugte sich ein wenig zur Hauptkommissarin vor: „Meinen Tiger-Mostrich habe ich nicht Senf genannt, sondern Sonf.“

„Ich weiß.“

„So ungewöhnlich war er, dass ich einen neuen Namen dazu erfinden musste. Tiger-Sonf.“

„Verstehe“, brummelte Julia, die überhaupt nicht verstand. Sie dachte aber: Jetzt bloß nicht drängen und keine überflüssigen Fragen stellen, das könnte die Senfgöttin aus dem Konzept bringen. Sie nickte Rosalie lächelnd und aufmunternd zu.

„Mein Tiger-Sonf ist nämlich …“, Rosalie Weisenbach drehte ihren Kopf nach allen Seiten, und ihre Stimme wurde noch leiser, „… ist nämlich aphrodisierend.“

„Aphrodisierend?“

„Na ja, er macht müde Männer munter.“

„Das ist möglich?“, fragte Julia erstaunt.

„Einem Senfgenie wie mir ist vieles möglich.“ Rosalie Weisenbach hatte sich wieder ans Tischchen gesetzt, sah die Kommissarin prüfend an, um dann leise zu erklären: „Bei Frauen wirkt mein Tiger-Sonf auch.“

Hauptkommissarin Wunder sah die Senf-Lady vor ihr skeptisch an: „Woher wissen Sie das denn so genau?“

Frau Weisenbach antwortete mit nur einem Wort: „Selbstversuch.“

„Interessant, ich bin sogar geneigt zu sagen, hochinteressant. Ich wusste gar nicht, was man mit Senf alles anstellen kann. Sie scheinen eine Art Viagra-Senf erfunden zu haben …“

„Leise!“, ermahnte sie Rosalie mit lauter Stimme, „warum reden Sie denn so laut?“

Mit gedämpfter Stimme sagte Julia: „Erzählen Sie mir etwas über den Selbstversuch.“

Frau Weisenbach sah die Hauptkommissarin empört an: „Nein.“

„Sie haben den Sonf sicher nicht allein getestet, sondern mit Ihrem Verlobten?“, probierte es Julia.

„Nein, nein, nein“, kam es von Rosalie.

„Ich will doch keine Einzelheiten wissen, ich will nur einen Eindruck gewinnen.“

Schnippisch erwiderte Rosalie: „Sie werden mir zu intim. Gewinnen Sie den Eindruck doch allein. Machen Sie auch einen Selbstversuch.“

Julia Wunder überlegte einen Moment, um dann zu sagen: „Vielleicht haben Sie recht, vielleicht sollte ich das mal ausprobieren.“

„Suchen Sie sich jemanden, mit dem Sie sich Intimitäten vorstellen können“, riet ihr die Senfgöttin, „und dann geht's los.“

„Sie meinen, wir schlecken gemeinsam am Tiger-Senf und fallen dann übereinander her?“

„Tiger-Sonf“, korrigierte Rosalie sie, um mit sanfter Stimme fortzufahren: „Sie werden schon sehen, was passiert.“

„Sie machen mich neugierig, wo ist Ihr Tiger-Sonf?“, wollte Julia wissen.

„Na, im Regal, er ist allerdings nicht ganz billig.“

„Und ich dachte, Sie schenken mir ein Gläschen, so von Tiger-Frau zu Tiger-Frau.“

„Geht leider nicht, Frau Kommissarin, ich will Sie nicht bestechen, und außerdem bin ich Geschäftsfrau, und das will ich auch bleiben.“

Rosalie Weisenbach stand auf und ging zu einem hinteren Regal, um ein unscheinbares Gläschen mit der schwungvollen Aufschrift „Tiger-Sonf“ herauszunehmen und Julia zu bringen.

„Kostet 15,80."

„Oh, ich hoffe, das kann ich in meiner Spesenabrechnung unterbringen."

„Natürlich schreibe ich Ihnen eine Rechnung", versicherte ihr Frau Weisenbach.

Julia nickte: „Also, ich weiß jetzt, was es mit diesem Tiger-Sonf auf sich hat, aber warum haben Sie so ein Geheimnis darum gemacht?"

Rosalie setzte sich wieder zu ihr und beugte sich vertrauensvoll zu Julia: „Na, das ist doch ganz klar. Nachdem sich die Wirkung des Tiger-Sonfs herumgesprochen hatte, kamen immer mehr Männer in unseren Senf-Palast, taten so, als interessierten sie sich für Biolissimo- oder Bananen-Senf – dabei wollten sie nur den einen."

„Verstehe. Kamen denn auch Frauen, um den Tiger-Sonf zu kaufen?"

„Auch, aber weniger. Ich vermute, sie haben ihn für ihre Männer gekauft." Frau Weisenbach hielt inne: „Aber alle haben so getan, als wüssten sie nicht, um was es ging. Ich hab' in meinem Labor hinten gekichert."

„Bei einer so delikaten Sache kichert man doch nicht, Frau Weisenbach."

Rosalie straffte sich: „Was glauben Sie, warum Viagra meist im Internet bestellt wird?" Sie gab sich gleich selbst die Antwort: „Weil viele Männer sich scheuen, in einer Apotheke laut nach Viagra zu fragen. Bei mir ist das anders. Man kauft ein Gläschen Rheingau-Senf und nimmt noch ein Gläschen Tiger-Sonf mit. Ganz harmlos."

Julia Wunder nickte nachdenklich, das war gut möglich, aber sie musste ihren Apothekerfreund Stockmann dazu befragen. Und ein weiterer Gedanke ging ihr durch den Kopf: Vielleicht sollte sie ihn zu einem Senfmahl einladen? Bei mir gibt es heute Abend Senf – hast du Lust zu kommen?

Mit ernstem Gesicht wandte sie sich wieder an Frau Weisenbach: „Haben Sie denn irgendwelche Beschwerden bekommen bezüglich dieses Tiger-Senfs, ääh … Sonfs ?"

„Natürlich nicht", fuhr Rosalie auf, „aber das ist nicht weiter verwunderlich; wenn es bei Viagra nicht funktioniert, beschwert sich auch kein Mann. Die denken doch, es liegt an ihnen. Aber bei meinem Produkt gab es überhaupt keinen Grund zu reklamieren."

Vielleicht liegt sie gar nicht so falsch, dachte Julia, aber wenn nicht, könnte hier ein Motiv für den Tod ihres Partners liegen. Bei irgendeinem lendenlahmen Kunden könnte es nicht geklappt haben mit der Aufrichtung, er hat sich mit diesem Tiger-Mostrich über den Tisch gezogen gefühlt, niemandem konnte er es erzählen – und da ist er zur Tat geschritten. Aber warum musste er sich gerade Dani Birnbaum aussuchen? Warum nicht die Senfgöttin selbst? Julia musterte ihre Gesprächspartnerin: Vielleicht war diese Rosalie die nächste Senfleiche?

Frau Weisenbach sprach schon weiter: „Was glauben Sie, wie schnell sich mein Tiger-Sonf herumgesprochen hat, nach kurzer Zeit kamen hier Männer rein, manche mit falschen Bärten und dunklen Brillen, um ganze Paletten abzuholen. Wir sind mit der Herstellung gar nicht mehr nachgekommen."

„Frauen waren nicht verkleidet?"

„Frauen sind im allgemeinen einfallsreicher, die gaben vor, für die Freundin zu kaufen, die weit weg wohnt, in Mannheim oder München."

Julia Wunder nickte, zugleich ging ihr ein Gedanke durch den Kopf: „Sagen Sie mal, Frau Weisenbach, Sie haben doch Konkurrenten auf Ihrem Gebiet, haben die das nicht mitgekriegt?"

„Der Senfmarkt ist nicht so groß, wie der Laie denkt. Wir mit unseren exquisiten Sorten haben niemanden zu fürchten ..." Rosalie Weisenbach hielt inne, und Julia fuhrt fort: „... das glaube ich Ihnen aufs Wort. Aber vielleicht musste ein anderer Hersteller Sie fürchten?"

„Na ja, also, es gibt da Eber-Senf. Der Chef dort, Doktor Eber, hat in einer regionalen Fernsehsendung gemunkelt, dass unser Tiger-Sonf gesundheitliche Risiken habe ..."

Hauptkommissarin Wunder machte sich eine Notiz in ihr Moleskine und bemerkte wie nebenbei: „Ach, das ist ja interessant."

„Das ist überhaupt nicht interessant", brauste Rosalie Weisenbach auf, „es ist vollkommener Quatsch, mein Sonf hat überhaupt keine Risiken, es ist ein Naturprodukt!"

„Ich glaube Ihnen das natürlich sofort", beschwichtigte Julia sie, „aber wir müssen schließlich Anhaltspunkte für diesen rätselhaften Mord finden."

„Vergessen Sie diesen Anhaltspunkt", beschied Rosalie ihr, „Doktor Eber ist ein unkreativer Dummkopf, der gemerkt hat, dass seine Produkte meinen nicht das Wasser reichen können."

„Sehen Sie, genau deshalb könnte er wichtig sein."

Hauptkommissarin Wunder erhob sich und teilte mit: „Ihren toten Kollegen müssen wir mitnehmen. Geben Sie mir Ihr Kärtchen, ich melde mich wieder bei Ihnen."

„Telefonisch?", fragte Rosalie Weisenbach und wirkte enttäuscht, während Julia durch den Kopf ging, dass es wahrscheinlich weniger Anstrengung verursachte, mit dieser Senfgöttin durch einen Draht zu reden, vielleicht machte sie's da nicht so spannend.

*

Vlassi verließ derweil die Wiesbadener Straße und überquerte die Theodor-Heuss-Brücke, um zur anderen Seite nach Mainz zu kommen. Als er im dortigen Präsidium das Zimmer von Hauptkommissar Lustig betrat, schaute der demonstrativ auf seine Uhr und raunzte ihn an: „Sie sind dreieinhalb Minuten zu spät."

„Pünktlichkeit ist eine Zier, doch weiter kommt man ohne ihr", antwortete prompt sein Wiesbadener Kollege.

„Was ist denn das für ein Unsinnsspruch?"

„Hat meine Mutter immer gesagt, fand ich gut."

„In Griechenland ist das vielleicht so, bei uns gilt nur der erste Teil Ihres Satzes. Setzen Sie sich und enthalten Sie sich überflüssiger Kommentare."

„Ich gehe sofort in medias res …"

Vlassopolous Spyridakis kam nicht weiter, denn Lustig nahm ihm das Wort ab: „Also eine Senfleiche habt ihr. Und was hat unser Bischof damit zu schaffen?"

„Wie ich schon sagte, die Spuren führen in den …“

„Senf und Kirche schließen sich aus, das habe ich Ihnen schon gesagt!“, nahm ihm Ernst Lustig wieder das Wort.

„Die Sache ist so, der Vater der Kollegin des Toten …“

Wieder kam Vlassi nicht weiter, denn Hauptkommissar Lustig musterte ihn im Sitzen von oben: „Wie redde Sie dann?“ Um auf Hochdeutsch fortzufahren: „Das sind zwei Genitive hintereinander, so spricht man nicht. Das sollte ein gebildeter Mensch wie Sie wissen.“

„Sie haben recht“, gestand Vlassi, „vor allem nicht, wenn man in Mainz zur Schule ging.“

„Des war doch nur ein kleiner Scherz“, teilte Lustig mit, „sprechen Sie weiter.“

Kommissar Spyridakis informierte den Mainzer Kollegen in wohlgesetzter Rede über den Senf-Palast in Wiesbaden und seine drei Inhaber, wobei er die kreative Kraft Rosalie Weisenbach besonders hervorhob, um auf ihren Vater zu kommen.

„Er ist Domdekan in Mainz.“

„Im schönen Mainz Domdekan zu sein, ist was ganz Besonderes“, ergänzte Lustig, um gleich fortzufahren: „Also, das ist die Spur in den Dom?“

„Gewissermaßen ja.“

„Sie glauben doch nicht, dass der Vater von dieser Weisenbach ihren Kompagnon umgebracht hat?“

„Man weiß nie. Er war jedenfalls strikt gegen diese Senfgeschichte, so viel wissen wir, Frau Wunder hat mich diesbezüglich informiert.“

„Frau Wunder, Frau Wunder“, brummte Lustig, „was trägt sie denn beim Verhör für einen Hut?“

„Ist mir entgangen."

„Also, ich bin auch gegen Senfpamperei wie der Domdekan", fuhr Lustig fort, „aber weshalb sollte ich deshalb einen Senfhersteller umbringen? Jedem Tierchen sein Pläsierchen, das ist gute Mainzer Tradition."

„Sie sind tolerant und ein Mann von Welt …", hob Vlassi an, kam aber nicht weit.

„Hören Sie bloß auf, mir um den Bart zu gehen", schnauzte Lustig, „ich soll Ihnen doch nur wieder aus der Patsche helfen wie beim letzten Mal, wo Sie mich bei diesem Putzteufel in Bretzenheim bloßgestellt haben."

„Ich habe Sie bloßgestellt?", fragte Vlassi und ließ leise Empörung mitklingen, „ich kann mich nur erinnern, dass die Putzfrau geredet hat, weil sie von Ihnen so angetan war."

Ernst Lustig musterte seinen Wiesbadener Kollegen skeptisch, sagte aber nichts. Insgeheim schmeichelte ihm aber dessen Rede, und war es nicht tatsächlich seiner Tatkraft zu verdanken, dass der letzte Fall so klar und deutlich gelöst wurde? Vlassi seinerseits schwieg ebenfalls, jedes weitere Wort von ihm wäre übertrieben gewesen und seinem Vorhaben nicht dienlich.

Schließlich sagte Lustig: „Also, der Domdekan wohnt ja in meinem Zuständigkeitsbereich, da sollte ich tatsächlich mal nach dem Rechten sehen. Sie können meinetwegen mitkommen."

Vlassi atmete auf, und Ernst Lustig erhob sich: „Adresse haben Sie doch. Oder müssen wir in den dunklen Ecken des Doms nach ihm suchen?"

11 Gelüstet es Sie nach dem Tod?

In den finsteren Dom mussten die beiden nicht, aber in die Grebenstraße, die in Richtung Altstadt hinter dem Dom lag. Die beiden Kripoleute waren zu Fuß unterwegs, und als sie zum Höfchen einbogen, knurrte Hauptkommissar Lustig seinen Wiesbadener Kollegen an: „Wir hätten ihn anrufen sollen, den Domdekan, da hätten wir gewusst, dass er da ist."

„Ich hab' keine Telefonnummer, aber es ist besser, ihn zu überraschen. Da kriegen wir die unmittelbare Reaktion von ihm mit."

„Besuchen Sie neuerdings Psychokurse?"

„Nö, so was weiß man einfach."

Lustig dachte bei sich: Das weiß er doch nur, weil seine Chefin ihm's eingetrichtert hat. Laut teilte er mit: „Na, da will ich nur hoffen, dass er da ist."

Die beiden Männer überquerten eben den Domplatz, und Ernst Lustig, der eingefleischte Mainzer, deutete in Richtung Himmel: „Sehen Sie den da oben?"

„Wen soll ich sehen? Gott?"

„Unsinn! Schauen Sie genauer!"

Vlassopolous Spyridakis schaute genauer, konnte aber außer Wolken nichts erkennen.

„Ich meine natürlich nicht den Himmel", klärte Lustig ihn auf, „ich meine den Domsgickel dort oben." Er deutete mit der Hand hinauf zur Domspitze. Dort befand sich ein Wetterhahn, für den die Mainzer die Bezeichnung Domsgickel gefunden hatten. Es ist allerdings kein flacher Hahn, sondern er besitzt einen Körper, geradeso als könne er wie ein Adler davonfliegen. Groß ist er auch, was man von unten nicht erkennen kann, doch immerhin misst er einen Meter in der Höhe und in der Breite.

„Wissen Sie, was der Domsgickel uns sagen will?“, fragte Ernst Lustig.

„Ja, natürlich, er sagt uns, aus welcher Richtung der Wind weht.“

„Da sieht man mal, dass Sie keine Ahnung haben“, schnaufte Lustig, „und Sie wollen in Mainz zur Schule gegangen sein.“ Er machte eine rhetorische Pause: „Der Domsgickel hat eine ganz andere Aufgabe.“

„Wirklich?“

„Ja, ja, wirklich. Seien Sie froh, dass Ihr Mainzer Kollege namens Lustig bei Ihnen ist, der kann Sie aufklären.“

„Ich wusste gar nicht, dass Sie auch Fremdenführer sind.“

„Allgemeinbildung, lieber Herr Spyridokulos!“

„Ich sehne mich nach Allgemeinbildung, Herr Lustoog.“

Die beiden Kommissare liebten es, in bestimmten Situationen ihre Namen falsch auszusprechen. Das war ihre Form der Uzerei, im Grunde handelte es sich um eine Art Zuneigung, die sie aber niemals zugegeben hätten.

„Der Domsgickel soll uns an die Prophezeiung von Jesus erinnern“, erläuterte Ernst Lustig, „an die Prophezeiung, dass Petrus ihn dreimal verraten werde, bevor der Hahn kräht."

Jetzt schaute Vlassi nochmals nach oben zur Domspitze, um dann mitzuteilen: „Sehr gut. Sogar ausgezeichnet."

„Das meine ich aber auch", assistierte Lustig.

„Wissen Sie auch, warum ich das prima finde?"

Hauptkommissar Lustig schaute ihn irritiert von der Seite an: „Warum?"

„Weil der Hahn eine Art Anti-Bigotterie-Programm verkündet. Dieser Domsgickel da oben ist doch eigentlich eine Mahnung. Er will uns sagen: Traut euch nur nicht zu viel zu. Ihr da unten wollt stark sein, aber wenn's drauf ankommt, seid ihr schwach und lauft davon."

Jetzt hielt Lustig im Schritt inne: „Mein lieber Herr Spyridokulos, ich wusste gar nicht, wie scharfsinnig Sie sein können."

„Scharfsinn ist mein Geschäft, Herr Lustoog", lächelte ihn Vlassi an.

Die beiden Männer gingen im Gleichschritt weiter, doch nach einer Weile fühlte sich Ernst Lustig bemüßigt, noch etwas mitzuteilen: „Die Mainzer sehen den Domsgickel im Allgemeinen simpler. Die leiten eine Wetterregel von ihm ab. Wissen Sie, wie die geht?"

„Ich habe keine Ahnung, obwohl Ex-Mainz-Schüler."

„Die Mainzer sagen", fuhr Lustig fort, „scheißt der Gickel Richtung Rhein, wird morgen Regenwetter sein."

„Stimmt das?"

„Ich habe keine Ahnung", gestand jetzt Ernst Lustig, „so oft guck ich nicht hoch, unsere Fälle spielen sich doch immer hier unten am Boden ab, ob Regenwetter oder nicht."

„Auf jeden Fall", ergänzte Vlassi, „sollten wir die Begegnung mit dem Domsgickel ernst nehmen, wir sollten stark sein und nicht davonlaufen."

„Sehr richtig", bekräftigte Hauptkommissar Lustig, „auch wenn uns die Begegnung mit einem eventuellen und abgefeimten Senfmörder bevorsteht."

Während die beiden so unterschiedlichen Kommissare sich dem Haus von Alfred Weisenbach näherten, ging Julia Wunder nachdenklich in ihrem Büro in Wiesbaden hin und her, um schließlich am Fenster innezuhalten und einen Blick auf den Neroberg zu werfen. Es war ein ungemütlicher Spätsommertag, zwar regnete es nicht, doch der Himmel verflüchtigte sich hinter dunkelgrauen Wolken. Ein Wetter zum Daheimbleiben, dachte Julia, und ein weiterer Gedanke kam ihr in den Sinn. Sollte sie wirklich Jürgen Stockmann anrufen und ihn zu einem Senfabend einladen? Ihre Freundschaft war bisher platonisch gewesen, aber unangenehm war er ihr nicht – und umgekehrt konnte man wohl dasselbe sagen. Sie müsste ihm natürlich etwas mehr als Senf kredenzen, etwas, wozu man Senf benötigte, eine Verfeinerung der Speise gewissermaßen. Aber zu sich eingeladen hatte sie ihn noch nie, würde er nicht auf dumme Gedanken kommen? Andererseits – so dumm waren sie gar nicht. Es wäre ein Test, und sie könnte immer noch abwehren. Andererseits könnte sie ihn auch in ein Lokal einladen, zu einem Würstchen. Den Senf brachte sie selbst mit. Begründung: Am öffentlichen Dienst wird immer mehr gespart, ich kann dir nur ein Würstchen bieten, lieber Jürgen, und den Senf habe ich selbst mitgebracht. Blödsinn, so konnte sie ihm nicht kommen, Jürgen Stockmann war kein Dummbeutel und würde sofort Lunte riechen.

Die Tür ihres Dienstzimmers wurde aufgerissen und hinein stürmte Kriminalrat Robert Feuer. Wie üblich hatte er das Anklopfen vergessen und legte sofort los: „Wie steht's um den grotesken Mord in diesem Senf-Palast?"

Julia drehte sich vom Fenster aus zu ihm und teilte mit: „Ich sage nur Tiger-Sonf."

„Was?"

Julia ging zwei Schritte auf ihn zu und nahm ihn bohrend in den Blick: „Haben Sie noch nie davon gehört?"

„Nein."

„Wirklich nicht? Sagen Sie die Wahrheit?"

„Ja, verflixt noch mal, was wollen Sie denn andeuten?"

„Sie sind kein Kunde gewesen im Senf-Palast?"

Feuer schnaubte: „Wird das ein Verhör hier? Gehöre ich zu den Verdächtigen?"

„Mal sehen", erwiderte Julia und ging zu ihrem Schreibtisch.

„Was heißt denn *mal sehen*? Was haben Sie herausgefunden? Was ist das für ein Tiger-Zeug?"

„Es ist ein Senf, der Sonf heißt."

Feuer schüttelte den Kopf: „Ich hab's ja gewusst, nicht nur der Mord ist grotesk, auch die Begleitumstände sind …"

„Die Begleitumstände", unterbrach Julia seine Rede, „sind multikulturell."

„Was soll denn das heißen?"

„Im Senf-Palast gibt es drei Partner, der eine ist Moslem, die andere Katholikin, der dritte Jude."

„Und wen hat's getroffen?"

„Den Juden. Er heißt Dani Birnbaum."

Kriminalrat Feuer streckte seinen Kopf vor: „Heißt das, wir haben einen Religionsmord?"

„Kann ich noch nicht sagen."

„Was können Sie denn sagen? Was haben Ihre Untersuchungen bis jetzt ergeben?"

„Ich habe mit der kreativen Kraft des Senf-Palasts ein längeres Gespräch geführt – die Frau ist nicht ohne."

Feuer hatte sich auf dem Schreibtischstuhl von Kommissar Spyridakis niedergelassen und sprach wie für sich: „Wenn wir es mit einem Religionsmord zu tun hätten, wäre das gar nicht schlecht."

Julia Wunder wusste, was er dachte. So etwas würde Schlagzeilen machen, so etwas liebte Feuer – Schlagzeilen, in denen er groß herauskam, wenn er schließlich den Medien mitteilte, wie er den Mörder überführt hatte.

„Sagen Sie mal, wer ist denn diese kreative Kraft, von der Sie sprechen?", fragte Robert Feuer laut.

„Sie heißt Rosalie Weisenbach, hat den Toten gefunden und bei uns angerufen."

„Das spricht für sie, kann aber auch eine Finte sein", grübelte Feuer, „wieso überhaupt kreative Kraft?"

„Sie erfindet Senf, zum Teil ganz exotische Sorten."

„Auch dieses Tiger-Zeug?"

„Genau, aber im Senf-Palast wird auch Bananen- und Rheingau-Senf, Lakritz- und Champagner-Senf, Tango- und Trüffel-Senf verkauft. Und manche anderen Sorten."

Feuer richtete sich im Stuhl auf: „Ist ja interessant. Ich wusste gar nicht, dass es so was gibt."

Julia Wunder setzte sich ihm gegenüber an ihren Schreibtisch: „Ich möchte Ihnen den Tiger-Senf empfehlen. Wie mir Frau Weisenbach sagte, strafft und aktiviert er jede Person, er richtet gewissermaßen auf …"

„Strafft? Bin ich unstraff?", fiel ihr Feuer ins Wort, „muss man mich aktivieren?"

„Nein, natürlich nicht", beruhigte ihn Julia, „aber so eine leichte Aktivierung kann doch jeder von uns vertragen."

Robert Feuer sah sie skeptisch an: „Na ja, bei Ihrem Kollegen Spyridakis könnten Sie recht haben, aber bei mir?"

Julia lächelte ihn an: „Es scheint sich um ein gesundheitliches Vademekum zu handeln, das ist doch im Grunde für alle sinnvoll."

Kriminalrat Feuer erhob sich und brummelte: „Unglaublich, auf welche Ideen die Leute bei Senf kommen. Darf man so was überhaupt verkaufen?" Er wartete keine Antwort ab, ging zur Tür, um sich dort umzudrehen: „Voran, voran! Wenn wir auf einen Religionsmord zusteuerten, wäre das so übel nicht." Als er die Klinke schon in der Hand hielt, fragte er: „Wo befindet sich dieser Senf-Palast genau, ich werde mir selber mal einen Eindruck verschaffen."

Vlassi und Lustig waren in der Grebenstraße vor der Nummer 8 angekommen, und Kommissar Spyridakis drückte eben den Klingelknopf neben dem Namen Weisenbach. Eine wackelige Stimme erschallte in der Gegensprechanlage: „Wer da?“

Ernst Lustig antwortete dienstlich: „Kripo, Lustig.“

„Das ist ja lustig, was wollen Sie?“

„Wir müssen Sie sprechen, Herr Weisenbach. Bitte öffnen Sie.“

An der Tür summte es, und Vlassi und Lustig traten ein.

„Scheint ein wackeliger alter Knabe zu sein“, murmelte Lustig.

Sie mussten nur wenige Stufen steigen, Alfred Weisenbach wohnte im Erdgeschoss und öffnete gerade die Tür.

„Kommen Sie näher“, forderte er die beiden Kommissare auf, „kommen Sie herein.“ Jetzt wirkt seine Stimme gar nicht mehr so wackelig wie in der Gegensprechanlage, jetzt klingt er ganz normal, dachte Lustig, unten am Trichter hab’ ich ihn mir als altes Männlein vorgestellt. Alfred Weisenbach war in der Tat nicht mehr der Jüngste und etwas klein gewachsen, trug dafür einen ordentlichen Bauch vor sich her.

Die Wohnung, die die beiden Kommissare betraten, schien nicht sehr groß zu sein, wirkte aber sehr gemütlich. Der Hausherr führte sie aus dem kleinen Flur in sein Arbeitszimmer, wo neben einer Bücherwand ein Schreibtisch stand. Daneben befanden sich zwei kleine Sessel und ein niedriger runder Tisch. Hauptkommissar Lustig stellte seinen Wiesbadener Kollegen vor, und Weisenbach fragte: „Wollen Sie Platz nehmen oder machen Sie’s kurz?“

„Wir machen's so kurz, wie's geht“, antwortete Ernst Lustig, „Sie haben eine Tochter?“

„Ja, ja.“

„Ist das nicht ungewöhnlich? So viel ich weiß, sind Sie doch Domdekan, da darf man doch nicht heiraten.“

„Sehr richtig“, bestätigte Alfred Weisenbach, „sind Sie deswegen gekommen?“

„Nein, natürlich nicht“, brummte Lustig, „aber erklären Sie mir das mal mit der Tochter, als Katholik interessiert mich so was.“

„Ganz einfach, ich habe Rosalie adoptiert.“

„Das geht?“, fragte Vlassi neugierig.

„In Ausnahmefällen schon.“

„Ihre Tochter ist in einer ausgefallenen Branche tätig …“, setzte Lustig an, kam aber nicht weit.

„Ja, ja, ich weiß, dieses Senfgeschäft.“

„Es liegt Ihnen nicht?“

Alfred Weisenbach war schon jetzt die Befragung lästig. „Liebe Kripofreunde, Sie sind doch nicht deshalb gekommen, um mit mir über Senf zu reden. Um was geht's denn wirklich?“

Vlassi übernahm unverzüglich: „Ich muss Ihnen leider mitteilen, dass im Geschäft Ihrer Tochter eine Gewalttat geschehen ist.“

„Was? Eine Gewalttat? Sie meinen einen Mord? Es ist doch nicht Rosalie?“

„Nein, Herr Weisenbach, nicht Ihre Adoptivtochter wurde gemeuchelt, sondern ihr Kompagnon.“

Der Domdekan wandte sich an Lustig und fragte nuschelig: „Wie spricht denn Ihr Kollege von der anderen

Rheinseite? Gewalttat? Gemeuchelt? Das hört sich alttestamentarisch an. Haben wir es mit einem religiösem Mord zu tun?"

„Das wissen wir noch nicht, Herr Weisenbach", antwortete Lustig und setzte hinzu: „Freuen Sie sich doch, dass mein Kollege alttestamentarisch babbelt, der weiß, was sich gegenüber einem Domdekan gehört."

Weisenbach seufzte auf: „Wir Katholiken sind immer dem Leben zugewandt und sprechen zeitgemäß."

„Na, des habt ihr vom Luther gelernt", erwiderte Ernst Lustig, „dem Volk muss man aufs Maul schauen."

Der Domdekan gab sich geschlagen: „Welcher Kollege wurde denn gemeuchelt?"

„Ein Mann namens Birnbaum", antwortete Vlassi.

„Den kenne ich, der hat sie doch in dieses Geschäft hineinmanövriert."

„Aha", sinnierte Lustig, „das war Ihnen wohl nicht recht."

„Nicht recht, nicht recht, ich bitte Sie! Ich habe mir meine Tochter nicht als Senfmamsell vorgestellt."

„Soviel wir wissen", sprach Vlassi weiter, „gibt es in ihrem Senf-Palast sehr ausgefallene Sorten, die beim Publikum gut angekommen sind."

„Mag sein, aber mir hat diese Senfpanscherei nicht gefallen. Ich sag's gradraus, meiner Tochter hab' ich das übrigens auch gesagt." Domdekan Weisenbach machte eine kleine Pause: „Also Herr Birnbaum wurde ermordet? Etwa mit Senf?"

Lustig sah Vlassi an, der Alfred Weisenbach streng anschaute: „Wie kommen Sie denn darauf? Wir haben doch noch kein Wort über die Todesursache verloren."

„Kleiner Scherz von mir. Vielleicht kann man auch mit Senf jemanden umbringen."

Jetzt schaltete sich Hauptkommissar Lustig ein: „Mit Senf kann man niemanden umbringen!"

„Nu ja", erwiderte Weisenbach und verzog den Mund, „es kommt darauf an, was im Senf drin war." Er machte eine kleine Pause, um dann fortzufahren: „Vielleicht hat Herr Birnbaum auch zu viel von Rosalies Lakritz-Senf genascht."

„Wollen Sie sagen, dass der ungenießbar war?", fragte Vlassi, während Lustig verwundert schaute: „Lakritz-Senf, gibt's das?"

„Meine Tochter ist sehr erfinderisch", hob Weisenbach stolz den Kopf, „ich will nicht sagen, dass ihr Senf ungenießbar ist, aber es handelt sich bei ihrem Mostrich doch um Spezialitäten, die nicht jeder verträgt."

„Mich macht der Senf Ihrer Tochter jetzt direkt neugierig", warf Lustig ein.

„Gelüstet es Sie auch nach dem Tod?", wollte der Domdekan wissen.

„Herr Weisenbach", hob Vlassi an, „besonders traurig macht Sie der Tod von Herrn Birnbaum offenbar nicht?"

Domdekan Weisenbach ließ sich in einem der kleinen Sessel nieder und seufzte auf: „Ach, der Tod. Der Tod gehört zum menschlichen Leben, damit muss man sich abfinden. Welch großartige Bischöfe sind schon in unserer Stadt dahingegangen, gerade ist unser wunderbarer Kardinal Lehmann gestorben. Soll ich Ihnen vorgaukeln, dass mich Ihr aktueller Senftod erschüttert?"

Er starrte auf den Teppich: „Ein Senftoter ist zu beklagen, ja, es ist ungewöhnlich, welche Wege der Tod findet.“ Er schaute zu den beiden Kommissaren auf: „Auf die Seele kommt's an, die müssen wir entwickeln, bevor der Tod an die Tür klopft. Haben Sie darüber schon nachgedacht?“

„Über die Seele?“, fragte Lustig verdutzt.

Domdekan Weisenbach war im Sessel zusammengerutscht, jetzt straffte er sich und fragte listig: „Wollen Sie mir Ihre Seele verkaufen?“

„Was?“, raunzte Lustig.

Doch Vlassi reagierte anders: „Wenn Sie interessiert sind – was würden Sie denn bieten?“

Alfred Weisenbach wurde ein Stückchen kleiner in seinem Sessel: „Sehen Sie, man muss nur ein Angebot machen, schon sind die Menschen bereit.“

„War das ein Glaubenstest?“, fragte Lustig streng.

„Vielleicht“, ächzte der kleine Mann im Sessel, „ein Glaubenstest, wenn Sie so wollen.“

Als die beiden Kommissare nach der Befragung wieder draußen auf der Grebenstraße standen, hielt Ernst Lustig seinen Wiesbadener Kollegen am Ärmel fest: „Wie konnten Sie nur auf dieses Angebot eingehen?“

„Ich wollt' mal sehen, wie weit er geht. Mich interessiert, was meine Seele wert ist.“

„In Penunzen?“

„Natürlich. Dieser Weisenbach ist doch von dieser Welt, und in dieser Welt rechnet man mit Penunzen, Pinkepinke, Knete und dergleichen mehr.“

„Ich kann nur über Ihre Unmoral den Kopf schütteln“, entgegnete Lustig und setzte sich in Bewegung.

Vlassi folgte ihm: „Wieso meine Unmoral? Ist es nicht eher seine? Er hat mich in Versuchung geführt."

„In Versuchung geführt?", murrte Lustig, „glauben Sie, dieser gute Geistliche ist der Teufel?"

Die beiden Männer gingen eine Weile schweigend nebeneinander her, schließlich sagte Kommissar Spyridakis: „Dass Weisenbach nicht erschüttert war, verstehe ich, aber er hätte doch ruhig fragen können, wie seine Adoptivtochter den Tod ihres Kompagnons aufgenommen hat."

Lustig brummte etwas Unverständliches, was eventuell Zustimmung bedeuten konnte. Der Dom kam in Sicht.

„Wieso glaubte er, dass Birnbaum mit Senf gemeuchelt wurde?", fragte Vlassi, „das konnte er doch nicht wissen."

Lustig raffte sich zu einer Antwort auf: „Die Senfpanscherei hat ihm nicht gefallen, und den Birnbaum hat er als Urheber dieser Panscherei gesehen. Die ganze Richtung war ihm zuwider, der wollte für seine Adoptivtochter was Besseres."

Vlassopolous Spyridakis nickte nachdenklich und sagte: „Aber kommt ein Domdekan für so einen Mord infrage?"

Im Gehen und wie nebenbei teilte zu Vlassis Überraschung sein Mainzer Kollege mit: „Da darf man sich nicht täuschen, katholische Geistliche haben einiges auf dem Kerbholz." Er seufzte laut auf: „Und jetzt machen sie einem schon Angebote für die Seele."

„Grauenhafte Unmoral", erlaubte sich Vlassi zu bemerken.

12 Todbringender Juckreiz

„Also, der Vater von dieser Senfgöttin machte einen harmlosen Eindruck?“, fragte Julia Wunder im Gehen.

„Na ja, harmlos möchte er jedenfalls erscheinen“, antwortete Vlassi.

„Diese Seelengeschichte ist doch eher eine Marotte“, entschied seine Chefin energisch.

„Also – ich war bereit zu verkaufen“, erklärte Kommissar Spyridakis.

Julia Wunder ging nicht darauf ein, stattdessen erklärte sie: „Wenn ich das Wort Seele höre, wittere ich Schmus, es gibt sogar Steigerungen wie Seelenkultur und Seelenhaftigkeit und Seelenferne. Ich bin eher für Witz und Esprit zu haben.“

Die beiden hatten gerade das Gerichtsmedizinische Institut betreten, sie waren auf dem Weg zur Rechtsmedizinerin Dr. Silke Hauswaldt.

„Ganz meine Meinung“, stimmte ihr Vlassi zu, „Witz und Esprit sind schließlich menschliche Eigenschaften – und doch leider selten anzutreffen.“

„Ja, ja“, murmelte Julia, während sie die ersten Treppenstufen hinab in die Unterwelt zu Dr. Hauswaldt nahm. „Wie kommen Sie eigentlich auf die Idee, dass der Domdekan harmlos erscheinen will?“, wollte sie wissen.

„Na ja, ich war doch mit Lustig bei ihm, und der meinte, dass katholische Geistliche einiges auf dem Kerbholz hätten und dabei immer lammfromm getan haben."

„Da hat er nicht ganz unrecht, man kennt ja diese Geschichten mit Messdienern. Sie sind doch auch katholisch."

‚Griechisch-orthodox, aber Messdiener war ich nie. Niemand hat an mir rumgefummelt."

„Schon gut … gibt es sonst noch Anhaltspunkte, die gegen den Domdekan sprechen?"

„Er war gegen diese Senfgeschichte, eine innere Abneigung. Und außerdem ist mir aufgefallen, dass er sich nicht nach dem Befinden seiner Tochter erkundigt hat. Es ist übrigens gar nicht seine richtige Tochter …"

„Natürlich nicht, er ist doch Priester", vervollständigte Julia seinen Satz.

„Adoptiert, und Weisenbach wollte sie nicht als Senfmamsell sehen – andererseits war er auch ziemlich stolz auf sie."

Zu Recht, dachte Julia, diese Rosalie Weisenbach ist schließlich eine kreative Person und hat sogar eine Art Viagra-Senf erfunden, einen Senf, den Julia unbedingt noch testen musste.

„Und was ist mit dem Verlobten?", fragte sie, „mit diesem Eckart Wagner?"

„Zu dem muss ich noch."

Julia Wunder warf ihm einen tadelnden Blick von unten zu und musste dabei ihren Kopf nach hinten beugen, denn sie trug heute ihren breitkrempigen Reverse-Crown-Damenhut in Dunkelblau.

„Ihr Anruf hat mich doch hierherbeordert, und als folgsamer Vlassopolous habe ich sofort die Weisung befolgt und mich am Gerichtsmedizinischen Institut eingefunden."

„Wieso sind Sie denn auf einmal so artig, Herr Spyridakis?"

„Meine Natur – meine Natur ist Artigkeit."

Julia warf ihm einen skeptischen Blick zu und sagte: „Sie können mir mit Ihrer Artigkeit vielleicht helfen. Ich soll einen Vortrag im Gutenberg-Gymnasium halten, Thema: Warum es sinnvoll ist, bei der Kriminalpolizei zu arbeiten. Nennen Sie mir fünf Gründe!"

„Also, einen hätte ich schon", antwortete Vlassi, „man kann mit einem Lamborghini Gallardo fahren." Er hielt inne: „Allerdings gilt das nur für die Carabinieri zwischen Rom und Neapel – man müsste halt in Italien Polizist werden."

Julia Wunder schnaufte: „Denken Sie weiter nach, vergessen Sie Ihre Artigkeit, kommen Sie mit attraktiven Gründen!"

Die beiden näherten sich einer Tür hinten im Gang auf der linken Seite, und Julia wollte ihrem Assistenten vorher noch eine Frage stellen: „Sie waren doch hoffentlich bei der Mutter von Herrn Birnbaum. Wie hat die denn reagiert?"

„Sie konnte nicht reagieren."

„Wie?"

„Sie war nicht da. Ich hab' mit ihrem Lebensgefährten gesprochen, einem Fred Silbermann. Der wird ihr die schlimme Nachricht überbringen."

Julia räusperte sich: „Da sind Sie ja noch mal davongekommen. Schade, ich wollte Ihre psychologische Einfühlsamkeit bewundern. Wie hat denn dieser Herr Silbermann die Nachricht aufgenommen?"

„Also, ich würde sagen, er war bestürzt."

„Bisschen mehr bitte!"

„Er hat darauf hingewiesen, dass Dani Birnbaum Jude war, er selbst sei das auch, bei der Gemeinde in Mainz, sagte er, getrauten sich 98 Prozent nicht, in der Öffentlichkeit zu sagen, dass sie Juden sind ..."

„Unglaublich", fiel ihm Julia ins Wort, „und so was in Deutschland."

„Juden hätten heute Angst, sich in der Öffentlichkeit zu ihrem Glauben zu bekennen", fuhr Vlassi fort.

„Ja, ich habe gerade einen Zeitungsartikel darüber gelesen", erwiderte Julia mit düsterer Miene, „in Nürnberg wurden Männer bespuckt, die aus der Synagoge kamen, in Berlin wurde ein Passant als Scheißjude bezeichnet, in Aachen wollte man einen Mann anzünden, weil er eine Kippa trug ..."

„Kippa?"

„Eine Kopfbedeckung, ein kleines Käppchen."

„Waren das Deutsche oder haben sie *Allah ist groß* gerufen?", fragte Vlassi.

„Das ist gar kein Gegensatz", antwortete Julia, „es gibt relativ viele Deutsche, die Moslems sind."

„Da sollten wir doch eigentlich ...", hob Vlassi an, doch Julia öffnete gerade die Tür zum Obduktionsraum, an dessen Seite Dr. Silke Hauswaldt stand, als hätte sie schon auf die beiden Kripoleute gewartet. Sofort legte sie los: „Sie kommen spät, ich warte schon auf Sie."

„Jetzt sind wir da, und Sie können uns sofort mit Ihrem Wissen beglücken", erwiderte Julia.

„Wissen Sie eigentlich", erklärte Dr. Hauswaldt, „dass in Deutschland jedes Jahr etwa 1200 Mörder davonkommen, weil ihre Taten nicht entdeckt werden und die Ärzte irrtümlich eine natürliche Todesursache bescheinigen? Sie haben das große Glück, mich zu haben."

„Ich bewundere schon lange Ihre Könnerschaft", ließ sich Vlassi hören.

Frau Dr. Hauswaldt trug einen weißen Kittel und streifte sich jetzt Latexhandschuhe über, ihr brünettes Haar war wie üblich straff nach hinten gekämmt und gegelt. Sie wies auf ein Gestell in der Mitte des Raumes, auf der ein Mann lag, es war Dani Birnbaum.

„Einen grausig anzusehenden Toten haben Sie mir geliefert, ich musste erst mal sein Gesicht waschen", teilte sie stirnrunzelnd mit.

„Was so ein bisschen Senf alles anrichten kann", erklärte Vlassi.

„Zur Sache bitte", sagte Julia, „was haben Sie herausgefunden, Frau Doktor Hauswaldt?"

„Ich habe den Mann aufgeschnitten und den Magen untersucht. Ich könnte Ihnen erzählen, was er in den letzten vierundzwanzig Stunden gegessen hat …"

„Ist das von Bedeutung?", fragte Julia in ihre Rede hinein.

„Ich finde es immer interessant, was ein Mensch isst", ließ sich Vlassi hören.

Seine Chefin sah ihn bedauernd an: „Herr Spyridakis, wir sind nicht hier, um Ihren speziellen Leidenschaften zu frönen."

„Vielleicht hat er einen Döner gegessen, der vergiftet war!", entgegnete Vlassi unbeirrt. „Und der ihm das Teil verabreichte, hat laut gerufen: *Allah ist groß*."

„Werden Sie jetzt komisch?", fragte Julia ihren Assistenten.

Mit ernster Miene erwiderte Vlassi: „Überhaupt nicht. Wir haben uns doch auf dem Gang schon über das Thema unterhalten. Und immerhin war Herr Birnbaum …"

Julia Wunder unterbrach ihn abrupt: „Nicht hier! Das klären wir später."

„Ich gehe ausschließlich zu meinem Adil in der Dreililiengasse, wenn ich Döner esse", schob Vlassi nach, „bei dem werde ich wenigstens nicht vergiftet."

Jetzt griff die Rechtsmedizinerin Dr. Hauswaldt ein: „In einer Beziehung hat Herr Spyridakis recht. Am Senf kann man nicht sterben, es sei denn, man löffelt ihn pfundweise. Aber das kann ich durch die Untersuchung des Magens ausschließen. Unser Verblichener hier muss durch einen anderen Umstand ums Leben gekommen sein."

„Einen anderen Umstand?", fragte Julia, „was soll das heißen?"

„Ich kann zum jetzigen Zeitpunkt nur sagen, dass er mit einem Gift in Berührung gekommen ist."

Kommissar Spyridakis hob den Kopf: „Hab' ich doch gesagt, der Mann ist aus dem Leben gegiftet worden!"

Dr. Silke Hauswaldt machte ein paar Schritte zum Leichnam und hob dessen rechte Hand hoch: „Sehen Sie das? Die Hand ist rot und verkratzt."

„Ein nervöser Typ war das, wie's scheint", kommentierte Vlassi.

„So scheint es nur einem Laien wie Ihnen", erläuterte Dr. Hauswaldt und streckte sich, „hier liegt etwas anderes vor." Sie hob die linke Hand des toten Dani Birnbaum nach oben: „Auch die zeigt Kratzspuren, wie Sie sehen."

„Er wird sich doch nicht totgekratzt haben?", äußerte Vlassi besorgt.

Seiner Chefin flog ein schnelles Grinsen über den Mund, dann sagte sie mahnend: „Bitte, bitte, Herr Spyridakis!"

„Was Sie sehen, wird oft durch Parästhesien hervorgerufen", erklärte die Rechtsmedizinerin.

„Parä…", versuchte Vlassi zu wiederholen, bekam das Wort aber nicht zusammen.

Unbeirrt klärte Dr. Hauswaldt weiter auf: „Eine Parästhesie ist eine nicht schmerzhafte Empfindung im Versorgungsgebiet eines Hautnervs. Sie wird von dem Betroffenen als Jucken und Kribbeln wahrgenommen. Wahrscheinlich beruhen Parästhesien auf Schädigungen der nicht myelinisierten Endaufzweigungen sensibler Nervenfasern …"

Julia Wunder unterbrach sie: „Bitte keine Vorlesung über diese Hautgeschichte. Sagen Sie uns das Ergebnis Ihrer Untersuchung."

Die Rechtsmedizinerin schaute Julia verärgert an, antwortete jedoch unverzüglich: „Der Mann hat sich vor Jucken nicht halten können."

„Und deshalb hat er sich gekratzt", ergänzte Vlassi, „wenn auch nicht totgekratzt."

„Aber warum hat er sich gekratzt, das wollen wir doch wissen“, fragte Julia.

„Solche Parästhesien werden häufig ausgelöst durch Medikamente. Parästhesien sind spontane Entladungen im Zentralnervensystem, können aber auch ohne ersichtlichen Grund auftreten und haben in der Regel nichts zu bedeuten.“

„Nichts zu bedeuten! Hier liegt eine Leiche!“, widersprach Hauptkommissarin Wunder, um gleich fortzufahren: „Aber was heißt Medikamente? Hat man ihm ein Medikament gegeben, das tödlich war?“

Vlassi nickte zu ihren Worten: „Das tödlich war und Juckreiz verursachte.“

„Das ist meine Vermutung“, bestätigte Dr. Hauswaldt, um gleich noch ihr fachliches Wissen unter Beweis zu stellen: „Die Parästhesie ist übrigens der Gegensatz zur Anästhesie. Bei ihr haben wir es mit fehlender Berührungsempfindung zu tun.“

„Also gut“, fasste Julia zusammen, „der Mann hat vermutlich ein Medikament bekommen, das ihn vergiftet hat und als Nebenwirkung diese … ääh … Parästhesie zur Folge hatte. Ist das so richtig?“

„In etwa“, erwiderte die Rechtsmedizinerin, „ich vermute es jedenfalls, obwohl Parästhesien auch bei Zuckerkrankheit und Alkoholsucht auftreten.“

„Vielleicht war Herr Birnbaum zuckerkrank“, mutmaßte Vlassi, „vielleicht musste er eine Arznei nehmen und hat sich in der Dosis geirrt.“

„Nein, nein“, widersprach Dr. Hauswaldt, „Medikamente solcher Art verursachen keine Parästhesien; nur wenn man keine nimmt, kommt es zu solchen Hautnerv-Reizungen."

„Wann ist denn Ihrer bisherigen Untersuchung nach der Tod eingetreten?", fragte Julia.

„Etwa sieben bis zehn Stunden vorher", antwortete Dr. Hauswaldt.

„Also am Abend zuvor", erklärte Julia.

Die Rechtsmedizinerin nickte: „Am späten Abend, vielleicht war es schon Nacht."

„Wann bekommen wir denn Ihr genaues Ergebnis?", wollte Julia wissen.

„Bald. Ich arbeite Tag und Nacht an den Leichen, die Sie mir auf den Tisch legen."

„Wir denken halt auch immer an Sie, vor allem bei einer Senfleiche", konnte sich Vlassi nicht verkneifen ihr mitzuteilen.

*

Eine knappe halbe Stunde später war Kommissar Vlassopolous Spyridakis auf dem Weg nach Mainz. Er wollte den Verlobten von Rosalie Weisenbach aufsuchen, jenen Eckart Wagner. Seine Chefin hatte ihm eingeschärft, es nicht auf die lange Bank zu schieben. Voran, voran!, hatte sie ihm zugerufen, als er mit heruntergekurbeltem Seitenfenster schon in seinem kleinen Corsa saß.

Im Finanzamt würde er diesen Wagner jetzt nicht mehr antreffen, es war später Nachmittag, und diese Leute ließen überpünktlich den Griffel fallen, aber er besaß schließlich seine Privatadresse. Vlassi musste mal wieder nach Gonsenheim, wo er im letzten Fall schon bei zwei Frauen tätig geworden war. Frauen sind schwierig, dachte Vlassi, mit Männern hat man es einfacher, die kämpfen mit offenem Visier und sind nicht hinterhältig und intrigant. Er fuhr von der Schiersteiner Brücke ab und dachte an den Kollegen Lustig. Hatte er diese Weisheit nicht von dem?

Eckart Wagner wohnte in der Elsa-Brandström-Straße 23, da befanden sich lauter scheußliche Hochhäuser, er wird doch nicht in so einem Kasten hausen, überlegte Vlassi, als er in die Straße einfuhr. Doch genau das war der Fall. Denn sein Auto rollte vor einem der Hochhäuser aus. Vlassi suchte an einer ellenlangen Klingelliste nach dem Namen Wagner und nickte zufrieden, als er ihn gefunden hatte. Sein Klingeln wurde nach kurzer Frist mit einer lauten Frage in der Gegensprechanlage beantwortet: „Hallo? Wer ist da?" Kommissar Spyridakis war geneigt zu antworten: *„Hier ist der Totendienst. Kommen Sie als gesprächige Leiche herunter!"* Aber damit würde er keinen Erfolg haben, Wagner würde vermutlich lachen und es als verfrühten Fastnachtsscherz abtun.

„Herr Wagner, hier ist die Kripo, wir müssen Sie sprechen", erklärte er mit Dienststimme.

„Die Kripo? Bin ich zu schnell gefahren?"

Der weiß offenbar nicht, was wir tun, dachte Vlassi, als ob wir armseligen Verkehrssündern nachjagen.

„Es geht um einen Mord, bitte öffnen Sie."

„Vierter Stock", brummte Eckart Wagner, und der Türsummer ertönte.

Kommissar Spyridakis nahm nicht den Aufzug, er stand zwar einen Moment sinnend vor einem Fahrstuhl, dessen Tür sich einladend öffnete, suchte dann aber nach einem Treppenaufgang und fand ihn schließlich auch. Fahrstühlen misstraute er, vor allem Fahrstühlen in Hochhäusern wie diesem in der Brandström-Straße, wie leicht konnte man da stecken bleiben, dem Fahrstuhl hier sah er geradezu an, dass er elendiglich in ihm umkommen würde, denn seine Wände strotzten vor Graffiti. Und schließlich weiß der vorsichtige Mann, dass in Aufzügen jedes Handy einen Nutzwert von null hat. Na ja, seines vielleicht besonders, denn Vlassi besaß nicht gerade das aktuellste Modell der Kommunikationstechnologie.

Als er im vierten Stock ankam und nach Atem schnappte, wurde eine Tür am Ende des Ganges geöffnet und ein Mann schaute ihm verwundert entgegen: „Die Kripo läuft?"

„Wir denken auch immer an unsere Gesundheit, Laufen ist gut für den Kreislauf. Sind Sie Herr Wagner?"

Der Mann an der Tür ging auf seine Frage nicht ein, sondern sagte: „Dann verfolgen Sie flüchtende Verbrecher vermutlich mit dem Fahrrad. Wegen der Gesundheit, gell!"

Vlassi näherte sich ihm, und jetzt teilte der Mann förmlich mit: „Ich bin der, den Sie suchen, Eckart Wagner."

„Herr Wagner, flüchtende Verbrecher verfolge ich mit unserem Lamborghini Gallardo, falls Sie wissen, um was es sich dabei handelt."

Wagners Mund umspielte ein Grinsen: „Wusste gar nicht, dass die Polizei solche Sportwagen in petto hat."

„Schon wieder was dazugelernt. Wir sind eine Spezialabteilung, eine ziemlich schnelle. Darf ich hereinkommen?“

Wagner öffnete die Wohnungstür ganz, die bisher nur einen Spalt offen stand: „Folgen Sie mir unauffällig, Herr …“

„Spyridakis.“

„Aus Griechenland?“, fragte Wagner, ohne sich umzudrehen, „dann sind Sie nicht nur von der schnellen, sondern auch von der fernen Truppe.“

„Könnte man sagen. Ich komme aus Wiesbaden.“

„Und Sie ermitteln im fernen Mainz, das passt.“

Die beiden waren in einem gut eingerichteten Wohnzimmer angekommen, wo zwei Männer auf einem plüschigen Sofa saßen und ein weiterer in einem Sessel.

„Leute“, sagte Wagner, „ich darf euch Herrn Spyridakis von der Kripo Wiesbaden vorstellen.“ Er drehte sich zu Vlassi und machte eine theaterreife Handbewegung in dessen Richtung, um dem Wiesbadener Kommissar mitzuteilen: „Kollegen von mir. Darf ich sie Ihnen vorstellen?“

„Ich bitte darum“, erwiderte Vlassi formvollendet.

Eckart Wagner wandte sich zu den beiden auf dem Sofa Sitzenden: „Das hier ist Herbert Schuh, und das ist Mario Herrmann. Und hier im gemütlichen Sessel haben wir Peter Diefenbach.“

Die beiden Männer auf dem Sofa nickten einverständlich dem Kripomann zu, während Herr Diefenbach sich aus dem Sessel erhob, dem Kommissar die Hand reichte und fragte: „Von der Kripo sind Sie? Ist Gefahr im Verzug?“

„Gefahr ist immer im Verzug, Gefahr ist mein Geschäft“, äußerte Kommissar Spyridakis lässig, „möglicherweise sind auch Sie in Gefahr, das versuche ich herauszufinden.“

„Auch ich?“, fragte Peter Diefenbach erschrocken, griff mit der rechten Hand zum Nacken, als würde der ihn zwicken. Dann ließ er sich vorsichtig wieder im Sessel nieder.

„Worum geht's denn?“, fragte der Hausherr, „Sie haben ja schließlich einen weiten Weg hinter sich, da wollen wir Sie nicht mit Nebensächlichem aufhalten.“

Nebensächlichem, dachte Vlassi, wenn der wüsste, dass er vielleicht demnächst tot in einem Senfbottich aufwacht. Laut aber sagte er: „Sie haben recht, Herr Wagner, kommen wir zur Sache.“ Er machte eine kleine Pause: „Kann ich vor Ihren Kollegen sprechen?“

„Ich habe keine Geheimnisse vor ihnen.“

„Herr Wagner, Sie sind mit Rosalie Weisenbach verlobt?“

„Ist ihr etwas zugestoßen?“

Wieso fragt er das gleich?, dachte Vlassi, könnte er nicht einfach mit Ja antworten?

„Das gerade nicht“, antwortete er, „aber in ihrem Senf-Palast ist etwas passiert.“

„Reden Sie schon, machen Sie's nicht so spannend!“

Vlassi räusperte sich und warf einen Blick auf die drei Kollegen Wagners, die beiden auf dem Sofa hatten sich im Sitzen aufgerichtet, Peter Diefenbach hielt es nicht in seinem Sessel aus, er stand wieder auf.

Bedächtig äußerte Kommissar Spyridakis: „Eine Gewalttat ist geschehen, eine üble Gewalttat.“ Er machte eine kleine Pause, um dann nachzuschieben: „Man könnte sagen, ein Senfmord."

„Was? Ein Senfmord!"

Wagners Stimme klang schrill, und Vlassi überlegte, ob das echt war oder ob er es spielte. So ganz unbegabt in dieser Hinsicht kam ihm Wagner nicht vor. Herbert Schuh zog ein Smartphone aus seiner Jackentasche, offenbar wollte er den eben gehörten Begriff googeln.

Eckart Wagner dagegen fragte ganz direkt: „Was heißt denn Senfmord?"

Sein Kollege Schuh ließ sich mit dem Smartphone in der Hand hören: „Den Begriff Senfmord kann ich nicht finden."

Ja, dachte Vlassi, den gibt's auch nur bei uns und nicht im Internet.

„Sie kennen Herrn Birnbaum?", fragte er sodann in Richtung Eckart Wagner.

„Natürlich. Ist er der Tote?"

Endlich eine gescheite Frage von diesem Wagner, dachte Kommissar Spyridakis, nickte und drehte sich sogleich zu dessen Kollegen: „Kennen Sie auch Dani Birnbaum?"

Vom Sofa kam ein gleichzeitiges Kopfschütteln. Herr Diefenbach, der immer noch stand, fragte besorgt: „Ja, hat denn unser Kollege Wagner hier etwas damit zu tun?"

Der Hausherr sah ihn stirnrunzelnd an: „Peter, glaubst du vielleicht, ich bin der Mörder?"

„Nein, natürlich nicht", beeilte sich Peter Diefenbach zu versichern, griff sich wieder in den Nacken und nahm zögerlich Platz auf seinem Sessel. Mario Herrmann teilte mit neugierigem Gesicht mit: „Ich müsste eigentlich weg, ich muss noch packen, ich fliege nämlich morgen nach Singapur. Aber dieser Mord interessiert mich."

„Singapur, da war ich noch nie", sagte Vlassi mit einer Miene, als wolle er mitgenommen werden. Dann wandte er sich zum Hausherrn: „Herr Wagner, Sie kannten also Herrn Birnbaum, und soweit wir informiert sind, waren Sie gegen das Unternehmen Senf-Palast …"

„Natürlich war ich dagegen", fiel Wagner in seine Rede, „Rosalie und ich wollen heiraten, diese Senfgeschichte hat mir nicht besonders gefallen."

Ehrlich ist er, dachte Vlassi, und auch ein bisschen hitzköpfig.

„Warum hat Ihnen die Senfgeschichte denn nicht gefallen?"

„Das muss ich doch Ihnen nicht erklären – oder stehe ich unter Verdacht?"

Jetzt meldete sich der Kollege Herbert Schuh vom Sofa: „Also, ich kann meine Hand für Eckart ins Feuer legen. Schon ein Verdacht ist aberwitzig, Eckart ist sogar an unserem Kirchenkreis in Taunusstein interessiert."

Was hat der Kirchenkreis damit zu tun?, dachte Vlassi, erwiderte jedoch vieldeutig: „Wir verfolgen jede Spur. Bis in die Kirchenkreise hinein." Und dabei dachte er an den letzten Fall, wo Pfarrer keine unerhebliche Rolle gespielt hatten. Herbert Schuh zeigte eine betretene Miene.

„Jede Spur!", schnaubte Eckart Wagner, „was haben Sie denn noch für welche?"

„Das darf ich Ihnen nicht sagen. Aber Sie können mir mitteilen, was Sie am gestrigen Abend gemacht haben, so zwischen zehn und ein Uhr in der Nacht."

Der Finanzbeamte Wagner verschränkte die Arme vor der Brust: „Um Mitternacht pflege ich zu schlafen. Mein Schönheitsschlaf benötigt acht Stunden."

„Sehr schön", entgegnete Vlassi, „und vor Mitternacht, waren wir da vielleicht noch in Sachen Senf unterwegs?"

„Keineswegs, ich bereite mich auf das Bett penibel vor."

„Aber bezeugen kann das niemand, dass Sie hier in Ihrer Wohnung waren?", fragte Vlassi unverdrossen, „Ihre Verlobte auch nicht?"

„Niemand! Sie müssen mir schon glauben."

„Ach, mit dem Glauben habe ich meine Schwierigkeiten, ich ziehe das Wissen vor."

„Wie Sie wollen!", erwiderte Eckart Wagner.

„Sie können mir bestimmt noch etwas sagen, was glaubensunabhängig ist", bohrte Vlassi nach, „ist Ihnen Ungewöhnliches aufgefallen? Im Senf-Palast, meine ich. Vielleicht hegen Sie sogar einen Verdacht."

„Ob ich einen Verdacht hege? Wie babbele Sie denn?"

„Ich rede Hochdeutsch und hege die Hoffnung, dass Sie mich verstehen", erwiderte Vlassi förmlich.

Eckart Wagner warf ihm einen Blick zu, der nahezu tödlich war, erwiderte jedoch nichts. Peter Diefenbach auf dem Sessel räusperte sich und sagte dann zu seinem Kollegen Wagner: „Du hast mir doch mal von einem Belalil erzählt."

„Ja", ergänzte sein Sofa-Nachbar Mario Herrmann, „ich kann mich auch an den Namen erinnern."

Kommissar Spyridakis nickte den Herren Diefenbach und Herrmann freundlich zu, endlich mal Finanzbeamte, die was wissen und es mitteilen.

„Der ist mir gerade auch durch den Kopf gegangen", nahm Eckart Wagner den Ball auf und schaute Kommissar Spyridakis forschend an: „Vielleicht haben Sie diese Spur schon auf dem Radar. Dieser Belalil ist der Dritte im Bunde im Senf-Palast, ein Ägypter oder so, ich komme gerade nicht auf seinen Vornamen."

„Hamed Belalil heißt er."

„Genau. Eine windige Gestalt, wenn Sie mich fragen."

„Warum windig?", fragte Vlassi.

„Na, ich bitte Sie, der hat doch nichts gelernt, kommt aus Ägypten oder Mesopotamien und hat sich als PR-Fachmann ausgegeben."

„Die müssen wir hier alle erst mal ausbilden", ließ sich Peter Diefenbach aus seinem Sessel hören.

Hoffentlich nicht alle beim Finanzamt, dachte Vlassi, fragte aber laut in Richtung Eckart Wagner: „Und was könnte das Motiv von Hamed Belalil sein?"

Der Finanzbeamte hob den Kopf: „Sie stehen offenbar noch ganz am Anfang. Wissen Sie denn nicht, dass Birnbaum Jude war und dieser Belalil Moslem ist?"

13 Tumbe Theaterleute

Während Kommissar Spyridakis den hitzköpfigen Eckart Wagner im Kreise seiner Kollegen im Gonsenheimer Hochhaus in der Elsa-Brandström-Straße aushorchte und versuchte, aus dessen Rede etwas Verdächtiges herauszufiltern, machte sich Hauptkommissarin Julia Wunder auf den Weg nach Walluf. Sie wollte zu Hamed Belalil, der sich im Senf-Palast nicht gezeigt hatte. Wusste er vom Tod seines Partners? Würde er völlig ahnungslos sein? Oder Ahnungslosigkeit spielen? Das musste sie herausfinden, und gleichzeitig würde sie ihm generell auf den Zahn fühlen.

Sie stellte ihren Dienstwagen, einen VW-Passat, in der Haselnussgasse ab, einer Seitenstraße der Durchfahrtsstraße in Walluf, setzte ihren dunkelblauen Afidora-Hut auf und ging zu Fuß in Richtung Rhein hinunter zur Kirchgasse, wo Hamed Belalil wohnte. Es herrschte bereits Zwielicht, der Tag nahm seinen Abschied, und die Lichter in den Fenstern der Häuser leuchteten auf. Am Haus des Gesuchten fand Julia neben anderen Schildchen eines mit dem Namen Belalil. Kaum hatte sie auf den Klingelknopf gedrückt, summte es auch schon an der Tür. Wurde sie erwartet? Julia musste in den zweiten Stock zu einer Mansardenwohnung steigen, wo sie eine geöffnete Tür vorfand.

„Herr Belalil?", fragte sie.

„Komm doch herein und warum so förmlich?“

Julia Wunder war sofort klar, dass Hamed Belalil jemand anderen erwartete, vielleicht ähnelte ihre Stimme jener anderen Person. Sie trat in einen winzigen Flur ein, und aus einem anderen Zimmer kam ein Unbekannter auf sie zu. In dem diffusen Kunstlicht der Glühlampe von der Decke wirkte der Mann selbst so künstlich wie eine Wachsfigur.

„Wer sind Sie?“, fragte er erschrocken.

„Ich bin die, die Sie offenbar nicht erwartet haben. Sind Sie Herr Belalil?“

Der Mann nickte: „Ja, ja.“

„Mein Name ist Wunder, ich bin Hauptkommissarin bei der Wiesbadener Kripo“, erklärte Julia.

Belalil sah sie irritiert an.

„Sie verstehen mich doch, Sie sprechen Deutsch?“

„Ja, natürlich, aber was wollen Sie von mir?“

„Ich will Sie informieren.“

Julia redete absichtlich so knapp, sie wollte bei dem Partner von Rosalie Weisenbach und Dani Birnbaum eine Reaktion hervorrufen, ob mimisch oder sprachlich.

Hamed Belalil wich zurück: „Informieren wollen Sie mich? Über was?“

Korrekterweise müsste er eigentlich sagen „Worüber“, dachte Julia, aber wir wollen es nicht so genau nehmen. Die Reaktion von Belalil schien ihr relativ normal, nur sein Zurückweichen war etwas ungewöhnlich – vielleicht irritierte ihn ihr Hut.

„Herr Belalil, ich muss Sie über eine Gewalttat informieren …“

„Ist jemandem etwas zugestoßen?“, fragte Hamed und machte eine besorgte Miene.

„So könnte man sagen.“

„Ja, aber wem denn?“

Julia hörte genau auf den Klang seiner Stimme. Besaß diese Frage einen Echtheitswert oder war sie einstudiert?

„Herr Belalil, Ihr Kollege Dani Birnbaum ist einer Gewalttat zum Opfer gefallen.“

Hamed Belalils Finger krallten sich in das Handtuch, das er in den Händen hielt. Nach einer kleinen Pause fragte er: „Meinen Sie mit Gewalttat einen Mord?“

„Es sieht ganz danach aus.“

Der Partner von Rosalie Weisenbach und Dani Birnbaum drehte sich um und machte ein paar Schritte zurück. Julia Wunder blieb stehen.

„Sie wollen doch jetzt keine Küchenarbeiten machen?“, fragte sie.

„Nein, will nur das Handtuch wegtun.“

„Komme ich ungelegen?“

„Ja … schon.“

„Wen erwarten Sie denn, wenn ich fragen darf?“

„Och, eine Freundin“, murmelte Hamed ausweichend.

Das war eine Lüge, dachte Julia, die ihn genau beobachtete. Aber erwartet hat er schon jemanden, nur wen?

Sie fragte: „Sie haben doch nicht etwa Dani Birnbaum erwartet?“

„Wie kommen Sie denn darauf?“, erwiderte Hamed Belalil.

Hörte Julia in seiner Stimme Empörung oder gar Widerwille?

„Na ja, Sie haben doch zusammengearbeitet."

Belalil machte zwei Schritte zurück ins nächste Zimmer, es war sein Wohn- und Arbeitszimmer zugleich. Julia folgte ihm.

„Müssen wir deshalb befreundet sein?", fragte Belalil. Er machte keine Anstalten, die Wiesbadener Kommissarin zum Sitzen einzuladen.

„Sehen Sie", sagte Julia, „darauf will ich hinaus. Sie und Herr Birnbaum waren nicht befreundet?"

Hamed schüttelte den Kopf: „Nein, nein."

„Ich möchte ganz offen mit Ihnen reden. Dani Birnbaum war Jude, Sie sind Moslem, hat das irgendwelche Auswirkungen auf Ihr Arbeitsverhältnis gehabt?"

Hamed Belalil schaute einen Moment nach unten, man sah, dass er weiche Hausschuhe an den Füßen trug, aber auf die kam es ihm nicht an, er brauchte den Augenblick, um zu einer Antwort zu finden.

„Ich weiß, worauf Sie hinauswollen", erklärte er und sah Julia wieder an.

„Worauf denn?"

„Sie vermuten, dass ich ihn umgebracht habe."

„Aber Herr Belalil, das würde ich niemals behaupten. Wie kommen Sie denn darauf?"

„Moslems und Juden haben im Allgemeinen ein gespanntes Verhältnis, das ist doch bekannt. Und bei mir kommt noch hinzu, dass ich Palästinenser bin."

Das hätte er mir nicht sagen müssen, dachte Julia, er scheint ehrlich zu sein. Andererseits könnte das auch eine Vorwärtsstrategie sein, er ist offenbar nicht dumm und weiß, dass ich sowieso herausfinde, wo er herkommt.

„Sie sind Palästinenser?", fragte Julia und tat so, als wäre das für sie eine Neuigkeit. Doch sie wollte ihm einen kleinen Schreck einjagen, der ihm vielleicht die Zunge löste: „Das verschärft natürlich diesen Fall."

Hamed schwieg und nickte lediglich mit düsterem Gesicht.

Julia ergriff wieder das Wort: „Also befreundet waren Sie nicht mit Dani Birnbaum. Wie würden Sie denn Ihr Verhältnis zu ihm beschreiben?"

Belalil sah wieder nach unten zu seinen Hausschuhen, dann antwortete er in einem Wort: „Unparteiisch."

„Sie sprechen gut Deutsch", sagte Julia und meinte es etwas ironisch, Hamed meinte natürlich mit unparteiisch neutral, aber er wiederholte lediglich seine Vokabel noch einmal.

Julia wollte auf den neuralgischen Punkt kommen: „Herr Belalil, Sie sagen, dass Moslems und Juden ein gespanntes Verhältnis zueinander haben. Galt das auch für Sie beide?"

„Die Israelis haben uns unser Land genommen", erwiderte Hamed und schwieg.

Julia dachte nicht daran, ihn darüber aufzuklären, dass Palästinenser etliche Kriege im Nahen Osten angezettelt und alle verloren hatten, doch offenbar braucht jedes Volk seine Legenden und Mythen – sie wollte auf etwas anderes hinaus: „Sie haben nicht von Israelis gesprochen, sondern von Juden und Moslems, das ist ein Unterschied."

Hamed sah sie zweifelnd an, man merkte, dass er verstand, was Julia meinte, doch er gab keine Antwort. Es kam zu einer unangenehmen Stille, bis schließlich Julia fragte: „Leben Sie allein hier?“

Hamed Belalil nickte, und Julia ging durch den Kopf, dass, wollte hier noch jemand leben, man sich auf die Zehen treten würde, ob mit Hausschuhen oder ohne.

„Sie sind schon länger in Deutschland, vermute ich“, sagte Julia, „Sie sprechen ziemlich gut Deutsch …“

„Ich habe Deutsch schon bei uns daheim gelernt“, fiel ihr Hamed ins Wort, „bei uns gibt es nämlich auch Schulen, sogar Sprachschulen.“

„Ja, natürlich“, stimmte ihm Julia zu, „ich bin nur deshalb etwas verwundert, weil eben viele Asylanten nicht oder nur schlecht Deutsch sprechen.“

„Das ist bei mir anders“, war seine kurze Antwort.

„Sagen Sie, Herr Belalil, was ich Sie noch fragen möchte: Wann arbeiten Sie eigentlich im Senf-Palast? Ich habe Sie dort nicht angetroffen.“

„Ich war unterwegs. So ein Geschäft braucht am Anfang Werbung, und ich bin dafür zuständig.“

Julia wusste natürlich, welche Aufgabe Hamed Belalil im Senf-Palast hatte. Sie fragte dennoch und meinte es schmeichelnd: „Sie sind der PR-Mann?“

„So könnte man sagen.“

„Vielleicht können Sie mir auch sagen, was Sie den heutigen Tag über gemacht haben?“, fragte Julia.

Hameds Augen blitzten auf: „Sie haben mich im Verdacht, ich wusste es!“

„Mit einem Verdacht kommt man als Kommissarin nicht sehr weit, das wird in Ihrem Herkunftsland genauso sein“, informierte ihn Julia sachlich.

„Ein Verdacht ist schon schlimm genug", entgegnete Hamed Belalil.

„Entkräften Sie ihn", sagte Julia ungerührt.

„Ich war am Vormittag heute beim *Wiesbadener Kurier* und später dann beim *Rheingau-Echo*. Es ging um Anzeigen."

„Und wo waren Sie am Abend zuvor?"

„Hier", antwortete Hamed kurz angebunden.

„Hat Sie ein Nachbar gesehen?"

„Die Leute gehen in diesem Ort früh schlafen", erwiderte Hamed unwillig und setzte spöttisch hinzu: „Sie lieben ihre Betten."

Julia sah ihn scharf an: „Wer im Bett liegt, kann wenigstens nicht morden, der ist in der Regel mit Schlafen beschäftigt."

„Ich kann nicht so früh schlafen, ich bin das nicht gewohnt."

Für den gestrigen Abend hat er also kein Alibi, überlegte Hauptkommissarin Wunder, wollte das Gespräch aber auf ein anderes Gleis bringen: „Sagen Sie, Herr Belalil, genügen denn Anzeigen, um auf den Senf-Palast aufmerksam zu machen?"

„Am Anfang muss jedes Geschäft mit herkömmlichen Mitteln auf sich aufmerksam machen", erwiderte Hamed.

„Verstehe, und Anzeigen sind da wohl das Mittel der Wahl. Werben Sie auch im Internet?"

„Ich baue gerade eine Seite", antwortete Hamed kurz.

„Soviel ich weiß, laufen die Geschäfte im Senf-Palast gut. Sie sind ja noch nicht lange am Markt."

Hamed Belalil nickte zustimmend.

Julia wollte ihm die Zunge lockern, damit er etwas gesprächiger würde, als ihr eine Idee kam: „Sind Sie eigentlich Senfliebhaber, ich meine, genießen Sie den Senf von Rosalie Weisenbach auch selbst?"

Hamed sah sie erstaunt an, dann antwortete er: „Nein."

Schade, mein Versuch ist fehlgeschlagen, er bleibt bei seiner kurzen Form, dachte Julia, blickte jedoch ebenso erstaunt zurück: „Aber Sie müssen doch das Produkt, das Sie bewerben, kennen, Sie müssen es ausprobieren."

„Ja, eigentlich schon, aber Senf liegt mir nicht."

Jetzt wird er ehrlich, überlegte Julia, das war doch eine Antwort, die nicht vorgeformt war, schließlich hätte er auch von Rosalies Senf schwärmen können.

„Noch eine letzte Frage, Herr Belalil."

Hamed schaute sie unruhig an.

„Wer könnte denn ein Motiv haben, Ihren Partner Dani Birnbaum umzubringen?"

Der Palästinenser warf wieder einen unruhigen Blick auf seine Hausschlappen, dann sah er hoch: „Ich weiß nicht."

*

Eine Viertelstunde später klingelte Julia Wunder am Haus ihres Vaters in Eltville. Sie wollte ihn ohnehin besuchen, und da sie sich sowieso im Rheingau befand, war die Gelegenheit günstig. Die Haustür ging auf und Wolfgang Hillberger stand als Schattenriss im Türrahmen.

„Mein Julchen!“, rief er voller Freude aus, „ein Überraschungsbesuch! Wunderbar. Komm rein.“

Ihr Vater umarmte sie und gab ihr einen Kuss auf die Wange. Auch Julia liebte ihren Vater, den ehemaligen Oberstudienrat für Englisch und Deutsch, sie hatte viel von ihm für ihren Beruf gelernt, aber das war ihr erst in den vergangenen Jahren so richtig klar geworden. Und hatte er nicht zu ihrem letzten Fall Wesentliches beigetragen? Kaum waren die beiden im Flur angelangt, sprach Wolfgang Hillberger: „Was hast du denn diesmal auf dem Kopf sitzen? Ein scheußlicher Hut!“

„Scheußlich? Das ist eines meiner besten Stücke. Ein Afidora-Hut.“

„Afidora, Schnaffidora, ganz egal, wie er heißt, du brauchst etwas Sportlicheres, etwas Voranstrebendes.“

„Wenn du meinst. Such mir doch mal ein sportliches und voranstrebendes Modell aus.“

Julia setzte den Hut ab und hängte ihren Regenmantel an die Garderobe, ihr Vater war in die Küche geeilt und rief: „Einen Kaffee, Julchen? Kaffee am Abend ist hilfreich und labend.“

„Warum nicht? Kannst mir auch einen Espresso machen.“

„Meine Kaffeemaschine gibt auch das her“, rief er zurück, „du weißt ja, dass die Frau Becker mir gewogen ist, und jetzt hat sie mir eine neue Kaffeemaschine aufgeschwätzt.“

„Du modernisierst dich“, lachte Julia, „und wem hast du das zu verdanken? Einer Frau – der Frau Becker.“

Aus der Küche hörte man ein Blubbern und Zischen, doch nicht Wolfgang Hillberger verursachte diese unfeinen Geräusche, sondern seine neue Kaffeemaschine. Kurz darauf kam er mit einem Tablett ins Wohnzimmer, wo Julia schon auf der Couch Platz genommen hatte. Ihr Vater stellte das silberne Tablett auf den Tisch vor ihr und sagte mit Theaterstimme: „Das nenne ich Kultur, Madame. Möchte Madame auch Zucker?“

Julia grinste, ihr Vater war und blieb ein Theaternarr. Als Kind schon hatte er sie zu den Bühnen in Wiesbaden, Mainz und Frankfurt mitgenommen, damals erlebte sie staunend, was Schauspieler auf den Brettern anstellten, und später als junge Erwachsene war ihr klar geworden, dass Autoren den Schauspielern das gegeben hatten, was sie dringend benötigten, nämlich herrliche Texte und Dialoge.

„Ich nehme keinen Zucker“, erklärte Julia.

„Wie ich! Ich nehme auch keinen Zucker mehr. Wir wollen uns doch nicht aus dem Leben zuckern.“

„Den Morenga-Tee von Frau Becker trinkst du auch nicht mehr?“, fragte Julia.

„Diesen Gesundheitstee? Höchstens in ihrer Gegenwart, um sie zu beruhigen. Aber wenn sie aufs Klo geht, schütte ich ihn in die Topfpflanze. Zwei Pflanzen sind dabei schon elendiglich umgekommen.“

„Ja, ja“, nickte Julia, „gesund leben ist schon gut, aber man darf's nicht übertreiben.“

„Ganz meine Meinung, mein Julchen.“

Ihr Vater setzte sich in den kleinen Sessel neben ihr und fragte unvermittelt: „Was zu beißen hast du nicht mitgebracht? Beim letzten Mal hattest du doch so wunderbare Kreppel eingekauft."

„Mein lieber Papa, die Kreppel-Zeit ist noch nicht gekommen, außerdem sind Kreppel süß."

Wolfgang Hillberger sah seine Tochter gespannt an: „Ich nehme keinen Zucker in meinen Kaffee, da hätte ich mir einen Kreppel gönnen können …"

„… und ich muss ein winziges Löffelchen vom braunen Zucker nehmen", sagte Julia und stand auf, um in die Küche zu gehen.

„Was!", rief Vater Hillberger ihr hinterher, „du nimmst doch Zucker?"

„Beim Espresso ist es erlaubt, da muss es sein, ich glaube sogar, es ist gesundheitsfördernd."

„Ich bin entsetzt", sagte ihr Vater und grinste, als sie mit der Dose zurückkam, „das darf ich gar nicht der Frau Becker erzählen. Die denkt sonst, du wolltest mich zum Zucker verführen."

Die beiden lachten und tranken einen Schluck von ihren Heißgetränken, leicht gezuckert und ungezuckert.

„Wann gehst du denn mal wieder mit mir ins Theater?", wollte Julia wissen.

„Geduld, Geduld, ich habe da schon ein Stück im Visier, das in unsere Zeit passt, aber viel zu selten gespielt wird."

„Verrätst du mir, welches?"

„Noch nicht, will dich überraschen." Er machte eine kleine Pause: „Aber schon hier und jetzt werde ich dir eine Kostprobe geben. Ich hoffe, du erkennst, aus welchem Stück sie stammt."

Julia lehnte sich zurück, und Wolfgang Hillberger stand auf, beugte sich vor und sprach: „Es eifre jeder seiner freien Liebe nach! Es strebe jeder von euch um die Wette, die Kraft des Ringes an den Tag zu legen, komme dieser Kraft mit Sanftmut, mit herzlicher Verträglichkeit, mit innigster Ergebenheit in Gott zu Hilf!"

Er setzte sich wieder, nahm einen Schluck seines Kaffees und fragte: „Na?"

Doch Julia, die ihm bewundernd zugehört hatte, erwiderte: „Warum bist du eigentlich nicht Schauspieler geworden?"

Mit großer Geste antwortete ihr Vater: „Ich habe es in meinen jungen Jahren in Erwägung gezogen – hab's dann aber schön sein gelassen."

„Und warum?"

„Ach, Schauspieler sind doch eigentlich Kinder, die immer spielen wollen. Sie wollen im Rampenlicht stehen und beklatscht werden. Im Grunde aber sind es Sprechautomaten, die vorgegebene Texte sprechen …"

„Aber manche sind so gut, dass man ihnen sogar abnimmt, Albert Einstein zu sein, wenn sie den spielen", warf Julia ein.

„Du hast vollkommen recht, es gibt wunderbare Schauspieler, denen wir alles glauben. Sie haben ihr Talent mit Liebe zur Passion gemacht. Aber bitte frag einen Schauspieler, der gerade noch auf der Bühne als Einstein gestanden hat, niemals nach der Relativitätstheorie."

„Er versteht nichts davon?"

„Nie und nimmer", antwortete Wolfgang Hillberger, „ich muss immer lachen, wenn sich Schauspieler etwa zu politischen Fragen äußern. Nur dummes Zeug ist da zu hören." Ihr Vater räusperte sich: „Schauspieler leben von den Stücken und Texten anderer, sie wären alle arbeitslos, wenn es keine Autoren gäbe." Er machte eine kleine Pause: „Ich weiß das alles, mir ist es vollkommen klar. Komisch ist nur, dass ich Schauspieler und die Schauspielerei liebe."

„Liebe ist unerklärlich", murmelte Julia.

Hillberger nickte nachdenklich: „Sie ist unerklärlich, ja, ich glaube, weil Liebe ein göttliches Gefühl ist."

Er griff zu seiner Tasse, trank einen Schluck und sagte: „Zurück zu meinem Text. Von wem stammt er?"

„Es muss ein klassisches Stück sein …", überlegte Julia laut.

„Richtig. Aber es stammt nicht von Shakespeare, sondern von einem deutschen Autor, gar keinem schlechten. Ich gebe dir eine weitere Hilfe. Dieser Autor hat etwa hundertfünfzig Jahre nach Shakespeare gelebt, und sein Theaterstück ist wie für unsere Zeit geschrieben."

„Tatsächlich?", fragte Julia.

„Ja, tatsächlich", schnaufte Vater Hillberger, „bedeutende Autoren schreiben auch für die Nachwelt – ohne es zu wissen. Nur die Theater sind häufig zu dumm, das zu erkennen, die Regisseure fischen meist nur nach banalen Aktualitäten, die von anderen Medien viel besser bedient werden können. Regisseure sind meist Mörder …"

„Mörder?", schmunzelte Julia, „da müsste ich ja tätig werden."

Unbeirrt fuhr ihr Vater fort: „Deutsche Regisseure morden am liebsten die großen Dramen, das ist ihre Lieblingsbeschäftigung. Warten wir mal ab, was wir diesmal vorgesetzt bekommen ..."

„... bei der Inszenierung des Dramas, dessen Titel du mir partout nicht sagen willst", ergänzte Julia.

„Dieses Stück eines Altvorderen", erklärte Wolfgang Hillberger, „enthält mehr Zeitgenössisches als sich unsere tumben Theaterleute träumen lassen." Er machte eine kleine Pause: „Um wen handelt es sich also bei diesem Autor?"

Solche Fragen hatte Julia als Schülerin und Studentin gefürchtet, jetzt aber mochte sie sie, ja sie liebte derlei Fragen geradezu, auch wenn sie gerade keine Antwort parat hatte: „Papa, ich muss gestehen, dass ich es nicht weiß."

Großmütig erklärte Wolfgang Hillberger: „Ich gebe dir noch etwas Zeit. Es fällt dir sicher ein, deine grauen Zellen werden dich nicht im Stich lassen. Sag mal, woran arbeitest du gerade?"

Julia gingen die Zeilen, die ihr Vater rezitiert hatte, noch durch den Kopf, und sie hatte eine Ahnung. Jetzt aber räusperte sie sich, sie wusste, dass ihr Vater schweigen konnte, ihm konnte sie etwas über ihren aktuellen Fall erzählen.

„Kennst du den Senf-Palast in Wiesbaden?", fragte sie.

„Noch nie gehört, was soll das sein?"

„Es ist ein Geschäft, das Senf verkauft."

Ihr Vater schüttelte den Kopf: „Worauf die Leute so kommen. Wenn ich Senf will, gehe ich in den Supermarkt."

„Im Senf-Palast gibt es ganz exquisite Sorten, von denen du noch nie gehört hast."

„Ja, und? Verkaufen sie auch Morde?“

„Du hast den Nagel auf den Kopf getroffen. In diesem Senf-Palast ist ein Mord geschehen.“

„Tatsächlich? – Wie hat man denn gemordet? Ich hoffe doch sehr, mit Senf.“

„Nicht ganz verkehrt. Das Gesicht des Toten war senfverschmiert, aber das ist nicht die Todesursache.“

„Weiter, weiter, der Fall interessiert mich.“

„Der Tote ist durch ein Gift ums Leben gekommen.“

„Er musste Senf zu sich nehmen, in dem das Gift steckte?“

„Vermutlich ja, ob er freiwillig Senf gegessen hat, ist noch unklar.“

Wolfgang Hillberger reckte den Kopf vor: „Um welches Gift handelt es sich?“

„Kann ich noch nicht sagen, unsere Rechtsmedizinerin arbeitet noch daran.“

Ihr Vater lehnte sich im Sessel zurück: „Sehr interessanter Fall. Und wer war der Tote?“

„Gute Frage, Papa, ich hab’ schon drauf gewartet. Der Tote ist einer der drei Miteigentümer des Geschäfts.“

„Darfst du mir den Namen verraten?“

„Ja, aber nur ganz leise und nur unter uns.“ Julia beugte sich verschwörerisch vor: „Er heißt Dani Birnbaum.“

„Birnbaum, das klingt jüdisch.“

„Ganz richtig“, erklärte Julia, „Birnbaum war Jude. Dieser Senf-Palast hat drei Inhaber, die kreative Kraft ist Rosalie Weisenbach, sie ist Katholikin, Dani Birnbaum hat sich um die Finanzen gekümmert, und der Dritte im Bunde heißt Hamed Belalil, er ist Moslem und wohnt in Walluf. Ich habe ihn vorhin gerade besucht."

„Hochinteressant, was für einen Eindruck hat er gemacht?"

„Er war vor allem beleidigt, er glaubt, dass ich ihn im Verdacht habe …"

„Das ist ganz typisch für Araber", unterbrach sie ihr Vater, „immer gleich beleidigt. Hast du ihn im Verdacht?"

„Für den Todeszeitpunkt hat er jedenfalls kein Alibi."

„Hmm, hmm", brummelte Vater Hillberger, „welche Aufgabe hat denn dieser Belalil im Senf-Palast?"

„Er kümmert sich um die Werbung, und offenbar ist er damit auch ganz erfolgreich. Dieses Geschäft hat eingeschlagen. Die Leute kaufen Rosalies Senfkreationen."

„Ein Motiv scheint es also für ihn nicht zu geben", stellte Wolfgang Hillberger fest, „aber solche Leute haben Verwandte und Freunde aus ihrem Kulturkreis …"

„Ich weiß, worauf du hinauswillst", ergänzte Julia, „du meinst, die nehmen es ihm übel, dass er mit einem Juden zusammenarbeitet?"

Ihr Vater nickte: „Woher kommt Belalil eigentlich?"

„Er ist Palästinenser."

„Das verschärft die Sache. Wir dürfen nicht vergessen, dass diese Leute einen aufgestauten Hass mit sich herumtragen. Und woher kommt der?"

Wieder so eine typische Frage von ihm, dachte Julia, kam aber nicht zum Antworten, denn ihr Vater sprach schon weiter: „Du musst dir nur mal Israel angucken und seine Nachbarländer. Die Juden haben aus dem kleinen Wüstenstreifen am Meer ein blühendes Land gemacht, kürzlich las ich sogar, dass sie eine Entsalzungsanlage für das Wasser aus dem Mittelmeer entwickelt haben …"

„Wusste ich gar nicht", warf Julia ein, „aus Salzwasser machen sie Süßwasser?"

Hillberger nickte: „Du weißt, dass ich vor Jahren durch den Iran und den Irak gereist bin. Israel kenne ich auch. Da liegen Welten dazwischen. Die arabischen Städte und Dörfer sind geprägt von Schmutz und Elend, Rückständigkeit und Analphabetismus. Dann schauen diese Menschen in Richtung Israel und erkennen, was ihnen fehlt. Daher kommt ihr Antisemitismus."

Julia schaute ihren Vater nachdenklich an, sie sah die Dinge wie er, besaß aber nicht seine Reiseerfahrungen.

„Der Neid", fuhr Hillberger fort, „ist die stärkste Triebfeder im Menschen, es gibt nur eine andere Emotion, die sie übertrifft."

Julia überlegte, aber ihr Vater wartete nicht auf eine entsprechende Frage von ihr, er sagte: „Nur die Liebe ist stärker."

„Du hast sicher recht", stimmte Julia zu.

„Das dekorative Bild vom Orient, das sich manche Zeitgenossen immer noch machen, stimmt schon lange nicht mehr", fuhr Hillberger fort, „dabei kann Persien als die Wiege der Kultur gelten."

„Du meinst die Medizin?", fragte Julia.

„Die Medizin, ja, aber auch das kulturelle Leben und die Dichtkunst. In Isfahan gab es eine medizinische Akademie, da streiften wir noch als Wilde durch die Wälder. Der große persische Dichter Hafis wurde von Goethe verehrt, Hafis hat großartige Werke geschaffen. Ich war an seinem Grab, junge Leute rezitierten dort seine Verse, ich war begeistert. Doch Hafis, Rumi und die anderen Großen – das alles ist schon tausend Jahre her …“

Wolfgang Hillberger ließ den Satz offen, und Julia wusste, was das bedeutete. Er erwartete eine Frage von ihr.

„Ist nichts nachgekommen?“

„Richtig gefragt, mein Julchen. Nein, diese orientalischen Kulturen sind stehen geblieben, sie haben sich nicht weiterentwickelt. Und warum?“

Vater Hillberger machte eine bühnenreife Pause: „Weil ihre Religion jede Entwicklung verhindert, und die Mullahs und Ajatollahs die steingewordenen Wächter der Religion sind.“

14 Ich will dich überraschen

Während Julia bei ihrem Vater in Eltville weilte, fuhr Vlassi vom Mainzer Vorort Gonsenheim in Richtung Mombach und schob seine Lieblings-CD in den Schlitz über dem Autoradio. Es war eine Scheibe des Huub Dutch Duos, dessen Musik er liebte. Es handelte sich um Swing-Rhythmen, und manche Texte sang er sogar mit. So konnte man ihn, wenn man gute Ohren hatte, hinterm Steuer hören mit dem Dschungelbuch-Song „Probier's mal mit Gemütlichkeit". Ja, ja, dachte er, als er die Schiersteiner Brücke erreichte, die Gemütlichkeit habe ich bei Eckart Wagner und seinen Finanzamtskollegen vermisst. Das war doch höchstens eine selbstgefällige, eine unwirtliche Gemütlichkeit, die mir da vorgespielt wurde. Er dachte über die Rüge von Wagner nach und seinen bohrenden Satz, ob er denn nicht wüsste, dass der tote Birnbaum Jude war und Belalil als Moslem durchs Leben ging. War das ein echter Hinweis oder pure Ablenkung? Immerhin waren die beiden Partner im Senf-Palast – aber es soll vorkommen, dass sich auch Partner hassen. Warum eigentlich? Wegen der unterschiedlichen Religion? Ihm fiel Fred Silbermann ein, der Lebensgefährte von Danis Mutter, und seine Rede vom Antisemitismus der Muslime.

Als er den Rhein überquerte, kam Vlassi der Gedanke, zu Carola zu fahren. Der Feierabend war angebrochen, und der Mensch, sei es auch ein Polizist, sollte den Feierabend streng einhalten, wenn er nicht vorzeitig ins Grab sinken will. Er würde heute doch nicht weiterkommen, und bei Carola konnte er entspannen und ein wenig über diesen Finanzbeamten Wagner und seine Worte nachdenken. Vlassi erschrak plötzlich: Einen Haken besaß der Besuch bei Carola – würde sie ihm nicht ihre Kochkünste wieder vorführen wollen? Müsste er nicht Unverdauliches zu sich nehmen und gute Miene dazu machen? Ja, sie erwartete sogar ein Lob von ihm für ihre lukullischen Abartigkeiten. Dem musste er entgegenwirken, nur wie? *Liebste Carola, ich hatte einen wahnsinnig anstrengenden Tag, lass uns einen Happen essen gehen!* Aber dann würde sie ihn während der Zeit des Wartens im Lokal mit lauter Infos aus ihrer Anwaltskanzlei quälen, belanglosen Nachrichten, die ihn nicht die Bohne interessierten. Er könnte auch zu ihr sagen: *Liebste Carola, ich hatte einen grausamen Tag, lass uns ein Glas Wein trinken, und wenn du willst, mach mir ein Käsebrot. Ach, trocken Brot genügt mir auch.* Hörte sich verdächtig an, sie würde ihn wahrscheinlich ausfragen, was denn so grausam an seinem Tag war, dass er nach trocken Brot verlangte. Da könnte er leicht in die Bredouille kommen. Vielleicht war es am besten, gar nichts zu sagen, sondern nur erschöpft und armselig auszusehen, wenn sie die Tür öffnete. Darauf reagieren die Carolas dieser Welt am besten. *Komm doch herein, du Armer, du hast sicher einen aufreibenden Tag gehabt. Ich mach dir was zu essen.* Ja, danke, würde er antworten, ein kleines Käsebrot genügt.

Mit diesem Plan im Kopf suchte er sich einen Parkplatz in der Steubenstraße, wo Carola wohnte. Doch bevor er ausstieg, probte er vor dem Rückspiegel im Auto seinen Gesichtsausdruck. Wie konnte man am besten erschöpft aussehen? Er ließ die Unterlippe hängen, versuchte einen leeren Blick in seine Augen zu zwingen, machte ein Gesicht wie ein Toter und orientierte sich dabei an den Leichen aus den letzten Fällen. Mit müder Stimme sprach er in den Spiegel: *Nur ein Käsebrot, Carola, mehr bring ich nicht herunter.* Vielleicht sollte er sich noch einen kleinen Riss in den Hemdkragen machen, das wirkte armselig und abgehärmt. Frauen wie Carola reagierten darauf gut – mit stiller Anteilnahme. So präpariert klingelte Vlassi an der Hausnummer 35.

„Komm hoch, Vlassi", rief Carola gut gelaunt.

„Ich komme", antwortete er mit müder Stimme.

Die Wohnungstür oben stand offen, von seiner Freundin war nichts zu sehen.

„Wo bist du?", fragte er und legte in seine Stimme viel Ächzen.

„In der Küche!", rief sie hell zurück.

Ohne seine Windjacke abzulegen, ging Vlassi mit trostlosem Schritt in Richtung Küche. Jetzt kam's drauf an! Unterlippe hängen lassen, leerer Blick, Gesicht wie ein Toter. Doch da erschien Carola im Türbogen, strahlte ihn an und sagte: „Prima siehst du aus, hast vermutlich einen ganz erfolgreichen Tag gehabt. Und weil ich mir das gedacht habe …" Sie machte eine theaterreife Pause, um dann fortzufahren: „Was glaubst du, was ich vorbereitet habe?"

Vlassi stammelte: „Ein Käsebrot … mir genügt ein Käsebrot."

„Ach was! Ein Käsebrot. Du brauchst was Kräftiges, etwas, das Leib und Seele zusammenhält!"

„Ja aber … ich fühle mich gar nicht prima."

„Daran erkenne ich, dass du dich selbst ganz schlecht einschätzen kannst", erklärte Carola und gab ihm einen Kuss, „du siehst wie das blühende Leben aus."

Durch Vlassis Kopf eilten unschöne Gedanken. Schauspielerte er so schlecht, dass sie ihm den Erschöpften nicht abnahm? Sollte er eventuell einen Schauspielkurs buchen? Armselig wollte er auch wirken. Und der Hemdkragen, was war mit dem Hemdkragen – den hatte sie gar nicht bemerkt.

„Ich bin sehr erschöpft", teilte er Carola mit.

Leider bewirkte diese Auskunft auch nichts, denn sie antwortete frohgemut: „Ach, du weißt doch gar nicht, was Erschöpfung ist. Du müsstest mal meinen Chef sehen, wenn der den ganzen Nachmittag mit Mandanten zu tun hat. Da ist man erschöpft."

Vlassopolous Spyridakis merkte, dass es keinen Sinn hatte, mit Carola um die Deutungshoheit des Begriffs Erschöpfung zu ringen. Er würde doch den Kürzeren ziehen. Kleinlaut sagte er: „Da bin ich halt nicht so erschöpft wie ich dachte. Aber sag mal, was bereitest du denn vor?"

„Der Blick in die Küche ist verboten", erwiderte sie streng und fügte schmeichelnd hinzu: „Ich will dich überraschen. Diesmal gibt es etwas ganz Besonderes."

Oje, dachte Vlassi, solche Überraschungen fürchte ich doch so, wer weiß, was da diesmal auf mich zukommt.

Brät sie etwa eine orientalische Wanderratte am Spieß? Dünstet sie rumänische Flugkakerlaken? Bereitet sie Taunusnattern und andere Schlangen vor – mit beigelegten Giftzähnen als Sättigungsbeilage? Oder einen Wolf im Pelz – halb gegart und serviert in einer künstlichen Schneelandschaft? Man hat doch kürzlich Wölfe in der Nähe des Feldbergs entdeckt. Mit kraftloser Stimme antwortete er: „Na gut, dann setz ich mich schon mal ins Wohnzimmer."

Er ging zur Garderobe, um seine Windjacke an einen Haken zu hängen, Carola drehte sich in die Küche und rief ihm zu: „Entspann dich, du Erschöpfter!"

Kann die jetzt auch Ironie?, dachte Vlassi, ließ sich in einen der kleinen Sessel im Wohnzimmer fallen und schaltete den Fernseher ein, um nach kurzer Zeit festzustellen, dass er mit Werbung berieselt wurde. Wozu glotze ich in die Mattscheibe?, dachte er, jedes Produkt, das hier beworben wird, ist das beste, größte, tollste. Doch plötzlich erregte ein Spot seine Aufmerksamkeit. Es handelte sich um eine Senfwerbung. Dass man für Senf Werbung machte, war Kommissar Spyridakis unbekannt. Und Senf wurde als lukullischer Leckerbissen gepriesen, als eine Sache für Feinschmecker und Gourmets, für Schlemmer und Genussmenschen. Da liegt ja der Senf-Palast in unserem Wiesbaden ganz richtig, dachte Vlassi, offenbar gibt es mehr Menschen als gedacht, die dem gelben Mostrich etwas abgewinnen können. Und diese Rosalie Weisenbach hat ein gutes Näschen gehabt, als sie ihr Geschäft eröffnete. Vlassis Gedanken überschlugen sich plötzlich. Wenn man schon für teuer Geld im Fernsehen Werbespots schaltete, dann war das offenbar ein Riesenmarkt und der Senf-Palast war gerade dabei, sich ein Stück aus dem Senfkuchen herauszuschneiden. Das konnte den bisherigen Größen auf diesem Gebiet nicht gefallen. „Heureka“, murmelte er, „da müssen wir ansetzen.“

„Was hast du gesagt?“, schallte es aus der Küche.

„Ach, das war nur für mich, mir ist gerade eine Idee gekommen.“

„Da siehst du mal“, rief Carola zurück, „was du an mir hast. Allein meine Räumlichkeiten bringen dich auf Ideen.“

Vlassi war so klug, nicht zu widersprechen: „Ja, du hast recht, bei dir kommen mir die besten Ideen.“

„Ich bin gleich so weit“, rief Carola fröhlich zurück.

Vlassi kam spontan eine weitere Idee: „Sag mal, Carola, ich brauche für meine Chefin fünf Gründe, warum man zur Kriminalpolizei gehen sollte. Fällt dir einer ein?“

„Aber natürlich“, rief sie zurück, „ich weiß einen. Der schnelle Tod! Man kann einen schnellen Tod haben, wenn man erschossen wird. Vorteil: kein Siechtum im Krankenhaus!“

„Ja“, murmelte Kommissar Spyridakis, „der plötzliche Tod, das muss ich mir merken. Ich hab’ sowieso was gegen Krankenhäuser. Da bin ich im richtigen Beruf.“

Wenige Minuten später rief ihn seine Freundin in die Küche, wo sie den Tisch gedeckt hatte.

„Du wirst dich wundern, was es heute bei mir gibt“, teilte sie verschwörerisch mit, „etwas ganz Spezielles, etwas für Genießer. Es ist so weit.“

Auf der Anrichte standen zwei Teller. Sie griff mit einer Zange in einen tiefen Topf auf dem Herd und zog eine

Handvoll Makkaroni heraus, die sie auf einem der Teller drapierte.

„Nudeln?“, fragte Vlassi und dachte bei sich: Da kann eigentlich nicht viel schiefgehen – es gibt keine Wanderratte.

Carola lächelte ihn überlegen an: „Makkaroni! Nicht nur Nudeln. Und es kommt noch etwas hinzu.“

Sicher ein Pesto aus dem Supermarkt, das nach nichts schmeckt, überlegte Vlassi, aber besser der fehlende Geschmack als der, der mich mit Magengrimmen aufs Lager streckt.

Carola stellte den Teller vor ihm auf den Tisch. Die Makkaroni sahen so armselig aus wie Vlassi hätte aussehen wollen, sogar der Glanz von Butter fehlte. Seine Freundin schöpfte aus dem Topf einen Teller für sich und stellte ihn ebenfalls auf den Küchentisch.

„Was kommt denn noch hinzu?“, wollte Vlassi wissen.

„Der Clou kommt jetzt“, klärte ihn Carola auf, drehte sich zur Anrichte, wo an der Wand hinten ein Näpfchen stand. Sie nahm es wie eine große Kostbarkeit in die Hand und stellte es in die Tischmitte.

„So was hast du noch nie gegessen!“

Vlassi beäugte das Näpfchen mit Kommissarsblick, aber er konnte sich keinen Reim auf die bläuliche Farbe des Inhalts machen.

„Du wirst gar nicht mehr aufstehen, so wird es dir schmecken“, versicherte ihm Carola.

Vlassi beschlich ein ungutes Gefühl. Nicht mehr aufstehen? War das Zeug im Gläschen vielleicht toxisch? Carola besaß doch seit jeher keinen Sinn für qualitätsvolle

Lebensmittel, aber jetzt Gift? Würde er am Küchentisch seiner Freundin unter Zuckungen zugrunde gehen?

Carola machte seinen Gedanken ein Ende, indem sie ein Löffelchen in das Näpfchen stippte und einen Klecks des Inhalts über seine Makkaroni strich. Dazu sprach sie: „Wie gesagt, etwas ganz Besonderes. Ein Senfpesto! Aus dem Wiesbadener Senf-Palast. Eine Rarität."

*

Am nächsten Tag stand Hauptkommissarin Wunder am Fenster ihres Büros und sah auf den Neroberg. Draußen nieselte es, ein feiner Sprühnebel lag in der Luft. Vlassi saß am Schreibtisch und warf einen Blick zu ihr. Er fühlte sich nicht ganz wohl, obwohl er das Essen bei Carola einigermaßen lebendig überstanden hatte. Das Senfpesto schmeckte zwar scheußlich, und er hatte nur daran genippt, Carola gegenüber aber den Feinschmecker gemimt und vor Wonne aufgestöhnt, das sei ja wirklich etwas ganz Außergewöhnliches. Doch als Carola zufrieden nach draußen ging, um einen eingekauften Rotwein aus dem Flur zu holen, hatte er die mit dem Pesto bestrichenen Makkaroni mit spitzen Fingern gegriffen und in seine Jackentasche gestopft. Etwas Besseres war ihm auf die Schnelle nicht eingefallen. Als er zu später Stunde Carola verließ, leerte er in einer Seitenstraße seine Jackentasche. Nachteil: Die Tasche hatte den Senfpestogeruch angenommen und stank danach. Ja, sie stank, befand er, und er musste wohl seine Jacke reinigen lassen. Aber wenigstens war er mit heiler Haut davongekommen. Man muss nicht unbedingt im Dienst erschossen werden, dachte er, man kann auch von seiner Liebsten mit einem Senfpesto vergiftet werden.

„Wissen wir eigentlich schon", fragte er jetzt laut in Richtung Julia, „woran der tote Birnbaum zugrunde ging?" Und er dachte: Vielleicht musste er mein Senfpesto massenweise herunterwürgen.

„Nein", antwortete Julia Wunder, „Frau Doktor Hauswaldt hat sich noch nicht gemeldet, da müssen wir nachfassen."

Sie drehte sich zu ihm um: „Mich beschäftigt im Moment eine andere Frage, die nach dem Motiv. Wir arbeiten uns vom Motiv zum Täter."

Sie sah ihn auffordernd an, und Vlassi wusste, was von ihm verlangt wurde.

„Das Motiv. Sehr richtig. Ich habe da schon gewisse Vorstellungen."

„Rücken Sie raus damit, Herr Spyridakis!"

Vlassi richtete sich in seinem Bürostuhl auf: „Also, zunächst mal haben wir den Vater von Rosalie Weisenbach, diesen Domdekan. Wenn Sie mich fragen, eine windige Figur, die Seelen abkaufen will. Und außerdem ist dieser Alfred Weisenbach ein Gegner des Senfgeschäfts seiner Tochter und hält den toten Birnbaum für den Urheber."

Julia machte eine paar schlendernde Schritte im Zimmer: „Weiter!"

„Des Weiteren habe ich den Verlobten von Rosalie im Visier. Dieser Eckart Wagner ist zwar Finanzbeamter, aber doch ein hitzköpfiger Bursche. Der hatte auch was gegen Birnbaum, vielleicht dachte er, dass Rosalie mit ihm durchbrennt und ein Senfimperium plant."

„Wir wissen nicht, ob Frau Weisenbach ein Verhältnis mit dem Toten hatte", entgegnete Julia.

„Ich könnte das auf meine feine Art herausfinden. Sie wissen ja, die Arbeit ohne mich ist möglich, aber sinnlos."

„Herr Spyridakis", sagte Julia und versuchte, viel Ernst in ihre Stimme zu legen, „ich weiß doch, dass die Arbeit ohne Sie sinnlos ist, vor allem, wenn ich an den letzten Fall denke."

Vlassi nickte zufrieden, schob aber gleich nach: „Und was ist mit diesem dritten Senfmenschen los? Diesem Araber – wie heißt er gleich noch mal?"

„Hamed Belalil, er ist Palästinenser. Ich habe ihn in Walluf aufgesucht und befragt."

„Und?", fragte Vlassi, „hat er gestanden?"

„Er hat gestanden, dass er zur Tatzeit in seiner Wohnung war. Aber bestätigen kann das niemand, die Leute in Walluf gehen früh schlafen."

„Was hat er denn für einen Eindruck auf Sie gemacht?"

„Er war wortkarg und beleidigt. Er glaubt, dass ich ihn verdächtige."

„Die Ehre ist für sie das Höchste", erwiderte Vlassi, „wenn man ihnen keine Ehre erweist, sind solche Leute beleidigt."

Julia sah ihn erstaunt an, und Vlassi fuhr fort: „Ich habe kürzlich eine Doku im Fernsehen über das Thema Ehrenmorde gesehen. Da hab' ich erfahren, dass die Ehre von Arabern bei der kleinsten Sache beschmutzt ist. Wenn man solche Leute schief anguckt, ist schon ihre Ehre dahin. Ich hab' den Eindruck gewonnen, dass die außer ihrer Ehre nichts haben. Und so was wie Kritik kennen die überhaupt nicht …"

Julia fiel ihm ins Wort: „Ich stelle fest, dass Sie recht mit Ihrem Satz von vorhin haben. Die Arbeit ohne Sie ist möglich, aber sinnlos."

„Na ja", meinte Vlassi bescheiden, „man muss ja nur mit offenen Augen durch die Welt gehen. Diese auf ihre Religion fixierten Muslime leben doch eigentlich in einer vergangenen Welt."

„Ja, die muslimische Welt ist in ihrer Entwicklung stehen geblieben, da haben Sie wohl recht. Aber das bedeutet noch lange nicht, dass Belalil für den Mord infrage kommt. Ich denke in Individuen, nicht in Völkern."

Julia machte eine Pause und sah Vlassi an: „Wen haben wir noch als Verdächtigen in petto, Herr Spyridakis?"

„Wen haben wir noch?", wiederholte Vlassi und schwieg.

„Da will ich Ihnen auf die Sprünge helfen. Wir haben den großen Konkurrenten von Rosalie Weisenbach und ihrem Senf-Palast. Habe ich Ihnen das nicht erzählt?"

„Nicht dass ich wüsste. Wen meinen Sie?"

In dem Moment wurde die Tür aufgerissen und Kriminalrat Feuer eilte ins Zimmer. Ohne Begrüßung fragte er: „Na, wie steht's? Wie weit sind Sie mit den Ermittlungen im Senfmord?"

„Wir machen uns gerade ein Bild", antwortete Julia Wunder.

„Ein Bild! Ein Bild! Was ist auf dem Bild zu sehen?"

„Noch nicht sehr viel. Das Bild ist erst im Entstehen", erwiderte Julia.

Robert Feuer machte ein paar unruhige Schritte im Zimmer und erklärte dabei: „Wir haben doch beim letzten Mal darüber gesprochen, dass hier ein Religionsmord vorliegen könnte. Haben Sie da nachgebohrt, Frau Wunder?"

„Ich habe natürlich den Dritten im Bunde dieses Senf-Palasts verhört. Hamed Belalil hat kein Alibi für die Mordzeit."

„Na bitte, das ist doch schon was."

„Aber der Vater von Frau Weisenbach hat auch kein Alibi", ließ sich Vlassi hören, „und er ist ein Gegner dieses Senf-Palasts."

Kriminalrat Feuer blieb stehen: „Alibi, Alibi! Die meisten Leute haben kein Alibi für den späten Abend. Haben Sie schon mal eine einfache Überlegung angestellt? Der Senf-Palast ist ein erfolgreiches Unternehmen, wie meine Recherchen ergaben, da gibt es immer Neider. Und wer ist der größte Neidhammel?"

Feuer schaute fragend Vlassi an, und der antwortete prompt: „Ich!"

„Sie?", schnaubte Feuer, „was haben Sie denn mit der Sache zu tun?"

„Mir schmeckt es nicht. Ich musste ein Senfpesto essen, da hat sich alles in mir gesträubt."

„Sie haben den Fall gar nicht verstanden, stelle ich fest, Herr Spyridakis."

„Aber ich käme für den Mord infrage. Das Senfpesto hat mich aufgewühlt und zwar total."

„Wollen Sie sagen, dass irgendein Kunde diesen Mord begangen haben könnte, weil ihm der Senf nicht gemundet hat?"

Vlassi senkte den Kopf: „Es kommt auf die Umstände an. Es gibt Umstände, die den arglosen Konsumenten veranlassen könnten …“

„Papperlapapp“, schnitt ihm Kriminalrat Feuer das Wort ab und hielt in seinen Schritten inne, „Schluss mit diesen abstrusen Theorien. Was ich mit Neider meine, ist doch ganz klar. Ich meine die Konkurrenz des Senf-Palasts!“

Jetzt griff Julia in die Debatte ein: „Darüber haben wir uns gerade Gedanken gemacht, Herr Feuer. Sie haben vollkommen recht. Der Senf-Palast hat einen starken Konkurrenten hier in der Region. Ich rede von Eber-Senf.“

„Da haben wir's! Das ist die Spur, die Sie verfolgen müssen. Hier liegt der Hase im Pfeffer.“

„Im Senf“, korrigierte Vlassi leise.

„Meinetwegen auch im Senf“, zeigte sich Robert Feuer einsichtig, „aber nicht auf den Senf, auf den Hasen kommt's an! Den müssen wir erwischen.“ Er machte sich auf den Weg zur Tür. Als er die Klinke schon in der Hand hielt, drehte er sich um: „Wir haben uns doch verstanden?“ Und mit lauter Stimme rief er: „Hat mich auch Kommissar Spyridakis verstanden?“

Der jedoch murmelte vor sich hin: „Und was ist, wenn dem Hasen der Senf nicht bekommen ist? Vielleicht hat der Hase im Senfpesto sein Leben ausgezuckt.“

„Was reden Sie denn da für einen Nonsens?“, schnaubte Feuer, der gute Ohren besaß, „brauchen Sie Erholungsurlaub? Der Fall scheint Sie ja zu überfordern.“

Julia nickte Feuer begütigend zu, damit der den Eindruck bekäme, sie würde den aus der Spur geratenen

Vlassopolous Spyridakis schon wieder aufs richtige Gleis setzen. Dann fragte sie listig: „Wissen Sie eigentlich schon mehr über den Tiger-Sonf?“

„Ah, richtig, dieser Senf, der nicht Senf heißen darf!“

„Probieren Sie ihn ruhig mal aus“, teilte ihm Julia sanft mit, „das bringt uns bestimmt weiter.“

Kriminalrat Feuer warf ihr einen versonnenen Blick zu und verließ mit einem Lächeln das Dienstzimmer seiner Untergebenen.

15 Ein makelloser Manager

„Wieso müssen Sie Kriminalrat Feuer immer so aufbringen?“, fragte Julia ihren Beifahrer Vlassi.

„War gar nicht meine Absicht, ist mir so rausgerutscht.“

Die beiden saßen im Dienstwagen von Hauptkommissarin Wunder und überquerten gerade die Schiersteiner Brücke, sie waren auf dem Weg zur Firma Eber-Senf in Mainz-Mombach. Kommissar Spyridakis warf einen Blick auf seine Chefin, die am Steuer saß: „Aber Feuer ist immerhin lächelnd aus dem Zimmer gegangen.“

„Gut beobachtet“, sagte Julia.

„Da kann ihn meine Bemerkung gar nicht so aufgebracht haben.“

„Sie vergessen, dass ich ihm kurz zuvor einen Hinweis gegeben habe.“

„Deshalb hat er gelächelt?“

„Man kann über alles Mögliche lächeln“, erklärte Julia vieldeutig.

Vlassi blieb einen Augenblick still, dann fragte er: „Sie haben ihn nach einem Tiger-Senf gefragt. Was ist das für ein Zeug?“

„Auch ein Produkt aus Rosalie Weisenbachs Senfküche. Können Sie auch mal probieren.“

Vlassi stöhnte auf: „Mir langt das Senfpesto, das ich bei meiner Freundin genießen musste.“

„Wie ich Sie kenne, haben Sie einen Ausweg gefunden. Ich vermute, dass eine arglose Zimmerpflanze in den Genuss des Pestos kam."

Vlassi antwortete nicht, ihm ging der Hinweis seiner Chefin auf den Tiger-Senf durch den Kopf, irgendetwas hatte sie beabsichtigt – aber was? Sollte er sie fragen? Das wäre zu plump, und sie würde ihm garantiert eine falsche Antwort geben. Sollte er selbst einmal diesen Tiger-Mostrich … aber nein, er war und blieb senfabstinent.

Julia lenkte den Passat vor ein großes geschlossenes Tor, ein Wächter näherte sich und fragte nach ihrem Begehr. Hauptkommissarin Wunder teilte ihm mit, dass sie eine Verabredung mit Dr. Eber hätten. Der Mann ging zu seinem Wärterhäuschen, telefonierte, kam zurück und teilte mit, wohin sie müssten, dann öffnete er das Tor.

Die Vorzimmerdame erwartete die beiden Kripoleute schon und führte sie in ein weitläufiges Büro. Der Chef der Firma Eber-Senf erhob sich hinter einem massigen Schreibtisch und kam Julia und Vlassi entgegen.

„Eber", stellte er sich vor.

Julia kam nicht dazu, sich und Vlassi vorzustellen, denn Dr. Eber fuhr nach seiner Namensnennung gleich fort: „Ist ja ungeheuerlich, was da in Wiesbaden passiert ist!"

Ungeheuerlich ist doch eigentlich das falsche Wort, dachte Vlassi, er müsste doch sagen, schlimm oder furchtbar oder schrecklich. So reagieren die Leute doch normalerweise, wenn sie von einem Mord hören.

„Ja, so könnte man sagen“, hörte er stattdessen Julia Wunder erwidern, „Sie haben davon gehört?“

„Ja, natürlich. Nehmen Sie doch Platz“, sagte Dr. Eber und streckte die Hand zu einer kleinen Sitzgruppe mit Tischchen aus, „Frau Wunder, nicht wahr? Der Torwächter hat mir Bescheid gesagt.“

Julia nickte und wies auf Vlassi: „Das ist mein Kollege, Herr Spyridakis.“

Senf-Chef Eber war ein Mann von Ende fünfzig, der dem langen Vlassi bis zur Brust reichte und fast so breit wie hoch war, seine Glatze leuchtete, als hätte er ein Lämpchen auf dem Kopf, und seine Leibesfülle konnte man nur als beträchtlich bezeichnen. Vlassi dachte bei sich: So sieht also ein Mann aus, der täglich mit Senf zu tun hat und ihn dauernd aufschleckt. Jetzt weiß ich, warum ich Senf meide.

Die drei Personen setzten sich, und Dr. Eber sagte zu Vlassis Erstaunen: „Sie sehen hier nicht unsere Produkte, vielleicht wundern Sie sich, aber in meiner unmittelbaren Umgebung möchte ich Senf nicht sehen.“

„Sie sind doch nicht etwa senfabstinent?“, fragte Julia, „probieren Sie denn nicht, ob Ihre Erzeugnisse immer noch gut sind?“

Eber stieß ein brummiges Lachen aus: „Das machen andere bei uns, Qualitätsprüfer. Aber ich muss mich zurückhalten. Wenn hier Senfgläser stünden, würde ich den ganzen Tag am Senf naschen.“

Aha, dachte Vlassi, hatte ich doch recht, der leert zwar nicht tagsüber, doch dafür an jedem Feierabend seine Senfgläser und reibt sich den Mostrich wahrscheinlich noch auf die Glatze.

„Herr Doktor Eber", hob Julia an, „wir kommen zu Ihnen, weil Sie ein regionaler Konkurrent des Senf-Palasts sind …"

Sie kam nicht weiter, denn der kleine Dr. Eber richtete sich auf: „Konkurrent? Ich bitte Sie! Dieser sogenannte Senf-Palast ist doch keine Konkurrenz für uns!"

Julia war auf diesen Einwand vorbereitet: „Natürlich ist er keine wirkliche Konkurrenz, das wissen wir. Aber immerhin sind die Produkte des Senf-Palasts im Begriff, bei Supermärkten gelistet zu werden."

„Mag sein, mag sein", antwortete Dr. Eber ausweichend und fügte an: „Sie wollen doch nicht einen Verdacht andeuten?"

„Nein, gewiss nicht", beruhigte ihn Hauptkommissarin Wunder, „und doch müssen wir Nachforschungen anstellen, das verstehen Sie sicher."

„Sie machen Ihre Arbeit, wir die unsere", nickte Dr. Eber, und Vlassi überlegte: Vielleicht gehört zu eurer Arbeit auch, unliebsame Konkurrenten aus dem Weg zu schaffen.

„Diese Senfamateure in Wiesbaden", fuhr Dr. Eber fort, „werben damit, dass der wertvolle Gehalt des ganzen Senfkorns bei ihnen erhalten bleibt …"

„Der wertvolle Gehalt?", fragte Vlassi, dessen hypochondrische Natur erwachte. Gab es bei diesem wertvollen Gehalt etwas, das seiner Gesundheit dienen konnte?

„Die ätherischen Öle sind damit gemeint", erläuterte der Chef von Eber-Senf.

„Soviel ich weiß", schaltete sich Julia ein, „sind die Senfsorten im Wiesbadener Senf-Palast frei von Schwefeldioxyd, gewissermaßen naturrein."

„Schwefeldioxyd ist völlig harmlos", entgegnete Dr. Eber, „aber in unseren Zeiten regiert die Bio-Welle, das machen sich manche Hersteller zunutze."

„Sie auch?", fragte Julia.

Dr. Eber nickte: „Wir haben auch Bio-Senf, ja. Es gibt eben Menschen, die auf die Vokabel Bio abfahren und wenn es der größte Unsinn ist."

Vlassi hatte seinen Ausführungen genau zugehört, jetzt aber wollte er es etwas genauer wissen: „Sie sprechen von ätherischen Ölen. Sind die denn gesundheitsfördernd?"

Mit dieser Frage brachte er Dr. Eber zum Strahlen: „Herr Kommissar Spyridikilis …"

„Spyridakis, wenn's recht ist."

„Herr Spyridakis", korrigierte sich der Senf-Chef und fuhr im Brustton der Überzeugung fort, „Senf macht fette Speisen verdaulicher, Senf reguliert den Cholesterinspiegel und den Blutdruck, Senf hemmt das Wachstum und die Vermehrung von Bakterien."

„Oh", sagte Vlassi überrascht.

„Und jetzt sage ich Ihnen noch etwas, das viele Zeitgenossen nicht wissen", fuhr Dr. Eber fort, „in Laborversuchen konnte mit Senf sogar das Wachstum von Krebszellen verhindert werden. Der Grund: Die Senföle kurbeln die Entgiftungsmechanismen im Körper an. Senf ist also generell ein gesundes Lebensmittel."

„Wenn nicht gerade jemand damit umgebracht wird", stellte Julia trocken fest.

Dr. Eber sah sie entgeistert an: „Mit Senf?"

„Nun ja", erwiderte Julia, „Sie haben es ja offenbar in der Zeitung gelesen, einer der Inhaber der Senfmanufaktur in Wiesbaden wurde senfverschmiert aufgefunden, leider auch tot."

„Mit Senf kann man doch niemanden umbringen, es ist ein ausgesprochen gesundes Lebensmittel. Wissen Sie nicht mehr?"

Ja, dachte Julia, ich weiß schon mehr, werde es dir aber nicht unter die Nase reiben, ich will ja von dir etwas erfahren. Vlassis Gedanken dagegen weilten ganz woanders. Nachdem gerade Dr. Eber die gesundheitlichen Vorzüge von Senf gepriesen hatte, klagte er sich innerlich an, einen großen Fehler gemacht zu haben, als er das Senfpesto auf den Makkaroni seiner Carola so unbesonnen in der Jackentasche entsorgt hatte.

„Wissen Sie nicht mehr?", wiederholte Dr. Eber seine Frage und beugte sich vor.

Julia antwortete: „Sie erfahren es als Erster, wenn wir mehr über diesen Fall herausgebracht haben."

„Ich bin sehr daran interessiert. Und ich kann Ihnen jetzt schon einen Tipp geben."

Nun beugte sich Julia vor: „Lassen Sie hören."

„Also, dieser Senf-Palast hat doch Senfsorten verkauft, die, ich will mal sagen, nicht nur ungewöhnlich, sondern auch gesundheitlich nicht ganz ohne waren."

„Sie sprechen in der Vergangenheitsform", sagte Julia Wunder, „als gäbe es den Senf-Palast nicht mehr."

Dr. Eber lachte: „Da habe ich mich wohl in der Zeitform vergriffen."

„Und außerdem scheinen Sie sich gut mit den Produkten des Senf-Palasts auszukennen."

„Nun ja, oberflächlich, oberflächlich."

„Sie meinen also, es gibt im Senf-Palast Senfsorten, die gesundheitlich schädigen können“, wollte Julia wissen, „und dass es Menschen gibt, denen das nicht gefällt.“

Eber zog ein bekümmertes Gesicht: „Ich will Ihnen damit nur einen Tipp geben, einen Hinweis. Wenn Sie schon bei mir sind, versuche ich hilfreich zu sein.“ Er machte eine kleine Pause und schob nach: „Die Polizei ist schließlich unser Freund und Helfer.“

Julia Wunder wirkte nachdenklich beim Verlassen des Eber'schen Geländes, während Vlassi eine gewisse Zufriedenheit ausstrahlte. Hilfreich war dieser Eber tatsächlich für ihn. Doch Vlassi dachte dabei lediglich daran, dass Senf nach Dr. Ebers Worten die Vermehrung der Bakterien im Körper hemmte, den Blutdruck senkte und Krebszellen verhinderte. Und so ein Gesundheits-Vademekum hatte er entsorgt! Vlassopolous Spyridakis beschloss insgeheim, schleunigst umzudenken.

Während Julia und Vlassi im Hof von Eber-Senf ins Auto stiegen, griff Dr. Eber in seinem Büro zum Telefon, und kurz darauf erschien ein Mittvierziger in einem feinen weißen Kittel bei ihm.

„Haben Sie herausgefunden, was in dem Senf drin ist?“, fragte Eber.

„Noch nicht ganz, aber nach meinem Dafürhalten ist die Mischung ausgezeichnet.“

„Auch für den Verkauf?“

„Gerade für den Verkauf.“

Dr. Eber sah den Mann skeptisch an: „Sind Sie sicher?“

„Ich habe Ihnen schon beim letzten Mal gesagt, dass die Produkte aus dem Senf-Palast es in sich haben."

„Deshalb sollten Sie sie ja untersuchen. Also gut, diese Senfsorten sind also ansprechend?"

Der Mittvierziger vor ihm, dem Dr. Eber keinen Stuhl angeboten hatte, nickte stumm. Eber stand auf und kam um den Schreibtisch herum. Er machte ein paar Schritte in seinem weitläufigen Zimmer, drehte sich schließlich zu dem Weißkittel und sagte: „Arbeiten Sie weiter. Ich will, dass Sie die genauen Bestandteile herausfinden. Sie wissen, was dann zu tun ist. Wir können nicht untätig bleiben."

Wieder nickte der Mann wortlos, wollte aber offenbar nicht gehen. Dr. Eber sah ihn verwundert an: „Das ist alles!"

Jetzt öffnete der Weißbekittelte den Mund: „Ist unsere Marktführerschaft bedroht?"

Ebers gerade noch angespanntes Gesicht nahm einen bösartigen Ausdruck an, und er zischte seine Antwort: „Unsinn. Demnächst kommen Sie noch auf die Idee, dass auch Dijon-Senf bedroht ist."

Schon an der Tür, drehte sich der Angestellte im weißen Kittel um: „Soweit ich herausgefunden habe, ist es der Tiger-Senf, der die Leute besonders anspricht, man könnte sogar sagen, begeistert. Aber jetzt ist ja einer von denen umgebracht worden."

„Ja, ja, ich weiß", erwiderte Eber, und in seiner Stimme lag Spott, „vielleicht hat ihn ein Tiger angefallen."

*

„Ein makelloser Manager", sagte Vlassi mit großer Überzeugung in der Stimme, als seine Chefin mit ihm die Auffahrt zur Schiersteiner Brücke nahm.

„Sind Sie sicher?", fragte seine Chefin.

„Na ja, der hat uns doch wunderbar aufgeklärt."

„Sie meinen seine Ausführungen über die gesundheitlichen Vorzüge von Senf?"

„Ja."

„Oh, Herr Spyridakis, Sie enttäuschen mich bitter."

„Warum denn?"

„Das war doch nur Ablenkung von diesem Eber, das war Gesprächsfüllsel."

„Gesprächsfüllsel? Das Wort hab' ich noch nie gehört."

„Man lernt täglich etwas Neues, wenn man dazu in der Lage ist."

„Das bin ich", stellte Vlassi fest, „die Vokabel Gesprächsfüllsel nehme ich sofort in meinen Wortschatz auf. Aber warum war es Füllsel bei ihm?"

„Doktor Eber hat uns den sauberen und makellosen Chef vorgespielt, dazu gehörten auch seine Ausführungen zur Gesundheit."

„Ja, muss ich denn zweifeln am gesunden Senf?", fragte Vlassi.

„Müssen Sie nicht, das hat sicher seine Richtigkeit. Die Frage ist vielmehr, warum hat er uns das aufgetischt?" Julia hielt einen Moment inne und warf einen Blick zu ihrem Beifahrer: „Und sagen Sie jetzt nicht, dass er ein gesundheitsbewusster Mensch ist, auch an unsere Gesundheit denkt und uns deshalb zum Senf bekehren will."

„Nie würde ich das tun“, erklärte Vlassi, dem auf einmal klar wurde, dass er eventuell ein Opfer seiner hypochondrischen Veranlagung geworden war. Wenn jemand von Gesundheit sprach, ignorierte er offenbar den kriminellen Zusammenhang.

„Dieser Eber hat mich mit seinem gesundheitlichen Gefasel in die Irre geführt“, bekannte er, doch Julia beruhigte ihn: „Selbstkritik ist gut, aber übertreiben Sie's nicht.“

Sie waren auf der anderen Seite der Brücke in Wiesbaden angekommen, und Julia nahm die Straße zur Äppelallee hinunter.

„Senf-Chef Doktor Eber“, sagte sie, „hat's faustdick hinter den Ohren. Haben Sie das auch bemerkt, Herr Spyridakis?“

„Ja … also schon“, erwiderte Vlassi und überlegte fieberhaft, was sie meinte.

„Woran haben Sie es bemerkt?“, fragte da auch schon Julia.

Mit plötzlicher Erkenntnis teilte Vlassi mit: „Der hat sich doch in der Zeitform vergriffen, der hat vom Senf-Palast in der Vergangenheit gesprochen, als gäb's den schon gar nicht mehr.“

„Ganz falsch, Herr Kollege. Eber teilte uns mit, dass er uns einen Tipp geben wollte, hilfreich sein wollte, Freund und Helfer sein wollte. Merken Sie sich: Wenn das einer zu Kripoleuten sagt, ist höchste Gefahr im Verzug.“

„Höchste Gefahr …?“

„Weil alles gelogen ist“, klärte ihn Julia auf.

16 Der blaue Eisenhut

Hauptkommissarin Wunder hatte sich zum Fenster begeben und schaute hinaus. Ihr Kollege Spyridakis saß am Schreibtisch und schaute zu ihr. Jetzt sie bloß nicht ansprechen, dachte er, sie denkt. Tatsächlich sortierte Julia die Verdächtigen im Kopf. Doch plötzlich drehte sie sich zu Vlassi um.

„Herr Spyridakis, wir wollten vom Motiv zum Täter kommen. Welche Tatmotive sehen Sie?"

„Ja, also", hob Vlassi an, „wir haben diesen Belalil, Moslem und noch dazu Palästinenser, bei dem liegt das Motiv auf der Hand. Außerdem hat er kein Alibi. Ich sehe auch bei Alfred Weisenbach ein Motiv, der will doch für seine Tochter was Besseres als dieses Senfgeschäft, und er ist ein Seelenfänger ..."

Seine Chefin unterbrach ihn: „Ein Domdekan und ein Mord?"

„Warum nicht?", erwiderte Vlassi, „er muss doch nicht selbst Hand angelegt haben, vielleicht hat er mit dem Verlobten von Rosalie zusammengearbeitet, diesem Eckart Wagner. Dem hat auch der Senf nicht geschmeckt."

Julia machte ein paar Schritte zu ihrem Schreibtisch: „Weiter, weiter."

„Und ich erkenne auch ein Motiv bei diesem Eber, der hat uns doch mit den gesundheitlichen Vorzügen von

Senf angeschmiert – gewissermaßen mit Mostrich eingesenft."

„Wo Sie recht haben, haben Sie recht", bestätigte Julia.

„Wahrscheinlich fürchtet er den Senf-Palast und schleckt nach Feierabend genießerisch den exotischen Senf von Rosalie. Und ihm geht durch den Kopf, was das für eine böse Konkurrenz ist. Und dann schreitet er eben zur Tat."

Julia setzte sich an ihren Schreibtisch gegenüber von Vlassi und murmelte: „Möglich ist das."

„Sehr wahrscheinlich sogar", ergänzte Kommissar Spyridakis, und er dachte dabei an die gesundheitlichen Vorzüge des Senfgenusses, die Dr. Eber ihnen deutlich gemacht hatte. Das müsste ihn eigentlich doch für diesen kleinen Glatzkopf einnehmen.

„Irgendetwas fehlt mir, irgendein Puzzleteil fehlt", sagte Julia und wollte zum Telefon greifen, das in dem Moment von sich aus laut zu schrillen anfing. Julia hob ab und nannte ihren Namen.

„Hier ist Hauswaldt", meldete sich am anderen Ende die Stimme der Rechtsmedizinerin.

„Frau Doktor Hauswaldt, ich wollte Sie gerade anrufen. Sind Sie so weit?"

„Kann man sagen."

Julia drückte auf das Lautsprecherknöpfchen an ihrem Apparat, damit Kommissar Spyridakis mithören konnte.

„Raus damit!", forderte sie die Rechtsmedizinerin auf, „woran ist Herr Birnbaum gestorben?"

„Er ist, wie ich schon vermutet habe, vergiftet worden. Die Ursache kann ich nicht ganz eindeutig bestimmen, aber ich bin mir ziemlich sicher …“

„Ja, ja“, stöhnte Julia am Hörer auf, der es schon zu lang wurde. Vlassi hatte sich vorgebeugt.

„Gemach, gemach“, sprach Dr. Hauswaldt, „es handelt sich mit großer Wahrscheinlichkeit um den Blauen Eisenhut, das ist eine Giftpflanze mit dem Hauptwirkstoff Aconitin, ein Alkaloid, das praktisch nicht nachweisbar ist. Aber die Parästhesien an den Händen weisen darauf hin.“ Dr. Hauswaldt machte eine kleine Pause und schob nach: „Die verkratzten Hände, die ich Ihnen am Leichnam gezeigt habe!“

„Hab’ ich mir’s doch gedacht“, brummelte Vlassi, „totgekratzt!“

„Die Parästhesien sind lediglich ein Nebeneffekt“, sprach Dr. Hauswaldt weiter, „und zugleich der entscheidende Hinweis. Wichtiger bei der Person, der das Alkaloid gegeben wurde, sind Gefühllosigkeit, Lähmungserscheinungen und erschwerte Atmung. Der Tod tritt durch Atemlähmung ein.“

„Wie verabreicht man denn so ein Alkaloid?“, fragte Julia die Rechtsmedizinerin.

„Das ist relativ einfach. Man kann es in einem Getränk auflösen oder in einem Produkt wie Senf.“

„Vermute ich richtig, dass man den Blauen Eisenhut in der Apotheke bekommen kann?“

„Höchstens homöopathisch. Man soll den Blauen Eisenhut auch nicht im Garten anpflanzen. Zu gefährlich. Aber geschickte Apotheker und Lebensmittelingenieure können das Alkaloid auch selbst herstellen", antwortete Dr. Hauswaldt.

„Danke für diese Auskünfte", sagte Julia, „die bringen uns sicher weiter."

Nachdem sie aufgelegt hatte, schaute Vlassi seine Chefin an: „Komischer Name für eine Pflanze – Eisenhut."

„Sie werden doch jetzt nicht auf die Idee kommen, mir zu empfehlen, so einen Hut mal aufzusetzen?"

„Nie und nimmer, das könnte ja gefährlich werden – sogar für Hutliebhaberinnen wie Sie."

Julia hatte sich während des Telefonats mit Dr. Hauswaldt ein paar Notizen gemacht. „Geschickte Lebensmittelingenieure", murmelte sie jetzt vor sich hin.

„Sie denken an Eber?", fragte Vlassi.

Sie nickte leicht, und Vlassi bestätigte: „An den hab' ich auch gleich gedacht. Ein Motiv hätte er und die Fähigkeiten auch."

Julia wollte gerade aufstehen und zum Fenster gehen, als das Telefon aufs Neue klingelte. Sie hob ab, kam aber nicht dazu, ihren Namen zu nennen.

„Hauptkommissarin Wunder?", schallte es ihr fragend entgegen, und sie wusste sofort, wer sie da mit ihrem Dienstgrad ansprach.

„Papa, du?"

„Ich störe nur ganz kurz und nur deshalb, um dir zu sagen, dass ich für heute Abend Theaterkarten habe. Bist du bereit?"

„Mit dir immer", antwortete Julia.

„Weißt du, in welches Stück wir gehen? Ist dir eingefallen, woher die Kostprobe stammt, die ich dir gegeben habe?"

„Ich glaube …“, sinnierte Julia vor sich hin.

„Du weißt es immer noch nicht! Ein Jammer. Es handelt sich um einen deutschen Autor, und ich sagte dir, es ist ein Stück wie für unsere Zeit geschrieben.“

„Ich hab's auf der Zunge“, flunkerte Julia.

„Heute Abend wird dir's von der Zunge springen. Enttäusch' mich nicht. Wir treffen uns eine Viertelstunde vor Beginn im Foyer des Großen Hauses, einverstanden?“

„Soll ich dich nicht abholen?“

„Nicht nötig, ich komme selbst. Und jetzt kümmere dich weiter um deinen Senf-Mordbuben.“

Wolfgang Hillberger legte auf, und da Julia den Apparat auf stumm belassen hatte, sah Vlassi sie einen Moment an, dann fragte er: „War's eben der Eisenhut-Mörder, den Sie mit Papa angesprochen haben, hat er Ihnen was auf die Zunge gegeben, sollen Sie ihn nicht abholen?“

„Herr Spyridakis“, erklärte Julia feierlich, „es gibt Dinge, die nichts mit Mord und Totschlag zu tun haben und denen man sich dennoch gern hingibt.“

Hauptkommissarin Wunder wusste noch nicht, dass der Abend mit ihren Vater sehr wohl mit Mord und Totschlag und ihrem aktuellen Fall zu tun haben würde – aber es ist ja eigentlich am schönsten, wenn man keine Ahnung davon hat, was einem noch blühen wird.

Zu Vlassi sagte Julia: „Herr Spyridakis, ich muss mich um den Blauen Eisenhut kümmern, und Sie nehmen derweil diesen Hamed Belalil ins Gebet. Sie wissen ja, wo er zu finden ist.“

Mit diesen Worten stand sie auf, streifte ihren Mantel über, setzte sich ihren hellroten Glockenhut auf und verschwand.

Eine halbe Stunde später parkte Hauptkommissarin Wunder ihr Auto in der Breiten Straße in Mainz-Gonsenheim, ganz in der Nähe der Römer-Apotheke. Sie wollte zu ihrem Freund Jürgen Stockmann und hatte zwei Dinge im Sinn. Die eine Sache konnte sie ihn rundheraus fragen, bei der anderen musste sie geschickt vorgehen. Sie wusste noch nicht wie, aber da würde sie improvisieren, so etwas fiel ihr leicht.

Natürlich herrschte wieder Hochbetrieb in der Apotheke ihres Freundes. Diesmal jedoch hörte man kein Gehuste und Gekrächze, die Zeit der Erkältungskrankheiten war noch nicht gekommen. Ob sie die alte Dame vom letzten Mal wieder antraf? Julia musste sich hinten in der Reihe anstellen und ließ ihren Blick schweifen. Tatsächlich erkannte sie zwei Personen weiter jene Frau, mit der sie vor nicht allzu langer Zeit ein interessantes Patientengespräch geführt hatte. Doch in dieser Apotheke herrschte eine strenge Rangordnung, Vordrängen war verpönt. Als Julia jedoch sah, dass die alte Dame eine Zeitschrift in der Hand hielt, beugte sie sich vor und sagte laut: „Die *Apotheken-Rundschau*, ich wusste doch, dass man sie hier bekommt."

Die Dame drehte sich um, musterte Julia und sprach: „Ich kenne Sie. Vom letzten Mal. Sie haben meinen Hut auf!"

Tatsächlich trug Julia Wunder einen Glockenhut in hellem Rot, sie erinnerte sich auch sofort, dass beim letzten

Aufeinandertreffen die Unbekannte ebenfalls eine Damenglocke trug, allerdings in dunklem Grün.

„Ihr Hut hat mich so beeindruckt, dass ich mir auch so ein Modell gekauft habe", erwiderte Julia.

Die alte Dame lächelte zufrieden: „Und ich hab' mir so ne Batschkapp zugelegt, wie Sie sie getragen haben."

„Da haben wir ja beide was davon gehabt."

Die unbekannte Dame nickte. „Müssen Sie anstehen oder werden Sie wieder reingerufen?"

„Ich weiß es noch nicht. Ich stehe erst mal brav an."

„Ei, da komm ich zu Ihnen und steh' bissje länger an."

Eine korpulente Frau mit mürrischem Gesicht machte bereitwillig Platz, um die Dame mit der Batschkapp nach hinten zu lassen. Die teilte sogleich Julia mit: „Ich hab' die letzte *Apotheken-Rundschau* in der Hand, ich hab' mir gleich eine gesichert, die habbe nix mehr. Lesen Sie die auch regelmäßig?"

Natürlich nicht, dachte Julia, aber dem Kollegen Spyridakis hätte ich gern eine mitgebracht, durch die Lektüre der *Apotheken-Rundschau* wird der vielleicht noch gesünder.

Laut jedoch sagte sie: „Ich bin auch Leserin dieser Zeitschrift, man will doch wissen, welche Krankheiten es so gibt."

Die vornehme alte Dame lächelte vergnügt: „Sie meinen, welche Krankheiten gerade so en vogue sind."

Jetzt musste Julia grinsen, ihre Bekanntschaft war offenbar nicht ohne Witz, die durchschaute dieses Apotheken-Blättchen vollkommen.

„Wir verstehen uns“, sagte sie und lächelte die alte Dame an, um gleich zu fragen: „Ist unsere Freundin eigentlich da?“

„Weiß schon, wen Sie meinen. Das Bügelbrett. Sie ist aber noch nicht hinterm Tresen aufgetaucht. Wer weiß, was die hinten für Giftmischungen zubereitet.“

„Giftmischungen?“, fragte Julia leise, „aber Sie haben doch die besten Erfahrungen mit den Erzeugnissen hier gemacht, wie ich mich erinnere.“

„Mein Hals ist wieder rückläufig“, erklärte die vornehme alte Dame.

„Wirklich?“, fragte Julia noch leiser.

„Gucken Sie doch mal! Die Falten am Hals sind wieder da. Und ich dachte eine Weile, alles hat sich gestrafft und verjüngt. Pustekuchen.“

Julia warf einen Blick auf ihren Hals, der durch einen blauen Seidenschal etwas verdeckt war. „Er sieht doch ganz in Ordnung aus.“

„Meinen Sie?“, fragte die Frau hoffnungsfroh.

„Ja. Beim letzten Mal sah es … also … nicht so gut aus.“

Beim letzten Mal wirkte ihr Hals allerdings wie ein zerfurchtes Pergament, in dessen tiefe Falten kleine Insekten fallen konnten – aber natürlich sagte Julia davon kein Wort.

„Sie schenken mir Zuversicht“, teilte ihr die Dame mit dem Schrumpelhals mit, „und ich wollte mich bei diesem Apotheker Stockmann schon beschweren!“ Die alte Dame senkte jetzt ebenfalls ihre Stimme: „Also, Sie meinen, ich soll die Creme weiternehmen?“

„Unbedingt. Man muss optimistisch sein und glauben.“

„Sie sprechen mir aus der Seele. Das ist auch meine Meinung. Glaube, Hoffnung und Optimismus – so geht man durchs Leben."

Durch eine Tür hinten kam Jürgen Stockmann, sein Blick schweifte durch seine Apotheke, und als er Julia erblickte, sagte er laut: „Ach, da sind Sie ja, Frau Wunder, kommen Sie mal nach hinten, wir müssen noch eine kleine Vermessung vornehmen."

Julia nickte ihrer Gesprächspartnerin zu und hob die Schulter, um anzudeuten, dass sie nichts dafür könne, dass sie nach vorn gerufen wurde. Die sah sie gütig an, als verstehe und verzeihe sie alles, während die korpulente Frau vor ihr der Hauptkommissarin einen strafenden Blick zuwarf.

Kaum war Jürgen Stockmann mit ihr nach hinten verschwunden, fragte Julia: „Eine Vermessung willst du vornehmen? Bin gespannt, wie die ausfällt."

„Für's Publikum gesprochen, nicht für dich", klärte sie Jürgen auf, „als Theatergängerin verstehst du doch so was."

Julia lächelte, natürlich hatte sie verstanden. Die beiden waren in seinem Büro angelangt, und Jürgen forderte sie auf: „Kaffee? Einen Gesundheitstee wage ich nicht dir anzubieten. Den musst du doch immer bei deinem Vater trinken."

„Nicht mehr. Wir sind wieder zum ungesunden Kaffee zurückgekehrt. Allerdings nur, wenn ihn seine Nachbarin nicht überwacht. Mach mir doch einen Espresso."

Jürgen Stockmann ging zur Kaffeemaschine und sagte: „Und ich dachte, dein Vater will mit Morenga-Tee hundert Jahre alt werden."

„Er hat sich's überlegt, neunundneunzig genügen ihm auch."

Stockmann grinste, die Kaffeemaschine blubberte vor sich hin, Julia setzte sich auf einen Stuhl vor dem Schreibtisch, und schon kam ihr Freund mit zwei gefüllten Espressotässchen zu ihr. Im Stehen wollte er wissen: „Was treibt dich zu mir? Ich habe gedacht, wir sehen uns früher – aber ich wage ja nicht, dich im Dienst anzurufen."

„Sei nicht so etepetete. Ruf mich ruhig an."

Julia nahm einen Schluck vom Espresso: „Zu bitter, ich brauch ein winziges Stück Zucker."

„Geht mir genauso", erwiderte Jürgen und holte die Zuckerdose.

„Beim letzten Mal hast du mich noch vorm Zucker gewarnt, das sei pures Gift!"

„Ja, ist es auch, aber es kommt halt immer auf die Dosis an."

„Endlich wirst du vernünftig und sprichst wie ein wahrer Pharmazeut."

„Der Umgang mit dir härtet mich ab", grinste sie Jürgen an.

Die beiden tranken von ihrem maßvoll gezuckerten Espresso.

„Wir haben eine neue Leiche", eröffnete Julia den harten Teil des Gesprächs, „vielleicht hast du schon davon gehört."

„Ich bin völlig unbeleckt, klär mich auf."

„Eine Senfleiche …"

„Senfleiche? Was soll das sein?"

„Im Wiesbadener Senf-Palast ist ein senfverschmierter Mann tot aufgefunden worden“, erklärte Julia.

„Mit Senf kann man niemanden umbringen!“

„Weiß ich, aber ich kann dir noch was verraten. Der Mann ist vergiftet worden mit dem Blauen Eisenhut …“

Apotheker Stockmann unterbrach sie: „Blauer Eisenhut, auch Sturmhut genannt, ist eine der giftigsten Pflanzen überhaupt!“

„Ja eben, deshalb ist der Mann auch tot.“

„Ist er der Inhaber des Geschäfts, dieses Senf-Palasts? Verkaufen die Senf dort?“

Julia nickte: „Natürlich, und zwar ganz exquisite Sorten. Es gibt drei Inhaber, er war einer davon. Soviel ich weiß, ist der giftige Bestandteil des Eisenhuts Aconitin.“

„Der Hauptwirkstoff ist das Alkaloid Aconitin“, bestätigte Jürgen Stockmann, „es kommt in allen Teilen der Pflanze vor. Schon 1,5 Milligramm sind absolut tödlich für einen Menschen. Sogar das Berühren oder Pflücken der Pflanze ist gefährlich, denn das Aconitin kann sogar durch die unverletzte Haut aufgenommen werden.“

„Sprich weiter, Jürgen, ich wusste, dass du ein wandelndes Giftlexikon bist.“

„Wenn schon, dann ein Gesundheitslexikon bitte.“ Und mit hochgezogenen Augenbrauen sprach er weiter: „Das ist doch Allgemeinwissen, liebe Julia, ich traue sogar dir zu, dass du das alles schon weißt.“

Respekt, dachte die Hauptkommissarin, der versteht sich zu wehren.

„Aber eines muss ich noch anfügen“, fuhr Jürgen Stockmann fort, „das könntest du vielleicht nicht wissen. Gelangen Pflanzenteile in Mund oder Magen, treten schon bald die ersten Vergiftungssymptome auf. Das sind Parästhesien …"

„Herr Kandidat", unterbrach ihn Julia, „Sie haben die mündliche Prüfung zum Staatsexamen glänzend bestanden. Parästhesien an den Händen sind nämlich bei unserer Leiche festgestellt worden."

„Da bin ich ja froh, dass ich nicht durchgefallen bin", erwiderte Jürgen mit ernster Miene.

„Bei mir fällst du niemals durch, das weißt du doch", sagte Julia würdevoll, „du musst mir jetzt nur noch erklären, ob und in welchen Arzneien dieses Alkaloid zu finden ist."

Jürgen zog ein nachdenkliches Gesicht: „Da kommen wir zum schwierigen Teil des Examens. Wegen der starken Giftigkeit des Eisenhuts wird die Pflanze in der Medizin nämlich kaum noch verwendet."

„Kaum noch?"

„Na ja, in der Homöopathie gibt es Aconitum, natürlich in starker Verdünnung, das ist beliebt als Mittel bei fieberhaften Entzündungen, auch bei Angst und Panikzuständen, der Patient liebt es, wenn man ihm Aconitin gibt und beruhigend seine Hand hält."

„Gib mir deine Hand", flüsterte Julia.

„Aber natürlich", erklärte Jürgen unverzüglich, „selbst wenn du nicht aconitbedürftig wärst, sollst du immer meine Hand bekommen."

Mit seiner Hand auf ihrer ging Julia zum zweiten Teil des Gesprächs über: „Ich möchte dich gern zum Essen einladen, du hast mir schon bei den letzten beiden Fällen so geholfen, dass ich unbedingt …"

„Aber das ist doch nicht nötig“, fiel Jürgen in ihre Rede und drückte ihre Hand stärker.

„Doch, es ist nötig! Ins Theater muss ich mit meinem Vater gehen, sonst hätte ich dich dazu eingeladen.“

„Na ja, wenn du unbedingt möchtest, also … dann bin ich dir zu Willen.“

Julia ließ seine Hand los und erwiderte mit Nachdruck: „Ich liebe Männer, die mir zu Willen sind, ich werde ein Essen für dich kredenzen, etwas Besonderes, etwas, das dir mundet und schmeckt.“

Julia dachte dabei an den Tiger-Sonf, wollte aber das Wort nicht aussprechen, eigentlich musste ihr Freund überhaupt nicht wissen, worum es dabei ging, schließlich war er verheiratet.

„Bei dir daheim?“, fragte Jürgen erstaunt.

„Ich will die Gefälligkeiten, die du mir erweist, abarbeiten. Da kann ich dich doch nicht in ein profanes Lokal einladen.“

Sie wird mich doch nicht verführen wollen, ging es Jürgen durch den Kopf, aber warum eigentlich nicht? Das wäre mal eine neue Erfahrung mit ihr.

„Heute Abend?“, fragte er.

„Heute nicht, ich muss ins Theater, Jürgen. Aber morgen. Hast du morgen Zeit?“

„Um wie viel Uhr?“

„Acht Uhr bei mir in Wiesbaden.“

Ein Termin, überlegte Jürgen Stockmann, der viel verspricht. Da konnte er nur zusagen. Aber er musste es spannend machen. Laut nachdenkend sagte er: „Morgen Abend acht Uhr, lass mich mal überlegen, war da nicht was? – Nein … ich glaube, das ist erst eine Woche später. Also, das würde bei mir klappen."

Und meiner Frau sage ich, dachte er, dass die pharmazeutische Vereinigung wieder mal so einen blöden Abendtermin gemacht hat, bei dem meine Anwesenheit unbedingt erforderlich ist. Bin halt ein gefragter Mann.

17 Vlassi hört die Engel singen

Während Julia den Apotheker Stockmann zu einem Abendessen überredete – einem Abendessen, bei dem es jene Köstlichkeit geben sollte, die auf den Namen Senf hört, fuhr Vlassi in die Taunusstraße zum Senf-Palast, um Hamed Belalil zu sprechen. Er traf freilich lediglich Rosalie Weisenbach an, die ihn mit diversen Fragen löcherte. Natürlich wollte sie wissen, ob die Kripo den Mörder von Dani Birnbaum schon gefasst hätte und woran ihr Geschäftspartner, wie sie ausdrücklich betonte, denn nun gestorben sei. Vlassi erinnerte sich an das Gespräch mit Eckart Wagner und seinen Kollegen und dachte daran, dass Rosalie möglicherweise ein Verhältnis mit Birnbaum gehabt hatte. Er ging auf Rosalies Fragen freilich nicht ein, erklärte stattdessen weitschweifig, dass die Ermittlungen in vollem Gange seien, und teilte ebenso nicht die Ursache des Todes von Birnbaum mit. Rosalie hörte ihm eine Weile zu, um dann brüsk zu fragen: „Sie sind also überhaupt noch nicht weitergekommen?"

Könnte man so sagen, dachte Vlassi, entgegnete aber mit überlegenem Lächeln: „Frau Weisenbach, die Polizeiarbeit geht im Geheimen vor sich, wenn Sie verstehen, was ich meine."

„Verstehe, Sie wollen nicht zugeben, dass Sie nicht weitergekommen sind."

Mit dieser Frau war schwer zu reden, überzeugen konnte man sie vermutlich überhaupt nicht, deshalb sprach Vlassi: „Ich bin gekommen, um mit Herrn Belalil zu reden."

„Meinen Sie, der war's?"

„Ich meine gar nichts, ich ermittle."

„Dann ermitteln Sie mal in Walluf! Dort wohnt er nämlich."

Die beiden standen hinter einem hohen Regal, und Rosalie drehte sich jetzt von Vlassi weg, denn ein Kunde hatte den Senf-Palast betreten. Sie ging in seine Richtung, und Vlassi äugte ihr hinterher. Der Anblick des Kunden überraschte ihn, und er blieb vorsichtig in seiner Deckung hinterm Regal. Dieses Gesicht über dem hochgeschlagenen Mantelkragen kannte er – er kannte es allzu gut. Denn es handelte sich um keinen anderen als Kriminalrat Feuer. Ermittelte der jetzt schon selbst? Vlassi spitzte die Ohren, um ja kein Wort zu überhören.

„Ihr Senf ist wunderbar", hörte er die auf sonor getrimmte Stimme Robert Feuers, „Sie haben ja da wirklich hervorragende Marken entwickelt, mein Kompliment."

„Danke, solche Rückmeldungen höre ich gern", erwiderte Rosalie Weisenbach, „wollen Sie denn wieder den …?"

„Ja", unterbrach sie Feuer und schaute sich schnell im Laden um. Aber außer ihm war niemand zu sehen.

Mit getragenem Timbre sagte Feuer: „Ich wollte heute einmal den Bananen-Senf mitnehmen."

„Auch beliebt", stellte Rosalie fest.

Leise schob Feuer nach: „Und geben Sie mir auch den vom letzten Mal, diesen Tiger …“

„Tiger-Sonf meinen Sie?“

„Ja ja, zwei Gläschen.“

Feuer schaute sich um, aber da war auch niemand an der Außentür, um einzutreten.

„Machen Sie schnell, ich hab's eilig.“

Rosalie eilte nach hinten, wo sie Vlassi stehen sah, der einen Zeigefinger auf seinen Mund legte. Rosalie tat so, als bemerke sie ihn nicht. Und schnell war sie wieder beim Kunden vorn, händigte ihm eine Tüte mit den gewünschten Gläsern aus und nannte ihm den Preis. Kriminalrat Feuer zahlte, verabschiedete sich und verschwand so schnell wie er gekommen war.

Jetzt kam Rosalie zu Vlassi zurück: „Hab' ich das gut gemacht? Ich habe natürlich sofort verstanden, dass Sie diesen Mann observieren. Ein Verdächtiger, was?“

„Ein Hochverdächtiger, Frau Weisenbach. Sie haben es ausgezeichnet gemacht. Ich habe nur darauf gewartet, dass diese üble Figur hier auftaucht.“

„Da sind Sie ja doch weitergekommen!“

„Ich darf Ihnen doch nicht alles sagen. Sie verstehen, das ist geheim.“

„Aber jetzt bin ich eine Mitwisserin.“

Rosalie Weisenbach, die ohnehin eine groß gewachsene Frau war, richtete sich auf und wurde noch größer: „Dieser Kunde eben kam mir schon beim letzten Mal nicht koscher vor.“

„Wie recht Sie haben, mir kommt er auch nicht koscher vor“, stimmte ihr Vlassi zu, „Sie haben eine gute

Nase, ich könnte Sie sofort für den Polizeidienst empfehlen."

„Wenn der Senf-Palast mal in die Krise kommt, erinnere ich Sie daran."

„Auf jeden Fall haben Sie ein großartiges Gespür für unkoschere Gesellen wie den eben."

Rosalie Weisenbach nickte zufrieden und erklärte wehmütig: „Ach, das Wort koscher habe ich von Dani übernommen, es ist ja ein jüdischer Ausdruck."

Richtig, dachte Vlassi, was man alles von Juden lernt, ohne es zu bemerken.

„Frau Weisenbach", sagte er, „ich danke Ihnen sehr, dass Sie mein Inkognito eben gerade nicht gelüftet haben."

„Ehrensache, ich will doch, dass Sie in dem Fall weiterkommen. Bleiben Sie an diesem unkoscheren Burschen dran!"

Eine halbe Stunde später fuhr Kommissar Spyridakis in Walluf ein. Die Senfgöttin hatte ihm die Adresse von Hamed Belalil gegeben – sie und Vlassi waren wie Kollegen voneinander geschieden, Kollegen, die sich gut verstehen und verlässliche Partner sind. Eine gar nicht so üble Frau, dachte Vlassi unterwegs, fast genauso groß wie ich. Wenn sie hohe Schuhe trägt, überragt sie mich zwar – aber natürlich nur körperlich. Vielleicht sollte ich mich doch zu einem Senfliebhaber mausern und ihr Kunde werden.

Er stellte seinen Corsa in der Haselnussgasse ab, dort, wo auch Julia geparkt hatte, und ging ebenso wie sie die Kirchgasse hinab in Richtung Rhein. Es dunkelte bereits, als Vlassi vor dem Haus Nummer 13 ankam. Neben der

Haustür stand ein Fahrrad an die Hauswand gelehnt – ob das Hamed Belalil gehörte? Vlassi schaute hinauf zum zweiten Stock. Dort brannte Licht. Belalil war also da, und Kommissar Spyridakis drückte energisch auf den Klingelknopf. Einmal, zweimal, dreimal. Doch kein Summen unten an der Tür antwortete ihm, sie blieb verschlossen. Wollte man sich ihm verweigern? Nicht mit Vlassopolous Spyridakis! Die Haustür besaß kein Sicherheitsschloss, und Vlassi wusste sich zu helfen. Er zog einen kleinen Haken aus seiner Jackentasche, steckte ihn ins Schloss – und schon öffnete sich die Tür. Sich einem Kommissar Vlassopolous zu entziehen, das war unmöglich! Vlassi suchte nach einem Lichtschalter in der dunklen Treppenstiege, fand aber keinen. Vorsichtig, einen Fuß vor den anderen setzend, klimmte er nach oben. Als er im zweiten Stock ankam, schimmerte durch den Türritz etwas Licht. Ich komme!, dachte Vlassi, und werde dich, Hamed Belalil, überraschen und überführen! Na ja, so weit ist's noch nicht, aber der Mann machte sich doch jetzt schon verdächtig.

An der Tür fand Vlassi keine Klingel, also klopfte er. Doch schon beim ersten Klopfen gab die Tür nach, sie öffnete sich. Vlassi trat in einen winzigen Flur ein, der aber nahezu dunkel war. Das Licht kam aus dem nächsten Zimmer. Vlassi ging neugierig näher, und was er nach zwei Schritten sah, überraschte ihn doch sehr. Denn da lag ein Mann auf dem Boden, ein Mann, der sich nicht rührte. War es Belalil? Und neben ihm lag ein Papier, auf dem etwas geschrieben stand, das Vlassi nicht entziffern konnte, es war Arabisch. Vlassopolous Spyridakis hatte sich von Julia Wunder eine Beschreibung des im Senf-Palast nicht

Anwesenden geben lassen, jetzt ging er in die Knie, um sich den auf dem Bauch Liegenden anzusehen, es schien Belalil zu sein. Dummerweise musste er ihn dabei anfassen – so etwas hasste Vlassi. Wer weiß, welche Bakterien an dem Verunglückten klebten? War er nur verunglückt? Vielleicht war er tot, und wer weiß, wie lange? Vielleicht hatte schon die Totenstarre eingesetzt, da konnte man sich einiges einfangen. Vlassi hatte für solche Zwecke Handschuhe dabei, allerdings ganz normale Lederhandschuhe, die zog er an und griff zur Schulter des Daliegenden. Er war im Begriff, den Mann zur Seite zu drehen … und da … da passierte es. Vlassi hörte gar nichts, nicht das leiseste Geräusch, stattdessen spürte er einen plötzlichen Schmerz am Hinterkopf – und dann hörte er Engel singen, Engel, die ihn offenbar in den Schlaf wiegen wollten.

Auf jeden Fall kippte er nach vorn, unglücklicherweise auf den dort schon Liegenden. Aber Kommissar Spyridakis bekam das nicht mehr mit, sonst hätte es ihn vor Entsetzen geschüttelt. Ein unbekanntes Bakterium des Toten fiel ihn an! Knabberte an seinem Leben! Wie hilfreich eine Ohnmacht doch sein kann. Und hoffen wir sehr, dass er aus ihr bald wieder erwacht.

*

Seine Chefin Julia Wunder ging derweil vor dem Wiesbadener Großen Haus mit raschen Schritten ihrem Vater entgegen, der sie herzlich umarmte.

„Wir müssen uns sputen“, teilte er ihr mit, „du kommst spät, wir waren doch schon vor zehn Minuten verabredet.“

„Tut mir leid, hatte noch einen Termin in Mainz.“

Wolfgang Hillberger eilte mit seiner Tochter zum Theatereingang und rief ihr zu: „Welches Stück? Es wird dir doch endlich von der Zunge springen!“

„Ich glaube, es handelt sich um ein …“

„Ach was, du weißt es nicht“, fuhr ihr Vater dazwischen, „deine Kenntnisse in klassischer Literatur sind mangelhaft, ich muss es dir sagen, obwohl ich dir eine Kostprobe gegeben habe.“

„Sag mir's endlich“, flehte Julia ihn im Gehen an.

„Wir sehen uns den Nathan an, *Nathan der Weise*. Du weißt, von wem es stammt?“

Diesmal musste Julia nicht passen, unverzüglich antwortete sie: „Lessing.“

„Da bin ich ja froh, dass du wenigstens den Namen des Autors parat hast.“

Nach kurzer Zeit saßen die beiden in der achten Reihe im Parkett. Das Räuspern und Rascheln verstummte allmählich, und der Vorhang hob sich. Die Szene zeigte den Innenhof eines Hauses, eine junge Frau eilte auf einen älteren Mann zu, der offenbar von einer Reise zurückkam und ihr Vater war. Sie teilte ihm stockend mit, dass das Haus gebrannt habe, doch der Vater nahm's gelassen und meinte: „Dann hätten wir uns ein neues und bequemeres gebaut.“ Julia Wunder war von der Eingangsszene angetan, lässiger Typ der Vater, es war offenbar Nathan. Sie warf einen Blick auf ihren Vater, der neben ihr saß. Vielleicht liebte Wolfgang Hillberger dieses Stück, weil er sich selbst ein bisschen als Nathan sah oder wenigstens gern so wäre. Na ja, dachte Julia, mit mir hat er leichtes Spiel, aber in Hinsicht auf seine gesundheitsorientierte Nachbarin, der Frau Becker, die ihn mit allerlei Wohlfühltees quält, könnte er von diesem Nathan wahrscheinlich noch was lernen.

Nach diesen raschen Zwischengedanken konzentrierte sie sich wieder zur Bühne hin, wo Nathan gerade seiner Tochter einen Stoff überreichte, den er in Babylon für sie gekauft hatte. Die Tochter bedankte sich, gab ihm einen Kuss und erklärte, dass er die Großmut selbst sei. Nathan antwortete: „Doch bin ich nur ein Jude …"

*

Kommissar Spyridakis schlug die Augen auf und erschrak. Er lag auf einem anderen Mann. So etwas sollte nicht vorkommen. Doch sofort fiel ihm ein, was geschehen war. Er rappelte sich auf und tastete nach hinten zu seinem Kopf, eine Beule fühlte er und dankte seinem harten Schädel, dass der noch intakt war. Im selben Moment hörte er ein Geräusch von der Treppe her. War der Täter, der ihn, Kommissar Spyridakis, niedergeschlagen hatte, etwa noch im Haus? Ohne einen weiteren Blick auf den daliegenden Hamed Belalil zu werfen, stürzte Vlassi zur offenen Zimmertür. Ihn hatte der Ehrgeiz gepackt, wozu war er Kripomann? Um leichter zu sterben? Nein, um ein Abenteuer erfolgreich zu bestehen. Kurz ging ihm durch den Kopf, dass er das Julia Wunder mitteilen musste. Warum zur Polizei gehen? Um Aufregendes zu erleben, ein spektakuläres Dasein zu führen. Jetzt hatte er Gelegenheit dazu, und die musste er nutzen.

Im Flur war es nach wie vor dunkel, aber von unten hörte Vlassi ein Geräusch. Er tastete sich so schnell es ging am Handlauf des Geländers ins Erdgeschoss, und als er die Haustür aufstieß, sah er auf eine ziemlich dunkle Kirchgasse. Der Mond war zwar aufgegangen, doch es war dürftiger Viertelmond, der kaum Licht spendete und offenbar selbst beleuchtet werden wollte. Außerdem zogen Nebelschwaden durch die Gasse. Doch da unten in Richtung Rhein entdeckte Vlassi eine Gestalt, eine Gestalt, die eilig davonstob.

„He, bleiben Sie stehen!“, rief er, doch die Person reagierte nicht.

Sollte er ihr nachlaufen? Vlassi fiel etwas Besseres ein. Das Fahrrad an der Hauswand! Es war nicht abgeschlossen. Und er war im Dienst. Er musste es konfiszieren, wenigstens für kurze Zeit, es würde ja nichts passieren. Vlassi schwang sich auf das Rad, das sich allerdings für seine langen Beine als ungeeignet erwies. Aber darauf kommt es in so einer Situation nicht an. Kommissar Spyridakis trat in die Pedalen. Mit verkrümmtem Rücken und zu langen Beinen machte er sich an die Verfolgung des Verdächtigen, eines Hochverdächtigen, der die kriminelle Unverschämtheit besessen hatte, ihn niederzuschlagen. Er raste die Kirchgasse hinab, doch sein Rasen war mehr ein Holpern, denn die schmalen Gassen in Walluf besitzen einen gewissen Nachteil: Sie sind uneben. Und die gelben

Laternen erhellten die Szenerie nur notdürftig. Sein Blick streifte ein Weinlokal namens *Zum Treppchen*, er radelte schneller, jetzt erreichte er, wie er an einem schmalen Straßenschild erkannte, die Rheinallee. Na ja, ging es ihm durch den Kopf, eine maßlose Übertreibung, mit einer Allee hat das hier nichts zu tun, hier handelt es sich um nichts anderes als einen krummen Trampelpfad.

Wo war der Verdächtige? Rechts vorn sah er eine Gestalt, die von einer Nebelschwade gerade verschluckt wurde, und wenn ihn nicht alles täuschte, legte die Person einen Zahn zu. Der ahnt, dass ich ihn gleich erwische, war sich Vlassi sicher. Wie gut, dass ich das Fahrrad eingezogen habe, mit so einem Gerät bin ich auf jeden Fall schneller als er. Vlassi trat heftiger in die Pedalen, der Weg wurde schmaler, und der Nebel schien noch dichter zu werden. Aber im Nebel kann man sich nicht verstecken, man kann höchstens für einen Moment verschwinden – das wird dir nicht helfen! Wer einen Kommissar Spyridakis niederschlägt, muss mit der ganzen Härte von eben demselben rechnen. Einen kurzen Moment kam Vlassi jener Hamed Belalil in den Sinn, auf dem er kurzzeitig eine Ruhepause eingelegt hatte. War es überhaupt Belalil? Sein Gesicht hatte er schließlich nicht genau gesehen.

Vlassopolous Spyridakis versuchte angestrengt, die Nebelschwade zu durchdringen. Jetzt musste er gleich auf den Niederschläger treffen. Doch Vlassi irrte. Denn gerade, als er noch einmal in die Pedale trat, wurde der Weg abschüssig und das Fahrrad machte einen Satz nach vorn – direkt in ein Gewässer mit dem Namen Rhein. Kommissar Spyridakis ging unter, sein Kopf strebte nach oben, er sog die Nebelluft ein und stöhnte auf, das Wasser kam ihm frostig vor, am liebsten hätte er sich schütteln wollen, was natürlich barer Unsinn gewesen wäre, dann löste er sich vom Rad, wunderte sich einen kleinen Moment, dass er unter den Füßen keinen Boden fand – ist der Rhein schon nahe am Ufer so tief, dass man jämmerlich ersaufen kann? Er verschwendete keinen weiteren Gedanken daran, das Rad schwamm davon, als sei es froh, die lästige Gestalt des Kommissars abschütteln zu können, und Vlassi dankte dem Himmel, dass er seinen Freischwimmer gemacht hatte und sich mit weit ausholenden Bewegungen ans Ufer retten konnte. Dieser Verdächtige, ging es ihm durch den Kopf, musste sich mit einem U-Boot davongemacht haben, einem U-Boot im Rhein, das die Fische nun staunend bewundern. Und ich, Vlassopolous, gehe an Unterkühlung, Durchnässung und feuchter Kälte erbärmlich zugrunde, und noch in der dunklen Grube, in der ich bald liege, werden meine Hustenstöße die Besucher oben am Grabstein verwundert aufhorchen lassen.

*

Julia Wunder und ihr Vater ließen es sich währenddessen gut gehen. Sie saßen im *Ristorante Venezia* in der Nähe des Wiesbadener Theaters, und Wolfgang Hillberger begrüßte eben den Kellner mit einem leutseligen „Buonasera! Vorrei un vino tinto, per favore“, als ihm vom letzten Mal einfiel, dass die Kellner in diesem italienischen Lokal ja gar nicht Italienisch sprachen. Sogleich korrigierte er sich und orderte auf Deutsch: „Bitte bringen Sie uns die Karte und zwei Gläser Rotwein, den Montepulciano." Er wandte sich an seine Tochter: „Du trinkst ihn doch auch?"

Julia nickte, und der Kellner antwortete mit feiner Aussprache: „Sehr gern, Sie können aber auch italienisch mit mir sprechen, falls Sie das vorhatten."

Vater Hillberger schaute etwas verdattert und erwiderte: „Danke für das Angebot. Sind Sie neu hier?"

„Neue Besen kehren gut", erwiderte der Kellner schmunzelnd und entfernte sich.

„Sehr ungewöhnlich, dieser Mensch", äußerte Wolfgang Hillberger, „der hat ja sogar psychologische Kenntnisse, vermutete, dass ich in der Landessprache ordern will."

„Ganz schön", lächelte Julia hintergründig, „dass er dein Italienisch hören will."

Ihr Vater überhörte ihren ironischen Unterton und fragte: „Wie hat dir das Stück gefallen?"

„Ziemlich gut. Ich bin froh, dass du mich mitgenommen hast."

„Na hör mal, das ist doch Tradition! Aber was meinst du mit *ziemlich gut*? Bitte etwas genauer."

So liebte Julia ihren Vater. Er bestand auf klaren Gedanken und ließ keine Ungereimtheiten durchgehen.

„Die Sprache ist schon etwas gewöhnungsbedürftig", sagte sie.

„Hast du irgendwas nicht verstanden? Lessing schreibt natürlich in der Sprache seiner Zeit, das ist doch klar. Im Übrigen hat der Regisseur das Stück sprachlich etwas uns angepasst. Das ist okay, ich muss den Regisseur sogar loben, es gibt noch Spielwarte, die mitdenken. Man muss nicht jede altertümliche Formulierung hochhalten und für sakrosankt halten. Theater wird immer für die Gegenwart gemacht, nicht für's Museum."

„Du hast schon recht", räumte Julia ein, „vielleicht ist man auch durch die flache Sprache des Fernsehens das scharfe Schwert der Klassiker nicht mehr gewohnt."

„Oh, Julia, das hast du wunderbar gesagt!", rief ihr Vater entzückt aus. „Die flache Sprache und das scharfe Schwert! Man kann es ruhig aussprechen: Wir sind verbildet durch den eintönigen Slang im Fernsehen. Es macht uns etwas Mühe, Gedanken in geschliffener Formulierung zu folgen, weil wir zu viel Müll vorgesetzt bekommen."

Der Kellner erschien mit zwei Gläsern Rotwein und wollte wissen, ob die Herrschaften schon gewählt hätten.

„Ja, ja", murmelte Wolfgang Hillberger und schlug die Karte auf, ohne genau auf die Speiseangebote zu schauen, „ich nehme die Tagliatelle mit Pilzen."

„Die hast du doch schon beim letzten Mal genommen", sagte Julia.

„Bin ein Gewohnheitstier, die schmecken mir einfach." Und zum Kellner gewandt, sprach er: „Es wird doch keine Qualitätsminderung bei Ihnen eingetreten sein?"

„Bei mir auf keinen Fall, und für die Speisen kann ich ebenfalls garantieren."

„Ich nehme Sie beim Wort", schmunzelte Vater Hillberger.

Julia sagte: „Ich schließe mich dir an und mutiere ebenfalls zum Gewohnheitstier. Ich nehme die Tagliatelle mit Lachs."

„Danke“, nickte der Kellner und entfernte sich.

„Der Bursche gefällt mir“, befand Wolfgang Hillberger, „der kann Deutsch und versteht sogar sprachliche Nuancen.“

Julia und ihr Vater stießen an und tranken einen Schluck ihres Montepulciano, dann sagte sie: „Klär mich auf, Papa, *Nathan der Weise* spielt doch zu Lessings Zeit …“

„Nein, nein“, korrigierte er sie, „der *Nathan* spielt weit vor Lessings Zeit, im 12. Jahrhundert, und die Hauptfiguren sind Sultan Saladin und der wohlhabende Jude Nathan, wie du gerade gesehen hast.“

„Und der Kern der Geschichte ist die Ringparabel.“

„Genau. Und worum geht es in der Ringparabel?“

„Na ja, Saladin lädt Nathan zu sich ein und will von ihm wissen, welche der drei großen Religionen, die christliche, die jüdische oder die islamische, die echte sei …“

„Eben, eben“, bestätigte sie Vater Hillberger, „und das ist eine gefährliche Frage, die dem Juden da gestellt wird, denn der Sultan ist der Mächtige, er kann über Tod und Leben entscheiden – und schon falsche oder missliebige Antworten können den Henker auf den Plan rufen. Nathan ist nur ein Kaufmann, ein Spielball für Saladin.“

„Ist mir klar“, erwiderte Julia, „aber Nathan weiß sich zu helfen, er erzählt dem Sultan die Parabel von den drei Ringen. Ein Vater besitzt einen Ring mit der geheimen Kraft, den Träger vor Gott und den Menschen angenehm zu machen.“

„Richtig!“, bestätigte Hillberger, „das Problem dieses Vaters besteht darin, dass er nur einen Ring, aber drei Söhne hat. Wem soll er den Ring hinterlassen?“

„Er lässt zwei weitere anfertigen, und nach seinem Tod fragen die Söhne den Richter, welches der echte Ring sei …"

„Mit Richter ist natürlich Sultan Saladin gemeint. Und Nathan legt ihm eine geniale Antwort in den Mund", fuhr Wolfgang Hillberger fort, „du hast sie gerade auf der Bühne gehört."

„Ja, jeder soll seiner von Vorurteilen freien Liebe nacheifern – stimmt das so?"

Ihr Vater nickte: „Das heißt nichts anderes, als dass es nicht auf den Ring ankommt, es kommt auf die innere Einstellung an, mit der man den Ring trägt. Der Ring ist nur ein Stück Metall, etwas Äußerliches, ein Schmuckstück."

„Deshalb ist diese Geschichte eine Parabel, ein Gleichnis", ergänzte Julia, „denn die Ringe stehen für die Religionen."

„Ganz genau. Nathan will dem Sultan gegenüber nicht von Religionen sprechen, das könnte für ihn bedrohlich werden, daher wählt er die Ringe."

In dem Moment erschien der sprachgewandte Kellner mit den georderten Speisen, stellte sie auf den Tisch und wünschte in gewählter Sprache guten Appetit.

„Ich hoffe", sagte Wolfgang Hillberger zu ihm, „Sie bleiben diesem Etablissement länger erhalten. Wir kommen nämlich dann öfter."

Der Kellner lächelte und erklärte: „Dieses Etablissement erwartet Sie stets gern, und ich höchstpersönlich werde Sie mit Freuden bedienen."

„Ich wiederhole mich nur ungern", sagte Hillberger zu seiner Tochter, nachdem der Kellner sie verlassen hatte,

„aber dieser Bursche gefällt mir. Der versteht was von gehobener Rede. Und der passt nach Wiesbaden."

Die beiden begannen mit Appetit zu essen, doch nach einigen Bissen lehnte sich Wolfgang Hillberger zurück und sprach zu Julia: „Die Ringe stehen für die Religionen, das ist klar. Aber warum sind mir dieses Stück und der ganze Lessing so sympathisch? Kannst du mir das sagen?"

Eine typische Lehrerfrage, dachte Julia, aber Papa hat sie schön verballhornt, indem er sie persönlich fasst, eigentlich will er wissen, was uns der Autor mit dem Stück sagen will. Sie legte die Gabel beiseite und antwortete: „Natürlich kann ich dir das sagen. Lessing will mit der Ringparabel deutlich machen, dass Rechthaberei in religiösen Dingen zu nichts führt, dass religiöse Rechthaberei die Menschen sogar auseinanderbringt, dass solche Rechthaberei in Machtstreben ausartet und zu Mord und Totschlag führt."

Jetzt legte ihr Vater Löffel und Gabel beiseite und sah sie mit leuchtenden Augen an: „Ausgezeichnet, mein Julchen, das hast du sehr gut erkannt und exzellent formuliert. Dafür gibt's eine glatte Eins plus!"

„Na ja", erwiderte Julia, „ich bin schließlich deine Tochter, da wird wohl was hängen geblieben sein."

Wolfgang Hillberger schmunzelte, und die beiden aßen weiter. Doch nach wenigen Augenblicken sagte er: „Jetzt verstehst du, warum ich davon gesprochen habe, dass der *Nathan* wie für unsere Zeit geschrieben ist."

„Du hast recht", erwiderte Julia, „er ist heute fast aktueller als zu Lessings Lebzeiten …"

„Eben“, fiel ihr der Papa ins Wort, „das Stück ist hochaktuell, weil es deutlich macht, dass die wahre Religion keine bestimmte ist. Weder Judentum noch Christentum oder Islam sind falsch oder echt, sie gleichen alle einem Ring, den man sich über den Finger gestreift hat und nun mit sich herumträgt.“ Wolfgang Hillberger räusperte sich: „Übrigens hat ein Jude unseren Lessing zu seinem *Nathan* inspiriert, das war Moses Mendelssohn, ein Freund von ihm.“

Julia verspeiste den letzten Pilz mit einer Tagliatelle und teilte ihrem Vater mit: „Ich weiß schon, warum ich mit dir ins Theater gehe. Belehrt gehe ich von dannen.“

Hillberger trank von seinem Wein und sagte: „Neues Wissen kann nie schaden, mein Julchen. Aber wir müssen unserem Wiesbadener Haus dankbar sein, dass es dieses Stück spielt. Endlich erweisen sich Theaterleute mal nicht als dumm oder blind und erkennen den Sprengstoff, der in diesem Stück liegt.“

„Sprengstoff?“, murmelte Julia.

„Keine schlechte Vokabel, wenn man an die Gegenwart denkt, was?“

„Du meinst die islamischen Gewalttäter?“

„Ja, natürlich. Das sind keine simplen Verbrecher, ihre Taten sind religiös motiviert.“

„Sag mal, Papa, meinst du, *Nathan der Weise* wird auch in moslemischen Ländern gespielt?“

Jetzt lachte Wolfgang Hillberger laut los, um dann mit einer Gegenfrage zu antworten: „Bist du zurückgefallen in die naive Phase deines Lebens?“

„Hätte ja sein können, dass es in Kairo gespielt wird“, erwiderte Julia, schien aber gar nicht gekränkt. Sie schätzte ihren Vater gerade wegen seiner offenen und deutlichen Sprache.

„Nein, nein, Julia, das ist so gut wie unmöglich, dass in einem islamischen Land ein Stück gespielt wird, in dem ein Jude dem Sultan klarmacht, dass es keine wahre Religion gibt."

Vater Hillberger hob sein Glas, um mit seiner Tochter anzustoßen: „Wir haben ja schon darüber gesprochen. Der Islam hat sich nicht entwickelt, er ist stehen geblieben, es fehlt ihm ein Luther."

Die beiden tranken, und beim Absetzen fragte Vater Hillberger: „Bei der Gelegenheit: Was macht in deinem Senf-Fall dieser arabische Verdächtige aus Palästina?"

Julia schaute auf ihre Uhr: „Kommissar Spyridakis fühlt ihm gerade jetzt auf den Zahn. Morgen wird er mir berichten."

18 Ist der Tod in Ihnen lebendig?

Am nächsten Vormittag saß Hauptkommissarin Wunder allein in ihrem Büro. Wo blieb Vlassopolous Spyridakis? Julia erledigte einigen Papierkram und dachte dabei an den kommenden Abend, für den sie ihren Apothekerfreund Jürgen Stockmann eingeladen hatte – und natürlich würde es zum Essen einen speziellen Senf geben.

Die Tür wurde aufgerissen und Kriminalrat Robert Feuer stürmte ins Zimmer.

„Frau Wunder!", rief er, „sind Sie weitergekommen im Senf-Fall? Sie wollten doch diesen Konkurrenten Eber unter die Lupe nehmen."

„Haben wir gemacht, wir haben mit dem Chef Doktor Eber gesprochen, der Mann ist …"

Sie kam nicht weiter, denn Feuer ergänzte: „Der Mann ist hochverdächtig, stimmt's?"

„Na ja, unverdächtig kommt er mir nicht vor, aber solche Leute machen sich ja die Hände nicht schmutzig, die haben Helfershelfer …"

„Natürlich, natürlich", fiel ihr Feuer ins Wort, „ich kann jedenfalls eine gute Nachricht verkünden." Er machte eine kleine Pause, um sich dann vorzubeugen: „Diese Mamsell im Senf-Palast hat nichts mit der Sache zu tun."

„Wie kommen Sie denn darauf?"

„Habe recherchiert in ihrem Palast und muss sagen, die stellen vorzügliche Ware her."

„Und deshalb kann man nicht morden?"

„Ich rede lediglich von dieser … wie heißt sie noch mal?"

„Weisenbach, Rosalie Weisenbach."

„Genau, die meine ich. Also … eine ganz patente Frau. Und sie ist ja wohl der kreative Kopf dieses Senf-Palasts."

Julia ahnte schon etwas, doch sie fragte vorsichtig: „Haben Sie denn ihren Senf probiert?"

„Aber ja doch! Meine Recherche soll doch etwas erbringen. Mit Sinn und Verstand muss man arbeiten." Er ließ seine Worte ausklingen, um dann mit harmloser Stimme anzufügen: „Ich habe den Riesling-Senf gekauft und auch schon gekostet."

„Ah, den Riesling-Senf. Den Tiger-Senf nicht?"

„Der Senf, der Sonf heißt, meinen Sie?"

Julia nickte.

„Noch nicht", erwiderte Kriminalrat Feuer und machte eine Geste, die vieles bedeuten konnte, „aber ich habe ihn mir vorgemerkt. Das ist ja wohl ein sehr spezielles Produkt."

Ja, dachte Julia, ein sehr spezielles Produkt, das ich heute Abend höchstpersönlich testen werde.

„Auf jeden Fall", sprach Robert Feuer in ihre Gedanken hinein, „haben wir einen Verdächtigen weniger. Warum sollte diese Frau Weisenbach, eine grandiose Erfinderin, ihren Kompagnon umbringen? Noch dazu mit Senf?"

„Mit Senf ist Herr Birnbaum nicht umgebracht worden", erklärte Julia, „der Blaue Eisenhut hat den Tod bewirkt."

„Blauer Eisenhut, was soll denn das sein?"

„Er gehört nicht zu meiner Hutsammlung, falls Sie diesen Scherz zu machen beabsichtigen", sagte Julia, „der Blaue Eisenhut ist eine Giftpflanze."

„Noch nie gehört. Wo soll der denn wachsen?"

„Vielleicht bei einem Lebensmittelingenieur."

„Eber! Ich hab's doch gesagt."

„Wir wollen nicht voreilig sein", beruhigte Julia ihren Chef „vergangenen Abend hat Kommissar Spyridakis den Kompagnon von Frau Weisenbach aufgesucht, diesen Belalil ..."

Kriminalrat Feuer fiel ihr ins Wort: „Richtig! Dieser Belalil hat kein Alibi, wie wir wissen, außerdem ist er Araber. Ich sprach von einem Religionsmord, wenn Sie sich erinnern. Das ist eine vielversprechende Option."

Feuer schaute sich suchend um: „Wo ist denn Spyridakis überhaupt? Holt er Kaffee und ist unterwegs ins Klo gefallen?"

„Ich vermisse ihn auch, er ist heute noch nicht erschienen."

„Ist ja unglaublich, der Mann suhlt sich im Senf, während wir hier die Arbeit machen."

Julia wollte spitzfindig fragen, wie Feuer auf den Gedanken käme, dass Vlassi sich im Senf suhle, sie hatte viel eher den Verdacht, dass eben das ihr Chef tat, jedenfalls in einem gewissen Senf, der tigermäßige Kräfte verlieh. Doch in dem Moment ging die Tür auf und ein Mensch trat ein, von dem man kaum das Gesicht sah, so vermummt war er. Er trug einen bis zum Boden reichenden Mantel, hatte sich einen langen Schal zweimal um den Hals und die untere Gesichtshälfte gewickelt, und auf seinem Kopf saß eine schwarze Rappermütze, die bis über die Ohren gezogen war. Natürlich wusste Julia dennoch sofort, um wen es sich handelte.

„Herr Spyridakis, feiern Sie die Fastnacht schon heute?"

Statt einer Antwort kam ein Hustenstoß.

Jetzt fühlte sich Kriminalrat Feuer animiert, auf die seltsame Gestalt einzugehen: „Sind Sie Kommissar Spyridakis? Wenn ja, antworten Sie mit einem kräftigen Ja! Und hören Sie auf, hier herumzuhusten."

Ein weiterer Hustenstoß des Vermummten erfolgte. Dann kam eine klägliche Stimme unter dem Schal hervor: „Ja, ich bin's."

„Verflixt noch mal, Spyridakis, was ist denn mit Ihnen los?", raunzte Feuer.

„Ich habe meine Pflicht bis zur Selbstaufgabe getan", teilte der Vermummte mit, kam aber nicht weiter, denn Robert Feuer fuhr ihn an: „Was heißt denn Selbstaufgabe? Sie treten hier als seltsame Mumie auf. Müssen wir Sie auswickeln, bis Sie uns endlich als Kommissar erscheinen?"

„Ich würde mich gern selbst auswickeln, getraue mich aber nicht", antwortete die Mumie mit relativ normaler Stimme.

„Lieber Herr Spyridakis", ergriff nun Julia das Wort, „wir tun Ihnen doch nichts, Sie können sich ruhig auswickeln – falls Sie nicht nackt unterm Mantel sind."

„Aber es könnte gefährlich für mich sein“, brummelte die Mumie.

„Nein, nein, das ist nicht gefährlich“, besänftigte ihn Julia, „der Herr Feuer und ich möchten gern mehr über Ihre Selbstaufgabe erfahren.“

Der Kriminalrat wurde energisch: „Legen Sie Schal und Mantel ab, Mann, und reden Sie!“

Vlassi wickelte umständlich den Schal von seinem Gesicht und Hals, eben schien seine Gestalt noch etwas zusammengerutscht, nun richtete sie sich zu voller Größe auf und teilte mit: „Ich bin Vlassopolous Spyridakis, ich bin der Kommissar, der in Ausübung seines Dienstes in den Rhein gefallen ist!“

„In den Rhein? Nicht in den Senf?“, fragte Feuer voller Ironie.

„Ich habe einen Hochverdächtigen im Nebel verfolgt, einen Menschen, der mich zuvor niedergeschlagen hat.“

Julia wollte wissen: „Sie sollten doch Hamed Belalil aufsuchen?“

„Hab' ich auch. Dieser Belalil lag tot in seiner Wohnung, und als ich mich über ihn beugte, hat es mich erwischt.“

„Ja, und?“, fragte Robert Feuer, „Belalil tot? Tatsächlich?“

„Ich war nicht imstande, ihn das zu fragen, denn ich hörte plötzlich die Engel singen. Allerdings nur kurzzeitig. Mein griechischer Schädel bewahrte mich vor dem Schlimmsten, ich wachte auf und machte mich an die Verfolgung …“

Feuer ergänzte mit grimmiger Miene: „Die im Rhein für Sie endete, wie? – Das dürfen wir überhaupt niemandem erzählen. So was ist ja rufschädigend für die Wiesbadener Kripo."

Vlassi setzte mit kraftloser Stimme noch einen drauf: „Mit dem Fahrrad habe ich ihn verfolgt."

„Das wird ja immer grausiger!", brummte Feuer, „Sie haben doch ein Auto."

„Ja, aber das Fahrrad schien mir angemessener, die Gassen von Walluf sind so eng. Und Fahrverbot herrscht dort auch."

Kriminalrat Feuer schüttelte den Kopf, während Julia ihren Vlassi fragte: „Sind Sie denn noch mal zurück zum Tatort?"

Vlassopolous hatte inzwischen den Mantel abgelegt und die Rappermütze abgenommen und antwortete: „Konnte ich nicht. Ich war doch völlig verkühlt. Mein Leben war in Gefahr. Unterkühlung, Durchnässung, Dehydrierung …"

„Sie waren wieder mal nah dran, jämmerlich zugrunde zu gehen", diagnostizierte Julia mit besorgtem Gesicht.

Beim letzten Fall bin ich wenigstens nur vom Baum gefallen und habe mir das Rückgrat verkrümmt, dachte Vlassi, erwiderte jedoch: „Ich musste nach dem Rheinfall sofort heim und ein heißes Bad nehmen."

„Hoffentlich war's nicht zu heiß", bemerkte Feuer und fügte mit wenig besorgtem Gesicht an: „War's ein Rheinfall oder ein Reinfall?"

„Die Nacht habe ich schlotternd im Bett verbracht", erklärte Vlassi unbeirrt und mit einer Miene, als sei er dem Sensenmann gerade noch mal von der Schippe gesprungen, „so einer furchtbaren Auskühlung muss man entgegenarbeiten."

Robert Feuer hob den Kopf: „Hoffentlich haben Sie sich nicht überanstrengt dabei.“

Die Vokabel Überanstrengung veranlasste Kommissar Spyridakis, sich zu seinem Stuhl vorzutasten und mit einem Ächzer auf ihn zu plumpsen. Feuer sah es mit Stirnrunzeln.

„Vielleicht hilft Ihnen Senf, Herr Spyridakis. Diese Frau Weisenbach hat da so ein Tiger-Gebräu hergestellt.“

„Ich dachte, Sie haben es noch nicht probiert?“, fragte Julia den Kriminalrat.

„Nein, nein – aber man wird doch eine Empfehlung aussprechen können. Ich halte von dieser Senfkönigin viel, hab' ich Ihnen ja schon gesagt.“

Er wandte sich an den malad wirkenden Vlassi: „Sind Sie überhaupt dienstfähig? Können wir Sie einsetzen?“

Kommissar Spyridakis schaute gequält auf, erwiderte aber mit fester Stimme: „Bin dienstfähig. Habe mich in einer bettlägerigen Nacht selbst kuriert. Mit Zitronentee.“

„Na, dann überlasse ich Sie Frau Wunder. Es muss sofort in Walluf nach diesem toten Belalil gefahndet werden!“ Feuer wandte sich zur Tür, dort drehte er sich noch einmal ins Zimmer: „Es wäre jammerschade, wenn er völlig tot wäre, Sie wissen schon, warum.“

„Warum eigentlich?“, hörte man Vlassi fragen.

„Warum? Warum? Weil er hochverdächtig ist, diesen Birnbaum aus dem Leben geschubst, um nicht zu sagen, gesenft zu haben!“

„Und was, wenn wir einen völlig toten Belalil auffinden?“, fragte Julia in Richtung Feuer, „Sie wissen doch auch, dass man den Tod durch einen Mord immer noch nicht abgeschafft hat, er ist so lebendig wie eh und je."

„Ja, ja", murrte Feuer, „fragen Sie Belalil am besten, ob der Tod in ihm lebendig ist." Mit diesen Worten verließ er endgültig Hauptkommissarin Wunder und ihren Assistenten.

Kaum war Feuer draußen, sagte Vlassi zu Julia: „Feuers Frage gefällt mir. Ich hätte mir den niedergeschlagenen Belalil genauer ansehen müssen und ihn fragen sollen, ob der Tod in ihm lebendig ist. Statt seinen Mörder zu verfolgen."

„Sie haben's schon richtig gemacht", erwiderte Julia, „und auf die Frage Feuers kann ich Ihnen die Antwort geben. Der Tod ist in jedem lebendig, man nennt das die Angst vorm Tod." Sie musterte Vlassi: „Sagen Sie, fühlen Sie sich wirklich in Ordnung oder wollen Sie noch mal ins Bett zurück?"

„Jetzt wo Feuer weg ist, fühle ich mich regelrecht gestärkt", antwortete Kommissar Spyridakis, „vielleicht hat dieses kurze Bad im Rhein sogar meine Immunkräfte angefeuert."

Vlassi sprach auf einmal ganz normal, und Julia schaute ihn erstaunt an, ihr kam der Verdacht, dass ihr Assistent möglicherweise über schauspielerische Qualitäten verfügte, zumindest wenn Kriminalrat Feuer im Raum war.

„Gut", sagte sie, „wenn Ihre Immunkräfte erquickt sind, muss ich mir keine Sorgen machen, dann können wir also zur Leiche nach Walluf aufbrechen."

*

Eine halbe Stunde später parkte Julia ihren Dienstwagen in der Haselnussgasse, und sie und Kommissar Spyridakis gingen die Kirchgasse hinab zu Hamed Belalils Wohnung.

„Hätten wir nicht gleich die Spurensicherung mitnehmen sollen?“, fragte Vlassi, „ich habe es lieber, wenn Fachleute sich um Tote bemühen.“

Julia gab keine Antwort, und Vlassi probierte es noch einmal: „Ich könnte per Handy sofort anrufen.“

Julia verneinte per Kopfschütteln.

„Tote sollte man nicht anfassen, da kann man Spuren verwischen“, unterfütterte Vlassi seine Idee und dachte mit Grausen daran, dass er sogar auf dieser Leiche gelegen hatte.

Die beiden Kripoleute aus Wiesbaden kamen am Ziel an, die Haustür war verschlossen, und Julia Wunder drückte auf den Klingelknopf neben dem Namen Belalil. Es vergingen nur wenige Sekunden, und ein Summen an der Tür lud sie zum Eintreten ein.

„Ist die Spurensicherung schon da?“, fragte Vlassi erstaunt.

Kaum im zweiten Stock angekommen, öffnete sich die Wohnungstür und kein anderer als Hamed Belalil zeigte sich. Er schaute, wie es schien, mit verwundertem Blick auf Frau Wunder und Herrn Spyridakis. Umgekehrt sah Vlassi den quicklebendigen Belalil an, als sehe er ein Gespenst.

Herr Belalil, ich dachte, Sie sind mausetot, wollte er sagen, unterließ es aber in feiner Art.

Dafür äußerte sich seine Chefin, die sich sofort auf die neuen Verhältnisse einstellte: „Herr Belalil, wir wollten doch mal nach Ihnen sehen. Uns ist zu Ohren gekommen, dass Sie in Gefahr sein könnten."

„In Gefahr?", wiederholte Hamed.

„Sie wissen doch, was das ist?", fragte Vlassi, der seine Sprache wiederfand.

„Kommen Sie herein", lud der Kompagnon der Senfgöttin sie ein, drehte sich um und verschwand im winzigen Flur.

Julia warf Vlassi einen Blick zu, den der sofort verstand: Nichts davon sagen, dass Sie gestern hier waren! Dann folgten sie Hamed Belalil, der inzwischen ins nächste Zimmer gegangen war. Es war, wie wir wissen, ebenfalls sehr klein, bestand lediglich aus einem Sofa, einem Tisch mit drei Stühlen, in der Ecke befand sich ein Fernsehapparat auf einer Holztruhe. Auf dem Tisch stand ein Computer, und seltsam war der Wandschmuck, es handelte sich um Werbeseiten aus Illustrierten und Zeitungen.

„Bitte", sagte Hamed Belalil und wies auf die Stühle, „nehmen Sie doch Platz."

„Danke", erwiderte Julia, „aber wir wollen nicht lange bleiben. Wir sehen ja, dass es Ihnen gut geht." Sie machte eine kleine Pause: „Es geht Ihnen doch gut?"

Belalil nickte, und Vlassi dachte: Dem würde ich jetzt gern mal an den Kopf fassen, vielleicht blüht da auch so eine Beule wie bei mir. Wenn ja, hat er sich aber schnell regeneriert. Aber meine Regeneration ist höher einzuschätzen, da ich obendrein in den eisigen Rhein gefallen bin.

Hamed Belalil sagte in Richtung Julia: „Haben Sie denn schon etwas herausgefunden? Oder bin ich immer noch Ihr Hauptverdächtiger?“

Der ist ja richtig gesprächig heute, überlegte Julia, antwortete aber: „Unsere Ermittlungen laufen. Wir sind mittendrin. Und Sie haben mir beim letzten Mal kein Alibi geben können.“

„Ja“, bestätigte Hamed, „und außerdem bin ich Moslem.“ Er setzte trotzig hinzu: „Ich bin immer noch Moslem.“

„Wollen Sie konvertieren?“, fragte Vlassi spitzmäulig.

Hamed Belalils Gesicht zeigte ein Lächeln: „Glauben Sie denn, das geht? Wer einmal Moslem ist, bleibt es.“

„Bitte, bitte!“, schaltete sich Julia ein, „wir sind keine Religionspolizei, in Deutschland darf jeder nach seiner Fasson leben.“

„Und sterben“, fügte Vlassi an.

Das Lächeln war aus Hameds Gesicht verschwunden, aber er sagte nichts.

„Ich wundere mich, Herr Belalil, dass wir Sie hier antreffen und nicht im Geschäft in Wiesbaden“, teilte Hauptkommissarin Wunder ihm mit.

Natürlich hatte Julia zuvor im Senf-Palast Rosalie Weisenbach angerufen und gefragt, ob Belalil dort sei. Erst als Rosalie das verneinte, war sie mit Vlassi nach Walluf aufgebrochen mit der Befürchtung, seine Leiche in der Wohnung zu finden.

„Ich wollte mich gerade zum Senf-Palast aufmachen“, entgegnete Hamed, „ich habe noch etwas am Internetauftritt unserer Firma gearbeitet.“

„Verstehe“, murmelte Julia.

„Ich verstehe das nicht“, widersprach Vlassi und sah Belalil streng an, „Sie können doch auch im Senf-Palast an Ihrer Internetseite arbeiten.“

„Hier geht es besser“, antwortete Hamed kurz.

„Herr Belalil, das war's schon“, sagte Julia, die das Gespräch beenden wollte.

Sie wandte sich zum Flur, und als sie schon mit Vlassi an der Wohnungstür war, drehte sie sich zu Hamed Belalil um: „Ist Ihnen eigentlich jemand eingefallen, der ein Motiv haben könnte, Ihren Kollegen Birnbaum umzubringen?“

Julia kannte die Antwort von Belalil, sie war aber doch gespannt auf seine mimische und gestische Reaktion. Hamed ließ kraftlosZ die Arme sinken, sein Blick ging auf den Boden, dann sagte er langsam und nachdenklich: „Nein … nein.“

Auf der Rückfahrt nach Wiesbaden äußerte Vlassi plötzlich: „Mir fällt gerade etwas ein …“

„Reden Sie!“

„Vielleicht hätte ich ihn darauf ansprechen sollen … aber ich durfte ja nicht“, sinnierte Vlassi.

„Auf was hätten Sie ihn ansprechen sollen?“

„Als ich Belalil am Boden liegen sah, tot, wie ich dachte, entdeckte ich einen beschriebenen Wisch neben ihm. Ich konnte ihn aber nicht lesen, es war Arabisch.“

„Sie hätten ihn an sich nehmen sollen", sagte Julia, „wir hätten ihn übersetzen lassen können."

„Auf die Idee bin ich auch gekommen, leider erst, als ich die Engel singen hörte und kurzzeitig im Nirwana verschwand."

Julia Wunder warf einen schnellen Blick zu ihrem Beifahrer, dann fragte sie: „Wie beurteilen Sie Belalils Verhalten von eben?"

„Ich glaube, er verbirgt etwas vor uns."

„Das ist offenkundig. Er ist gestern niedergeschlagen worden und erzählt kein Wort davon." Julia fügte an: „Sie haben ihn schließlich als Toten gesehen."

„Glauben Sie mir etwa nicht?", fuhr Vlassi auf, „glauben Sie, ich habe das erfunden?"

„Nie und nimmer", beruhigte ihn Julia, „wir müssen uns nur einen Reim darauf machen, warum er uns nichts erzählt."

„Ich bin selbst gerade so mit heiler Haut davongekommen", beharrte Vlassi auf seiner Opferrolle.

„Erzählt er nichts", fuhr Julia fort, „weil er Angst hat?"

Vlassi nickte: „Das könnte sein. Aber ängstlich hat er eigentlich nicht gewirkt."

„Sie haben recht, Herr Spyridakis. Gut beobachtet, ich muss Sie loben. Belalil hat vor uns keine Angst gezeigt, aber ist Ihnen aufgefallen, wie er auf meine letzte Frage reagiert hat?"

„Ihre letzte Frage …", überlegte Vlassi, „Sie wollten wissen, ob ihm jemand eingefallen ist mit einem Motiv …"

„Mit einem Motiv für den Mord an Birnbaum", ergänzte Julia.

Vlassi straffte sich im Sitz: „Ihm ist niemand eingefallen."

„Ich wusste schon vorher, dass ihm niemand einfällt, aber seine Körpersprache …"

Julia ließ den Satz offen, damit ihn Vlassi beenden konnte, der jedoch stellte mit Überzeugung fest: „Seine Körpersprache verriet Ahnungslosigkeit."

Seine Chefin warf einen enttäuschten Blick auf ihn: „Herr Spyridakis, Sie müssen nicht nur beobachten, sondern auch interpretieren!"

„Interpretieren? Was gibt's daran zu interpretieren?"

„Arbeiten Sie mal mit Ihren kleinen grauen Zellen in Ihrem Beulenkopf!"

Kommissar Spyridakis schaute einen langen Moment auf die Straße vor ihnen, es hatte inzwischen leicht zu regnen begonnen, und als würden ihn die prasselnden Tropfen auf der Frontscheibe anspornen, stellte er plötzlich fest: „Belalil ließ die Arme sinken, sein Blick ging nach unten, und er sagte zweimal Nein. Das interpretiere ich als Ratlosigkeit, und wenn einer zweimal Nein sagt, wo es doch mit einem Mal getan wäre – dann will er nichts sagen."

„Ausgezeichnet, Herr Spyridakis! Ich beurteile Ihre Aufstiegschancen im Moment als sehr gut. Und möchte nur eines hinzufügen: Als Belalils Blick nach unten ging, hat er sich durchgerungen, nichts zu sagen. Sein Nein ist das Ergebnis eines kurzen und scharfen Nachdenkens. Die Frage ist, ob Angst der Antrieb war oder Überzeugung. Wenn es Angst war, konnte er sie gut verstecken …"

„Ein Schauspieler, dieser Belalil!“, fiel ihr Vlassi ins Wort, „der hat ja vor mir auch den Toten gespielt.“

„Vielleicht aber ist es auch Überzeugung“, ging Julia nicht auf seine Rede ein, „vielleicht will er uns aus Überzeugung nicht weiterhelfen.“

Sie verstummte und schaltete den Scheibenwischer auf schnell, denn plötzlich prasselte der Regen heftig auf die Frontscheibe, und draußen hörte man den Wind heulen.

19 Einer ist Tiger, der andere lahme Ente

Kaum hatten Julia Wunder und Vlassopolous Spyridakis die Wohnung von Hamed Belalil verlassen, klingelte dessen Handy. Hamed meldete sich, sagte aber eine Weile nichts, hörte nur zu, dann aber sprach er auf Arabisch. Leider können wir seine Worte nicht übersetzen, da wir des Arabischen nicht mächtig sind. Zu Beginn fiel das Wort Gaza, und obwohl Hamed die Stimme nicht hob, hatte es den Anschein, als wäre er ungehalten. Er redete kurz, presste das Handy ans Ohr, hörte wieder zu und sprach dann selbst ein paar Worte lauter als zuvor. Dann ging er zum Fenster und schaute nach unten. Wollte er nachschauen, ob die beiden Kripoleute, die ihn gerade besucht hatten, noch auf der Kirchgasse standen? Hatte der Anruf etwas mit ihnen zu tun?

Hamed ging zurück zum Tisch in der Mitte des kleinen Zimmers. Und nun färbte sich seine Stimme ins Zornige. Die gutturalen Laute verließen seinen Mund schnell und heftig. Es schien, als wäre er nicht nur zornig, sondern als würde er einen Protest formulieren, als würde er aufbegehren und widersprechen. Er hielt plötzlich inne, offenbar hatte ihn der Anrufer zum Schweigen gebracht. Das aber währte nur kurz. Dann erhob Hamed Belalil wieder seine Stimme, und nun schien es mehr als Widerspruch zu sein, was er sagte. Es hörte sich nach Trotz, nach Opposition, nach regelrechter Widerspenstigkeit an und klang auf keinen Fall mehr nach einem Gespräch unter zivilisierten Zeitgenossen. Hameds Stimme hörte sich gereizt und gekränkt an, und sogar Zornesröte machte sich auf seinem Gesicht breit. Von dem ruhigen und beherrschten Mann, den Julia und Vlassi vor wenigen Minuten erlebt hatten, blieb nun kaum noch etwas übrig.

*

Hauptkommissarin Wunder hatte es sich anders überlegt. Eigentlich hatte sie Jürgen Stockmann zu einem Abendessen bei ihr daheim einladen wollen. Aber das erschien ihr inzwischen zu riskant. Zum einen wäre es eine Premiere gewesen und Jürgen könnte die Einladung in den falschen Hals bekommen. Zum anderen wollte sie ihm den Tiger-Senf verabreichen – und da wäre doch ein so intimer Ort wie ihre Wohnung der falsche Platz, vor allem, wenn sich ihr Apothekerfreund in einen vor Wollust strotzenden Tiger verwandelte. In einem Restaurant und in der Öffentlichkeit würde er sich beherrschen. Also rief Julia ihr Versuchskaninchen Jürgen an und säuselte ihm etwas von beruflicher Überlastung vor, sie sei einfach nicht zum Kochen gekommen, der Chef sitze ihr im Nacken, dennoch wolle sie ihn wie versprochen einladen. Was er von einem italienischen Lokal halte, vielleicht in der Nähe des Theaters in Wiesbaden, *Venezia* heiße es.

Jürgen Stockmanns Stimme klang etwas enttäuscht, aber gut, nun ja, das *Venezia* kenne er, dann würde er eben dorthin kommen. Gleich nach dem Telefonat mit Jürgen setzte sich Julia ihre dunkelblaue Camita Wollfilz Glocke auf und wollte sich auf den Weg zum *Venezia* machen. Kommissar Spyridakis, der ihr Gespräch mit aufgestellten Ohren verfolgt hatte und sich schon wunderte, erklärte sie, dass sie noch einmal zum Senf-Palast müsse, sie habe noch einige Fragen an Rosalie Weisenbach.

„Ins *Venezia* wollen Sie heute Abend?", fragte Vlassi neugierig.

„Ja, das ist eine dienstliche Untersuchung."

„Es klang aber nicht so", beharrte Vlassi auf seinem Eindruck. Wenn jemand in den Telefonhörer säuselt wie seine Chefin gerade, konnte ein Vlassopolous Spyridakis nicht glauben, dass sie sich auf Diensttour begeben wollte.

Julia, schon im Mantel, erklärte: „Lassen Sie sich nicht von Äußerlichkeiten ablenken, heute Abend will ich etwas Wichtiges herausfinden. Es handelt sich um eine absolute Dienstveranstaltung."

Mit diesen Worten verließ sie ihr gemeinsames Büro, und Vlassi kam ins Grübeln. Vielleicht sollte er seine Treffen mit Carola auch als Dienstveranstaltungen deklarieren? Er sollte das Zusammensein mit ihr nicht als Freizeit und Muße missverstehen, sondern als Aufgabe, an Carola zu arbeiten. Im Grunde handelte es sich dabei um harte Amtspflicht. Vlassi griff zum Telefonhörer und rief Carola in der Anwaltskanzlei an. Sie meldete sich sofort, teilte ihm aber gleich mit, dass sie auf dem

Sprung sei, sie müsse etwas erledigen, er komme doch am Abend?

„Der Abend hat schon begonnen“, teilte er ihr mit seriöser Stimme mit, „und ich komme meiner Verpflichtung nach.“

„Verpflichtung? Wie redest du so schräg?“

Kommissar Spyridakis wollte ihr erklären, dass sie sich nicht von Äußerlichkeiten ablenken lassen solle, doch Carola hatte bereits aufgelegt.

Nun gut, dachte er und war mit sich im Reinen, sie hat die Beine in die Hand genommen, wahrscheinlich will sie was Schönes für mich einkaufen, es wird mich nicht hindern, sie in Kürze aufzusuchen.

Julia erreichte indessen statt des Senf-Palasts das *Ristorante Venezia* in der Nähe des Staatstheaters. Sie entdeckte schnell den Kellner, den sie beim letzten Besuch mit ihrem Vater kennengelernt hatte. An ihn und nur an ihn wollte sie sich wenden. Sie war sich sicher, dass er sie verstehen würde.

„Signora“, sprach der Kellner sie mit einem Lächeln an, „Sie kommen früh heute.“

„Man kann gar nicht früh genug kommen, wenn man so wunderbar bedient wird wie beim letzten Mal“, machte Julia ihm ein Kompliment.

„Oh, vielen Dank, ich werde mich auch heute bemühen, Sie zufriedenzustellen.“

„Ich bin ganz sicher, dass Ihnen das gelingt. Wie ist eigentlich Ihr Name?“

„Salvatore.“

Julias Stimme wurde leiser: „Herr Salvatore, Sie wissen vermutlich nicht, dass ich bei der Polizei arbeite, ich bin Hauptkommissarin Wunder."

„Oh", erwiderte der freundliche Salvatore und wich zurück.

Julia zog ihren Dienstausweis hervor, und mit einer lässigen Bewegung führte sie ihn an seinen Augen vorbei.

„Keine Angst, gegen Sie und das *Venezia* liegt nichts vor", teilte sie ihm mit, „aber ich bin in einer knappen Stunde mit einem Mann hier verabredet." Julias Stimme wurde noch leiser: „Ein Verdächtiger gewissermaßen – Sie verstehen?"

„Aber natürlich."

„Ich möchte, dass Sie ihm ein bestimmtes Gericht empfehlen, für das Sie ein gewisses Pesto verwenden sollen."

Salvatore machte große Augen, sagte aber nichts.

Julia zog ihn vertraulich zur Seite: „Es ist ein Wahrheits-Pesto, wir arbeiten neuerdings damit." Sie machte eine kleine Pause: „Die Leute sind ja so verlogen, Sie verstehen?"

„Ja, natürlich, dieses Problem kenne ich."

„Sehen Sie! Deshalb wenden wir solche Mittel an."

„Wahrheits-Pesto", wiederholte Salvatore.

„Bitte leise. Die Ermittlungen sind geheim."

„Verstehe", erwiderte Salvatore im Flüsterton, „haben Sie das Pesto dabei?"

Julia griff in ihre Manteltasche und holte das Gläschen mit dem Tiger-Sonf hervor. Sie schaute dabei in das Lokal, aber nur an der Wand hinten saßen einige Gäste, die sich angeregt unterhielten und nicht auf sie und den Kellner achteten. Sie drückte Salvatore das Gläschen in die Hand, der es mit einem Ausdruck im Gesicht umschloss, als sei er in die Rettung der Welt eingetreten.

„Wir haben uns verstanden?", fragte Julia leise.

„Aber natürlich, voll und ganz."

„Mir bringen Sie später ein Gericht ohne dieses Pesto, dem Verdächtigen mischen Sie das Wahrheits-Pesto unter seine Pasta." Julia sah Salvatore streng an: „Sie können auch mitteilen, dass der Herr eine Spezialität bekommt."

„Die Spezialität des Hauses", erklärte diensteifrig Salvatore.

„Aber das sagen Sie so nebenbei, keine große Sache daraus machen."

„Ich werde mich bemühen."

„Ich bin sicher, dass es Ihnen gelingt."

Julia verabschiedete sich und teilte dem Kellner mit ernstem Gesicht mit: „Demnächst wird es heißen, Salvatore, der Kommissarin Wunder Freund und Helfer."

Salvatore verstand die Anspielung und gab lächelnd zurück: „Die Polizei, dein Freund und Helfer."

Julia nickte und verließ das *Venezia*.

*

Während Hauptkommissarin Wunder im *Venezia* den Kellner Salvatore in ihre etwas unkoscheren Pläne einweihte, klingelte bei Vlassi im Büro das Telefon. Gerade wollte er den Feierabend einläuten und sich zu Carola aufmachen – schon wieder eine Verzögerung. Er hob missmutig ab.

„Hier Lustig", meldete sich am anderen Ende der Mainzer Hauptkommissar.

„Ach, Herr Lustig, wie geht's denn so?"

„Mir ist Ihr Senf-Fall noch mal durch den Kopf gegangen. Sie erinnern sich an unseren Besuch bei diesem Weisenbach, dem Domdekan?"

„Ja natürlich."

„Und Sie haben auch nicht die Lektion vom Domsgickel vergessen?"

„Was für ein Domsgickel?", fragte Vlassi.

„Sehen Sie, schon haben wir den Salat – alles vergessen."

„Was soll ich vergessen haben?"

„Wir standen doch auf dem Domplatz und haben zum Domsgickel hochgeguckt. Und ich habe Sie über dessen Botschaft aufgeklärt."

„Ja, ja, ich erinnere …"

„Sie erinnern sich überhaupt nicht! Der Domsgickel sagt uns, dass wir stark sein müssen und nicht davonlaufen sollen."

„Mach ich doch nicht", behauptete Vlassi, „was wollen Sie eigentlich?"

„Nicht davonlaufen!", erklärte Lustig, um nachzuschieben: „Wissen Sie was, dieser Weisenbach ist mir bei genauerem Nachdenken doch als windige Figur erschienen. Er wollte uns ja auch die Seele abkaufen."

„Das war doch eine Finte von ihm."

„Finte hin, Finte her, der wollte uns in Versuchung führen."

Vlassi entgegnete: „Ich wollte mich ja auch in Versuchung führen lassen, aber ich hab' jetzt keine Zeit für religiöse Erörterungen."

Unbeeindruckt erwiderte Lustig: „Ich weiß, bei Ihnen hätte er leichtes Spiel mit der Seele, allzu leichtes Spiel. Bei mir dagegen nicht. Aber der eigentliche Knackpunkt ist ein anderer."

„Nun reden Sie schon, Herr Lustig, ich muss zu einer Dienstveranstaltung."

„Hoffentlich lässt Sie Ihr Gedächtnis nicht wieder im Stich. Dieser Weisenbach sprach davon, dass es darauf ankommt, was im Senf drin ist."

„Ich erinnere mich daran sehr gut", erklärte Vlassi gespreizt.

„Was im Senf drin ist!", wiederholte Lustig mit Nachdruck, als hätte er den Senfmord damit aufgeklärt, „wissen Sie, was drin ist?"

„Natürlich wissen wir das. Der Blaue Eisenhut ist drin."

„Sehen Sie", sagte Lustig, „das habe ich mir gedacht."

„Sie kennen den Blauen Eisenhut?"

„Natürlich nicht, Herr Kollege, ich verabscheue Eisenhüte, aber ich kann mir denken, dass es was Giftiges ist."

„Am bloßen Senf stirbt man ja auch nicht", erklärte Vlassi.

„Und jetzt kommt's", fuhr Lustig fort, „ich habe was Bedeutendes herausgefunden. Wollen Sie's wissen?"

„Ich bitte darum, Herr Lustoog, aber dann muss ich gleich weg."

„Herr Spyridokulus", setzte Lustig an, „in Mainz gibt es die Firma Eber-Senf, und ich habe entdeckt, dass der

Domdekan und der Chef von Eber-Senf alte Kameraden sind."

„Alte Kameraden?", fragte Vlassi verdutzt.

„Die waren mal gemeinsam in einer Burschenschaft und treffen sich heute noch. Im *Weinhaus Michel* in der Altstadt. Da habe ich sie bei meiner Nachforschung gesehen."

Ernst Lustig sagte nicht, dass er ohnehin im *Weinhaus Michel* Stammgast und seine Entdeckung purer Zufall war, stattdessen machte er eine triumphierende Pause: „Na, da staunen Sie, was!"

„Sie meinen, Weisenbach und Eber haben da zusammen …"

„Ganz genau!", fiel der Mainzer Hauptkommissar in seine Rede, „wie ich schon beim letzten Mal erklärte, in manchem Geistlichen steckt der Teufel."

Vlassi warf einen Blick auf seine Armbanduhr, um dann zu sagen: „Da haben Sie ja wirklich was Interessantes herausgefunden …"

„Was Interessantes?", schnaubte Lustig, „ich würde eher sagen, was Gewichtiges, das Ihren Senf-Fall aufklärt."

„Ich stimme Ihnen vollkommen zu", sagte Vlassi mit Blick auf seine Uhr, „der Sache müssen wir nachgehen."

„Aber unbedingt! Ich habe Ihnen den Schlüssel zu Ihrem abstrusen Fall geliefert. Sie sollten mich aus Dankbarkeit zu einem Glas Wein einladen."

„Mach ich, Herr Lustig, nur nicht heute, ich muss, wie gesagt, zu einer wichtigen dienstlichen Veranstaltung."

„Hauen Sie ab. Aber ich nehm' Sie beim Wort, demnächst wird en Schoppe gepetzt."

Vlassi war einverstanden. Mit Lustig einen zu zwitschern konnte sich zumindest als belebend erweisen, wie er beim vorigen Fall erfahren hatte.

*

Als Jürgen Stockmann das *Ristorante Venezia* betrat, saß Julia bereits an einem kleinen Tisch und erwartete ihn mit einem Lächeln. Sie winkte ihm zu, und Jürgen eilte wie ein jugendlicher Liebhaber zu ihr.

„Ein wunderbares Lokal hast du ausgesucht", sagte er und nahm ihr gegenüber Platz.

„Ich war mit meinem Vater kürzlich hier, und wir haben das Essen und die Atmosphäre genossen."

Von hinten hatte der Kellner mit dem Namen Salvatore Hauptkommissarin Wunder und ihren Gast entdeckt, er machte sich sogleich auf den Weg zum Tisch und fragte in seriösem Tonfall, ob die Herrschaften bereits gewählt hätten.

„Auf jeden Fall schon mal einen Wein", erklärte Jürgen.

„Für mich den Montepulciano, der war hervorragend", sagte Julia.

„Den nehm' ich auch", murmelte Jürgen, „für die Bestellung des Essens lassen Sie uns noch einen Moment Zeit."

„Sehr gern", erwiderte Salvatore, „vielleicht darf ich Ihnen eine kleine Empfehlung geben. Wir bieten heute die Tagliatelle mit einem besonderen Pesto an, einem sizilianischen."

Er nickte Julia unmerklich zu, die bestätigend die Augenlider senkte. Beides bemerkte der Apotheker nicht, denn er schaute in die Karte.

„Warum nicht?", überlegte Jürgen.

„Habe ich das nicht beim letzten Mal bei Ihnen gegessen?", fragte Julia den Kellner.

„Ich glaube schon", antwortete der.

„Es war hervorragend", sagte Julia und dachte: Dieser Salvatore erledigt seinen Auftrag glänzend, der könnte glatt als Schauspieler durchgehen.

„Also gut", schaute Jürgen Stockmann auf, „dann bringen Sie mir Ihre Spezialität des Hauses, es gibt sie sicher nicht jeden Tag."

„Das kann man durchaus sagen", bestätigte Salvatore.

„Und ich nehme heute die Seezunge nach Art des Hauses", orderte Julia, „und vorher die Basilikumsuppe. Willst du nicht auch ein Süppchen, Jürgen?"

„Was gibt es denn noch für Suppen?", fragte Stockmann, der offenbar des Studiums der Karte überdrüssig war.

Salvatore antwortete: „Sie können eine Fischsuppe haben, eine Gemüsesuppe, eine Käsesuppe …"

„Schon gut, ich nehme die Käsesuppe."

Der Kellner nickte: „Als Nachtisch kann ich heute die Mango-Mousse mit Walnusseis und karamellisierten Walnüssen empfehlen."

„Mir läuft jetzt schon das Wasser im Mund zusammen", gestand Jürgen Stockmann und beugte sich leicht zu Julia: „Diesen Nachtisch nehmen wir doch?"

„Auf jeden Fall, obwohl es nicht sehr gesund klingt, Herr Apotheker."

Julia überlegte einen Moment, ob nicht der Nachtisch ihr Experiment mit Jürgen verwässern könnte, zu viel durfte er nicht essen, damit die Wirkung des Tiger-Sonfs nicht verloren ginge. Aber sie konnte auch nicht gegen die Mango-Mousse sprechen, das wäre verdächtig. Also sagte sie: „Mein Lieber, du hast dir jeden Nachtisch redlich verdient."

„Du weißt doch, dass ich immer für dich da bin."

Der geschäftstüchtige Salvatore fasste zusammen: „Also zweimal die Mango-Mousse als Nachtisch?"

Julia nickte ihm bestätigend zu, und der Kellner ließ sich nichts anmerken, dachte jedoch, dass er, falls er dieses Lokal nicht bald übernehmen konnte, bei der Kripo sicher auch gute Chancen hätte.

Kaum war er verschwunden, sagte Julia zu ihrem Freund: „Es gefällt dir im *Venezia*, ja?"

„Wunderbar ist es. Hier sollten wir öfter hingehen."

„Warte, bis das Essen kommt. Du wirst aus dem Staunen nicht herauskommen."

Und ihr ging durch den Kopf, welche anderen emotionalen Regungen außer Staunen ihn noch überkommen würden.

„Ich habe übrigens noch mal über den Blauen Eisenhut nachgelesen", sagte Jürgen, „im Orient und alten Griechenland wurden Verbrecher meist mit Gift hingerichtet. Und weißt du, mit welchem?"

„Mit dem Eisenhut?"

„Ganz genau. Mohammed soll mit dem Eisenhut vergiftet worden sein, der römische Kaiser Claudius und Papst Hadrian ebenfalls. Und sogar in neuerer Zeit weisen Spuren auf diese Giftpflanze."

„Tatsächlich?“, fragte Julia.

„Ja, der Palästinenser-Führer Arafat soll 2004 auch auf diese Weise aus dem Leben gegiftet worden sein. Aber das weiß man nicht genau, es sind Vermutungen.“

„Ist ja hochinteressant. Ich dachte, dieses Gift wäre aus der Zeit gefallen.“

„Ist es eigentlich auch. Ich hab' dir ja schon gesagt, dass es eigentlich nur noch homöopathisch verwendet wird.“

„Es kommt in keiner Medizin vor?“, fragte Julia.

Jürgen Stockmann drehte verneinend den Kopf: „Aber die Pflanze wächst auch hier. Die Knollen sind besonders giftig, der Kundige könnte ...“

Stockmann hielt inne, denn Salvatore erschien mit den Suppen, stellte die Schalen auf den Tisch und wünschte guten Appetit.

„Den werden wir haben“, teilte ihm Apotheker Stockmann freudig mit und widmete sich mit Inbrunst seinem ersten Gang.

Kommissar Spyridakis saß derweil im Wohnzimmer seiner Freundin Carola und wartete auf ein Zeichen von ihr. Nachdem er sich von Ernst Lustig am Telefon losgeeist hatte, überkam ihn, ebenso wie Stockmann im *Venezia*, ein gewisser Appetit, ja man könnte sogar von Heißhunger sprechen. Auf der Fahrt zu ihr fiel ihm ein, dass er am heutigen Tag nichts Wesentliches zwischen die Zähne bekommen hatte. Carola wollte ihn wieder überraschen, wie sie sagte, aber diesmal machte er keine profanen Vorschläge, kein Käsebrot, kein trocken Brot, er würde mit Appetit verschlingen, was auch immer sie ihm vorsetzte. Auf deine Einstellung kommt's an, Vlassi, sagte er sich.

„Bist du bald so weit?", rief er in Richtung Küche.

„Du kannst es wohl kaum noch erwarten?", rief sie zurück.

„Ich liebe deine lukullischen Genüsse", log er frech, „ich sehne mich geradezu danach."

Es dauerte nur noch wenige Minuten und Carola brachte zwei große formschöne Weingläser ins Wohnzimmer und eine Flasche Wein, die sie bereits geöffnet hatte. Sie stellte alles auf den Wohnzimmertisch und forderte Vlassi auf: „Gieß schon mal ein!"

Das tat Vlassopolous und nahm gleich einen gehörigen Schluck. Dieser Wein war ja … also der mundete … geradezu süffig. Vlassi schaute aufs Etikett der Weinflasche. Marqués de Zenete las er, eine Reserva aus Valencia.

„Einen spanischen Wein kredenzt du uns?", rief er.

„Schmeckt er dir?"

„Und wie!"

Wenn das so weitergeht, dachte er, komme ich vielleicht heute mal auf meine Kosten. Ob Carola heimlich bei der Volkshochschule einen Bewirtungskurs mitgemacht hat? Was kann ich dem Liebsten auftischen? Wie gestalte ich seinen Feierabend nach dem harten Berufsalltag aufs Angenehmste? Wie kann ich ihn am besten verwöhnen? Na ja, ging es ihm durch den Kopf, das waren nicht gerade feministische Überlegungen – aber wenigstens männliche. Man musste sie ja nicht gerade laut äußern. Und außerdem wusste sie, dass er in den eisigen Rhein gestürzt war, da kam ihm so ein Bewirtungsprogramm gerade recht.

Carola erschien mit dem ersten Teller: „Wir essen heute im Wohnzimmer. Komm zum Tisch."

Vlassi hatte sich mit seinem Glas Wein wieder ins Sofa gefläzt, wuchtete sich jetzt hoch und schaute neugierig zum kleinen Esstisch: „Ah, Nudeln."

„Tagliatelle", korrigierte sie ihn, „die göttliche Nudel aus Italien."

Nicht besonders einfallsreich, dachte er, das letzte Mal gab's Makkaroni, auch so eine göttliche Nudel aus Italien. Aber was soll's, ich habe Hunger, da ist mir jede Nudel recht. Carola brachte den zweiten Teller und klärte ihren Freund auf: „Diesmal habe ich ein anderes Pesto gewählt. Ich hoffe, dass es dir so mundet wie das letzte."

Vlassi überfielen unschöne Gedanken. Das letzte Pesto? Das war doch grauenhaft. Ein Senfpesto, das ihn an den Rand des Todes geschickt hatte. Aber nur nichts anmerken lassen. Immer schön offen sein für die seltsamen lukullischen Eigenarten Carolas. Die beiden setzten sich, er goss ihr den köstlichen valencianischen Rotwein ins Glas, sie stießen miteinander an. Dann nahm Vlassi die erste Gabel der Tagliatelle mit dem anderen Pesto. Er hatte noch nicht den ersten Bissen heruntergeschluckt, als er schon eine zweite Gabel nahm. Seine Geschmacksnerven jubilierten, er fühlte, wie eine Art Glückseligkeit über ihn kam, ja wie berauscht fühlte er sich nach einer weiteren Gabel Tagliatelle mit diesem neuen Pesto.

„Carola", stöhnte er auf, „du bist ja eine … wunderbare Köchin."

„Da kommst du erst jetzt drauf?"

Vlassi aß weiter und lehnte sich nach einer Weile zurück: „Das schmeckt ja herrlich. Wie konnte ich dich nur so verkennen?“

„Du hast mich doch gar nicht verkannt“, erwiderte Carola, die nicht wusste, dass ihres Freundes Käsebrotambitionen lediglich daher rührten, dass er ihre Kochkünste verschmähte. Vlassi ging nicht auf ihre Rede ein, ihm war das Essen viel wichtiger, jetzt hob er das Glas und stieß mit Carola an. Sie tranken.

„Ich bin überwältigt, Carola“, sagte er mit sinnlichem Timbre, „du bist eine wundervolle Köchin! Einfach Wahnsinn. Und dieses Meisterwerk …“

Er hielt inne, erhob sich, kam um den Tisch herum und küsste sie, heftig und immer heftiger. Doch dabei blieb es nicht. Es war, als würde sich Vlassopolous Spyridakis seiner südländischen Herkunft bewusst werden, er zog Carola zum Sofa, warf sie nieder und stürzte sich auf sie.

„Vlassi“, ächzte sie, „so schnell warst du noch nie.“

Vlassopolous ging auf ihren Spruch nicht ein, er hörte ihn kaum. Er war zum Tiger geworden, er küsste sie und knöpfte gleichzeitig ihre Bluse auf, um sogleich eine Etage tiefer zu fummeln. Carola stöhnte leise auf, und während sie ziemlich schnell vom Strudel der Lust fortgerissen wurde, ging ihr noch ein Gedanke durch den Kopf: Diese Madame im Senf-Palast hatte ihr nicht zu viel versprochen, aber auch gar kein bisschen zu viel, eher zu wenig. Das empfohlene Pesto musste sie im Auge behalten, am besten gleich mehrere Gläser davon am nächsten Tag kaufen.

Im *Venezia* wurde mittlerweile der Hauptgang von Salvatore aufgetragen. Es war eben das Gericht, auf das Julia schon neugierig wartete. Ihre Seezunge war ihr ziemlich gleichgültig, doch Jürgens Tagliatelle mit dem Wahrheits-Pesto, das im Senf-Palast als Tiger-Sonf gehandelt wurde, erwartete sie sehnsüchtig. Sie begann zu essen und äugte zu Jürgen hinüber, der sich voller Wohlgenuss über seine Spezialnudeln hermachte.

„Schmeckt wirklich gut", sagte er nach wenigen Bissen, „vielleicht etwas scharf."

„Das ist ja das Interessante an diesem Pesto", erklärte Julia, „mein Fisch ist übrigens auch hervorragend."

„Ah ja", meinte Jürgen und griff zu seinem Weinglas.

Sie hob ebenfalls ihr Glas, und sie stießen miteinander an. Dann aßen sie weiter. Und Julia beobachtete ihren Apothekerfreund aufmerksam, wenn nicht sogar lauernd, aber das bemerkte er nicht. Sein Appetit verhinderte es. So entging ihm auch, dass Salvatore ihn ebenfalls aus der Ferne des Tresens musterte. Der Kellner war neugierig, ob seine Amtshilfe recht bald eine Wirkung zeigte und dieses verdächtige Subjekt am Tisch zu einem Geständnis brachte. Und wem hatte das die Kommissarin zu verdanken? Ihm, allein ihm, der zügig bei der Aufklärung eines Verbrechens mitwirkte, ja eigentlich sich doch als die entscheidende Person in dieser Sache erwies. Wer weiß, was dieser Bursche am Tisch für ein Halunke war, wahrscheinlich handelte er mit Drogen, südländisch sah er jedenfalls aus, gar nicht wie ein braver Deutscher. Salvatore dachte mit Befriedigung daran, dass er eine Extraportion des Wahrheits-Pestos unter sein Gericht gemischt hatte.

Dieser Schurke sollte der Kommissarin die Wahrheit und nichts als die ganze Wahrheit beichten.

Jürgen Stockmanns Appetit ließ inzwischen nach, er schaute auf, griff nach seinem Glas und trank einen enormen Schluck. Irgendwie war ihm etwas schwummrig. Hatte er zu schnell gegessen? Er schaute mit leicht glasigen Augen zu Julia, die nach wie vor lustvoll, wie es schien, mit ihrer Seezunge beschäftigt war.

„Mir ist gar nicht gut“, murmelte Jürgen.

„Wie bitte?“

Julias einfache Frage kam Jürgen wie ein Rätselwort vor, er sah sie trübe an: „Was hast du gesagt?“

„Ist dir nicht gut, Jürgen?“

„Ich habe wohl zu schnell gegessen …“

„Willst du ein Wasser?“

„Ja, ja, Wasser.“

Julia drehte sich zu Salvatore, der sofort herbeieilte, und orderte eine Flasche Wasser. Der Kellner sah sie fragend an.

„Eine Flasche Wasser“, wiederholte sie.

„Mit oder ohne?“, fragte Salvatore.

Julia wusste, was er meinte. Salvatore glaubte, noch etwas vom Tiger-Pesto in die Flasche versenken zu müssen.

„Ohne Kohlensäure!“, wies sie ihn an.

Salvatore eilte von dannen, während Jürgen das Essen eingestellt hatte. Seine Hand zuckte zum Weinglas, aber bevor er es ergriff, überlegte er es sich anders. Dieser Wein war vermutlich an seinem Zustand schuld, ein gepanschter Wein mit Glykol – das musste es sein. Er sank in seinem Stuhl nach hinten und schaute Julia düster an.

„Mir ist elend schlecht“, brachte er nach einer Weile hervor.

„Ja, Jürgen, du wirst doch nicht eine Krankheit ausbrüten?“

„Die Suppe“, erwiderte er, „oder der Wein, ich glaube, der Wein ist schuld.“

„Aber mir schmeckt dieser Wein, ich finde ihn hervorragend.“

Mit jammriger Stimme sagte Jürgen: „Du bist eine robuste Natur. Du überlebst auch einen Anschlag mit dem Blauen Eisenhut. Männer sind empfindlicher.“

Julia wollte im ersten Moment protestieren, überlegte es sich aber anders. Sollte er doch glauben, dass der Wein ihn malad gemacht hatte. Der Tiger-Sonf jedenfalls verfehlte bei ihm offenbar seine Wirkung, Jürgen war im Begriff, zur lahmen Ente zu werden. Dennoch überkam Julia eine gewisse Zufriedenheit. Ihr Experiment mit Jürgen war im Grunde vollkommen gelungen. Zwar schien er ganz und gar unfähig, sie erotisch zu bedrängen, was sie ein wenig bedauerte, dieser Senf in seinen Nudeln aktivierte ihn jedenfalls nicht, sondern legte ihn lahm. Und noch ein Gedanke strich durch ihr Hirn: Wenn andere Konsumenten dieses Tiger-Senfs auch so reagierten wie er … dann, ja dann konnte das Motiv für den Mord in Rosalies Senf-Palast Enttäuschung sein, der sich zu Ärger und Zorn … Sie kam nicht weiter in ihrem Gedankenstrom, denn Jürgen erhob sich schwerfällig, wobei sein Stuhl nach hinten stürzte.

„Ich … muss … mal … raus … Toilette“, teilte er Wort für Wort mit. Das Sprechen fiel ihm offenbar schwer.

Julia machte ein bestürztes Gesicht: „Das Wasser kommt gleich, das wird dir helfen."

Apotheker Stockmann nickte abwesend und ging mit schwerem Schritt in die Richtung, wo er die Toilette vermutete. Salvatore korrigierte ihn auf seinem Weg, die Toilette sei in der entgegengesetzten Richtung. Was auf der Toilette passierte, die Jürgen alsbald erreichte, können wir nur vermuten, wollen den Leser aber nicht mit unschönen Details behelligen.

Auf jeden Fall erschien Salvatore während Jürgen Stockmanns Abwesenheit mit einer Flasche Wasser am Tisch und teilte Julia das Ergebnis seiner Beobachtung aus der Ferne mit: „Ich habe alles mitgekriegt. Er hat gestanden, und danach ist ihm schlecht geworden. Seine Untaten haben ihn aufs Klo getrieben."

Hauptkommissarin Wunder nickte ernst: „Genau so ist es. Unser Wahrheits-Serum hat seine Wirkung entfaltet. Und Sie, Herr Salvatore, haben keinen geringen Anteil daran."

20 Die Heidi – besser als jedes Buch

Kommissar Spyridakis drehte sich herum und ächzte. Seine Augendeckel öffneten sich langsam. Wo war er? Lag er in seinem Bett? Hatte man ihn niedergeschlagen? War er im Rhein versunken und schon tot?

Da erscholl eine bekannte Stimme: „Vlassi, ich hab' schon Kaffee gemacht."

Carola erschien in einem kurzen und sexy Hemdchen am Bett und küsste ihn. Vlassi lag in Unterhosen auf der Seite, er zog sich an ihr hoch.

„Willst du etwa noch mal?", fragte sie.

„Was ist denn passiert?", wollte er wissen.

Carola setzte sich auf den Bettrand: „Ach, Vlassi, du warst wie entfesselt, so hab' ich dich noch nie erlebt."

„Was?", ächzte ihr Freund.

„Erinnerst du dich nicht?"

Vlassopolous Spyridakis setzte sich aufrecht neben sie, und seine Gedanken strömten zurück, zum vergangenen Abend. Ja, es war über ihn gekommen, eine enorme Leidenschaft, um nicht zu sagen sexuelle Lust hatte ihn ergriffen und mit sich gerissen.

„War ich gut?", fragte er.

„Na und wie. Du warst toll, einfach tigermäßig."

Vlassi erhob sich: „Tigermäßig?"

„Na ja, so sagt man doch."

„Und sonst bin ich nicht so?"

„Ehrlich gesagt, nein."

Vlassi streifte sich sein Hemd über und zog seine Hose an. Merkwürdig, merkwürdig, dachte er, ich werde doch nicht krank sein, an einer noch unentdeckten Infektion leiden, einem Virus hypersexualis. Carola erhob sich ebenfalls und forderte ihn beschwingt auf: „Komm in die Küche, lass uns frühstücken."

Nach dem ersten Schluck Kaffee befand Vlassi, dass er sich eigentlich normal fühle, der Kaffee schmeckte, kein Ohrensausen dröhnte ihm den Kopf zu, kein ungenaues Sehen, sein Gang hatte auch nichts Wackeliges gehabt. Er war offenbar doch gesund, wie konnte es zu diesem erotischen Bacchanal kommen, zu dieser Orgie mit Carola? Orgien feiert man doch eher mit mehreren Frauen. Hoffentlich hatte er sich nicht überanstrengt und all seine Kräfte verschossen.

Carola stand am Herd, schob gerade ein Gläschen zur Seite und teilte mit: „Ich habe Rühreier gemacht."

Sie balancierte zwei große Teller zum Esstisch der Küche: „So was brauchst du nach dieser Nacht. Lass es dir schmecken."

Ja, Appetit hatte Kommissar Spyridakis, das spürte er schon nach dem ersten Bissen, und je mehr er aß, desto heißhungriger wurde er. Auch Carola mundete es, und da Vlassi mit dem Verspeisen der Rühreier sehr beschäftigt war, bemerkte er nicht, dass sie ihm verstohlene Blicke zuwarf. Vlassi lehnte sich nach einer Weile zurück, nahm einen Schluck Kaffee und da … da passierte es. Es war wie beim Essen am vergangenen Abend. Seine südländische

Herkunft brach sich Bahn. Er stand plötzlich auf, machte einen Schritt zu Carola und küsste sie wortlos, aber intensiv. Sie wehrte ihn nicht ab, stöhnte aber leise auf: „Aber Vlassi, du musst doch in den Dienst."

Vlassopolous kümmerte sich nicht um ihre Worte, er wurde heftiger, zog sie nach oben, aber nur kurz, dann drückte er sie nach unten in Richtung Küchenboden.

„Vlassi!", rief sie, „bei mir gibt es Bett und Sofa."

Ihr Freund nahm sie in die Arme und küsste sie aufs Neue, dann hob er sie wie eine Feder hoch, wankte mit ihr zurück ins Schlafzimmer und legte sie aufs Bett. Ohne ein Wort zu sagen, riss er sich das Hemd vom Leib und schlüpfte aus der Hose. Es war wie eine fließende Bewegung, als er zu ihr ins Bett stieg, sie heftig abküsste und gleichzeitig an ihrem Höschen fummelte, um es ihr abzustreifen.

Wir wollen nicht in die Einzelheiten des erneuten Tête-à-Tête gehen, nur so viel: Als Vlassi nach einer halben Stunde heftigen Gerangels an die Decke blickte – er lag inzwischen japsend unter Carola –, wurde ihm auf einmal klar, dass etwas nicht stimmte. Mit ihm? So musste es sein, denn von ihm war wieder die Initiative ausgegangen. Ein harmloser Kaffee, ein schlichtes Rührei, und die Sexsucht brach aus. Wenn das so weiterging, würde er sich bei Carola völlig verausgaben, bis er nur noch als Schatten seiner selbst herumlief. Falls er nicht vorher bei ihr im Bett jämmerlich verendete. Virus hypersexualis! Da vorne, würde es im Präsidium heißen, sehen Sie dieses körperlose Wesen? Es war einst Kommissar Spyridakis, jetzt ist er nur eine Schattengestalt, und man erkennt gerade noch die dunklen Ringe um seine Augen. Und wenn er in den Rhein fällt, reißt der ihn mit sich fort und hat keine Ahnung, dass es ein menschliches Wesen ist.

Eine knappe Stunde später betrat Kommissar Spyridakis die *Buchecke* in Wiesbaden-Schierstein. Bei Andreas Dieterle, dem Mann, der mit Büchern ein intimes Verhältnis pflegte, hoffte er, etwas über Suchtkrankheiten zu erfahren. Vlassi war sich sicher, dass seine Hypersexualität in diese Rubrik der Krankheiten fiel – und Genaueres musste er ja Dieterle nicht mitteilen. Aber eine Lektüre könnte ihm der Buchhändler bestimmt empfehlen, vielleicht konnte Vlassi sich, dachte er, per Lesen selbst kurieren.

In der Buchhandlung war allerhand Betrieb, aber kaum hatte ihn Andreas Dieterle erblickt, kam er zu ihm: „Herr Kommissar, was verschafft mir die Ehre? Suchen Sie etwa wieder ein Buch für Ihre Freundin?"

Der Buchhändler spielte auf den letzten Fall an, doch Vlassi ließ sich darauf nicht ein: „Nein, nein, Sie wissen doch, dass ich selbst ein begeisterter Leser bin." Er machte eine verschwörerische Pause, um leise fortzufahren: „Außerdem brauche ich es auch dienstlich."

„Tatsächlich? Hochinteressant! Beim vorigen Fall haben Sie eine große Hilfe durch meine Kunden gehabt, Sie erinnern sich?"

„Natürlich. Volker Born und Andreas Berg."

Vlassi sah sich im Laden suchend um: „Wir sind mittlerweile sogar befreundet, wenn ich so sagen darf."

„Sie können, Sie können!", hörte man eine Stimme hinter einem Bücherstapel. Im nächsten Moment zeigte sich Andreas Berg und kam auf Vlassi zu. Auch diesmal trug er eine Lederjoppe über einem offenen Hemd, seine Haartracht strebte künstlermäßig nach allen Seiten, doch offenbar hatte sich sein Schuhwerk gebessert, nicht mehr ausgetretene Latschen zierten seine Füße, sondern feine italienische Slipper.

„Was habe ich da gerade gehört?", fragte er. „Sie entschuldigen, aber meine Ohren sind von der Art, dass sie alles hören, vor allem das, was nicht für sie bestimmt ist."

„Hallo, Herr Berg", grüßte Vlassi. Er war sich nicht sicher, ob der Fernsehredakteur und Romancier alles gehört hatte, und entschied sich für eine Vorwärtsstrategie.

„Ich suche ein Buch …"

„Da sind Sie hier richtig, Herr Kommissar!", beschied ihm Andreas Berg.

„Ein Buch über Suchtkrankheiten", ergänzte Vlassi.

„Ach was! Für einen neuen Fall?"

Kommissar Spyridakis nickte ernst: „Ich darf nicht allzu viel darüber erzählen, Sie wissen ja, Dienstgeheimnis."

„Ich liebe Dienstgeheimnisse", erklärte Berg, und man spürte, wie der Journalist in ihm erwachte, „vor allem, wenn ich sie lüften kann."

Andreas Dieterle schmunzelte und wollte gerade seinen Kommentar zu Dienstgeheimnissen geben, als die Tür des Buchladens aufging und Volker Born eintrat.

„Grüß dich, Volker!", rief ihm Andreas Berg zu, „du kommst gerade recht, wir sind dabei, Dienstgeheimnisse aus unserem Kommissar herauszuleiern."

Volker Born, seines Zeichens Pfarrer, kam näher: „Grüßt euch. Muss der arme Herr Spyridakis euch wieder abwehren? Na, jetzt hat er mich an seiner Seite, wir beide sind eine standhafte Burg und werden euch widerstehen."

Dabei warf er einen neugierigen Blick auf Kommissar Spyridakis und dachte: Der wird uns doch hoffentlich alles freiwillig erzählen. Andreas Dieterle wiederum besann sich auf sein Geschäft, es ging darum, Bücher zu verkaufen, er wandte sich an Vlassi: „Also ein Buch suchen Sie. Über Suchtkrankheiten. Da hätte ich was."

„Suchtkrankheiten?", schaltete sich Andreas Berg ein.

Vlassi nickte ergeben, er erinnerte sich, dass Berg den Roman *Schabbat Schalom an der Seine* geschrieben hatte. War er inzwischen mit einem neuen Werk an die Öffentlichkeit getreten, einem Werk mit dem Titel *Schabbat Schalom in der Sucht*? Und hatte er, Vlassi, davon überhaupt nichts mitgekriegt?

„Haben Sie etwas über Sucht geschrieben?", fragte Kommissar Spyridakis.

„Nein, nein", wehrte der Poet und Fernsehredakteur ab, „das überlasse ich kompetenteren Zeitgenossen." Und er fügte an: „Und ich wüsste sogar jemanden für Sie, der sehr kompetent ist."

„Ich wüsste auch jemanden", schaltete sich Volker Born ein, „und ich glaube, wir denken an dieselbe Person."

Andreas Dieterle nickte zu ihren Worten, offenbar hatte er einen ähnlichen Gedanken, aber er musste zur Kasse, denn da wedelte eine Dame mit einem Buch nach ihm.

„Ah", sagte er laut, als er bei der Frau stand, „Sie haben sich für einen gutes Buch entschieden, ein sehr gutes." Und mit noch lauterer Stimme teilte er den Titel mit: *„Schabbat Schalom an der Seine."*

Sofort fuhr Andreas Berg herum, sein Roman wurde gekauft, so etwas elektrisiert den Autor, er spielte mit dem Gedanken, der Käuferin eine Widmung und Signatur anzubieten, und seine Lippen zuckten schon. Doch Volker Born sah ihn ernst an: „Lass ab von aller Hoffertigkeit und erwarte in Demut ihr Urteil."

So spricht nur einer, dachte Vlassi bei seinen Worten, der den wahren Sinn des Lebens erkannt und alles andere als Tand und Talmi durchschaut hat. Dieser Born war ein echter Geistlicher, der sogar in einem solchen Moment die Contenance nicht für sich behält, sondern weitergibt. Er dankte sich nachträglich für seine Menschenkenntnis, denn ihm wurde vollends klar, warum er sich diesem Mann beim letzten Fall anvertraut hatte. Andreas Berg dagegen rutschte etwas in sich zusammen, hüllte sich in Schweigen, und erst als der Buchhändler Dieterle wieder zu ihnen kam, fand er zur Sprache: „Du hast mein Buch nicht empfohlen, und es wird trotzdem gekauft. So hab' ich's gern, das ist großartig."

„Aber natürlich, mein Lieber", erwiderte Andreas Dieterle, „die Leute kaufen's, manche brauchen etwas länger, dieser Frau zum Beispiel hab' ich's schon vor mehreren Wochen ans Herz gelegt."

Vlassi wurde das Gespräch etwas zu fachmännisch, er wollte schließlich nur wissen, wie er seine Sexsucht bekämpfen konnte, mit dienstlicher Stimme wandte er sich jetzt an den Fernsehredakteur: „Herr Berg, Sie sagten, Sie wüssten jemanden, der in Suchtfragen kompetent ist?"

„Ja, ja", antwortete der Angesprochene, „ich wüsste da in der Tat jemanden, bei der Sie in guten Händen sind."

„Eine Frau?“

Andreas Berg nickte, und Volker Born lächelte zustimmend.

„Wer ist es denn?“, wollte Vlassi wissen, und seine Stimme klang ein wenig misstrauisch.

Der Geistliche Born hörte das sofort heraus: „Dieser Frau können Sie sich unbedingt anvertrauen. Sie werden begeistert sein.“

Andreas Berg stimmte ein: „Herr Spyridakis, Sie werden bald überzeugt sein. Es handelt sich übrigens um meine Frau. Sie ist Diplom-Psychologin und arbeitet mit Suchtkranken.“

„Aha“, erwiderte Vlassi.

Doch nun schaltete sich Buchhändler Dieterle ein: „Heidi Teubner-Berg ist psychologische Psychotherapeutin. Suchttherapeutin! Die kann Ihnen jede Sucht erklären und austreiben. Die Heidi ist besser als jedes Buch.“

Oje, dachte Vlassi, da hab' ich mich ja auf was eingelassen. So überkompetente Frauen sind mir gar nicht recht, wer weiß, was bei der passiert, vor allem, wenn meine Sexsucht plötzlich ausbricht.

*

Julia Wunder ging derweil im Büro von ihrer großen weißen Tafelwand zum Fenster und wieder zurück. Sie stand eine Weile sinnend vor ihrer Aufschrift an der Wand, dort hatte sie ein Schaubild skizziert mit den Verdächtigen des Senfmords. Aber nach ihrem Essen mit Jürgen Stockmann musste sie es ergänzen, so viel war ihr klar. Bloß mit welchen Namen? Wenn jedenfalls ihrem Freund Stockmann schlecht geworden war, könnte es anderen genauso ergangen sein. Und das bedeutete, dass der Mord an Dani Birnbaum aus Rache geschehen sein konnte. Der Tiger-Sonf wirkte offenbar nicht, jedenfalls nicht bei jedem. Wo war eigentlich Kommissar Spyridakis?, fiel ihr ein. Er müsste doch längst da sein? War er wieder vom Rhein verschluckt worden? Das Telefon klingelte, Julia hob ab.

„Ich bin's", meldete sich Apotheker Stockmann.

„Ach, Jürgen, ich hab' dich schon angerufen, aber eine Kollegin von dir sagte mir, du wärst nicht da. Ich hab' mir Sorgen gemacht."

Das war ehrlich gemeint, denn Jürgen Stockmann war am Abend zuvor wie ein Ausgemergelter von der Toilette im *Venezia* zurückgekommen. Er hatte sich übergeben, und Julia wollte ihn heimfahren nach Mainz, aber das litt er nicht – er hätte sein Auto in Wiesbaden dann abholen müssen. Doch Julia hatte sich nicht nur Sorgen gemacht, sie hatte auch ein schlechtes Gewissen. Weil sie Jürgen in diese Situation gebracht hatte. Aber aufklären konnte und wollte sie ihn nicht. So musste sie mit ihrem schlechten Gewissen zurechtkommen und er mit seinem verdorbenen Magen.

„Geht es dir denn wieder besser?", fragte sie.

„Ja, ja, es geht schon, ich hab' mich erholt. Ein Apotheker weiß sich schließlich zu helfen."

„Da fällt mir ein Stein vom Herzen." Julia machte eine kleine Pause: „Ich war es doch, der dich ins *Venezia* geführt hat."

Julia wollte sich damit die Schuld geben, ohne ihm etwas zu verraten, doch Jürgen erwiderte: „Ich bin deinem Lockruf nur allzu gern gefolgt. Du kannst ja nichts dafür. Ich frage mich nur, ob es der Wein war oder doch das Essen?"

Jetzt ihn nur nicht auf die richtige Fährte bringen, dachte Julia und antwortete: „Du hast einen empfindlichen Magen, der wird dir an dem Abend einen Streich gespielt haben."

„Meinst du?"

„Natürlich, nicht nur dein Magen ist empfindlich, du bist überhaupt ein empfindsamer Mann."

Julia setzte dieses Kompliment mit voller Absicht, ja man könnte sagen mit weiblicher List, und der Erfolg gab ihr recht. Denn Jürgen Stockmann erwiderte geschmeichelt: „Ach, du hast ja so recht. Männer wie ich sind nun mal empfindsam. Etwas ist mir auf den Magen geschlagen …"

„Aber ich war's doch hoffentlich nicht?", ergänzte Julia.

„Auf keinen Fall! Ich wollte mich nur noch mal bedanken für die Einladung. Du kannst ja nichts dafür, dass mir schlecht geworden ist. Es tut mir leid, dass ich so indisponiert war."

Das habe ich ja gut hingekriegt, dachte Julia, jetzt hält er sich schon selbst für indisponiert – ja, Männer sind eben dann indisponiert, wenn Frauen es wollen.

„Ich bin jedenfalls froh, dass es dir wieder besser geht", sagte sie, „das nächste Mal suchen wir uns ein anderes Restaurant aus."

Jürgen Stockmann räusperte sich: „Mit dem Blauen Eisenhut kann ich dir leider auch nicht weiterhelfen. Wie ich schon sagte, er wird nur homöopathisch verwendet, die ganze Pflanze ist hochgiftig."

„Da hast du mir schon weitergeholfen", log Julia, sie wollte bei Jürgen Aufbauarbeit leisten und ihm den Eindruck verschaffen, dass er für sie wichtig sei.

„Tatsächlich?", fragte der Apotheker neugierig, „bist du schon am Täter dran?"

„Ich darf doch nichts erzählen, Jürgen, du weißt doch, laufende Ermittlungen."

Stockmann gab sich geschlagen: „Na gut, dann werde ich mich weiter meiner Genesung hingeben."

„Mach das. Für unser nächstes Rendezvous musst du wieder fit sein."

„Ich eile mich!", erklärte er und dachte: Das Essen am gestrigen Abend hatte sie als Rendezvous geplant – und mir wird schlecht und elend dabei. Was bin ich doch für ein Tölpel!

Kaum hatte Julia aufgelegt, öffnete sich die Tür und Kommissar Spyridakis trat ein.

„Endlich!", sagte Julia Wunder mit Dienststimme, „wo stecken Sie denn? Sind Sie wieder in den Rhein gefallen?"

Vlassi ging mit trübem Gesicht und stumm zu seinem Schreibtisch ihr gegenüber, ließ sich ächzend nieder und antwortete mit einem einzigen Wort: „Schlimmer."

„Schlimmer als schlimm? Was ist denn diesmal passiert? Hat Sie jemand in ein Weinfass gesteckt? Mussten Sie in Rüdesheim Knoblauch essen?“

Julia spielte auf einen früheren Fall an, bei dem ihr Assistent schwer unter die Räder gekommen war, der aber legte die Hände mit den Oberflächen auf den Tisch, als wolle er zeigen, dass er nichts als die reine Unschuld sei.

„Viel schlimmer“, teilte er mit.

„Nun sagen Sie schon, was passiert ist!“

„Ich leide an einem Gebrechen, das manche vermutlich für keines halten.“

„Was? Was reden Sie denn? Bitte Klartext!“

„Das ist es ja“, stöhnte Vlassi, „ich kann keinen Klartext reden. Der Anstand verbietet es.“

„Einen Hinweis können Sie mir doch geben, wir sind schließlich Kollegen.“

Vlassi zog die Hände wieder vom Tisch und sagte leise: „Gerade weil Sie meine Chefin sind, kann ich es nicht sagen.“

Julia überlegte: Wenn Vlassi von einem Gebrechen sprach, handelte es sich wahrscheinlich um eine Lappalie, einen geringen Mangel, der nicht der Rede wert war. Und dass es der Anstand verbiete, darüber zu reden – das wies auf etwas Körperliches hin, etwas Intimes, vielleicht meinte Vlassopolous die Erotik. Und dass er nicht mit ihr darüber reden wollte, konnte doch nur heißen, dass sein Gebrechen Frauen betraf.

„Was macht eigentlich Ihre Freundin, die … wie heißt sie noch mal?“, wollte sie wissen.

Vlassi erschrak. Hatte er schon zu viel erzählt? Er sollte sich den Mund zukleben, wenn er zum Dienst erschien, jedes Wort von ihm wurde ja von dieser Frau Wunder analysiert. Scheußliche Person.

„Carola geht's prima", antwortete er schnell.

Julia nickte: „Also gut, Sie wollen mir nichts sagen. Aber auf einer Antwort bestehe ich. Hat Ihr Gebrechen etwas mit unserem Senf-Fall zu tun?"

Vlassi sah auf: „Überhaupt nicht. Und im Übrigen bin ich vollkommen einsatzfähig. Wieso sprechen Sie von Gebrechen?"

„Weil Sie es so genannt haben", antwortete Julia.

„Wirklich? Na ja, da habe ich mich in der Wortwahl wohl etwas vergriffen. Ich bin jedenfalls putzmunter. Und auf keinen Fall krank." Er machte eine kleine Pause: „Eine ansteckende Krankheit lastet nicht auf mir, Sie brauchen keine Angst zu haben."

Und als wolle er den Beweis antreten, dass sein sogenanntes Gebrechen im Grunde ins Reich der Fantasie gehörte, stand Vlassopolous Spyridakis von seinem Schreibtischstuhl auf, warf seinen Regenmantel von sich und begann zu tanzen. Es war Sirtaki oder vielmehr eine komische Abart davon, denn Vlassi, der längst eingebürgerte Grieche, kannte diesen Tanz nur aus dem deutschen Fernsehen.

21 Möchten Sie unsterblich sein?

Eine knappe Stunde später fuhr Kommissar Spyridakis auf der Rheingau-Strecke in Walluf ein. Nicht Hamed Belaiil wollte er aufsuchen, wie er seiner Chefin weisgemacht hatte, sondern jene Heidi Teubner-Berg, die psychologische Psychotherapeutin. Andreas Berg hatte ihm in der *Buchecke* ihre Dienstadresse gegeben – und die befand sich ein Stück weiter, im bekannten Rheingau-Ort Oestrich-Winkel. Diese Heidi, dachte Vlassi, wird mir als Suchtexpertin helfen können, er müsste das Gespräch allerdings als hochvertraulich deklarieren. Für solche Psychotherapeuten war das ja sicher selbstverständlich.

Als er an dem eingeschossigen Haus mit dem Schild *Suchtzentrum im Rheingau-Taunus-Kreis, Paritätische Projekte gGmbh* am romantischen Marktplatz des Ortes klingelte und seinen Namen nannte, forderte ihn eine helle Stimme auf hereinzukommen, Erdgeschoss unten rechts. An der Tür erwartete ihn eine Frau in den besten Jahren mit brünetter Kurzhaarfrisur.

„Mein Mann hat mir schon von Ihnen erzählt", klärte sie ihn auf, „Kommissar Spyridakis von der Wiesbadener Kripo?"

„In Person."

„Ich bin Heidi Teubner-Berg", sagte sie und bat ihn herein.

Frau Teubner-Berg trug hellblaue Jeans und eine rostrote Bluse, sie sah sehr natürlich aus, war nahezu ungeschminkt, Vlassi konnte jedenfalls keine rote Färbung an ihren Lippen erkennen und auch keine Spur von Puder oder Schminke in ihrem Gesicht. Sie ging vor ihm her und sagte: „Gehen wir doch ins Behandlungszimmer."

Behandlungszimmer, dachte Vlassi, das klingt stark nach Krankenbehandlung, nach Therapie, nach schmerzhaften Eingriffen. Will ich so was überhaupt?

„Ich komme eigentlich nicht wegen mir", sprach er vorbeugend von hinten.

Heidi Teubner-Berg öffnete eine weitere Tür und antwortete: „Das habe ich mir schon gedacht."

Wieso hat sie sich das gedacht?, überlegte Vlassi, die meisten kommen doch wegen sich selbst. Und ein weiterer Gedanke strich ihm durchs Hirn: Bei der muss ich aufpassen und äußerst vorsichtig sein.

Das Zimmer, in das sie eintraten, wirkte ausgesprochen gemütlich. Ein farbiger Perserteppich zierte den Boden. Und ein kleiner Schreibtisch stand neben einem Fenster mit orangenem Rollo, doch das Zentrum des Zimmers schienen eher eine Couch und ein Sessel mit einem niedrigen Tisch zu bilden. Auf dem Schreibtisch befanden sich einige Bücher und Schreibunterlagen, während auf dem Tisch an der Couch lediglich ein Diktafon lag. Frau Teubner-Berg setzte sich sogleich auf einen der Sessel und lud ihn ein, auf der Couch Platz zu nehmen.

„Aber hinlegen muss ich mich doch nicht?", wollte Vlassi wissen.

„Nein, wir sprechen im Sitzen miteinander. Sie wissen ja schon, was ich mache, Sie sind informiert?“

„Ja, ja, Sie arbeiten mit Suchtkranken und sind besser als jedes Buch“, erwiderte Vlassi.

Heidi Teubner-Berg lachte. Es war ein lautes, ungeniertes Lachen, das sie offenbar selbst genoss: „Wer hat Ihnen denn das gesagt?“

„Ein Freund Ihres Mannes“, antwortete Vlassi und fügte an: „Ich darf leider keinen Namen nennen – Sie wissen schon warum.“

„Überhaupt nicht!“

„Wenn Sie nicht besser als jedes Buch sind“, teilte Vlassi geheimnisvoll mit, „hat er sich getäuscht, ich könnte es ihm erzählen, und Sie könnten sich an ihm rächen wollen.“ Er hob die Stimme: „Und am Ende zur Mörderin werden.“

Jetzt lachte Frau Teubner-Berg lauthals auf.

„Sie haben auf jeden Fall Humor, das möchte ich Ihnen schon zu diesem Zeitpunkt bescheinigen“, erklärte sie, nachdem sie sich ausgiebig ihrem Lachen hingegeben hatte. Lächelnd fügte sie hinzu: „Gibt es eventuell für mich eine andere Möglichkeit, zur Mörderin in Ihrem neuen Fall zu werden? Das würde mich interessieren.“

Mit ernstem Gesicht antwortete Vlassi: „Warum nicht? Nebendran in Walluf lebt ein Verdächtiger, den ich kürzlich aufgesucht habe. Den könnten Sie eventuell umbringen.“

„Ich werde es mir überlegen. Wie heißt er denn?“

Soll ich ihr den Namen sagen, schoss es Vlassi durch den Kopf, aber was soll's, sie kann doch nichts damit anfangen. Und er sprach: „Belalil heißt er, in der Kirchgasse wohnt er."

„Danke, ich will mal sehen, was ich für Sie tun kann", erwiderte die Suchttherapeutin und griff zum Diktafon, „nun kommen wir mal zu Ihrem Begehr. Weshalb sind Sie zu mir gekommen? Ich darf doch das Diktafon mitlaufen lassen?"

„Ja, schon, aber es ist eigentlich …"

„Danke."

Die Therapeutin schlug die Beine übereinander: „Ich muss Ihnen einige Fragen stellen."

Das ist wohl so in der Psycho-Branche, dachte Vlassi, aber Fragen sind auf jeden Fall besser als schmerzhafte Eingriffe oder üble Therapien. Er nickte zustimmend.

„Herr Spyridakis, wem wären Sie lieber nie begegnet?"

„Wem ich nie …?" Vlassi überlegte und sagte dann: „Meinem Mathelehrer in der Schule."

„Lieben Sie jemanden?"

„Ja, also … ich bin mir nicht ganz sicher."

Die Therapeutin murmelte ein undeutliches „Hmm, hmm", um fortzufahren: „Nehmen wir mal an, Sie haben nie einen Menschen umgebracht. Wie erklären Sie sich, dass es dazu nie gekommen ist?"

Vlassi gab spontan eine ehrliche Antwort, und er dachte dabei an Kriminalrat Robert Feuer: „Das kann ich mir ganz und gar nicht erklären. Manchmal habe ich Lust dazu."

„Aha", murmelte Frau Teubner-Berg und fuhr fort: „Herr Spyridakis, haben Sie eine Frau?"

„Eine Freundin."

„Möchten Sie Ihre Freundin sein?“

Vlassi dachte einen Moment nach, dann antwortete er: „Gar keine schlechte Idee.“

Und er dachte: Dann könnte ich mich aus anderer Perspektive erleben. Mich und meine wunderbare und genialische Art, Fälle zu lösen. Und könnte mich als Carola dazu beglückwünschen. Denn sie tut das nie.

Heidi Teubner-Berg sah ihn an, als würde sie seine Gedanken erraten, gab aber keinen Kommentar, stattdessen fragte sie: „Haben Sie Hoffnungen?“

„Ja, schon.“

„Und welche?“

„Ich hätte gern einen Ferrari als Dienstwagen.“ Und er fügte bedauernd an: „Zurzeit fahre ich einen Opel Corsa.“

„Ah ja. Und welche Hoffnung haben Sie aufgegeben?“

Darf ich das sagen?, dachte Vlassopolous Spyridakis, rang sich dann aber zu einer Antwort durch: „Dass ich von meiner Chefin mal einen Kuss bekomme.“

Die Therapeutin nickte, wie es schien nachdenklich, und Vlassi dachte: Oh, ich scheine ein schwerer Fall zu sein.

Schließlich fragte Frau Teubner-Berg: „Warum geben Sie eine solche Hoffnung auf?“

„Meinen Sie, ich sollte nicht?“

„Das liegt an Ihnen“, erwiderte die Therapeutin, „hegen Sie weitere Hoffnungen in dieser Richtung?“

Aha, ging es Vlassi durch den Kopf, sie will auf Sex raus, sie ist beim Thema, da muss ich gescheit antworten. Er schaute aus dem Fenster zur Kirche gegenüber und sprach langsam: „Meine Religion verbietet es mir, über weitergehende Hoffnungen nachzusinnen.“

Frau Teubner-Berg sah ihn an: „Ihre Religion?“

„Ich bin katholisch, und kürzlich wollte man mir meine Seele abkaufen. Das habe ich innerlich abgelehnt, obwohl ich neugierig auf den Preis war.“

Die Therapeutin schmunzelte, gab aber keinen Kommentar, stattdessen fragte sie: „Sie glauben also an Gott. Haben Sie einen Hinweis dafür, dass er Humor besitzt?“

„Ich erlebe es jeden Tag“, antwortete Vlassi, „wenn ich über mich lache, höre ich ihn mitlachen.“

Frau Teubner-Berg musterte Kommissar Spyridakis: „Sie hören ihn mitlachen?“

„Ohne Humor könnte er die Welt nicht ertragen.“

„Ja, ja“, murmelte die Therapeutin, als hätte sie diese Antwort auch gern gewählt, wenn sie gefragt worden wäre, um nach einer kleinen Bedenkpause fortzufahren: „Herr Spyridakis, haben Sie Angst vor dem Tod?“

„Eigentlich weniger.“

„Ach ja, warum?“

„Wissen Sie“, sagte Vlassi, „ich arbeite ja in einem Beruf, wo der Tod mich täglich umschleicht. Ich habe mich gewissermaßen an ihn gewöhnt. Ich erlebe ihn als abenteuerlichen Mann an meiner Seite.“

Jetzt nickte Frau Teubner-Berg, und Anerkennung lag in ihrem Blick. Das war doch mal eine sinnvolle Antwort, dachte sie. Dieser Kommissar begann ihr zu gefallen.

„Möchten Sie unsterblich sein?“, fragte sie.

Vlassi antwortete ohne Verzögerung: „Auf keinen Fall! Alle um mich herum sterben davon, und ich tapse mit dem immer gleichen Alter in der Gegend herum. Oder meinen Sie, die Unsterblichkeit bedeutet, dass ich zweihundert oder vierhundert Jahre alt werde?"

„Unsterblich-Sein ist doch nur eine Chiffre", erwiderte Frau Teubner-Berg und schien für einen Moment etwas pikiert. Dieser Kommissar forderte sie durch Gegenfragen geradezu heraus.

„Da bin ich ja froh", sagte Vlassi, der mit dem Wort Chiffre nichts anfangen konnte, aber doch zeigen wollte, dass es in seinem Wortschatz nicht fehlte: „Solche Chiffren führen doch eigentlich zu nichts."

„Wie bitte?"

„Na ja, der Tod ist was Handfestes und dass ich damit leben muss, dass er mich umschleicht, auch. Aber ich glaube nicht, dass der Tod sich für 'ne Chiffre hält."

„Es ging um Unsterblichkeit", erwiderte die Therapeutin mit strenger Stimme.

„Unsterblichkeit und Tod haben doch was miteinander zu tun. Der Tod würde ja arbeitslos werden, wenn es Unsterblichkeit gäbe. Da hätte die Gewerkschaft was dagegen. Und ich auch. Hab' ihn lieber an meiner Seite."

Frau Teubner-Berg schürzte die Lippen, dieser Spyridakis schien ihr ziemlich eigensinnig, wenn auch nicht ganz unoriginell. Da musste sie aufpassen, dass ihr das Gespräch nicht aus den Händen glitt.

„Sie wollen nicht, dass er arbeitslos wird?", fragte sie.

„Auf keinen Fall! Stellen Sie sich nur vor, was passieren würde, wenn der Tod arbeitslos würde. Wir würden uns unentwegt auf die Füße treten. Überbevölkerung bis zum Abwinken."

„Abwinken ist wohl nicht ganz der passende Ausdruck“, entgegnete die Therapeutin und wollte fortfahren, doch Vlassi fiel ihr ins Wort: „Abwinken ist genau das richtige Wort. Wenn man im Rennsport abgewunken wird, ist man im Ziel angekommen – und genau das meine ich ja. Das Ziel ist der Tod – der winkt ab.“

„Ja, ja“, murmelte Frau Teubner-Berg, die allmählich dieses Kunden überdrüssig wurde und sich fragte, warum ihr Mann ihn überhaupt zu ihr geschickt hatte. Ein wenig erschöpft fragte sie: „Soll der Tod Sie lieber durch einen fallenden Ziegel holen oder durch einen Herzschlag?“

„Also wissen Sie, mir schwebt da durch den aktuellen Fall etwas anderes vor. Ich arbeite ja gerade, so viel darf ich Ihnen sagen, an einem Senf-Fall …“

„Ein Senf-Fall?“

„Der Tod hat keine Sense in der Hand, er hat sich als Senf-Mann verkleidet“, erklärte Vlassi mit unheilvoller Stimme, „und ich finde so eine Verkleidung ganz witzig.“

Die Therapeutin stöhnte auf, dieser Bursche namens Spyridakis erklärte ihr jetzt schon, in welchen Verkleidungen sich der Tod näherte. Da musste sie passen. Oder sollte sie erwidern, dass sie den Tod lieber als Brathuhn erleben würde?

„Ja“, sagte sie stattdessen, „der Senf, eine witzige Verkleidung. Aber sagen Sie mir eines, Herr Spyridakis, warum weinen Sterbende nie?“

Vlassi warf einen Blick aus dem Fenster und überlegte, schließlich antwortete er: „Vielleicht weinen sie ja – aber nach innen, wir sehen es nicht. Aber warum sollten sie überhaupt weinen? Ich habe vollstes Verständnis dafür, dass sie nicht weinen. Denn sie sind sich im Klaren darüber, dass sie das Leben überstanden haben und vielleicht auch alle Prüfungen. Die richtige Frage wäre doch eigentlich: Warum lachen die Sterbenden nicht? So zum Abschied meine ich."

Die Therapeutin fuhr auf, sie sah ihren Klienten einen Moment an, und plötzlich lachte sie glucksend los. Nach einer Weile sagte sie: „Sie haben recht! Warum lachen sie nicht? Sie sollten fortwährend lachen, und man sollte ihr Lachen noch aus dem Grab heraus hören."

„Eben", stimmte ihr Vlassi zu, „da sind wir einer Meinung."

Es wurde still im Behandlungszimmer von Heidi Teubner-Berg. Schließlich fragte Vlassi: „Ich wollte eigentlich nur mal wissen, was man gegen Suchterkrankungen machen kann."

„Sie sind nicht süchtig!", stellte die Therapeutin kurz und bündig fest.

„Es geht eigentlich weniger um mich", behauptete Vlassi.

„Es geht immer um denjenigen, der zu mir kommt", klärte ihn Frau Teubner-Berg auf, „aber alle tun so, als ginge es nicht um sie, als wollten sie für andere etwas in Erfahrung bringen."

„Tatsächlich?", fragte Kommissar Spyridakis und fühlte sich ertappt.

„Tatsächlich!", lächelte ihn Frau Teubner-Berg an.

„Also, Sie meinen, ich bin … also mein Freund ist nicht süchtig. Er hat mir nämlich eine üble Geschichte gebeichtet … eine Bettgeschichte, will ich mal sagen."

„Eine Bettgeschichte, was soll daran übel sein?", ging die Therapeutin auf seine Finte ein.

„Ich will keine Einzelheiten ausbreiten, das wäre mir unangenehm."

„Ihnen oder Ihrem Freund?", lächelte ihn Heidi Teubner-Berg an.

„Ihm natürlich, aber mir auch."

Die Therapeutin erhob sich, sie hatte zuvor schon ihr Diktafon ausgeschaltet, nun sagte sie: „Für Bettgeschichten bin ich nicht zuständig. Hat Ihr Freund Angst um seine Potenz?"

„Das gerade nicht", erwiderte Vlassi schnell.

„Sagen Sie Ihrem Freund, er braucht sich keine Sorgen zu machen."

Die Therapeutin Teubner-Berg hatte natürlich sofort erkannt, um was es dem Kommissar ging. Sie verstand auch, dass er nicht darüber reden wollte. Und sie hatte vollends durchschaut, dass seine vermeintliche Sucht nur eine eingebildete war, allenfalls eine vorübergehende, die überhaupt keine Behandlung benötigte. Schon stand sie an der Tür, und Vlassi kapierte, dass der Termin bei ihr beendet war. Mit einem Ruck verließ er seinen Sofa-Sitz und folgte ihr. Heidi Teubner-Berg durchquerte eben das Vorzimmer, und als Vlassi sie erreichte, sagte sie: „Eines will ich Ihnen noch mitgeben. Der Mensch, das konkrete Gegenüber, ist die beste Medizin für den Menschen."

Vlassi nickte nachdenklich, und die Therapeutin fragte: „Sagen Sie, hat Ihr Besuch bei mir etwas mit Ihrem aktuellen Fall zu tun?"

„Eigentlich nicht", antwortete der Kommissar, „aber dieser Senf-Fall macht mir gewissermaßen Sorgen." Er legte einen Zeigefinger auf seinen Mund: „Mehr darf ich dazu nicht sagen."

„Aha", murmelte Frau Teubner-Berg mit einem Stirnrunzeln und dachte: Der Mann wird mir grotesk, er wird sich doch nicht am Ende für senfsüchtig halten.

Vlassi jedoch verabschiedete sich mit einem Kompliment: „Es ist wahr, was der Buchhändler Dieterle behauptet hat. Sie sind besser als jedes Buch, ich spüre schon am eigenen Leib, wie Sie meinem süchtigen Freund geholfen haben."

*

Eine knappe halbe Stunde später fuhr Vlassopolous Spyridakis auf dem Rückweg nach Wiesbaden in Walluf ein. Warum nicht Hamed Belalil tatsächlich einen Besuch abstatten, wie er Julia Wunder gegenüber behauptet hatte?

Gedacht, getan. Schon parkte er sein Auto in der Haselnussgasse, und schlenderte die Kirchgasse hinab in Richtung Rhein. Es war später Nachmittag, heute war es nicht neblig, und verdächtige Gestalten liefen ihm auch nicht über den Weg. Die Nähe des Rheins würde er auf jeden Fall meiden. Als er an dem Haus ankam, in dem Belalil wohnte, vermisste er das Fahrrad neben der Tür. Hatte es inzwischen auf seiner Rheintour Lorch erreicht? Natürlich war es längst untergegangen. Wem hatte es eigentlich gehört? Vermutlich diesem Hamed, und der vermisste es jetzt. Aber er, Vlassi, würde kein Wort von diesem vermaledeiten Rad erzählen. Sollte doch Belalil erst mal den Mund aufmachen und Genaueres über seinen toten Kollegen Birnbaum berichten.

Vlassi klingelte an der Haustür. Es tat sich nichts. Er klingelte noch einmal, wieder kein einladendes Summen an der Tür. Er stupste die Haustür an, sie ging von allein auf. Also nichts wie hoch. Dieses Haus, dachte Vlassi beim Emporklimmen, scheint ausgestorben zu sein. Ich höre keinerlei menschlichen Geräusche, nicht einmal eine Klospülung, es zeigt sich auch niemand an einer Tür, schlafen die alle tagsüber? In der Nacht ist der Schlaf ja normal, aber um diese Zeit sollte in einen normalen Haus hier in Walluf doch etwas Leben herrschen.

Als er vor der Wohnungstür von Hamed Belalil ankam, schien die verschlossen. Sie war es auch, wie Vlassi feststellte, nachdem er dieselbe Methode wie an der Haustür angewandt und gegen sie gedrückt hatte. Belalil war nicht daheim, müsste er seiner Chefin mitteilen, aber das würde nicht sein langes Fernbleiben erklären. Er könnte Zeit schinden, indem er einen Cappuccino trinken ging, könnte in die Luft gucken und über seine Sexsucht nachdenken – aber Sorgen brauchte er sich ja gar nicht zu machen, wie ihm die Therapeutin gesagt hatte. Vlassi entschied sich anders. Wozu war er Kripobeamter? Um dem Abenteuer zu frönen, um dem Tod eine Nase zu drehen! Das Schloss an Belalils Tür war simpel. Vlassi zog seinen Metallhaken aus der Hosentasche und öffnete mit ihm die Wohnungstür. Das war eine Sache von wenigen Sekunden. Schon stand er in dem winzigen Flur. Hamed Belalil war nicht daheim. Würde er, Kommissar Spyridakis, vielleicht etwas finden, was dessen Täterschaft bewies? Vorsichtig bewegte sich Vlassi in Richtung Wohnzimmer. Die Tür stand halb offen, Vlassi schob sie auf, und sein Blick fiel auf eine Person, die auf dem kleinen Sofa saß. Es war Hamed Belalil. Im ersten Moment wollte Vlassi sagen *Ich bin's, der argwöhnische Kommissar aus Wiesbaden*, ließ es aber bleiben, denn Belalil rührte sich nicht, er gab kein Lebenszeichen von sich. Schlief er im Sitzen?

Vlassopolous Spyridakis ging nicht sofort näher, um sich über die Gestalt zu beugen. Diesen Fehler hatte er beim letzten Mal gemacht, sein Lohn: eine Beule am Kopf und ein Bad im kalten Rhein. Vlassi blickte sich vorsichtig im Zimmer um, dann trat er lautlos zurück und setzte seinen Fuß in die Mini-Toilette. Aber auch hier war keine Menschenseele zu entdecken, vorsichtshalber öffnete er leise den Küchenschrank, da waren so gut wie keine Vorräte zu sehen – wovon ernährte sich Belalil? Im Flur konnte sich auch niemand verstecken, befand Vlassi, nachdem er nochmals die Garderobe inspiziert hatte.

Die Luft schien also rein zu sein. Was war mit Belalil los? Ein Schläfchen im Sitzen und am helllichten Tag? Das schien in diesem Haus üblich zu sein. Vlassi ging leise zurück ins Wohnzimmer und näherte sich dem reglos Dasitzenden. Jetzt schaute Vlassi genauer – und was er sah, war der Tod. Die Augen Hamed Belalils sagten es ihm, und der Kommissar war sich sicher, diesmal war der Kollege von Rosalie Weisenbach wirklich tot. Und diesmal war der Tod in neuer Verkleidung gekommen und nicht als

Senf-Mann. Denn Vlassi erkannte einen Einstich am Hals von Hamed Belalil, einen Einstich, der von einem Messer herrührte und den Mann aus dem Senf-Palast für immer stumm machte. Warum hatte er nicht vorher geredet – jetzt war es zu spät, aus dem Tod kann man sich nicht herausreden. Die Augen von Belalil schauten glasig ins Leere. Vlassi griff zu seinem Handy, und kurz ging ihm durch den Kopf, ob die Suchttherapeutin Heidi Teubner-Berg, die eine Bewerbung zur Mörderin bei ihm abgegeben hatte, eventuell für diesen Tod infrage kam. Vielleicht hatte Belalil ja bei ihr psychotherapeutischen Rat gesucht.

22 Eine heikle Senfverkostung

„Wie bitte?", fragte Hauptkommissarin Wunder in die Telefonmuschel, um nach einer Weile des Zuhörens zu entgegnen: „Also da gibt es gar keine Parallelen?"

Sie telefonierte mit Dr. Silke Hauswaldt, die den toten Hamed Belalil bereits auf ihrem Tisch liegen hatte. Vlassi saß Julia gegenüber und versuchte, kein Wort zu verpassen. Leider hatte sie vergessen, das Telefon auf laut zu schalten, sodass er nur ihre Fragen und Antworten mitbekam.

„Sie haben also keinerlei Spuren vom Blauen Eisenhut gefunden?", wollte Julia Wunder von der Rechtsmedizinerin wissen.

Die Antwort war offenbar Nein, denn Julia lehnte sich mit dem Hörer erschöpft nach hinten: „Ja, also dann danke ich Ihnen erst mal für Ihre rasche Arbeit." Sie sah den Hörer einen Moment misstrauisch an, als würde sie überlegen, ob er auch die Wahrheit ausgespuckt hatte, dann legte sie auf.

Vlassi, der sich schon dachte, mit wem seine Chefin gerade telefoniert hatte, fragte: „Ist Frau Doktor Hauswaldt jetzt zur schnellen Truppe übergesiedelt, hat sie den Toten so schnell untersucht?"

„Hat sie, ja. Sie ist wohl selbst an dem Fall interessiert."

„Vergiftet worden ist Belalil nicht, das hab' ich ja mit eigenen Augen gesehen", teilte Vlassi mit, „dem hat man ein Messer in den Hals gerammt."

„Das schließt eine Vergiftung nicht aus", sagte Julia, „aber Frau Hauswaldt hat nichts dergleichen gefunden."

Sie zog sich zu ihrem Schreibtisch heran: „Was folgern Sie daraus, Herr Spyridakis?"

„Der Mörder ist variabel. Mal benutzt er den Eisenhut, mal ein Messer."

„Ist das die einzige Erklärung?", fragte Julia spitz.

„Wenn ich scharf überlege, könnte es auch sein, dass der Mörder uns in die Irre führen will."

„Überlegen Sie noch mal scharf!", wies Julia ihn an.

„Wenn ich ganz scharf nachdenke, kommt mir der Gedanke, dass ein neuer Mörder seine Hände im Spiel hat. Aber ist das nicht abwegig? Belalil und Birnbaum waren doch Kollegen …"

Julia unterbrach ihn: „Sie waren Kollegen, ja, und der Täter muss nicht zweimal dieselbe Mordwaffe benutzen, richtig, aber hier handelt es sich doch um einen großen Unterschied. Der Blaue Eisenhut und ein Messer sind schließlich nicht miteinander verwandt."

„Warum sollte ein Mörder auf Verwandtschaftsverhältnisse Rücksicht nehmen?", fragte Vlassi arglos.

Julia schüttelte den Kopf und wollte gerade etwas erwidern, als die Tür aufgerissen wurde und Kriminalrat Feuer ins Zimmer stürzte.

„Ein neuer Senfmord?", rief er.

„Das nicht gerade …", wollte ihn Julia aufklären, kam aber nicht weit.

„Diesen Araber hat's getroffen, ich weiß schon Bescheid. Das ist ganz miserabel."

„Warum denn?", wagte Vlassi zu fragen.

„Warum? Warum? Wir hatten ihn doch eingekreist, das war ein Hauptverdächtiger. Religionsmord, Herr Spyridakis! Erinnern Sie sich?"

Vlassi nickte bedächtig, und Robert Feuer fuhr fort: „Der Araber war offenbar eine Sackgasse. Ich muss den Pressetermin absagen, was soll ich denn sagen? Wir tappen ja vollkommen im Dunkeln nach diesem neuen Mord. Es ist doch einer?"

Die letzte Frage war an Julia Wunder gerichtet, die sogleich die Antwort gab: „Ja, Frau Doktor Hauswaldt hat mich gerade angerufen. Hamed Belalil ist durch eine Stichverletzung in den Hals getötet worden."

„Da haben wir's! Da hat man mal einen interessanten Verdächtigen, der als Eisenhut-Mörder überführt werden könnte, was ein Novum für unsere Abteilung wäre – schon scheidet er selbst dahin. Ich hasse diese unerwarteten Todesfälle."

„Wir auch, Herr Feuer, wir auch, es handelt sich allerdings auch diesmal um einen Mord", sagte Julia.

„Können denn solche Leute nicht normal aus dem Leben gehen? Vielleicht handelt es sich ja um Selbstmord?", schnaufte Feuer.

„Das ist nach Doktor Hauswaldts Untersuchung auszuschließen. Es gibt leichtere Selbstmorde als sich ein Messer in den Hals zu stecken."

„Haben Sie ein Messer gefunden?"

„Leider nicht", antwortete Julia.

Jetzt schaltete sich Vlassi ins Gespräch ein: „Wir haben gerade die Verwandtschaftsverhältnisse ins Visier geno…"

„Welche Verwandtschaftsverhältnisse? Wovon reden Sie?", fiel ihm der Kriminalrat ins Wort.

„Der Blaue Eisenhut und ein Messer sind schließlich nicht verwandt", zitierte Vlassi seine Chefin, und die nickte bestätigend.

„Das ist doch selbstverständlich! Sind Sie wieder in den Rhein gefallen und reden wirr?"

Kommissar Spyridakis ließ sich nicht beirren, gravitätisch erklärte er: „Es liegt doch bei den fehlenden Verwandtschaftsverhältnissen der Tatwaffen nahe, dass es sich hier um verschiedene Täter handelt, das wollte ich zum Ausdruck bringen."

Julia nickte wiederum bestätigend, während Robert Feuer sich zur vollen Größe seiner ein Meter und fünfundsiebzig aufrichtete: „Gar nicht übel, Ihre Überlegung, Herr Spyridakis. Wie sind Sie denn darauf gekommen?"

„Nun ja", erwiderte Vlassi und deutete auf seinen Kopf, „Genie."

Kriminalrat Feuer wirkte für einen Moment verdattert, es handelte sich aber nur um einen sehr kleinen Moment, dann sagte er: „Ihr genialer Kopf weiß vielleicht noch mehr. Nämlich was?"

Unverzüglich antwortete Vlassi: „Mein genialer Kopf sagt mir, dass wir einen anderen Verdächtigen haben – Sie wissen, wen ich meine."

„Ich weiß es?", fragte Feuer ratlos.

Jetzt hatte Vlassi Oberwasser, endlich konnte er diesem Feuer zeigen, was ein scharf denkender und genau kombinierender Kommissar in seiner Schatulle namens Gehirn aufbewahrte. Lässig lehnte er sich zurück und gab die Früchte seiner Genialität dem Kriminalrat preis: „Eber. Der Senfhersteller Eber in Mainz. Ich habe herausgefunden, dass Eber und Weisenbach Chorbrüder sind."

Und Vlassi dankte insgeheim dem Mainzer Kollegen Ernst Lustig, dass der ihm das gesteckt hatte. Zu seiner Verwunderung schaute ihn Feuer mit einer gewissen Begeisterung an: „Herr Spyridakis, ich stelle fest, Sie haben sich von Ihrem Rhein-Fall ausgesprochen gut erholt. Natürlich, Eber ist ebenfalls ein Hauptverdächtiger! Das habe ich doch schon vor Tagen mitgeteilt. Solche Lebensmittelfritzen sind erfindungsreich, die arbeiten mal mit Gift und dann wieder mit dem Messer. Und Weisenbach, ist das der Vater von dieser Senfmamsell?"

Vlassi nickte, und Robert Feuer wandte sich zu Julia Wunder: „Ich beglückwünsche Sie zu Ihrem Assistenten. Der muss öfter mal in den Rhein fallen, das aktiviert seine Kombinationsfähigkeit. Außerdem hört er mir dann genauer zu und weiß, wo der Hase in den Senf fällt."

Julia sagte bescheiden: „Ich bin froh, dass ich Kommissar Spyridakis habe."

„Und wer hat Ihnen den zugewiesen?", fragte Feuer, „ich war's. Ich habe das leise vor sich hinglimmende Genie dieses Burschen gleich erkannt."

Er wandte sich zu Vlassi: „Sie wissen, was zu tun ist? Eber! Der Mann muss gestellt werden."

Mit diesen Worten rauschte Feuer aus dem Dienstzimmer von Hauptkommissarin Wunder und Kommissar Spyridakis. Kaum war er draußen, sagte Julia zu ihrem Assistenten: „Machen Sie das mal. Am besten, Sie nehmen den Lustig dazu. Mit seiner derben mainzerischen Art wird der schon aus Eber etwas Senf herausquetschen.“

*

Vlassi fuhr die Rheingaustraße entlang. Als er am Biebricher Schloss vorbeikam, winkte ihm ein Café einladend zu, und er dachte sich, einen Schluck Kaffee sollte ich mir gönnen. Dabei kann ich Ernst Lustig anrufen und ihn überzeugen, dass wir den Senf-Eber unbedingt gemeinsam aufsuchen müssen.

Wenige Minuten später saß Vlassopolous Spyridakis im *Café Rondo*, labte sich an einem Cappuccino und zog sein altertümliches Handy aus der Innentasche seiner Jacke. Der Mainzer Hauptkommissar war nach dem ersten Klingeln am Apparat, und Vlassi wusste, wie er ihn am besten bequatschen konnte.

„Herr Lustig, hier Spyridakis, Ihr abendlicher Anruf kürzlich war eine gute Hilfe, gewissermaßen großartig …“

„Was? Den Eindruck hatte ich nicht. Sie hatten’s doch so furchtbar eilig.“

Natürlich konnte Vlassi nicht sagen, dass er zu Carola wollte, um zu seiner Überraschung eine heftige Sexorgie mit ihr zu feiern, er teilte dem Kollegen aus Mainz deshalb förmlich mit: „Ach, diese dienstlichen Veranstaltungen am Abend sind grauenhaft. Aber was soll man dagegen machen."

„Gehen Sie einfach nicht hin! Hören Sie stattdessen mir zu. Da haben Sie mehr davon."

Ob ich bei dem mehr vom Abend gehabt hätte, wage ich zu bezweifeln, dachte Vlassi, sagte jedoch: „Sie liegen ja so richtig, Herr Lustig. Und jetzt, halten Sie sich fest, haben wir einen neuen Mord."

„Wieder mit Senf?"

„Gewissermaßen schon, und ich musste an Ihre weisen Worte denken …"

„Weise Worte?", unterbrach ihn Lustig, „wollen Sie sich einschleimen?"

„Auf gar keinen Fall, aber man muss die Wahrheit aussprechen!"

Ernst Lustig fühlte sich geschmeichelt: „Also gut, ich bin ein weiser Mensch, merken Sie sich das für alle Zukunft." Er machte eine kleine Pause: „Und nun raus mit der Sprache, was wollen Sie wirklich?"

„Sie haben etwas Bedeutendes herausgefunden – ich zitiere Ihre Worte, Herr Lustig. Und ich bin zu dem Ergebnis gekommen, Sie haben recht."

„Schön, schön, was war das noch mal?", raunzte Lustig.

„Domdekan Weisenbach und Senf-Eber sind alte Burschenschaftler, das haben Sie entdeckt. Und ich war gleich der Meinung, dass wir der Sache nachgehen müssen."

„Ganz genau", stimmte Lustig zu, „ich habe Sie auf diesen gewichtigen Umstand hingewiesen, Eber und Weisenbach kennen sich, und dieser Weisenbach wollte uns doch die Seele abkaufen."

„Genau! Jetzt müssen wir dem Eber auf den Zahn fühlen – und wer wäre dafür geeigneter als Sie!“

„Na ja, wo Sie recht haben, haben Sie recht. Wer wäre geeigneter?“

Das Wort recht schien Ernst Lustig zu gefallen, deshalb schob Vlassi nach: „Wäre es Ihnen recht, wenn ich Sie abhole und wir dann Eber aufsuchen?“

„Jetzt gleich?“

„Was du heute kannst besorgen, das verschiebe nicht auf morgen“, erwiderte Vlassi gelassen.

„Sie haben schon wieder recht, Herr Spyridokulos.“

„Ich versuche nur, es Ihnen recht zu machen, Herr Lustoog.“

Wenn sich die beiden mit ihren verballhornten Namen uzten, lagen sie auf gleicher Wellenlänge, so viel wissen wir längst. Doch Lustig machte noch eine Einschränkung: „Kommen Sie aber sofort, heute habe ich einen wichtigen Abendtermin, eine dienstliche Veranstaltung.“

Während die Kommissare aus Wiesbaden und Mainz ihr launiges Telefonat führten, befand sich Dr. Eber im Labor seiner Firma im Mainzer Vorort Mombach. Er beugte sich eben zu jenem Endvierziger mit dem weißen Kittel, der ihn nach dem Besuch von Julia Wunder und Vlassi aufgesucht und besorgte Fragen gestellt hatte.

„Sind Sie vorangekommen?“, fragte Dr. Eber.

„Es ist mir schleierhaft …“, erwiderte der Lebensmittelchemiker und beugte sich über einen Tisch mit diversen Gläsern meist grünen Inhalts.

„Sie sollten die Schleier lüften, deshalb arbeiten Sie hier“, erklärte der Firmenchef.

„Ich weiß, aber es nicht so einfach, wie ich dachte.“

„Es kann doch nicht so schwer sein, die Bestandteile eines Senfprodukts zu analysieren“, behauptete Dr. Eber, der selbst nur in die Lebensmittelchemie hineingerochen hatte, seinen Doktor hatte er in Betriebswirtschaftslehre gemacht.

„Es ist schwerer, als der Laie denkt“, widersprach der Weißkittel und war sich bewusst, dass er damit eine Kritik am Firmenchef übte.

Der aber tat so, als hätte er die Bemerkung überhört, beugte sich vor und sagte leise: „Wir müssen vorankommen. Wissen Sie nicht, was passiert ist?“

„Nein, was denn?“

Dr. Eber sah seinen Angestellten scharf an, im ersten Moment wollte er ihn aufklären, überlegte es sich aber anders. Mit gesenkter Stimme sagte er: „Die Senferzeugnisse aus diesem Senf-Palast in Wiesbaden werden von einigen Supermärkten gelistet.“

Der Lebensmittelchemiker sah ihn erschrocken an: „Tatsächlich?“

„Wir können uns diese Konkurrenz nicht leisten“, murmelte Dr. Eber, um etwas lauter zu fragen: „Sie wissen, was das bedeutet?“

Der Weißkittel nickte. Er wusste es nur allzu gut. Wenn schon Supermärkte einen Konkurrenz-Senf listen, dann ist es nicht weit, bis auch Discounter zugreifen. Das bedeutete nichts anderes, als dass Eber-Senf starke Konkurrenz in den Regalen bekam. Und die Konsumenten würden bald herausfinden, dass der Senf des Konkurrenten von der anderen Seite des Rheins besser war als ihrer. Was nichts anderes hieß, als dass sie Einbußen erlitten. Und das wiederum bedeutete, dass Arbeitsplätze in Gefahr waren. Vielleicht auch seiner.

Dr. Eber sagte wie nebenbei: „Wenn Sie sich über die Folgen für unsere Firma im Klaren sind, wissen Sie auch, was zu tun ist."

Mit diesen Worten verließ er seinen Angestellten, der sehr nachdenklich eines der Gläschen vor ihm in die Hand nahm und eine Pipette einführte.

Eine halbe Stunde später hielten Kommissar Spyridakis und sein Mainzer Kollege Lustig vor dem großen Tor der Firma Eber-Senf in Mainz-Mombach. Gerade als sie ankamen, begann es zu nieseln, die Tropfen fielen mit schöner Regelmäßigkeit, und der Wächter näherte sich ihnen mit unwilligem Gesicht, inspizierte ihre Ausweise, wusste aber schon Bescheid. Hauptkommissar Lustig hatte zuvor angerufen und ihren Besuch angekündigt. Wenige Minuten später wurden sie von der Vorzimmerdame in das weitläufige Büro von Dr. Eber geführt.

„Ah, der Herr Kommissar aus Wiesbaden", erhob sich der Senf-Chef hinter seinem Schreibtisch, „Herr Spyridazolus."

„Wenn's recht ist, Spyridakis", korrigierte Vlassi, „und das ist mein Kollege aus Mainz, Hauptkommissar Lustig."

„Natürlich, natürlich", erwiderte Eber, „griechische Namen bringe ich mitunter durcheinander."

„Wieso?“, fragte Vlassi, „kennen Sie auch einen Herrn Spyridazolus?“

Und Lustig ergänzte: „Dieser Wiesbadener Kripomann Spyridakis hier vor Ihnen ist völlig einmalig, den Namen muss man sich merken.“

„Gebongt“, sagte Eber, „ich werde mir den Namen auf ewig merken. Was treibt Sie denn zu mir, Herr Spyridakis?“

„Wir arbeiten nach wie vor an dem Senf-Fall, und wir, mein Kollege Lustig und ich, wir beide haben noch ein paar kleine Fragen.“

„Nehmen Sie doch Platz“, sagte Dr. Eber und wies auf die Sitzgruppe mit dem Tischchen neben der Tür.

„Warum nicht“, brummte Ernst Lustig, „im Sitzen verhört sich's gemütlicher.“

Der Senf-Chef war auf dem Weg zur Sitzgruppe und fragte im Gehen: „Ach, ein Verhör ist das?“

„Nur eine Dienstbezeichnung“, erklärte Lustig, „stören Sie sich nicht weiter dran.“

Die drei Herren setzten sich. Vlassi überlegte fieberhaft, wie er auf harmlose Art den Senf-Chef veranlassen könnte, den Mund aufzumachen, vielleicht könnte er sogar etwas über seine Beziehung zu Alfred Weisenbach aus ihm herauskitzeln. So eröffnete Vlassi das Gespräch mit einer allgemeinen Einleitung: „Sagen Sie, Herr Doktor Eber, Sie haben meiner Chefin und mir das letzte Mal erzählt, dass die Produkte des Senf-Palasts aus Wiesbaden geschmacklich recht gut sind, jedoch …“

„Geschmacklich gut habe ich nie gesagt“, widersprach Eber sofort.

„Na ja, gekauft werden sie jedenfalls. Jedoch sind sie gesundheitlich nicht ganz unbedenklich, wenn ich mich richtig an Ihre Worte erinnere."

Der kleine Senf-Boss, der im Sitzen wie ein Riese erschien, hob den Kopf: „Nun ja, mein Labor hat herausgefunden, dass gewisse Bestandteile riskant sein könnten."

„Sehen Sie", schaltete sich Ernst Lustig ein, „deshalb bin ich generell senfabstinent, man weiß nie, was einem da geboten wird."

„Riskant?", wollte Vlassi wissen, „Sie meinen gesundheitlich bedenklich?"

„Bei bestimmten Menschen könnten sie bedenklich sein", wiegelte Eber ab, um mit spitzer Stimme den Wiesbadener Kommissar zu fragen: „Haben Sie mich denn immer noch im Verdacht, etwas mit dem Fall zu tun zu haben?"

Vlassopolous Spyridakis schüttelte leicht den Kopf und sagte arglos: „Wir ermitteln, das ist halt unsere Arbeit."

Er wollte Dr. Eber etwas einlullen und ihm das Gefühl geben, dass er nichts zu befürchten habe, dachte jedoch ganz anders. Wenn Eber schon das Gerücht verbreitete, dass der Senf-Palast gefährliche Produkte verkaufte – dann war es nicht weit zu der Überlegung, sich dieser unliebsamen Konkurrenz zu entledigen. Und am einfachsten war es, einen nach dem andern aus dem Leben zu schubsen. Wie konnte er Eber, der ohne Zweifel hinter der Maske des gebildeten Ästheten die kalte Raffinesse des Machtmenschen versteckte, der also einer war, der vor Mord nicht zurückschreckte, aus der Reserve locken? Und Vlassi schoss noch ein anderer Gedanke durch den Kopf, den er unbedingt Julia Wunder mitteilen musste: Rosalie Weisenbach könnte als Nächste dran sein, sie war höchst gefährdet!

„Ja, ja, das ist unsere Arbeit!", wiederholte laut Hauptkommissar Lustig die letzten Worte seines Wiesbadener Kollegen.

Eber sah ihn irritiert an, fragte dann aber: „Wissen Sie denn schon etwas mehr über den Senfmord? Wir waren uns doch beim letzten Mal darüber einig, dass man mit Senf niemanden umbringen kann."

„Oho", sagte Lustig, „da wäre ich mal nicht so sicher."

„War vielleicht im Senf was drin?", wollte Eber wissen, „haben Sie das mal inzwischen untersucht?"

Natürlich haben wir, dachte Vlassi und überlegte, ob er Eber den Befund mitteilen sollte, sagte dann aber nur: „Herr Doktor Eber, haben Sie eigentlich einen Garten?"

„Einen Garten? Was ist denn das für eine Frage?"

Vlassi war eingefallen, dass der Blaue Eisenhut in manchen Gärten als Zierpflanze wächst, wollte aber dessen Namen nicht ins Spiel bringen. Kollege Lustig half aus: „Herr Doktor Eber, bitte beantworten Sie unsere Frage. Alle Antworten sind sachdienlich."

Eber warf einen Blick auf den unliebsamen, dicken Kollegen Vlassis: „Ja, also, wenn das sachdienlich ist, dann sage ich Ihnen, dass ich einen Garten besitze. Hinter dem Haus, wenn Sie's genau wissen wollen."

„Dürfen wir wissen, wo Sie wohnen?", fragte Vlassi höflich.

„Natürlich dürfen Sie's wissen, ich sag's Ihnen sogar. In Gonsenheim, in der Händelstraße 15."

Jedenfalls scheut er sich nicht, uns seinen Wohnsitz mit dem wahrscheinlich vom Blauen Eisenhut verseuchten Garten mitzuteilen, überlegte Vlassi. Der denkt, wenn er so offenherzig ist, überprüfen wir's nicht. Vlassi warf einen Blick zum Kollegen Lustig, ob der sich eine Notiz zur Händelstraße machte, doch der schaute nur träge auf den Schreibtisch des Senf-Chefs. Na ja, dachte Vlassi, man muss sich nicht alles aufschreiben, schließlich besitzen wir ein gutes Gedächtnis.

„War's das, was Sie wissen wollten?", richtete sich Eber an Vlassi.

Doch statt diesem antwortete Ernst Lustig: „Nicht ganz, Herr Doktor Eber, wir haben eine weitere Frage. Um es kurz zu machen: Kennen Sie einen Herrn Weisenbach?"

Vlassi hörte die Frage und dachte bei sich: Auf diesen Punkt wäre ich eleganter gekommen, aber Lustigs Art ist die direkte, mal sehen, wie weit er damit kommt. Zu seiner Überraschung hörte er Eber antworten: „Meinen Sie Alfred Weisenbach?"

Hauptkommissar Lustig nickte.

„Den kenne ich", ergänzte Eber, „aus früheren Tagen. Jetzt ist er Domdekan."

„Sehr richtig", bestätigte Lustig, „und wissen Sie auch, dass seine Tochter die Chefin des Senf-Palasts ist?"

„Der hat eine Tochter? Das geht doch gar nicht, er ist katholischer Geistlicher."

„Sie irren", klärte Lustig ihn auf, „die Tochter ist adoptiert." Er hielt einen Moment inne, um dann listig nachzuschieben: „Sie haben sich wohl schon länger nicht gesehen, ich meine, Sie und Herr Weisenbach?"

Dr. Eber blickte den Mainzer Kripomann scharf an: „Nein, wir haben uns lange nicht gesehen."

Lustig warf einen schnellen Blick zu Vlassi, der sofort verstand. Eber leugnete also das Treffen im *Weinhaus Michel*, wo ihn Lustig mit Alfred Weisenbach gesehen hatte – beim konspirativen Gespräch. Dass Eber dies leugnete, war nicht nur hochinteressant, dachte Vlassi, sondern im Grunde ein Eingeständnis. Die beiden hatten außerdem ein Motiv, Weisenbach wollte seine Ziehtochter nicht weiter als Senfmamsell sehen, Eber fürchtete die starke Konkurrenz von der anderen Rheinseite. Und jetzt leugnete der Senf-Chef auch noch das Treffen mit seinem Chorbruder. Der Fall war im Grunde gelöst, ging es Vlassi durch den Kopf, jetzt könnte er zum gemütlichen Teil des Gesprächs übergehen.

„Herr Doktor Eber", sagte er, „etwas anderes wollte ich Sie auch noch fragen. Sie sprachen beim letzten Mal von den wertvollen Inhaltsstoffen des Senfs …"

„Na, endlich kommen Sie auf was Vernünftiges", nahm ihm Eber das Wort.

„Wertvolle Inhaltsstoffe?", brummte Lustig fragend.

„Ich stelle leider fest, dass Sie den berühmten Eber-Senf nicht kennen", erklärte Dr. Eber und schaute missbilligend auf Kommissar Lustig, „Senf, vor allem unserer, besitzt wertvolle ätherische Öle, das Senfkorn verhindert das Wachstum und die Vermehrung von Bakterien …"

„Und wenn ich mich recht erinnere, ist Senf wichtig für die Entgiftung des Körpers", schob Vlassi ein, dessen Vitalitätsdrang sofort erwacht war. Hier bei einem Fachmann konnte er mehr über die Gesundung durch Senf erfahren.

„Tatsächlich?“, fragte Lustig ungläubig, „stimmt das alles?“

„Natürlich stimmt das“, wies ihn Eber zurecht, „sogar das Wachstum von Krebszellen kann Senf verhindern.“ Er warf dem Mainzer Kommissar einen nachsichtigen Blick zu, um sich dann Vlassi wohlwollend zuzuwenden.

„Ich mache Ihnen einen Vorschlag, meine Herren, ich lade Sie zu einer Senfverkostung ein, hier und jetzt!“

Warum nicht, dachte Vlassi, wenn es der Gesundheit dient. Vergiften wird er uns wohl nicht, er hätte ja gar kein Motiv wie bei den Kollegen von Rosalie Weisenbach.

Ernst Lustig sträubte sich etwas: „Eine Senfverkostung? Also, ich weiß nicht …“

„Probieren geht über Studieren“, klärte ihn Eber jovial auf, „Sie werden von unserem Senf begeistert sein.“

„Machen Sie denn selber auch mit?“, fragte Lustig misstrauisch.

„Aber natürlich. Ich bin ein überzeugter Senfschlecker. Sie sehen hier nur deshalb keine Senfgläser, weil ich mich sonst den ganzen Tag daran vergehen würde.“

Gut gesagt, dachte Vlassi, der Mann kann wie ein Politiker reden, bei dem hätte der tote Marketing-Fachmann Hamed Belalil noch was lernen können. Vielleicht ging's ihm deshalb an den Kragen – weil er sich von Eber nicht belehren ließ.

„Ich komme gleich wieder“, teilte der Senf-Chef mit, „mit einer Auswahl unserer Senfsorten. Bleiben Sie sitzen, um zu genießen.“

23 Juden müssen wieder Angst haben

Kommissar Spyridakis und sein Mainzer Kollege Lustig sahen der Senfverkostung entgegen, beide mit bangem Gefühl, doch der eine, nämlich Vlassi, verdrängte es, weil er die ätherischen Öle über alles stellte – sie würden seiner Vitalität und Gesundheit einen Schub geben. Der andere, Ernst Lustig, sah der Verkostung dagegen betrübt entgegen, für ihn war es eine Pflichtveranstaltung, schließlich war er in diesen Senf-Fall eingebunden. Ihn richtete nur der Gedanke auf, dass Eber sich nicht durch eine neuerliche Senf-Untat als Schuldigen darstellen würde. Vielmehr wollte er sich offenkundig reinwaschen. Während also die Kripoleute im Direktionszimmer bei der Firma Eber der Dinge harrten, die auf sie zukamen, klingelte bei Julia Wunder im Wiesbadener Präsidium das Telefon.

„Guten Tag“, meldete sich eine Frauenstimme, bevor Julia ihren Namen nennen konnte, „bin ich bei Hauptkommissarin Wunder?“

„Ja, das sind Sie.“

„Hier ist Tova Birnbaum, die Mutter des Ermordeten Dani. Sie haben mich nicht kennengelernt, aber mein Lebensgefährte Fred hat mir vom Besuch Ihres Mitarbeiters erzählt.“ Ihre Stimme klang sowohl bestimmt wie auch traurig.

„Mein Beileid noch einmal, Frau Birnbaum“, sagte Julia mitfühlend.

„Ich habe einige Tage gebraucht, um mich einigermaßen zu erholen. Habe nur im Bett gelegen, und Fred hat mich versorgt. Es ist ein furchtbarer Schlag, wenn der Sohn aus dem Leben gerissen wird.“

„Sie haben vollkommen recht, ich denke genauso, Frau Birnbaum.“ Und Julia fiel dabei ihr Mann ein, der vor Jahren durch einen Verkehrsunfall ums Leben gekommen war.

„Ich habe auch der Verlobten meines Dani Bescheid gesagt“, berichtete Tova Birnbaum, „es war furchtbar, Zippora ist nur noch ein Häufchen Trauer, sie will die Beerdigung abwarten und dann nach Israel.“

Eine kleine Pause entstand, dann fuhr Frau Birnbaum fort: „Jetzt wollte ich Sie aber doch mal erreichen. Sind Sie schon weitergekommen?“

„Die Ermittlungen laufen auf Hochtouren“, erwiderte Julia, „gerade ist mein Kollege bei einem Senfhersteller in Mainz, einem Konkurrenten des Senf-Palasts.“

„Ach“, sagte Frau Birnbaum, „meinen Sie, dass Sie da fündig werden? Wir sind doch Juden, und soweit ich informiert bin, gibt es im Senf-Palast einen Moslem …“

Sie ließ das Ende des Satzes bedeutungsvoll offen, und Julia ahnte, dass sie selbst weitersprechen sollte. Das war aber offenbar gar nicht beabsichtigt, denn Tova Birnbaum ergriff wieder das Wort: „Mit diesem Moslem hat sich mein Dani aber ziemlich gut verstanden, das hat er mir selbst einmal erzählt. Er hat sogar gesagt, dass man Menschen nie einer Religion oder einem Volk zuschlagen, sondern sie immer als eigenständige Personen beurteilen soll.“

Julia wusste längst, dass die beiden sich offenbar bei der Arbeit nähergekommen waren und trotz ihrer unterschiedlichen Herkunft nicht borniert und intolerant aufeinander reagiert hatten. In die Telefonmuschel sagte sie: „Ich weiß, von wem Sie reden, Frau Birnbaum, der Mann heißt Hamed Belalil."

„Haben Sie ihn überprüft?"

„Ja, das haben wir – aber Hamed Belalil ist seit gestern auch tot."

„Auch tot? Aber doch nicht durch einen Mord?"

Julia überlegte, ob sie der Mutter von Dani Einzelheiten zu Belalils Todesfall weitergeben konnte, und kam zu dem Ergebnis, dass diese Frau einen berechtigten Anspruch auf Information hatte.

„Doch", sagte sie, „er ist ermordet worden."

„Auch mit Senf?"

„Nein, er ist durch einen Messerstich ums Leben gekommen."

Frau Birnbaum musste sich fassen, man hörte sie regelrecht schlucken, jetzt sagte sie: „Oh, das tut mir leid. Da wird eine andere Mutter auch weinen."

Eine Pause entstand, in der die beiden Frauen offenbar überlegten, wie sie das Gespräch fortsetzen konnten. Schließlich sagte Frau Birnbaum: „Aber ehrlich gesagt, ich bin nicht übermäßig verwundert."

„Warum nicht?", fragte Julia.

„Na ja, wenn Sie ins Internet gehen und die Filmchen der deutschen Ditib-Gemeinden sehen, wüssten Sie Bescheid."

Das Kürzel Ditib kannte Julia Wunder natürlich. Es stand für die türkisch-islamische Union, war ein Dachverband für religiöse Fragen und wurde finanziert aus Ankara. Sie hörte die Stimme von Danis Mutter: „Die machen auf YouTube regelrecht Kriegspropaganda, ich habe mir gestern Abend so einen Hetzfilm angesehen, da wird zu Gott gebetet, dass er ihnen helfen soll, tausend Feinde für einen gefallenen Moslem zu töten."

„Ja", murmelte Julia, „das ist schlimm."

„Warum wird denn dagegen nichts getan?", erwiderte Frau Birnbaum, „wenn man diese Leute gewähren lässt, wird es immer schlimmer."

„Ich gebe Ihnen recht, aber leider bin ich keine Politikerin", sagte Julia mit betrübter Stimme.

„Seit Jahren steigt die Zahl antisemitischer Straftaten, im letzten Jahr waren es schon tausendvierhundert, über zehn Prozent mehr als im Vorjahr, fast alle von arabischen Mitbürgern begangen."

Julia nickte zu ihren Worten: „Wir haben leider eine Kanzlerin, die viel dagegen sagt, aber wenig tut."

„Da bin ich aber froh, dass Sie das so deutlich aussprechen."

„Die Wahrheit auszusprechen ist in unserem Land immer noch möglich", erwiderte Julia, „und man sollte das so oft wie nur möglich tun."

„Den Kindern wird in Schulklassen das ‚Nie wieder' eingebläut", sagte Danis Mutter, „aber auf Schulhöfen in Berlin kriegen sie das Schimpfwort Jude an den Kopf geschmissen, und was macht die Regierung dagegen? Frau Merkel lässt ihren Sprecher mitteilen, dass man sich schäme. Aber weil sich irgendwer schämt, fühlt sich kein Jude in Deutschland sicherer."

„Ich stimme Ihnen zu", entgegnete Julia, „und bitte nehmen Sie mir ab, dass ich mich für solche belanglosen Auskünfte der Regierung Merkel sehr schäme."

„Es wäre doch so einfach", fuhr Frau Birnbaum fort, „man könnte doch festlegen, dass Zuwanderer aus moslemischen Ländern sich zum Existenzrecht Israels bekennen müssen."

„Das ist eine gute Idee, ich bin ganz Ihrer Meinung."

Frau Birnbaum stöhnte leise auf: „Wer in dieses Land kommt, um seinen Antisemitismus auszuleben, ist einfach nicht integriert."

Aber wie kann man diesen arabischen Menschen ihren Antisemitismus austreiben, überlegte Julia, sie saugen ihn ja schon mit der Muttermilch auf. Vielleicht hilft nur die konkrete Zusammenarbeit mit einem Juden, wie es bei Dani und Hamed der Fall gewesen ist. Da lernen sie einen leibhaftigen Juden wenigstens kennen.

„Es gibt Stadtviertel, die von arabischen Großfamilien beherrscht werden", sagte Frau Birnbaum, „und der deutsche Staat lässt es zu, dass moslemische Scharia-Richter Minderjährige verheiraten und Todesurteile sprechen, die im Kinderzimmer vollstreckt werden. Das darf doch nicht sein."

„Das darf auf keinen Fall sein", stimmte ihr Julia zu.

„Ich verstehe gar nicht", fuhr Frau Birnbaum fort, „dass sich deutsche Politiker so viele Gedanken machen über Integration und wie sie sie noch besser hinkriegen. Integrieren müssen sich doch die Ankömmlinge, das ist ihre Pflicht und Schuldigkeit, wenn sie hier leben wollen."

„Sie tun es nicht oder viel zu wenig“, stellte Julia fest, denn sie war ebenfalls überzeugt davon, dass Migranten von sich aus alles tun mussten, um sich in eine neue Gesellschaft einzufügen.

Danis Mutter sprach weiter: „Es gibt nicht wenige, die sogar umgekehrt erwarten, dass die Deutschen auf sie zugehen müssen.“

„Ein gewisser Politikertyp findet das auch richtig“, ergänzte Julia.

„Natürlich, vor allem die Grünen mit ihrem ewigen Multikulti-Gefasel! Aber wissen Sie, was passiert, wenn ein Land seine kulturelle Identität aufgibt?“

Julia war überrascht von der Folgerichtigkeit in Frau Birnbaums Überlegungen, sie erwiderte: „Sagen Sie's mir bitte.“

„Die Zuwanderung aus der arabischen Welt wird unsere freie und offene Gesellschaft verändern.“

„Zum Schlechteren?“, fragte Julia.

„Natürlich zum Schlechteren. Wissen Sie denn nicht, wie es Frauen in moslemischen Ländern ergeht? Diese Staaten sind alle stockkonservativ, die halten es für richtig, so zu leben wie vor fünfhundert Jahren.“

Julia dachte an ihren Vater, der den Iran und Irak einst bereist hatte und ihr Ähnliches erzählt hatte.

„Verfolgen Sie den Krieg in Syrien?“, fuhr Frau Birnbaum fort, „dort schlachtet der Diktator Assad seit sieben Jahren sein Volk ab. Die Kinder essen Abfälle, und Medikamente gibt es nicht. Die moslemischen Staaten kennen nur Diktatur und Elend. Es gibt in diesen Ländern keine Freiheit, deshalb hassen sie Israel. Aber wenn die Flüchtlinge nach Deutschland kommen und endlich Freiheit genießen können, warum müssen sie immer noch Antisemiten sein?"

Weil sie ihre Herkunft wie einen Sack voller Pflastersteinen mit sich schleppen, dachte Julia, sagte aber: „Manche versuchen bestimmt, sich zu ändern."

Frau Birnbaum sprach weiter: „Man weiß doch schon lange, dass bei keiner anderen Migrantengruppe die Abwehrhaltung zu westlichen Gesellschaften größer ist als bei Muslimen. Die leben nur deshalb hier, weil sie hier nicht hungern müssen."

„Weil es ihnen ökonomisch besser geht?"

„Sag ich doch!", erklärte Frau Birnbaum.

„Sie wollen damit sagen, dass sich im Denken der moslemischen Einwanderer nichts verändert hat?"

„Vielleicht bei dem einen oder anderen, man darf die Menschen nicht über einen Leisten schlagen, wie mein Dani sagte."

„Ja, ja", warf Julia ein.

„Man darf nicht unterschätzen", fuhr Frau Birnbaum fort, „dass Integration ein schwieriges Unterfangen ist, es ist leicht gesagt, dass wir es schaffen – aber es ist schwer getan."

„Und dabei vergessen sie, dass sie hier ihren Mund aufmachen und mitbestimmen können", sagte Julia.

„Na ja, es gibt schon Ausnahmen", erwiderte Tova Birnbaum, „ich denke da an eine Frau, die ich besonders schätze, eine Muslima. Sie heißt Necla Kelek, ist Publizistin. Die getraut sich was. Kürzlich hat sie über den Familiennachzug geschrieben. Das sei kein Akt der Nächstenliebe, wie manche deutsche Politiker und Pfarrer behaupten, sondern der Beginn von Parallelgesellschaften. Die Frau ist sehr gefährdet und muss bewacht werden, wenn sie vor die Tür geht.“

„Parallelgesellschaften haben wir schon“, warf Julia ein, „auch in Wiesbaden, Sie kennen doch die Wellritzstraße.“

„Natürlich kenne ich diese Straße. Die Kelek meinte wahrscheinlich den Ausbau von Parallelgesellschaften. Jedenfalls beschreibt sie in einem Zeitungsartikel den Import des islamischen Familiensystems. Man zieht aus dem anatolischen Dorf nicht nach Deutschland, sondern zur Familie, die dort schon ist, und die Familie ist eine in sich abgeschlossene Gemeinschaft von Moschee und Kulturverein.

Frau Birnbaum hielt erschöpft inne, fragte aber nach einer kleinen Pause: „Hoffentlich habe ich nicht zu viel geredet?“

„Nein, überhaupt nicht“, beschwichtigte sie Julia, „ich bin sogar dankbar über eine so offene Gesprächspartnerin wie Sie.“

„Ich möchte Ihnen ebenfalls danken, Frau Wunder, es ist heute gar nicht mehr einfach, deutlich seine Meinung zu sagen. Man wird ja sofort als Rassist oder sonst was beschimpft. Die arabische Welt ist doch völlig in Aufruhr, in Syrien werden täglich Frauen und Kinder umgebracht. Und es ist einfach so, dass die große Mehrheit der Muslime in Deutschland ihre kulturelle Identität bewahren will, dazu gehört leider auch der Antisemitismus. Wenn sie davon abweichen, werden sie von ihren eigenen Leuten ausgegrenzt …“

In Julias Kopf klickte es, sie fragte schnell: „Meinen Sie mit ausgegrenzt, es drohen ihnen Strafen?"

„Ich kann das nicht generell sagen. Aber denken Sie an Frau Kelek, die bewacht werden muss. In arabischen Ländern stehen die Familie und der Clan und die Tradition über allem. Für den Einzelnen gibt es nicht die Möglichkeit, ein individuelles Leben zu führen, man hält das für verwerflich."

„Ja, ja", murmelte Julia nachdenklich, geistig war sie noch bei einem anderen Punkt.

„Viele Deutsche wollen unbedingt zeigen, dass sie ein gastfreundliches Volk geworden sind", sprach Tova Birnbaum weiter, „sie wollen zeigen, dass sie sich nach dem Judenmord der Nazis vollkommen gewandelt haben. Mir kommt es manchmal so vor, als würde man in Deutschland nur zwei Haltungen kennen, die Umarmung oder die Gaskammer."

Einen langen Moment herrschte Schweigen in der Leitung, dann sagte Julia bedrückt: „Vielleicht haben Sie recht."

Wieder entstand eine Pause, bis Frau Birnbaum sagte: „Ich habe Ihre Zeit lange genug in Anspruch genommen, Frau Wunder, aber ich wollte Ihnen doch meine Befürchtungen mitteilen. Juden müssen im heutigen Deutschland wieder Angst haben. Vor denen, die als Kinder schon mit dem Antisemitismus groß geworden sind."

*

Von Julia Wunders dramatischem Telefonat bekamen Kommissar Spyridakis und sein Kollege Lustig natürlich nichts mit. Sie hatten die Senfverkostung bei Dr. Eber leidlich überstanden, Vlassi hatte die diversen Proben tapfer aufgeschleckt, natürlich mit dem Gedanken, gegen die Viren- und Bakterienflut in seinem Körper anzugehen, Lustig verspürte zwar das Gefühl, seiner eigenen Henkersmahlzeit beizuwohnen, wollte aber ebenso tapfer wie Vlassi und ein Diener seiner Gesundheit sein, musste jedoch schon nach der zweiten Probe aufgeben, da sein Magen unschöne Signale sendete. Jetzt saßen die beiden in Vlassis kleinem Corsa und fuhren in Richtung Mainzer Innenstadt.

„Mir ist nach einer Schokomilch", sagte Vlassi.

„Mir ist elend nach dieser Senf-Tortur", erwiderte Lustig, „aber Schokomilch – bääh!"

„Sie sind eben robuster."

„Ach was, ich war nur zurückhaltender als Sie."

Eine kleine Pause entstand, bis Vlassi fragte: „Sie hatten doch einen wichtigen Abendtermin?"

„Mein wichtiger Abendtermin, meine Dienstveranstaltung, richtig! Ich kann Sie zu dem Termin mitnehmen."

„Passe ich da überhaupt hin?"

„Natürlich passen Sie da hin", brummte Ernst Lustig.

„Was ist es denn, worum geht's da?"

„Es geht um unsere Gesundung. Nach dieser Senfverkostung muss man wieder zu Kräften kommen. Was Ordentliches zu sich nehmen."

Vlassi schwante etwas, und Kommissar Lustig bestätigte auch sofort seine Ahnung: „Wir gehen ins *Weinhaus Michel*, da habe ich meinen wichtigen Abendtermin, dort trinken wir einen guten Tropfen und essen einen Ringel Fleischwurst."

„Gar keine schlechte Idee, meinen Sie, ich bekomme da auch eine Schokomilch?"

„Herr Spyridokulos, der *Michel* ist ein Weinhaus, kein Schokohaus!"

„Herr Lustoog, Ihre Rede überzeugt mich, ein Weinhaus muss Weinhaus bleiben."

„Eben, eben."

„Wir dürfen aber eines nicht vergessen! Sie wissen schon, was."

Lustig ging nicht darauf ein, sondern fuhr mit seiner Klage fort: „Ach, ich fühle mich gesundheitlich angeschlagen nach diesen Senfproben. Wie konnte ich da nur mitmachen? Das war ja das reinste Himmelfahrtskommando. Was dürfen wir nicht vergessen?"

„Wir müssen etwas überprüfen. Ich sage nur Händelstraße."

„Händelstraße? Die Straße, wo der Eber wohnt?"

„Genau. Und ich wollte wissen, ob er einen Garten besitzt."

„Die Frage hat er doch zu unserer Zufriedenheit beantwortet."

„Schon, aber wollen Sie nicht wissen, weshalb ich ihn das gefragt habe?"

„Vielleicht wollen Sie in seinem Garten lustwandeln", brummte Lustig unwillig, er bereitete sich innerlich schon auf den Ringel Fleischwurst vor.

„Herr Kollege, ich muss Ihre Vermutung zurückweisen, es geht mir weder um Lust noch ums Wandeln, ich habe höhere Ambitionen."

„Mache Sie's net so spannend! Erklären Sie mir Ihre höheren Ambitionen!"

„Ich verrate Ihnen jetzt noch mal ein kleines Geheimnis, das Sie offenbar vergessen haben", teilte Vlassi förmlich mit, „erinnern Sie sich an den Blauen Eisenhut?"

„Natürlich erinnere ich mich. Das war an dem Abend, wo Sie so schnell wegmussten. Ich erinnere mich sogar, dass ich Ihnen gesagt habe, Eisenhüte zu verabscheuen ..."

„Der Blaue Eisenhut ist eine Pflanze und hochgiftig", klärte Vlassi seinen Kollegen Lustig auf.

„Hab' ich längst vermutet."

„Und er wächst mitunter in Gärten, *vor allem in Mainz* und wahrscheinlich auch in Gonsenheim in einer gewissen Händelstraße."

Lustig lachte laut los: „Das war gut, dieses *vor allem in Mainz*! Sie hätten auch noch anfügen können, dass der Eisenhut am liebsten im Polizeipräsidium im Zimmer von Hauptkommissar Lustig wächst."

„Wollte ich gerade nachschieben", sagte Vlassi schmunzelnd, „zuerst aber müssen wir in der Händelstraße im Garten von Eber nachschauen; wenn wir die Pflanze dort finden, ist dieser Senfmensch überführt."

„Ich bin dabei", stimmte Lustig zu, „aber zuallererst müssen wir uns stärken, man kann nicht mit leerem Magen nach Eisenhüten fahnden. Wissen Sie überhaupt, wie der Eisenhut aussieht?"

„Na klar, hab' mir aus dem Internet ein Foto ausgedruckt."

Der Dienstwagen von Kommissar Spyridakis hatte inzwischen die Christuskirche erreicht, doch sein Fahrer fuhr an der nächsten Ampel wieder zurück auf die Rheinstraße und bog rechts ab in Richtung Hilton-Hotel.

„Fahren Sie Umwege?“, wollte Ernst Lustig wissen.

„Mir ist ein besserer Parkplatz eingefallen, wir wollen doch zum *Michel.*“

„Ja, nicht nur ein Weg, alle Wege führen zum *Michel.*“

Nach wenigen Minuten bog Vlassi in die Heugasse ein, dort hinter dem Mainzer Dom und vor dem *Erbacher Hof* gab es jenen Parkplatz, der ihm eingefallen war. Und tatsächlich fand er dort einen freien Platz.

Etwa sieben Minuten später betraten die beiden Kripoleute das *Weinhaus Michel.* Es war noch nicht vollbesetzt, dafür war es zu früh, sie fanden rasch einen Tisch, und kaum saßen sie, näherte sich ihnen Frau Michel, lächelnd und schön wie immer.

„Die Herren wieder gemeinsam, wie beim letzten Mal?“, fragte sie.

„Ei, es gibt Traditionen, die sind gut und teuer und hoch und heilig“, erwiderte Lustig.

Doch Frau Michel, die auf den Vornamen Astrid hörte, erlauschte lediglich ein bestimmtes Eigenschafts-Wörtchen: „Teuer nennen Sie uns, Herr Lustig, das scheint mir übertrieben.“

„Ich mein doch net Sie, sondern die Tradition, die ist mir gut und teuer.“

Astrid Michel war's zufrieden, nahm die Bestellung auf, konnte sich aber nicht verkneifen, sich leicht vorbeugend zu fragen: „Um welchen Mord geht's denn diesmal?“

Hauptkommissar Lustig wurde dienstlich: „Liebe Frau Michel, ich bin zwar diesmal nicht mit Narrenkappe und angeklebtem Bart da, kann Ihnen also keine fastnachtliche Auskunft geben, aber auch heute gilt – laufende Verfahren sind geheim."

„Und ich hab' gehofft, Sie können mir bisschen was über einen gruseligen Mord erzählen."

Jetzt beugte sich Lustig in ihre Richtung und murmelte verschwörerisch: „Kann ich vielleicht auch, aber erst nach dem Essen. Im derzeitigen Zustand bin ich vollkommen auskunftsunfähig."

Als Frau Michel gegangen war, fragte Vlassi seinen Kollegen: „Wollen Sie ihr wirklich was erzählen?"

„Nein, aber so kommt das Essen schneller."

Lustig sollte recht behalten. Doch bevor das Essen kam, winkte ihnen von einem Ecktisch eine bekannte Gestalt zu. Es handelte sich um Professor Uwe Gerdes, der mit dem Kollegen Roland Siegrist schon tafelte. Neben den beiden saß ein Unbekannter mit weißem Haarschopf, doch ziemlich jungem Gesicht.

„Neuer Fall?", fragte Professor Gerdes in Richtung Lustig, und Professor Siegrist schob nach: „Hoffentlich was Grausam-Grässliches, wo das Blut kilometerweit spritzte."

Solche Ansinnen kannte Vlassi, der Buchhändler Dieterle hatte ihm erzählt, dass vor allem alte Damen solche Krimis bevorzugten, wo es um ausgestochene Augen und herausgeschnittene Zungen ging und sich literweise Blut am Tatort fand.

„Nein, nein", antwortete Ernst Lustig, „wir arbeiten an einem seriösen Mord. Diffizil, aber ganz unblutig."

„Schade", murmelte Siegrist.

„Wen haben Sie denn heute bei sich?“, fragte Lustig die Professoren, „der sieht gar nicht nach dem Autor Schöne aus, der sonst bei Ihnen sitzt.“

„Das ist ein Kollege von der Uni“, erwiderte Uwe Gerdes, „Professor Rainer Goldt, der sehnt sich auch mal nach einem guten Schoppen.“

Professor Goldt grüßte höflich zum anderen Tisch hinüber.

„Ist er auch so mord- und blutrünstig wie Ihr Kollege Siegrist?“, fragte Ernst Lustig.

„Glaub ich nicht“, schaltete sich Professor Siegrist ins Gespräch ein, „ich bin in der Beziehung unübertroffen. Herr Goldt ist Slawist, Fachmann für Russisch.“

„Ah, Russisch“, überlegte Vlassi laut, „dann versteht er bestimmt auch mein Griechisch.“

„Sie sind Gräcist?“, fragte Professor Goldt fachmännisch.

„Gewissermaßen schon“, antwortete Vlassi und hob seine Stimme, „verstehen Sie mich?“

Und nun begann Vlassi, der allenfalls ein paar Brocken Griechisch als Kleinkind gehört hatte, in einem seltsamen und bizarren Kauderwelsch zu radebrechen, bis ihn Kollege Lustig am Ärmel packte und forderte: „Genug! Mir tun schon die Ohren weh.“

Kommissar Spyridakis sah Professor Rainer Goldt auffordernd an, und der sagte höflich: „Es tut mir sehr leid, aber ich muss gestehen, dass ich nichts verstanden habe.“

Lustig nickte mit hochgezogenen Augenbrauen, und Vlassi gab mit ernster Stimme preis: „Herr Professor, das war nicht Altgriechisch, sondern Uralt-Griechisch!“

„Hab' ich mir's doch gedacht", warf Roland Siegrist ein, während Uwe Gerdes genießerisch vor sich hinschmunzelte. Dieser noch recht junge Kommissar aus Wiesbaden war ganz nach seinem Geschmack.

Nach kurzer Zeit saßen die Kommissare aus Mainz und Wiesbaden über ihrem Ringel Fleischwurst und prosteten sich und ihren professoralen Nachbarn mit einem guten rheinhessischen Riesling zu. Ja, der Wein ließ alles Uralt-Griechisch vergessen, und Vlassi dachte beim Trinken: Hier, bei diesem so wichtigen Abendtermin, sollte man länger verweilen. Aber wir müssen ja noch zur Händelstraße in den Eber'schen Garten und dort höllisch aufpassen, damit wir uns nicht am Blauen Eisenhut vergiften.

24 Vlassi als Zauberkünstler

Als anderthalb Stunden später Hauptkommissar Lustig und sein Kollege Spyridakis von ihrem Mahle aus dem *Weinhaus Michel* aufbrachen und die Jakobsberg- und Holzstraße hinuntergingen, um zu ihrem Fahrzeug zu kommen, das auf dem Parkplatz hinterm Dom stand, wirkten beide sehr gesättigt, ja man könnte sagen befriedigt. Die Fleischwurst war köstlich gewesen, der Wein hatte gemundet, und das Geplänkel mit ihren professoralen Nachbarn Gerdes, Siegrist und Goldt trug heitere Züge. Frau Michel war verwundert, dass Ernst Lustig schon so früh die Segel strich, das war sie von ihm nicht gewohnt, seine denkerischen Phasen dauerten gewöhnlich und bei mehr Wein länger, doch Lustig teilte ihr vertraulich mit: „Außentermin! Unsereiner ist Tag und Nacht im Einsatz."

„Kann es gefährlich werden?", fragte sie.

„Immer, immer. Unser Beruf ist nichts als Gefahr."

Frau Michel schmunzelte und entließ die beiden in die Außenwelt. Die Laternen in der Altstadt leuchteten schon, der Abend hatte sein Nachtgewand übergestreift, sodass Lustig auf dem Weg zum Auto Bedenken bezüglich der geplanten Recherche kamen.

„Wir sehen eigentlich gar nix mehr, wenn wir den Eisenhut finden wollen", teilte er Vlassi mit.

Doch der beruhigte ihn: „Hab' an alles gedacht, Herr Lustig. Hab' 'ne Taschenlampe dabei, das Foto aus dem Internet und auch Handschuhe."

„Handschuhe?"

„Der Eisenhut ist doch giftig. Den können wir nur mit Handschuhen inspizieren."

„Das machen aber Sie. Ich will nicht neben einer Pflanze in einem fremden Garten tot aufwachen."

„Einverstanden."

Zwanzig Minuten später erreichten die beiden Kripoleute den Vorort Gonsenheim, und Lustig lotste seinen Wiesbadener Kollegen in jene Straße, in die sie wollten, die Händelstraße.

„Wie war die Nummer noch mal?", fragte er.

„Sie haben sie nicht aufgeschrieben, ich hatte es so gehofft."

„Warum haben Sie die Nummer nicht aufgeschrieben?", erwiderte Lustig, „darauf hatte ich gehofft."

„Zum Glück besitze ich ein gutes Gedächtnis", erwiderte Vlassi, „ich mit meinem jungen Kopf kann mir so eine Nummer merken."

„Ich mit meinem routinierten Kopf auch! Ich weiß die Nummer, lasse Ihnen aber den Vortritt."

„Ich wusste gar nicht, dass Sie komisch sein können. Das ist doch meine Rolle", behauptete Vlassi.

„Lenken Sie nicht ab, sagen Sie die Hausnummer."

„Also gut, ich sag sie Ihnen."

Und Vlassi murmelte sehr schnell eine Zahl, die natürlich Kollege Lustig prompt nicht verstand, aber so tat, als hätte er sie genauestens gehört.

„Richtig“, sagte er, „das ist genau die Nummer, die in meinem Gedächtnis einen unverrückbaren Platz gefunden hat. Ich bin froh, dass Sie noch nicht verkalkt sind.“

„Welche Nummer habe ich gerade gesagt?“, prüfte Vlassi ihn.

„Siebzehn!“

Vlassi drehte sich zu Lustig: „Genau. Auch ich kann Ihnen einen Schein über Nicht-Verkalkung ausstellen.“

Zwei Minuten später erreichte der Opel Corsa das Haus in der Händelstraße 17, Vlassi blieb aber nicht davor stehen, was möglich gewesen wäre, sondern fuhr ein Stück weiter, um unter einer Linde zum Stehen zu kommen.

„Gut gemacht“, lobte Ernst Lustig.

„Nie direkt vor einem verdächtigen Haus parken“, ergänzte Vlassi, „ist doch klar.“

Und er dachte an den vorletzten Fall, wo er in einer Oestricher Straußenwirtschaft im Rheingau getafelt hatte, um anschließend die hochverdächtige Frau Mitz festzunehmen, leider aber dabei in ein Weinfass gesperrt wurde. Na, das würde ihm heute nicht passieren, ein Blauer Eisenhut war zwar giftig, hatte aber keine Gewalt über ein Weinfass.

Die beiden Kommissare stiegen aus und gingen zurück, bis sie an der Hausnummer 17 ankamen. Eine Laterne in der Nähe spendete etwas Licht. Vlassi und Lustig warfen durch einen Spalt der Eingangspforte einen Blick auf das Haus. Es war prächtig, zweigeschossig und wirkte wie aus der Gründerzeit. Und kein Licht brannte in einem Fenster. Unangenehm erschien ihnen allerdings, dass ein recht hoher Zaun das Grundstück umgab. Und hinter dem Zaun strebte dichtes Grünzeug in die Höhe.

„Hier kommen wir gar nicht rein", flüsterte Vlassi.

„Seien Sie doch nicht voreilig", flüsterte Lustig zurück.

Er ging am Zaun entlang, Vlassi folgte ihm, das Licht der Laterne wurde schwächer. Ganz am Ende der Straße leuchtete ein Scheinwerfer auf, der aber gleich wieder verlöschte.

„Diskreter Scheinwerfer", sagte Vlassi leise, „der wollte uns nicht bei der Arbeit stören."

Lustig gab keine Antwort, er ging weiter voran und murmelte für sich: „Ja, ja, der Eisenhut will bewacht sein."

Vlassi blieb zwei Schritte dahinter und drehte sich jetzt um. Hatte er nicht ein Geräusch gehört? Folgte ihnen jemand? War da etwa Dr. Eber mit einer gefährlichen Baumschere hinter ihnen? Auf der Straße und dem Gehweg herrschten eine schummrige Düsternis und vollkommene Stille. War es schon so spät, dass alle in ihren Betten lagen und selig vor sich hinratzten?

Als sich Vlassi wieder nach vorn wandte, war Lustig verschwunden. Verschwunden? Das konnte nicht sein, dachte Kommissar Spyridakis, oder bin ich inzwischen in einem Horrorfilm gelandet und hab's nicht gemerkt? Vielleicht fand er Lustig bald mit abgetrennten Armen, ein Blauer Eisenhut wuchs ihm aus dem Mund, und seine herausgeschnittene Zunge lag mit einem Zipfel Fleischwurst auf seiner Glatze. Im ersten Moment wollte Vlassi rufen: *Herr Lustig, haben Sie sich in Luft aufgelöst?* Aber es war so still in der Straße, da wären alle Fenster aufgegangen, alle Lichter angegangen, die Scheinwerfer aller Autos hätten ihn angestrahlt, und ihre Mission wäre elend gescheitert. Vorsichtig tastete sich Kommissar Spyridakis am Zaun weiter, und da – da war auf einmal ein schmaler Pfad an der Seite, der wie in einem Märchen auftauchte. In ihm stand Lustig drei Schritte entfernt, drehte sich zu Vlassi herum und winkte ihn mit der Hand heran.

„Hier kommen wir durch", flüsterte er.

Vlassi sah auf die Stelle, die sein Kollege meinte. Es war ein Spalt, ziemlich schmal, eigentlich sehr schmal, er könnte sich eventuell durchzwängen, aber Lustig mit seiner Wampe?

„Gehen Sie vor", sagte Vlassi leise, „ich kann dann schieben."

„Bei mir wird nicht geschoben", brummte Lustig, „ich arbeite seriös und komm da auch so durch."

„Eigentlich glaub ich das auch", korrigierte sich Vlassi, dachte aber listigerweise nur daran, nicht als Erster gehen zu müssen, vielleicht lauerten im Garten zwei Dobermänner.

„Also gut, ich mache die Vorhut, bin ja schließlich der Ranghöhere, Sie die Nachhut", flüsterte Hauptkommissar Lustig und blieb untätig stehen, bis schließlich sein Wiesbadener Kollege fragte: „Was ist mit der Vorhut, ist sie stecken geblieben?"

„Ich muss nur einen Moment überlegen, schließlich ist das eine gefährliche Mission", antwortete Lustig und fuhr leise fort: „Was mache ich, wenn mir auf der anderen Seite der Eisenhut im Wege steht? Hochgiftig, gell?"

„Eine richtige Überlegung", bestätigte Vlassi, der auch schon daran gedacht hatte, „ich gebe Ihnen am besten Handschuhe."

„Her damit!"

Vlassi zog aus seiner linken Manteltasche ein paar Handschuhe, die schon bessere Tage gesehen hatten. Das aber konnte Kollege Lustig wegen der Dunkelheit nicht bemerken. In der rechten Manteltasche bewahrte Vlassi die guten Handschuhe für sich auf, sie waren dick und gefüttert. Ernst Lustig streifte die hingehaltenen Handschuhe über und begann sich in den Spalt zu zwängen.

„Bissche eng ist der schon", ächzte er.

„Sie schaffen das. Ihre sportliche Figur eignet sich hervorragend für solche Aktionen."

„Schleimen Sie sich wieder ein, jetzt schon bei Nacht?"

„Ich kann auch schieben", antwortete Vlassi.

„Na gut, schieben Sie meine sportliche Figur ein wenig, die verträgt's."

Kommissar Spyridakis legte seine noch unbehandschuhten Hände an Lustigs Schmalseite und drückte heftig.

„Hören Sie uff, Sie drücken mir ja die Milz und die Leber ins Niemandsland", stöhnte Lustig leise, „ich werd' ja zum Fremdkörper im *Weinhaus Michel.*"

Er hing jetzt mit der einen Hälfte seines Körpers außerhalb des Zauns, die andere Hälfte versteckte sich innerhalb des Grundstücks. Eine Hand wedelte außerhalb, die andere im Garten getraute sich nicht zu wedeln – denn da lauerte der Eisenhut und wedelte vielleicht zurück.

„Kommen Sie weiter?", fragte Vlassi besorgt.

„Ei, natürlich komm ich weiter, hier geht's um puren Willen, verstehen Sie?"

„Aber vielleicht sollte ich doch noch mal schieben", sagte Vlassi skeptisch.

„Na gut, wozu hab' ich Sie dabei. Aber vorsichtig, nicht gegen die Leber."

Vlassi tat wie geheißen, und mit einem plötzlichen Ruck verschwand Ernst Lustig durch den Spalt im Garten. Nichts von ihm war mehr zu sehen. Und auch zu hören war nichts. Plötzlich wurde die Stille sehr laut.

„Sind Sie gut angekommen?", fragte Vlassi leise in den Spalt hinein.

Nach einer Weile kam die Antwort: „Einigermaßen. Bisschen glitschig hier. Ich wär' fast ausgerutscht."

Kein Wunder, denn inzwischen hatte es begonnen zu nieseln. Vlassi hielt sein Gesicht nach oben und spürte, wie es eingesprüht wurde.

„Ich komme jetzt nach", flüsterte er Lustig zu.

„Handschuhe!", wies der ihn an.

Daran hatte Vlassi längst gedacht. Diesen eisenhutverseuchten Garten würde er niemals ohne Vorsichtsmaßnahmen betreten. Er drehte sich zur Seite und schob seine lange, dünne Gestalt ohne das geringste Problem durch den Spalt. Nur als Schattenriss sah er das verwunderte Gesicht des Kollegen Lustig auf der anderen Seite.

„Ja, als Kommissar sollte man auch ein Zauberkünstler sein. Das ist äußerst hilfreich", teilte Vlassi ihm mit.

„Keine überflüssigen Kommentare", brummelte Lustig, „mich juckt's schon ganz komisch."

„Oh, das ist ein schlechtes Zeichen", erwiderte Vlassi, „der Juckreiz gehört zum Eisenhut, Parästhesien, wie wir Fachleute sagen, in Händen und Füßen. Das sind die

Vorläufer von Lähmungen im Gesicht und *wo noch überall.*"

„Was heißt *wo noch überall?*", herrschte ihn Lustig an, „mich juckt's am Arsch."

„Pscht", ermahnte ihn Vlassi, „beherrschen Sie sich doch mit Ihrem juckigen Arsch."

„Die Taschenlampe!", wies ihn Lustig an.

„Und das Foto", ergänzte Vlassi, nestelte das Internetbild und die Lampe aus seiner Seitentasche, um zu fragen: „Können wir überhaupt hier Licht anmachen?"

„Na klar, das Haus liegt doch völlig im Dunkeln. Der Senffritze Eber liegt im Tiefschlaf und schnarcht wahrscheinlich schon den zweiten Bettpfosten ab."

Vlassi knipste die Taschenlampe an und ihr Schein erhellte das Foto. Eine blaue helmartige Blüte war zu erkennen.

„Ausschalten", wies Lustig ihn an, „ich weiß Bescheid."

Der Nieselregen hatte sich verstärkt, und inzwischen war ein viertel Mond am nächtlichen Himmel erschienen, der den Garten zwar nicht gerade hell erleuchtete, aber ihn doch einigermaßen sichtbar machte. Es handelte sich um ein Gartengrundstück von beeindruckender Weitläufigkeit mit Büschen, Blumen und kleinen Bäumen.

„Dort drüben", erklärte Lustig und wies mit der Hand in eine unbestimmte Ferne, „hab' ich so was Blaues entdeckt. Ein Glück, dass Sie mich mit meinen Adleraugen dabeihaben."

„Tatsächlich?", wunderte sich Vlassi und dachte, der hat den Blauen Eisenhut schon gesehen, dieser Lustig scheint wahrhaftig bessere Augen als ich zu haben.

Vorsichtig gingen sie in die vom Mainzer Kommissar vorgegebene Richtung. Die Rückseite des Hauses lag still und dunkel da, kein Geräusch war zu hören, die nächtliche Untersuchung schien für die beiden Kripoleute zu sprechen. Sie hatten die halbe Strecke schon hinter sich, über einen Rasen, der von niedrig wachsenden Blumenstauden eingesäumt war, als Lustig plötzlich auf dem feuchten Untergrund ausrutschte, wie ein verhinderter Balletttänzer die Arme in die Luft streckte und schwankte, sich aber gleich wieder fing und seinem Wiesbadener Kollegen zuraunte: „Uffpasse. Hier ist schon der Untergrund gefährlich."

Vorsichtig schlichen sie weiter, bis Lustig sagte: „Da vorne ist es. Da wächst des verfluchte Kraut."

Die beiden gingen zwei weitere Schritte und waren fast am Ort des Eisenhuts angelangt, doch just in dem Moment, Vlassi zog gerade die Taschenlampe aus seiner Jackentasche, stieß er mit dem Fuß an einen harten Gegenstand auf dem Boden, den er im Halbdunkel nicht gesehen hatte. Der lange Lulatsch kam ins Straucheln, versuchte, sich an der Luft festzuhalten, was jedoch leider misslang. Die Luft, zumal im Vorort Gonsenheim, ist durchlässiger als man glaubt und zeigt keine Nachsicht gegenüber denen, die auf sie vertrauen. Kurzum: Vlassopolous Spyridakis konnte sich nicht aufrecht halten, fiel der Länge nach auf den Boden vor ihm und stieß dabei einen Schmerzensschrei aus. Lustig drehte sich zur Seite und erkannte im dämmrigen Mondlicht, dass sein Kollege genau auf jene helmartigen Gewächse gefallen war, die er das verfluchte Kraut genannt hatte. Und er sah noch etwas anderes. Der Stein des Anstoßes war ein Gartenzwerg gewesen, der mit verwundertem Gesicht neben Kommissar Spyridakis' Füßen lag, offenbar war er sich keiner Schuld bewusst.

„Kommen Sie hoch", raunte Ernst Lustig, „schnell, schnell. Sie liegen ja mitten im Eisenhut."

Vlassi, der mit dem Gesicht auf einer Pflanze aufgekommen war, schnurrte wie aufgezogen nach oben, jetzt saß er auf feuchtem Untergrund, aber sein Antlitz war gerettet. Gerettet? Schon kurze Berührungen mit dem Blauen Eisenhut, ging es ihm durch den Kopf, führten zu Vergiftungen – Vergiftungen, die mit einem schauerlichen Tod endeten.

„Es hat mich erwischt", murmelte er kraftlos, und sein Blick fiel auf seine Hände, die von den dicken Handschuhen geschützt waren.

„Wir können Sie sicher noch retten, ich fahr gleich in die Uni-Klinik mit Ihnen", erwiderte Lustig.

In dem Moment ging ein Licht im Haus an, sein Schein fiel durch ein Fenster in den Garten und beleuchtete die beiden. Es schien geradezu, als wäre ein Scheinwerfer eingeschaltet worden.

„Los, los, wir müssen weg, wir haben doch keinen Durchsuchungsbeschluss!", befahl Lustig und reichte dem sich todkrank fühlenden Vlassi seine Hand, um ihn hochzuziehen.

„Es hat keinen Sinn mehr", murmelte der, „ich spüre schon Parästhesien an Händen und Füßen."

„Ihnen juckt doch nur der Arsch", herrschte ihn Lustig an und zog Vlassi mit sich zum Gartenzaun.

Wieder versuchte Hauptkommissar Lustig, sich zuerst durch den Spalt zu zwängen, und zeigte keine Berührungsängste, als er den eisenhutverseuchten Vlassi anwies: „Drücken Sie kräftig, Sie wissen ja, wie's geht."

Doch Vlassis Drücken fiel kraftlos aus, ihm schwanden schon die Lebensgeister. Jetzt wurde dummerweise auch noch ein Gartenlicht angeschaltet, ein Licht, das der Taghelle geradezu Konkurrenz machte.

„Mensch, Spyridakis, geben Sie sich Mühe und schieben Sie!", flüsterte Lustig.

Vlassi drückte mit der Kraft, die ihm geblieben war, Lustig voran, und der landete nach langen Sekunden auf der anderen Seite des Gartens, im Freien. Dann schob sich Kommissar Spyridakis selbst durch den Spalt, und es schien ihm, als wäre er in Windeseile noch dünner geworden. Der Eisenhut zehrte offenbar schon an seiner Körperfülle. Er sah noch, wie sich eine hintere Tür am Haus öffnete und ein Mann den hochgefährlichen Garten betrat. War es Dr. Eber selbst? Bevor Vlassi einen zweiten Blick werfen konnte, wurde er von Lustig weggerissen.

„Kommen Sie, Spyridakis, Sie müssen sofort in die Klinik."

Zwei Minuten später saßen die beiden im Auto von Kommissar Vlassopolous Spyridakis. Doch nicht dieser saß am Steuer, sondern sein Kollege Lustig, der gerade den Motor anließ. Vlassi lehnte apathisch im Beifahrersitz, die Handschuhe hatte er ausgezogen, er schaute sorgenvoll auf seine Hände, zeigten sich da schon Parästhesien? Würde er sich bald totkratzen? Lustig fuhr los und fragte nach rechts: „Spüren Sie sich noch oder ist der Tod schon eingetreten?“

„Der Juckreiz“, murmelte Vlassi, „ich spüre schon, wie er auf mich zukommt.“

„Ich bin unterwegs in die Klinik, da gibt’s große Spritzen“, erwiderte Lustig, „halten Sie die Hoffnung aufrecht!“

Ob es Hoffnung war, was Vlassi nun tat, wissen wir nicht. Sie waren schon auf der Breiten Straße in Gonsenheim, als er leise zu singen begann: „Und lieg ich bald auf der Totenbaaahre, dann denkt an meine Gitaaarre und gebt sie mir mit in mein Graaab.“

Ernst Lustig hörte erstaunt zu und sang mit einer seltsam hohen Fistelstimme zurück: „Wiiird gemaaacht, Herr Kolleege. Gitaaarre ins Graaab.“

25 Das Böse – Preis der Freiheit

Zur gleichen Zeit, als Vlassi und Lustig vom *Weinhaus Michel* in der Mainzer Altstadt zu ihrem gefährlichen Gang in den Eber'schen Garten aufbrachen, drückte die Senfgöttin Rosalie Weisenbach im Vorort Gonsenheim in der Elsa-Brandström-Straße auf eine Klingel an einem Haus, das wir bereits kennen. Es handelte sich um jenes Hochhaus, in dem Eckart Wagner wohnte. Sie nahm den Fahrstuhl in den vierten Stock, und als sie oben ausstieg, erwartete sie ihr Verlobter schon auf dem Gang.

„Schön, dass du kommst, Rosalie."

Frau Weisenbach war sich uneins, ob sie mit der Tür ins Haus fallen sollte, sie erwiderte leichthin: „Wir müssen uns ja mal sehen nach all diesen Vorkommnissen."

„Komm rein."

Eckart wollte ihr im kleinen Flur einen Kuss auf den Mund geben, doch Rosalie drehte sich etwas zur Seite, sodass er auf der Wange landete. Sie tat so, als wäre es unbeabsichtigt und als sei sie in Gedanken.

„Einen Schluck Wein oder einen Brennnesseltee aus meinem Schrebergarten?", fragte er.

„Einen Wein kannst du mir geben."

Eckart trabte in die Küche, während sich Rosalie ins Wohnzimmer begab und auf der Couch nahe dem Fernsehapparat niederließ. Ihr Verlobter rief: „Was macht dein Vater? Geht's ihm gut?"

„Ja, ja."

Bald darauf erschien Eckart mit zwei gefüllten Weingläsern und reichte ihr eines, um mit ihr anzustoßen.

„Dann steht ja der Hochzeit nichts mehr im Wege", sagte er und nahm einen Schluck.

Rosalie trank ebenfalls, doch nachdem sie das Glas auf dem flachen Tisch vor der Couch abgestellt hatte, erwiderte sie: „Du machst dir offenbar gar keine Gedanken um meine Morde."

„Deine Morde? Wieso überhaupt Morde? Ich weiß nur von einem."

„Hamed ist auch tot", sagte Rosalie tonlos.

„Belalil, dein Marketing-Fachmann?", fragte Eckart erstaunt.

„Genau der, sonst gibt's ja keinen Hamed."

Eckart Wagner setzte sich ihr gegenüber in einen Sessel: „Das wusste ich noch gar nicht." Er machte eine kleine Pause und fuhr fort: „Die Polizei ist auch nicht mehr das, was sie mal war."

„Die müssen dir nicht jeden Schritt mitteilen."

„Woher weiß du es denn?"

„Ich habe Kommissar Spyridakis angerufen, ich wollte wissen, wie weit die Ermittlungen sind …"

„Wie weit sind sie denn?"

„Das konnte er mir nicht sagen, aber er hat mich zuvor im Senf-Palast aufgesucht, er wollte die Privatadresse von Hamed in Walluf haben."

„Verstehe“, murmelte Eckart, „weißt du Genaueres, wie er zu Tode gekommen ist?“

„Nein, aber wenn er auch mit Senf aus dem Leben gegiftet wurde, ist mein Problem noch größer geworden.“

„Ach, das glaube ich nicht“, erwiderte Eckart und versuchte zu lächeln.

Rosalie griff zu ihrem Weinglas und trank einen Schluck, dann sagte sie: „Ich kann es mir nur so erklären: Irgendjemand verübelt mir mein Geschäft so sehr, dass er …“

Sie ließ den Satz offen, und ihr Verlobter nickte zustimmend. Die beiden saßen sich eine Weile stumm gegenüber, bis schließlich Eckart wieder das Wort ergriff: „Also, du meinst, unsere Hochzeit …“

Jetzt sprach Rosalie weiter: „Wir können unmöglich jetzt heiraten. Mit zwei Leichen im Keller.“

Eckart verkniff sich das Grinsen, er zog stattdessen ein ernstes Gesicht und spitzte seine Lippen, als wolle er damit zustoßen. Leise fragte er nach einer Weile: „Wer kann denn ein Interesse daran haben, Belalil umzubringen?“

„Wer hatte ein Interesse daran, Dani umzubringen?“, fragte Rosalie zurück.

Eckart spürte einen säuerlichen Geschmack im Mund, er mochte es nicht, wenn Rosalie von diesem Birnbaum mit Vornamen sprach. Belalil nannte sie auch Hamed, musste das sein? Im Grunde waren es doch Fremde, die sich in ihr Senfgeschäft eingeschlichen hatten. Vorsichtig versuchte er, eine Antwort auf ihre Frage zu geben: „Soviel ich weiß, war dieser Birnbaum doch Jude. Wenn man die

Nachrichten so hört und sieht, sind Juden generell heute gefährdet."

„Du meinst, es war eine Tat aus antisemitischen Gründen?"

„Es kommt mir ganz so vor."

„Aber warum Hamed? Der ist ja kein Jude."

„Ja", überlegte Eckart, „das ist seltsam. Hast du denn gefragt, ob die Kripoleute da schon Spuren verfolgen?"

„Natürlich, aber sie können noch nichts sagen."

„Besonders helle kommt mir dieser Kommissar Spyrideios nicht vor", sagte Eckart, „er war ja auch bei mir."

„Spyridakis heißt er."

„Meinetwegen. Glaubst du denn, dass der diesem Fall auf den Grund geht?"

„Weiß ich nicht. Aber er hat eine Chefin, die lange mit mir gesprochen hat, nachdem sie den toten Dani bei mir im Senf-Palast gefunden haben."

„Wie heißt sie?"

„Julia Wunder."

„Was hast du für einen Eindruck von ihr?"

„Sie kam mir sehr genau vor, wollte alles Mögliche wissen, war sogar an dem Tiger-Sonf interessiert …"

Eckart lächelte: „Und? Hat sie ihn probiert?"

„Nein, aber gekauft. Wahrscheinlich will sie ihn testen."

„Vielleicht hofft sie, dass die Testperson tot umfällt. Da wäre der Fall für sie gelöst", erwiderte Eckart sachlich.

„Und ich wäre dann die Hauptverdächtige!", blitzte ihn seine Verlobte an.

„Aber, aber – wer von deinem Senf kostet, fällt doch nicht tot um. Das war doch nur ein Scherz von mir."

Rosalie Weisenbach trank einen Schluck vom Wein, stand auf, ging zum Fenster und schaute auf die Straße unten: „Weißt du, was mir rätselhaft ist?“

„Sag's mir!“, forderte Eckart sie auf.

„Warum passiert gerade mir das? Ich mache mit zwei fähigen Mitarbeitern ein Senfgeschäft auf, und beide werden umgebracht. Ist das nicht komisch?“

„Komisch nicht gerade“, erwiderte Eckart, „eher mysteriös.“

Rosalie drehte sich zu ihm: „Als würde man mir das nicht gönnen.“

„Jetzt sprichst du schon wie dein Vater“, sagte Eckart, „bei dem kommt ja auch alles von oben.“ Er deutete mit dem Zeigefinger an die Decke, meinte aber natürlich etwas weit Höheres.

„Vielleicht hat mein Vater gar nicht so unrecht. Soll man alles machen, was man machen kann?“

„Wirst du jetzt philosophisch?“, fragte Eckart, „du hast nun mal ein gewisses Talent, warum sollst du es nicht geschäftlich nutzen?“

„Du klingst auf einmal ganz anders“, wunderte sich Rosalie, „du warst doch eigentlich gegen meine Senfambitionen.“

„Na ja“, sagte Eckart abwehrend, „ich bin flexibel, kann mich …“

„Du hast sogar gesagt“, fiel ihm Rosalie ins Wort, „dass Senf für mich eine Art Ersatz ist, meine Senferfindungen würden religiöse Züge tragen!“

Eckart erinnerte sich sehr wohl daran. Er erinnerte sich auch an den Spaziergang am Rhein mit Vater Weisenbach, wo sie über dieses Thema gesprochen hatten und sich einig waren, dass Rosalies Senfleidenschaft ihnen zu schaffen machte. Hatte er nicht sogar von einer perversen Kreativität gesprochen?

Er wehrte ab: „Ach, das waren so spontane Äußerungen von mir und vielleicht auch von deinem Vater. Da bin ich doch längst drüber weg."

Rosalie warf ihm einen scharfen Blick zu: „Wirklich?"

Eckart überlegte, wie er das Wort Kreativität verwenden konnte, es machte sich immer gut und könnte seine Verlobte beruhigen.

„Du hast eine wunderbare Beziehung zum Senf und eine natürliche Kreativität, ihn zur Delikatesse zu machen", sprach er in wohlgesetzten Worten.

„Das fällt dir aber ziemlich spät ein", ließ sich Rosalie nicht beirren.

„Besser spät als gar nicht. Ich habe einen Lernprozess durchgemacht."

Rosalie sah Eckart skeptisch an, ihr ging durch den Kopf, ob er als Finanzbeamter überhaupt so etwas wie Lernprozesse durchlaufen könne, sie hielt ihn in seinem Denken eher für eingefahren. Andererseits konnten sich Menschen auch ändern.

Eckart seinerseits wollte nicht länger bei diesem unliebsamen Thema verweilen, er fragte: „Ist nicht der natürliche Gegner von deinem Senf-Palast ein großer Senfhersteller in der Region? Da fällt mir Eber-Senf ein."

Rosalie nickte: „Stimmt. Aber ich bin sicher, dass dieser Spyridakis und Frau Wunder den schon überprüfen und beschatten."

„Die werden bestimmt bald zu einem Ergebnis kommen. In meinen Augen ist der Neid das Motiv für diese Morde an deinen Kollegen. Der Neid ist ja überhaupt das Hauptmotiv für viele Gewalttaten."

*

Während Ernst Lustig und Vlassopolous Spyridakis im Eber'schen Garten wandelten und Rosalie Weisenbach ihren Verlobten Eckart Wagner besuchte, war Julia Wunder auf dem Weg in den Rheingau zu ihrem Vater. In Walluf machte sie einen kurzen Stopp, um beim Supermarkt Rewe ein paar Lebensmittel einzukaufen. Sie wusste, dass sich ihr Vater darüber freute und es doch im selben Atemzug für überflüssig erklärte.

Die stellvertretende Filialleiterin kam ihr entgegen, es war Frau Stengel, die beiden kannten sich von Julias Einkäufen, und die neugierige Frau Stengel kam gleich zur Sache: „Arbeiten Sie an einem neuen Mord?"

„Ach, Sie wissen doch, dass die Bosheit kein Ende nimmt."

„Komisch eigentlich, dass sich die Leute immer gleich umbringen müssen", erwiderte die Rewe-Angestellte, die gar nicht wissen konnte, dass Julia tatsächlich an einem kniffeligen Mordfall arbeitete, und damit gewissermaßen ein philosophisches Thema aufmachte.

Julia nickte: „Da haben Sie recht. Warum gibt es den Mord überhaupt?"

„Ei, schon in der Bibel wird ja von Mord und Totschlag berichtet!“

„Vielleicht gehören Gewalttaten zum Menschen“, mutmaßte Julia, doch Frau Stengel widersprach: „Das leuchtet mir überhaupt nicht ein, der Mord müsste doch aussterben, je zivilisierter eine Gesellschaft ist.“

„Ich wünschte, es wäre so, aber vielleicht sind wir gar nicht so zivilisiert.“

„Na, es gibt doch so was wie Fortschritt“, erklärte Frau Stengel überzeugt, „sehen Sie sich nur unseren Supermarkt an, was glauben Sie, was wir in der Wurst- und Käseabteilung für hygienische Vorschriften einhalten müssen. Das war vor dreißig Jahren noch anders.“

„Fortschritt gibt es“, erwiderte Julia, „aber existiert er auch zwischen den Menschen?“

Frau Stengel legte den Kopf zur Seite, ein Zeichen dafür, dass sie überlegte. Schließlich sagte sie mit Überzeugung: „Den Fortschritt gibt es auch zwischen den Menschen. Aber wissen Sie, was das Böse eigentlich ist? Das Böse, mit dem Sie dauernd zu kämpfen haben.“

„Nein“, antworte Julia verwundert.

Die beiden Frauen standen in der Obst- und Gemüseabteilung, und Frau Stengel richtete sich auf, um eine Staude Bananen etwas besser im Regal zu platzieren: „Das Böse ist der Preis der Freiheit.“

Jetzt war Julia überrascht, so einen Satz hätte sie der harmlos scheinenden Frau Stengel nicht zugetraut. Doch schon sprach die Rewe-Dame weiter: „Wir sind als freie Menschen geboren und können uns jederzeit dem Guten oder dem Bösen zuwenden, verstehen Sie?“

Julia nickte: „Ich wusste ja gar nicht, dass Sie eine heimliche Philosophin sind.“

„Ach was“, erwiderte Frau Stengel, „ich bin doch keine Philosophin, ich lese nur. Ich bin Leserin.“ Und sie fuhr mit ihrem kleinen Kolleg gleich fort: „Wissen Sie, der Mensch, der zum Verbrecher wird, macht einen schlechten Gebrauch von seiner Freiheit. Er entscheidet sich gewissermaßen zur falschen Richtung hin.“

„Aber hat der Einzelne nicht einen Willen?“, fragte Julia.

„Das ist es ja. Die Bösen, die mit Mord und Totschlag durch ihr Leben gehen, machen es doch willentlich, die werden ja nicht gezwungen. Ihr Wille leitet sie.“

„Da haben Sie sicher recht.“

„Natürlich hab’ ich recht. Ich bin schon lange der Meinung, dass zu viel Freiheit ungesund ist …“

„Aber Sie wollen doch nicht etwa die Freiheit abschaffen“, fiel ihr Julia ins Wort.

„Auf keinen Fall! Man muss sich nur über den Nachteil im Klaren sein.“ Und sie schob listig nach: „Aber von dem Nachteil leben Sie ja.“

In dem Moment rief eine Frau aus der Wurstabteilung den Namen von Frau Stengel. Die schaute auf und informierte Julia: „Ich muss zur Filialleiterin, die will was von mir.“

Sie eilte davon, und Julia murmelte ihr hinterher: „Also dann … bis zum nächsten Mal.“

Ein halbe Stunde später klingelte Julia Wunder am Haus ihres Vaters in Eltville. Wolfgang Hillberger öffnete die Tür, und ein Strahlen überzog sein Gesicht.

„Mein Julchen! Überraschung am Abend.“

Er umarmte sie und küsste sie auf die Wange. Sie freute sich ebenfalls, ihn zu sehen. Es ging ihm gut, stellte sie fest, ja sie glaubte sogar, eine gewisse Verjüngung an ihm festzustellen. Daran hatte mit Sicherheit die Frau Becker, seine Nachbarin, ihren Anteil. Die beiden unternahmen neuerdings sogar kleine Ausflüge, fuhren mit einem Schiffchen zur Loreley oder sogar nach Koblenz, und ihr Vater hatte sie, wie es Lehrerart ist, kürzlich mal wieder belehrt: Der Rhein, das wüsste sie doch wohl, sei der längste Fluss Deutschlands, mit 1233 Kilometern. Aber ob sie auch den Rhein schon mal in Flammen gesehen hätte. Julia wusste natürlich, dass der Rhein in Flammen in jedem Herbst eine Touristenattraktion war, es handelte sich um ein großes Feuerwerk zwischen Assmannshausen und Lorch.

Jetzt aber fragte ihr Vater im Flur: „Sag mal, was trägst du denn heute auf dem Kopf? Ist das der Schnaffidora-Hut, zu dem ich dir letztes Mal geraten habe?“

„Eine einfache blaue Mütze ist es, du kannst sie meinetwegen Schnaffidora-Mütze nennen“, antwortete Julia.

„Steht dir gar nicht schlecht. Aber sag mal, du hast mir doch nicht etwa wieder Lebensmittel mitgebracht?“

„Ich bin zufällig bei Rewe vorbeigekommen, da hab ich gedacht …“

Sie kam nicht weiter, denn Wolfgang Hillberger reagierte wie erwartet: „Überflüssig, überflüssig, aber schön, dass du an mich denkst.“

Während sie ihren Mantel ablegte, ging er in die Küche, sie rief ihm nach: „Du, ich hatte gerade ein interessantes Gespräch im Supermarkt.“

„Um was ging's?"

„Eigentlich um meinen Beruf. Es ging um das Böse im Menschen."

„Sehr interessantes Thema", schallte es zurück, „die Frage nach dem Bösen ist theologischer Natur, im Grunde hängt sie mit Gott zusammen." Vater Hillberger machte eine Pause und fragte: „Käffchen? Oder Gesundheitstee?"

„Lieber das Käffchen", antwortete Julia, um in die Küche zu gehen und eine Frage anzuschließen: „Wie meinst du das, das Böse und Gott?"

Die Kaffeemaschine blubberte bereits, und ihr Vater antwortete: „Na ja, es gibt verschiedene Möglichkeiten, das Böse unter Menschen zu erklären. Entweder will Gott das Böse beseitigen und kann es nicht. Oder er kann es und will es nicht. Oder er kann es nicht und will es nicht. Oder er kann es und will es."

„Ganz schön kompliziert", erwiderte Julia.

„Gar nicht kompliziert", sagte Vater Hillberger, „gehen wir doch die Möglichkeiten mal durch. Wenn Gott will, aber nicht kann, dann ist er schwach, auf jeden Fall nicht allmächtig."

Julia nickte wortlos.

„Wenn er jedoch das Böse beseitigen könnte, aber nicht will, dann wäre er ein übler Gott."

„Daran kann ich nicht glauben", sagte Julia.

Ihr Vater fuhr unverdrossen fort: „Wenn er aber das Böse weder beseitigen will noch kann, dann wäre er sowohl schwach als auch uns Menschen wenig gesonnen …"

„Daran kann ich noch weniger glauben", sprach Julia in seine Rede.

„Geh schon mal rüber ins Wohnzimmer, ich komme gleich mit dem Kaffee“, erklärte ihr Vater.

Julia tat's und ließ sich erschöpft aufs Sofa sinken. Aus der Küche hörte sie Geschirrgeklapper und die Stimme ihres Vaters: „Die vierte Möglichkeit, er kann das Böse beseitigen und will es auch, kommt nicht infrage, sie scheidet gewissermaßen aus, weil sie der Realität widerspricht. Du kannst ein Lied davon singen.“

Wolfgang Hillberger kam mit dem Kaffeeservice ins Wohnzimmer und stellte es auf den kleinen Tisch zwischen Sofa und Sesseln.

„Das ist ja deprimierend, was du mir da gerade über das Böse und Gott erzählt hast“, sagte Julia.

Ihr Vater setzte sich und goss seelenruhig den Kaffee in die Tassen: „Was ich dir gerade gesagt habe, ist Logik, Menschenlogik. Aber, unter uns, man darf sie nicht als der Weisheit letzten Schluss ansehen.“

„Was meinst du denn damit schon wieder?“

„Na ja, vielleicht verfügt Gott über eine andere Logik. Eine, von der wir keine Ahnung haben …“ Die Stimme von Wolfgang Hillberger wurde etwas leiser. Julia sah ihn fragend an.

„Meine Vorstellung ist“, fuhr er fort, „dass wir in dieses Leben, das wir die Realität nennen, die einzige, die wir kennen – dass wir in dieses Leben gesetzt sind, um eine Prüfung zu bestehen. Wir sind freie Wesen und können uns zum Guten oder Bösen entscheiden.“

„Wir sind keine Roboter“, murmelte Julia.

„Ganz genau“, sagte ihr Vater leise, „wir sind lebendig und frei, und Gott will, dass wir den richtigen Weg finden.“

Eine Weile blieb es still zwischen Vater und Tochter, es schien gerade so, als würden beide über den Sinngehalt ihrer Worte nachdenken.

Schließlich nahm Wolfgang Hillberger seine Tasse und trank einen Schluck, dann teilte er mit: „Frau Becker hat neuerdings aufgehört, mich mit Morenga-Tee zu quälen."

Auch Julia trank vom Kaffee: „Will sie nicht mehr, dass du hundert wirst?"

Sie erinnerte sich daran, dass der Morenga-Tee ein Gebräu für ein langes Leben war. Leider schmeckte er wie eingeschlafene Füße, statt eines Tod-Verscheuchungs-Tees war es, wie ihr Vater einmal sagte, ein Tod-Anlock-Tee, den man unbedingt meiden müsse.

„Sie hat es aufgegeben, mich als Methusalem erleben zu wollen", erklärte er, „die Angst vor dem Tod hab' ich ihr auch ausgetrieben."

„Tatsächlich?"

„Ich hab' dir doch bei deinem letzten Fall erzählt, welche Erfahrungen Menschen gemacht haben, die dem Tod nahe waren. Das hab' ich auch meiner Nachbarin verklickert – mit einem gewissen Erfolg, kann ich sagen."

Julia schmunzelte und jetzt, beim Blick auf das Kaffeeservice, fiel ihr etwas ein: „Du hast was vergessen."

„Ich hoffe doch nicht, dass du Zucker verlangst", entgegnete Hillberger.

Julia stand wortlos auf, nahm ihren im Flur abgestellten Beutel und verschwand in der Küche. Nach kurzer Zeit kam sie mit einem Teller Kokosmakronen auf silbernem Tablett zu ihrem Vater zurück.

„Oh!“, sagte Wolfgang Hillberger.

„Nicht nach Zucker verlangt's mich, auch serviere ich keine Kreppel“, erklärte seine Tochter, „heute gibt's was anderes Ungesundes.“

„Du weißt doch, dass ich Ungesundes liebe“, schmunzelte er, „ganz egal, welcher Herkunft. Ich hoffe nur, dass Frau Becker mich nicht mit dem Feldstecher aus dem Nachbarhaus beobachtet.“

Voller Freude griff er nach einer Makrone und biss hinein. Dann nahm er einen Schluck Kaffee und stöhnte genießerisch auf. Julia tat es ihm nach und hatte dabei das Gefühl, sich wie ihr Vater auch selbst zu verjüngen. Vielleicht würde sie beim nächsten Biss in die Makrone als Schulmädchen neben ihm sitzen.

„Hast du Lust, mir was über deinen Senf-Fall zu erzählen?“, fragte Wolfgang Hillberger.

Julia schnitt ein gewollt undurchdringliches Gesicht, um dann zu sagen: „Ja natürlich, aber das ist ganz geheim, was ich dir sage.“

„Na, das will ich doch hoffen. Das Geheime ist mein besonderes Pläsier.“ Er machte eine kleine Pause: „Was macht denn dieser arabische Verdächtige, den du im Visier hattest?“

„Er ist tot.“

Vater Hillberger richtete sich im Sessel auf: „Nein!“

„Leider doch.“

„Ermordet?“, fragte ihr Vater.

Julia nickte: „Es sieht ganz danach aus.“

„Mit Senf etwa wieder?“

„Nein, mit einem Messerstich in den Hals.“

„Also ein anderer Täter?“, fragte Hillberger.

„Könnte sein, könnte aber auch sein, dass der Senfmörder zur Abwechslung mal eine andere Waffe benutzt.“

Ihr Vater lehnte sich nach hinten und schürzte die Lippen, nach einer Weile sagte er: „Glaub ich nicht.“

„Warum denn nicht? Nirgendwo steht geschrieben, dass ein Täter immer dieselbe Waffe benutzen muss.“

„Julia, natürlich ist das so, wie du sagst. Aber jeder Täter hat eine gewisse Physiognomie, einen geistigen Zuschnitt, will ich sagen.“

„Was meinst du denn damit?“

„Weißt du noch, wie Othello seine Desdemona umbringt, wir haben das Stück vor Jahren mal gesehen.“

„Klar weiß ich das. Er erwürgt sie.“

„Der Mohr von Venedig, so hat ihn Shakespeare genannt, erwürgt seine Frau in höchster Wut. Und wo? Im ehelichen Bett, dem Ort ihrer vermeintlichen Untreue.“

Julia sah ihren Vater verblüfft an.

„Ich will damit sagen“, fuhr der fort, „dass Mördern die Wahl des Ortes und der Waffe nicht gleichgültig ist.“

„Ja, ja“, murmelte Julia etwas ratlos.

„In meinen Augen ist der erste Mord in diesem Senf-Palast von einem anderen begangen worden als der zweite an diesem Araber – wie heißt er noch mal?“

„Hamed Belalil. Er ist Palästinenser gewesen.“

„Dieser Belalil, sagst du, ist mit einem Messer getötet worden. Eine ziemlich primitive Methode. Während der andere …“

„Dani Birnbaum heißt er“, vervollständigte Julia seinen Satz.

„Während Birnbaum doch recht raffiniert aus dem Leben gestoßen wurde. Ein Senftoter – du hast mir von einem Gift im Senf erzählt?"

„Ja", stimmte ihm Julia zu, „unsere Rechtsmedizinerin hat den Blauen Eisenhut als Ursache bestimmt."

„Was ist das? Ein giftiger Hut? Trägst du dich mit dem Gedanken, ihn aufzusetzen?"

„Papa!", ermahnte Julia ihren Vater, „Gifthüte vermeide ich stets. Es geht um eine Pflanze, die so heißt. Sie ist hochgiftig."

„Aha", murmelte Wolfgang Hillberger, als würde diese Auskunft ihm den Fall klarmachen.

Julia musterte ihn gespannt, aber ihr Vater schwieg.

„Dir geht doch was durch den Kopf", sagte sie schließlich.

„Mir geht was durch den Kopf", bestätigte er, „aber ich kann es noch nicht mitteilen."

„Versuch's!"

Hillberger schüttelte den Kopf: „Du weißt doch, dass ein geistiger Mensch erst mal seine Gedanken ordnen muss, bevor er spricht. Aber ich habe da eine Idee … mehr kann ich dir zum jetzigen Zeitpunkt nicht sagen."

26 Der Tod, ein nachtragender Geselle

Hauptkommissar Ernst Lustig war mit Vlassi inzwischen zu den Uni-Kliniken gefahren, er musste den immer schwächer werdenden Wiesbadener Kollegen stützen und durch lange Gänge schleppen, schließlich wurden sie in einem derselben auf Stühle verwiesen, wo sie warten sollten. Dieses Warten dauerte für Vlassi nun schon grausam lang, und er reckte mit Anstrengung und letztem Überlebenswillen den Kopf: „Herr Lustig, die lassen mich hier elendiglich absterben, fahren Sie mich in die Eusebius-Klinik, da kenne ich einen Arzt vom vorletzten Fall."

Lustig leuchtete das ein, hier in der Mainzer Uni-Klinik war man als Notfall so gut wie aufgeschmissen. Ohne ein Wort zu verlieren, stand er auf und bot dem Kollegen seine breite Schulter an. Der stützte sich wieder auf sie, und so wankten sie die langen Gänge zurück. Unterwegs erblickten sie nur Elendsgestalten, auch ein Pfleger war darunter, der ihnen nachblickte und für sich murmelte: „Jetzt kommen schon die Besoffenen von ganz allein zu uns."

Zwanzig Minuten später erreichte Lustig nach mühsam hervorgestoßenen Wegerklärungen von Vlassi mit dessen Corsa die Eusebius-Klinik. An der Rezeption fragte Kommissar Spyridakis nach Dr. Bindel, er sei doch hoffentlich im Dienst? Es war jener Arzt, der ihn im Pharmazie-Fall von seinem Leiden kuriert hatte – wenn auch auf ungewöhnliche Weise.

„Da haben Sie Glück, er ist da. Sind Sie sein Patient?"

„Ja", flehte Vlassi, „unbedingt, ich bin Patient von ihm."

Die Rezeptionsdame sah ihn misstrauisch an: „Doktor Bindel ist inzwischen unser Chefarzt. Wen darf ich ihm denn melden?"

Jetzt griff Lustig ein: „Melden Sie Kommissar Spyridakis. Er hat eine Vergiftung erlitten."

Die Amtsstimme von Hauptkommissar Ernst Lustig machte Eindruck, sofort griff die Dame an der Rezeption zum Telefon und wählte die Nummer des Chefarztes. Es dauerte nur wenige Minuten und Dr. Bindel kam um eine Ecke herum. Er erkannte Vlassopolous Spyridakis sofort wieder: „Herr Kommissar, was machen Sie denn hier? Ist die Eusebius-Klinik wieder in Verdacht geraten?"

„Nein", ächzte Vlassi, „ich komme aus rein privaten Gründen … ach, eigentlich ist es doch nicht privat, eher dienstlich …"

Dr. Bindel unterbrach ihn: „Was ist denn los? Stimmt wieder was nicht mit Ihren Blutwerten? Haben Sie Ihr Blut im Verdacht?"

Ernst Lustig erkannte, dass er Aufklärung leisten musste: „Herr Doktor Bindel, ich bin Hauptkommissar Lustig von der Mainzer Kripo. Mein Kollege und ich waren in einer dienstlichen Mission unterwegs. Es ging um die Feststellung einer gefährlichen Pflanze …"

Bindel mit seinem fleischigen Gesicht musterte Lustig: „Eine gefährliche Pflanze? Was kann ich denn da tun?"

„Der Blaue Eisenhut“, erklärte Lustig, und Vlassi schob mit trüber Stimme nach: „Eine hochgiftige Pflanze, die mich angegriffen hat.“

Dr. Bindel musste grinsen: „Herr Spyridakis, ich kann Ihnen schon jetzt attestieren, dass Sie immer noch so komisch sind wie früher.“

„Ich bin vergiftet“, ächzte der, „bin in den Eisenhut gefallen.“

„Der Blaue Eisenhut“, räusperte sich Chefarzt Dr. Bindel, „ist eine Pflanze, die Parästhesien hervorruft. Wissen Sie, was das ist?“

Vlassi nickte: „Es juckt, und ich kratz mich bald zu Tode.“

„Ach was“, entgegnete Dr. Bindel, „das ist doch nur ein Nebeneffekt. Sie werden ein Kältegefühl im ganzen Körper verspüren, Gefühllosigkeit in Armen und Beinen und schließlich keinen Atem mehr bekommen.“

„Ach“, stöhnte Vlassi auf, „ich spüre schon, wie alles zusammenkommt, meine Zunge kriege ich kaum noch hoch …“

„Wenn's nur Ihre Zunge ist.“ Der Chefarzt lächelte süffisant, um dann ernst zu fragen: „Wann sind Sie denn in den Eisenhut gefallen?“

Vlassi warf einen Blick zu Lustig, der sinnend den Kopf hob: „Eine knappe Stunde etwa ist's her.“

„Da haben Sie etwa noch zwei Stunden Zeit bis zum Exitus“, erklärte der Mediziner ungerührt.

„Noch zwei Stunden?“, fragte Vlassi voller Angst.

„Diese zwei Stunden sind allerdings begleitet von heftigen Schmerzen“, teilte Dr. Bindel mit, der das hypochondrische Wesen Vlassis vom vorletzten Fall noch gut kannte.

„Gegenmaßnahmen!“, forderte Vlassi.

„Ich kann Ihnen schon jetzt versichern, dass das Bewusstsein bis zuletzt erhalten bleibt“, erklärte der Arzt.

„Tatsächlich?“, fragte neugierig Ernst Lustig, „ich dachte, mein Kollege versinkt bald im Nirwana.“

„Nein, nein“, beruhigte ihn Dr. Bindel, „das Nirwana kommt später.“ Er wandte sich zu Vlassi: „Von dort schicken Sie mir aber eine Botschaft. Wie es sich da so lebt, Wein oder Manna, das ist die Frage.“

Vlassopolous Spyridakis wurde die Sache jetzt zu bunt, mit plötzlich energischer Stimme teilte er mit: „Ich will nicht ins Nirwana! Und für eine Botschaft bin ich schon jetzt zu schwach.“

Dr. Bindel legte nachdenklich den Kopf zur Seite: „Ah, das hör ich gern. Ihre Stimme ist laut und klar, das weist auf pulsierendes Leben hin …“

„Noch lebe ich – trotz Ihnen“, sagte Vlassi giftig.

Unbeeindruckt fragte der Chefarzt: „Haben Sie Ohrensausen, schwindelt es Sie, verspüren Sie eine Neigung zum Durchfall?“

„Nein, nein, nein“, rief Vlassi, „was stellen Sie mir für dämliche Fragen!“

„Alles Symptome, die auftreten, nachdem man mit einer Giftpflanze wie dem Eisenhut in Berührung kam“, teilte der Arzt lässig mit.

„Symptome, Symptome“, sagte Vlassi ungehalten, „die kommen und gehen, Sie müssen mein Blut untersuchen, wahrscheinlich ist es schon nicht mehr rot, sondern grün.“

Ernst Lustig fühlte sich bemüßigt, wieder einzugreifen: „Ja, also eine kleine Blutuntersuchung wäre doch sicher angebracht."

Dr. Bindel erkannte, dass er mit seiner Methode bei diesem Patienten und seinem Kollegen nicht weiterkam, also erklärte er: „Kommen Sie mit, Herr Spyridakis; weil Sie es sind, zapfen wir Ihnen sofort etwas Blut ab."

„Da kann man doch alles Mögliche erkennen", stöhnte Vlassi, der wieder in seine Krankenrolle zurückfiel.

Kommissar Spyridakis erlebte die Blutabnahme mit Bangen und Zittern. Diesmal war es nicht der Pfleger Sborski, der die Nadel einstach, wie ehedem, sondern eine recht junge und attraktive Frau. Sie machte alles richtig, soweit er sah, und er beobachtete genau, wie sein kostbares Blut in die Ampulle floss. Seltsamerweise war es nicht grün wie erwartet, sondern leuchtete in normalem Rot. Dennoch fragte Vlassi: „Ist das nicht etwas zu hell, zu ausgedünnt, das Blut? Ich meine, es war früher dunkler."

Die Schwester verweigerte die Antwort, das würde ihm schon der Arzt erklären. Kommissar Spyridakis wanderte unruhig mit nicht heruntergestreiftem Ärmel wenigstens eine halbe Stunde auf und ab – es tauchten weder Kollege Lustig noch Dr. Bindel auf. Vlassi ging durch den Kopf, dass die beiden wahrscheinlich in einem entfernten Zimmer zusammensaßen und überlegten, wie sie ihm schonend sein baldiges Ableben erklären könnten. Vermutlich machten sie sich Gedanken über den Sarg. Fichte oder Buche? Ein paar ungehobelte Bretter genügen, brummelte er vor sich hin, und wenn ich in die Tiefe gelassen werde, lache ich – wie ich es dieser Heidi Teubner-Berg versprochen habe. Aber werde ich überhaupt lachen können oder besteht mein Abschiedsgruß aus einer endlosen Kratzorgie meiner Hände? Mitten hinein in diese profunden Überlegungen öffnete sich plötzlich die Tür und der Chefarzt trat ein.

„Wie geht es Ihnen?“

„Ich weiß … nicht.“

„Haben Sie Parästhesien in Händen und Füßen?“, fragte Dr. Bindel, „mit Ihnen kann ich ja fachlich reden, Sie verstehen mich.“

Vlassi hob seine Hände hoch. Wenn er den Juckreiz schon nicht spürte – vielleicht konnte er ihn sehen.

„Natürlich verspüren Sie keine Parästhesien“, erklärte der Arzt, „Ihr Blut ist ohne Befund, keinerlei Abnormitäten.“

„Wirklich?“, fragte Vlassi und ließ sich erschöpft auf den Stuhl gleiten.

„Sie sind kerngesund! Sie können die Klinik verlassen. Doch eine Bitte habe ich noch, Herr Spyridakis.“

Vlassi richtete einen fragenden Blick auf Dr. Bindel.

„Fallen Sie nicht mehr in den Blauen Eisenhut! Geben Sie acht, wo Sie hintreten, tragen Sie Handschuhe in unbekannten Gärten!“

Kommissar Spyridakis erhob sich ächzend: „Mach ich alles, versprochen. Da bin ich also dem Tod noch mal von der Schippe gesprungen?“

„So kann man sagen“, antwortete der ausgefuchste Mediziner und fuhr fort: „Aber der Tod ist nachtragend, der vergisst nicht, dass ihm da einer abhandengekommen ist.“

„Er wird sich wieder auf mich stürzen?“, fragte Vlassi mit banger Miene.

„Na, aber sicher!“ Und Dr. Bindel fügte mit einem Grinsen an: „Er muss sich nicht unbedingt als Eisenhut tarnen. Er weiß schon, an wen er sich wenden muss, das ist nur eine Frage der Zeit. Sie leben nun mal gefährlich.“

Eine halbe Stunde später saßen Ernst Lustig und Vlassopolous Spyridakis im *Weinhaus Michel* in der Mainzer Altstadt. Das Überleben Vlassis, so hatten sie beschlossen, musste gefeiert werden.

„Noch einen Niersteiner“, sagte gerade Lustig, „die Rebe ist mir ans Herz gewachsen, ich könnt’ mich direkt in so was verlieben.“

„Unbedingt“, erwiderte Vlassi, der nach den ersten beiden Schoppen wieder zu Kräften gekommen war und sich von der Untersuchung in der Eusebius-Klinik allmählich erholte.

Der Mainzer Hauptkommissar hob die Hand in Richtung Tresen und rief: „Zwei Niersteiner vom guten Fass!“

Frau Michel war in der Gaststube nicht mehr zu sehen, doch ein junger Mann nickte bereitwillig mit dem Kopf. Lustig richtete das Wort an Vlassi: „Sie fühlen sich wieder ganz normal, gell?“

„Ich glaub schon.“

„Ehrlich gesagt, sind Sie überhaupt in den Eisenhut gefallen? So sicher bin ich mir da nicht.“

„Meinen Sie, es waren Gänseblümchen?“, fragte Vlassi empört.

„Also, ich hab' die Pflanze nicht so genau erkannt", erklärte Lustig, „es war zu schummrig. Aber wenn's der Eisenhut war – hätten Sie nicht schon längst tot sein müssen? Sie kamen mir in der Eusebius-Klinik noch ziemlich lebendig vor, bei der Untersuchung beim Bindel?"

„Ich kann als medizinisches Wunder gelten", teilte Vlassi dem Kollegen streng mit, „seien Sie doch froh, dass Sie mich noch haben!" Und er setzte hinzu: „Wir dürfen nicht an unserer Mission zweifeln, wir haben unser Leben eingesetzt, und ich wär' beinah draufgegangen."

„Da haben Sie auch wieder recht", nickte Lustig.

Der gute Niersteiner wurde ihnen gebracht, und die beiden Kommissare hoben die Gläser und stießen miteinander an.

„Auf das medizinische Wunder!", erklärte Lustig mit ernster Stimme.

„Ah", sagte Vlassi nach dem ersten Schluck aus dem frisch gefüllten Glas, „da spürt man so richtig, dass man am Leben ist."

„Ja, der Wein gehört hierher, der gehört zu uns Rheinhessen, sogar zu euch Rheingauern auf der andern Seite", stimmte Lustig zu, „ich kann gar net verstehen, wie man sich in unserer Region dem Senf hingeben kann. Das ist doch völlig atypisch."

Sie tranken wieder, und diesmal wollte der Schluck kein Ende nehmen.

„Und ich kann nicht verstehen", erklärte Vlassi beim Absetzen, „wie so ein Bandit wie der Eber in seinem Garten Giftpflanzen züchtet."

„Jawoll, allein das ist ein Verbrechen!"

„Ein Verbrechen, das gesühnt werden muss“, teilte Vlassi gestelzt mit.

Sie tranken wieder, und nachdem sie die Gläser etwas wackelig auf den Tisch gestellt hatten, sagte Lustig: „Schon wieder leer, diese Abfüllungen sind auch nicht mehr das, was sie mal waren.“

Er hob abermals die Hand und rief dem jungen Mann hinterm Tresen zu: „Noch mal dasselbe, aber net so viel Luft im Glas lassen.“

„Haben Sie Lust gesagt?“, fragte Vlassi.

„Nein, Luft!“

„Komisch, ich hör schon Lust, wo's doch nur Luft ist.“

„Ei, des ist doch einfach zu erklären, Herr Spyridokulos. Dieser Weingenuss bereitet Lust! Während der Senfgenuss Unlust bereitet, um nicht zu sagen Unluft.“

„Sie haben den Nagel auf den Kopf getroffen, Herr Lustoog, ich stimme Ihnen zu hundert Prozent zu.“

„Hundertzehn Prozent wären mir lieber. Aber weil Sie's sind, bin ich auch mit hundert zufrieden.“

Die zwei weiteren Weingläser wurden gebracht, und Lustig überprüfte sofort, ob sie voll waren. Er hob sein Glas in Augenhöhe und drehte es sogar.

„Diesmal haben's Sie's einigermaßen richtig gemacht“, teilte er dem jungen Mann mit, der zufrieden von dannen ging.

Vlassi tat es Lustig mit der Überprüfung des Glases nach, stellte aber fest: „Bei mir ist es weniger, bei mir hat er geschlampt.“

„Ei, der weiß, dass Sie aus Wiesbaden kommen“, erklärte sein Mainzer Kollege, „die kriegen bei uns immer weniger als die Einheimischen. Dazu kann ich nur sagen: Mainz first."

Die beiden tranken wieder, und beim Absetzen fragte Vlassi: „Reden Sie jetzt wie Trump? Werden Sie politisch?"

„Wegen Mainz first? Nee, des ist nicht politisch, des ist volkstümlich, gewissermaßen heimatlich gemeint."

„Ach so", sagte Vlassi und griff beruhigt wieder nach seinem Glas.

„Sagen Sie mal", fragte Ernst Lustig, nachdem er ebenfalls einen weiteren kräftigen Schluck genommen hatte, „wir sind zwar heute gerade noch mal so mit dem Leben davongekommen, aber der Eber'sche Garten ist doch eigentlich eine Giftstube …"

„Ein Hort des Verbrechens", ergänzte Vlassi mit schon schwerer Zunge.

„Wer den Blauen Eisenhut züchtet, hat nichts Gutes im Sinn, davon können wir ausgehen, gelle?" Lustigs Stimme klang noch nicht so wackelig wie die von Vlassi, er vertrug einfach mehr, ob vom guten Niersteiner oder einem anderen Rheinhessen.

„Das denk ich auch", stimmte ihm sein Wiesbadener Kollege zu und wiederholte den Satz rückwärts, als wollte er ausprobieren, ob er das noch schaffte, „auch ich denk das."

Die beiden Kommissare erhoben ihre Gläser und prosteten sich zu, die Übereinstimmung ihrer Meinungen machte das erforderlich.

„Wissen Sie, was ich mich frage?", fragte Lustig und warf einen vorsichtigen Blick in die Schankstube, was völlig überflüssig war. Niemand konnte mithören, denn außer ihnen saß da keiner mehr. Die letzten zwei Gäste hatten schon vor einer halben Stunde das *Weinhaus Michel* verlassen.

„Was denn?", wollte Vlassi wissen, und seine Stimme näherte sich bedenklich einem Lallen.

Lustig hob den Kopf und sagte lauter als beabsichtigt: „Wer der Nächste ist!"

Kaum ausgesprochen, erschrak er über seine eigene Stimme und flüsterte: „Ich meine, wen hat der Eber noch auf seiner Todesliste?"

„Das kann ich Ihnen … sagen, Herr Lustoog", flüsterte Vlassi zurück.

„Und? Wen trifft's?"

„Muss aber … ganz … geheim bleiben", strengte sich Vlassi an, seiner Stimme einen dienstlichen Klang zu geben.

Ernst Lustig neigte seinen Kopf zu Vlassi, der sich ebenfalls zu ihm beugte und sogar mit seinem Stuhl näher rückte. Leider geschah dabei ein kleines Malheur. Denn Vlassi hob kurz sein Hinterteil und kam nur mit einer Hälfte wieder auf, der Stuhl schwankte, Vlassi hing für einen Moment in der Luft, schien sogar den Stuhl ganz verlassen zu wollen und hätte sich beinahe auf den Dielen wiedergefunden, doch Lustig griff ihn beherzt am Arm und zog ihn wieder in die vertikale Lage. Der junge Mann hinterm Tresen schaute der Szene mit betrübtem Gesicht zu.

Kaum saß Vlassi wieder mit beiden Backen auf seinem Stuhl, flüsterte er Lustig zu: „Als Nächste ist … die Senfgöttin dran … diese Rosalie Weisenbach."

„Meinen Sie?“

Vlassi griff zu seinem Weinglas und trank es leer, er fühlte sich auf einmal wie Bacchus oder Dionysos oder war das ein und derselbe? Auf jeden Fall fühlte er sich wie ein erhabener Weingott, und ihm ging durch den Kopf, dass man von Senfgöttern noch nie gehört hatte. Er neigte sich wieder ein Stück zu Lustig und lallte: „Ich seh sie schon … in einem Bottich schwimmen … nackt und mit einem Eisenhut auf dem Kopf.“

„Ja, ja“, murmelte Ernst Lustig, „der Eisenhut kringelt sich auf dem Kopf und auf den Brüsten. Hoffentlich sind die prall.“

„Davon machen … wir ein Foto“, erklärte Vlassi.

„Aber ganz genau“, stimmte sein Kollege zu, „so was hat … Seltenheitswert, des kommt ins Archiv.“

„Ins Polizeiarchiv … und andere Archive … ein Foto vom Eisenhut mit prallen Brüsten.“

„Damit man sieht“, nickte Lustig, „wie gefährlich pralle Brüste … ich meine, wie gefährlich der Eisenhut ist.“

„Abschreckung ist alles!“, ergänzte Vlassi.

„Wenn wir zusammenarbeiten, kommt Geniales raus“, stellte Lustig fest, „darauf müssen wir trinken.“

Er hob die Hand und rief laut, um zwei neue Niersteiner zu ordern; der junge Mann am Tresen, dem schon die Augen halb zugefallen waren, schrak auf, näherte sich und sagte höflich: „Wir haben bereits geschlossen, die Herren.“

„Ge-schlo-ssen?“, lallte Vlassi.

„Die machen hier immer so früh zu“, klärte ihn Lustig auf, „des iss ein Jammer.“

Der junge Mann wollte höflich bleiben und nichts sagen, hielt es dann aber doch für angebracht mitzuteilen: „Wir haben nur für Sie so lange offen gehalten."

„Komme Sie!", sagte Lustig zu Vlassi, „wir sind hier nicht mehr erwünscht."

„Mein Leben ist mir … zurückgegeben. Darauf hätte ich … noch einen Niersteiner genommen", teilte Vlassi mit inzwischen sehr schwerer Zunge mit.

Die beiden erhoben sich schwerfällig, streiften Jacke und Mantel über, und als der junge Mann die Rechnung machen wollte, erklärte Hauptkommissar Lustig robust: „Ich bin heut' total zahlungsunfähig … ich zahl nix, ich zahl überhaupt nur … bei Frau Michel persönlich. Die kennt mich gut … bei der ist mein Geld gut aufgehoben."

Dem müden jungen Mann war alles recht, wenn er nur die beiden Nachtgäste nach draußen bugsieren konnte. Und so sah man wenige Minuten später zwei sehr unterschiedliche Männer die Jakobsbergstraße hinunterwandeln, der eine lang und dünn, der andere kurz und stämmig. Sie stützten sich gegenseitig und konnten doch nicht ein gewisses Wanken in ihren Schritten verhindern.

27 Abstinent gegen Eisenhüte

Julia Wunder stand im Büro des Polizeipräsidiums an ihrer weißen Tafel und ging die darauf notierten Verdächtigen durch. Es war bereits kurz nach halb zehn, und Kommissar Spyridakis war immer noch nicht erschienen. War ihm etwas zugestoßen beim Besuch von Dr. Ebers Senffabrik? Hatte der Mainzer Kollege Lustig ihn in seiner derben Art irgendwo reingeritten? Julia streckte die Arme von sich, als könne sie dadurch vermeintliches Unheil von sich selbst fernhalten. Doch da ging die Tür auf und Vlassi trat ein. Julia drehte sich zu ihm und sagte nichts. Ihr Kollege sagte auch nichts, er schlappte müde zu seinem Schreibtisch, der ihrem gegenüberstand, und ließ sich mit einem Seufzer nieder.

„Wollen Sie nicht wenigstens Guten Tag sagen, wenn Sie Ihrer verehrten Kollegin begegnen?", fragte Julia.

„Guten Tag", erwiderte Vlassi.

„Aber gut scheint er nicht zu sein, für Sie jedenfalls."

Vlassi deutete ein Nicken an.

„Was ist Ihnen geschehen? Hat Eber Ihnen übel mitgespielt? Sie sehen mir verkatert aus."

Vlassi hob den Kopf, jetzt sah man dunkle Ringe um seine Augen und einen sehr müden Zug um Nase und Mund.

„Sie werden sich doch nicht dem Alkohol ergeben haben?", fragte Julia, „oder mussten Sie alkoholisierten Senf zu sich nehmen?"

Sofort kam Vlassi eine Idee, an die er bisher noch gar nicht gedacht hatte.

„Ja, ich glaube, wir mussten ein Senfpesto mit Alkohol zu uns nehmen. Ich bin sogar sicher."

„Der Lustig auch?"

„Der auch. Aber der verträgt mehr als ich."

Julia glaubte kein Wort, wollte aber doch sehen, wie weit Vlassopolous Spyridakis gehen würde.

„Also, Sie sagen, dass Sie Alkohol-Senf genossen haben, und deshalb kommen Sie so spät und sehen so verkatert aus?"

Vlassi nickte wieder leicht, beeilte sich aber, einen Satz hinzuzufügen: „Der Eber ist hochverdächtig, wir haben ihn überführt."

„Reden Sie doch klar, Herr Spyridakis! Woran haben Sie das bei Ihrem Verhör erkannt? Sie haben ihn doch wie abgesprochen mit Lustig verhört?"

Vlassi rappelte sich auf: „Ja natürlich. Er hat uns in eine Senfverkostung hineingezogen, um uns seine Unschuld zu beweisen …"

„Eine Senfverkostung?", fragte Julia, „Sie sind doch senfabstinent."

„Eigentlich schon", erwiderte Vlassi kleinlaut, „aber Senf ist so gesund, da wollte ich mich der Verkostung nicht entziehen."

Julia stöhnte auf und ging zu ihrem Schreibtisch: „Ach, Sie glauben aber auch alles."

Vlassi warf ihr einen Dackelblick zu, was Julia nicht daran hinderte, ihm zu erklären: „Speisen Sie mich nicht mit Nebensächlichkeiten ab. Was ist wirklich passiert?“

„Ja eben, was ist wirklich passiert?“, wiederholte Vlassi, „ich habe mit List dem Eber seine Privatadresse aus der Nase gezogen und bin mit Lustig …“

„Aus der Nase gezogen?“, unterbrach ihn Julia, „so was brauchen Sie niemandem aus der Nase zu ziehen. Die Privatadresse hab’ ich doch längst.“

„Sie waren aber nicht bei uns“, wehrte sich Vlassi, „und wir brauchten die Privatadresse, um in seinem Garten nachzuforschen.“

„Nach dem Blauen Eisenhut?“

Vlassopolous gewann an Fahrt: „Eben den! Meine Wenigkeit und auch die Lustigs … also, wir haben ihm keine Silbe von seinen schönfärberischen Reden geglaubt, haben nur etwas viel Senf gekostet, um ihn in Sicherheit zu wiegen. Und sind dann aufgebrochen zu einer Gartenbegehung.“

Julia spitzte die Lippen: „Eine Gartenbegehung. Warum nicht. Mit welchem Ergebnis bitte?“

Vlassi holte aus: „Wir haben dabei nicht an Dienstzeiten oder andere Formalitäten gedacht. Nur an unsere Mission! Der Blaue Eisenhut! Ebers Garten! Es dunkelte bereits, der Boden war glitschig, und Regen fiel strömend vom Himmel …“

„Lieber Herr Spyridakis“, unterbrach ihn Julia, „wenn Sie einen Roman über Ihre gefährlichen Einsätze schreiben wollen, dann machen Sie das. Bei mir aber erlasse ich Ihnen alle poetischen Auswüchse.“

„Aber Sie sind doch Shakespeare-Liebhaberin?“

„Eben deshalb“, antwortete Julia in der Hoffnung, dass Kommissar Spyridakis sie verstand.

Der aber teilte gekränkt und in prosaischer Kurzform mit: „Ich bin in den Eisenhut gefallen.“

„Aber Sie leben doch noch.“

„Ja, aber gerade so. Lustig hat mich in höchster Not in die Eusebius-Klinik gefahren, ich musste dort einige Eingriffe über mich ergehen lassen, es war furchtbar.“

„Eingriffe? Was für Eingriffe?“

„Blutuntersuchungen. Mein Blut schimmerte schon grünlich.“

Julia sah ihn zweiflerisch an und schürzte die Lippen.

„Na ja, es kam mir jedenfalls so vor“, beeilte sich Vlassi zu einer Korrektur, „ich will mir auf jeden Fall jetzt ein Blutdruck-Messgerät anschaffen, für die Eigenbeobachtung.“

„Aber Sie sind als gesund von der Klinik entlassen worden?“, wollte Julia wissen.

„Ich konnte es selbst kaum glauben, der Eisenhut ist ja hochgiftig, und ich hatte mich für Ebers Garten präpariert mit Handschuhen, den Lustig habe ich auch mit Handschuhen ausgestattet.“

Julia ließ sich auf ihrem Stuhl vorm Schreibtisch nieder: „Haben Sie denn nun die Giftpflanze in Ebers Garten entdeckt?“

„Ich glaube schon, es ist mir nur ein Rätsel, wie ich mit dem Leben davonkommen konnte. Ich fühl mich eigentlich noch immer ziemlich krank, Sie sehen ja, wie ich aussehe.“

Julia hob einen Stift vom Schreibtisch auf, als wolle sie etwas notieren. Stattdessen fragte sie: „Sagen Sie mir mal, wo genau Sie mit Lustig waren?"

„Na im Mainzer Vorort Gonsenheim, in der Händelstraße 17."

Jetzt warf die Hauptkommissarin den Stift auf den Schreibtisch zurück, mit einer Miene, die mindestens Ärger andeutete. Vlassi sah sie überrascht an.

„Herr Spyridakis", sagte Julia schroff, „sind Sie schon so verkalkt, dass Sie sich keine Hausnummer merken können? Der Eber hat sie Ihnen doch mitgeteilt, sagten Sie."

„Wie ... wieso?"

„Ebers Privatadresse lautet Händelstraße 15!"

„Sind Sie sicher?"

Julia hob den Kopf: „Ach, Sie waren im falschen Garten! Und sind auch nicht in den Blauen Eisenhut gefallen!"

„Das würde mein Überleben erklären ...", überlegte Vlassi laut.

„Sie sind vermutlich in ein Radieschenbeet gefallen. Mehr war da nicht."

In dem Moment ging die Tür auf und Kriminalrat Feuer stürmte herein.

„Schön, Sie beide zu sehen! Ich bin froh, Sie mal anzutreffen", schnaufte er.

„Herr Feuer, wir sind Tag und Nacht im Einsatz", erklärte Julia Wunder.

„Ergebnisse! Ergebnisse!", rief Feuer.

„Kollege Spyridakis war bei Doktor Eber ...", hob Julia sachlich an, wurde aber von Robert Feuer sofort unterbrochen: „Ich weiß, ich weiß, ich hab' ihn ja auf die Idee gebracht."

Er wandte sich an den immer noch malad dasitzenden Vlassi: „Und? Haben Sie den Eber per Verhör kirre gemacht?"

Vlassi wollte antworten, doch Julia kam ihm zuvor: „Er hat ihn nicht nur kirre gemacht, sondern auch bei seiner Privatadresse nachgeforscht. Herr Spyridakis hat Ungewöhnliches geleistet, bei Nacht und Nebel, der Boden war glitschig, der Regen fiel strömend vom Himmel, und er ist in den Garten von Doktor Eber eingedrungen …"

Feuer wurde es zu lang: „Ja und? Hat er diese Giftpflanze gefasst?"

„Leider nein. Der durchsuchte Garten zeigte keine Spuren vom Blauen Eisenhut." Julia wandte sich zu Vlassi: „Stimmt doch so, Herr Spyridakis?"

„Ja", nickte der Angesprochene kleinlaut, „das stimmt. Nach gründlicher Recherche musste ich mich überzeugen …"

Er kam nicht weiter, denn Feuer fiel ihm ins Wort: „Verflucht! Dann können wir diesen Eber also nicht dingfest machen."

„Momentan noch nicht", schaltete sich Julia ein, „aber wir bleiben an ihm dran, es gibt ja noch die Möglichkeit …"

Wieder raubte ihr Feuer das Wort: „Möglichkeit, Möglichkeit! Wir brauchen Ergebnisse. Diesen Eber hatten wir doch im Visier! Ein Senfpanscher aus Mainz ist das, der längst nicht so gute Produkte herstellt wie diese Weisenbach bei uns in Wiesbaden."

Vlassi sann eben noch dankbar darüber nach, wie ihm Julia Wunder beigesprungen war, nun erlaubte er sich das Wort: „Ganz meine Meinung, Herr Feuer. Im Verhör stellte ich fest, dass er um seine Monopolstellung fürchtet."

Robert Feuer machte ein paar unwillige Schritte zum Fenster und rief aus: „Worte, nichts als Worte!"

„Worte sind auch Taten", widersprach Vlassi.

„Aber höchstens für Intellektuelle", schnarrte Feuer vom Fenster, „und Intellektuelle sind Leute, die nur ihren Kopf, ihren armseligen Verstand zur Verfügung haben. Die glauben, das sei alles. Bei uns aber geht es um echte Taten."

Eine gar nicht so üble Feststellung, dachte Julia, geradezu klug, dieser Feuer kann ausgesprochen lichte Momente haben.

„Wir müssen unserem Instinkt vertrauen und Beweise finden", erklärte Kriminalrat Feuer, kam vom Fenster zurück und warf einen musternden Blick auf Vlassi: „Sagen Sie mal, wie sehen Sie denn aus? Haben Sie die vergangene Nacht auf einer Parkbank verbracht?"

„Nein", ächzte Vlassi mit betrübter Miene, „ich hab' diese scheußliche Nacht im Garten von Eber recherchiert."

Feuer sah ihn streng an: „Wird man da so müde und ausgelaugt?"

Julia griff ein: „Herr Feuer, wenn Sie wüssten, wie müde und ausgelaugt wir von einem ganz normalen Arbeitstag sind, würden Sie nicht so eine Frage stellen. Und Kollege Spyridakis hat eine besonders missliche und gefährliche Mission auf sich genommen."

„Bitte schön, ich glaube Ihnen natürlich“, erklärte Feuer mit sanfterer Stimme und wandte sich an Vlassi: „Haben Sie im Grunde gut gemacht. Auch wenn Sie überhaupt nichts herausgefunden haben.“

„Ich hätte in den Eisenhut fallen können“, teilte Vlassi stolz mit, „das wäre mein Ende gewesen.“

„Meinen Sie?“, fragte Feuer und zeigte Anflüge von Sarkasmus, „bei Ihnen hätte der doch gar nicht gewirkt. Sie sind doch vollkommen abstinent gegen Eisenhüte.“

Er wandte sich zum Gehen, doch als er an der Tür war, drehte er sich noch einmal herum und forderte: „Weitermachen! Aber etwas schneller und mit nachhaltigen Ergebnissen. Gefährliche Missionen sind zu wenig. Ich stehe bald vor der Presse und muss Erklärungen abgeben.“

Damit verließ er das Dienstzimmer von Julia Wunder und Vlassopolous Spyridakis, doch kaum war er draußen, sagte Vlassi: „Verwendet der jetzt auch das Modewort nachhaltig! Jeder Trottel spricht doch so, ich weiß gar nicht, was ich darunter verstehen soll.“

Julia grinste ihn an: „Interpretieren Sie es einfach so, dass Ihre nächtliche Untersuchung für Sie bedeutungsvoll war.“

Vlassi wollte ihr natürlich nichts vom ausufernden Umtrunk mit Lustig im *Weinhaus Michel* erzählen, nickte deshalb nachdenklich und erklärte: „Wenn ich mir's recht überlege, war meine nächtliche Untersuchung wirklich für mich ausgesprochen nachhaltig, aber absolut nachhaltig.“

*

Während Vlassi zur Einsicht gelangte, dass das nächtliche Abenteuer mit Ernst Lustig für ihn absolut nachhaltig war, und dabei vor allem an seine Gesundheit dachte, ereignete sich zur gleichen Zeit etwas ganz anderes. Eine Person, die wir bereits kennen, öffnete sorgfältig ein Tor und betrat einen Garten. Dieser Garten war nicht riesig, aber doch so groß, dass er verschiedene Obstbäume beherbergte, ein Kirsch- und zwei Apfelbäume waren zu sehen, etliche Büsche, es handelte sich offenbar um Stachelbeer- und Johannisbeerbüsche, auch ein Erdbeerbeet gab es und ein anderes, in dem wohl Spargel sich zur rechten Zeit aus dem Boden zum Licht reckte – hier fehlte nur das, was im Rheingau am liebsten angebaut wird: Weinreben.

Die Person warf einen schnellen Blick über ihre Pflanzungen, um dann in eine hintere Ecke zu gehen. Sie war robust angezogen, trug derbe Arbeitsschuhe und eine grüne gefütterte Jacke, ein Hut saß ihr auf dem Kopf, und die Hände waren durch Lederhandschuhe geschützt. Der Ort, zu dem die Gestalt strebte, leuchtete in einem hellen und dunklen Blau, es waren Blütenblätter, die sich bis zu einem Meter hoch erhoben und ausgesprochen schön anzusehen waren. Doch die Person hätte sich gehütet, sie mit bloßen Händen anzufassen. Sie wusste genau, welch unangenehmen Folgen eine solche Berührung gehabt hätte.

Als die vermummte Gestalt vor der Staude stand und sie sinnend betrachtete, ging ihr durch den Kopf, dass im Mittelalter gewisse Frauen, die man Hexen nannte, sich mit dem Sud der Pflanze einrieben. Sie starben nicht wie viele andere, stattdessen bewirkten die Alkaloide des Gewächses bei ihnen angenehme Träume und Halluzinationen. Na ja, manchmal waren die Halluzinationen vielleicht doch nicht so angenehm. Denn unsere gärtnerisch veranlagte Person hatte Berichte gelesen, dass manche Hexen nicht nur glaubten, sondern sicher waren, dass ihnen ein Fell wuchs und ihre Hände sich zu Klauen verformten. Sie erlebten ihre Verwandlung zu einem Werwolf.

Die Gestalt im Garten musste plötzlich schmunzeln. Diese Hexen des Mittelalters schienen doch über erhebliche Fähigkeiten verfügt zu haben, Fähigkeiten, die nach und nach verloren gingen. Heute ist diese Pflanze nur noch tödlich, dachte sie, jedenfalls bei unsachgemäßer Behandlung. Auf jeden Fall sind alle Zwischenstufen weggefallen. Würde sie die Hexenbegabung ihr eigen nennen, könnte sie sich selbst in einen Werwolf verwandeln. Gar kein übler Gedanke. Ein Werwolf ist ein grausliches Geschöpf, ein Werwolf kann Angst einjagen, ein Werwolf kann zerfleischen. Kommt einem gerade recht, wenn man bestimmten Menschen einen Denkzettel verpassen muss, wenn man ihnen das Leben nicht gönnt und sie unsanft aus demselben entfernen will. Und dabei unerkannt bleiben will. Die Person schaute die blauen Blütenblätter nachdenklich an.

Vor nicht allzu langer Zeit wusste dieser Mensch gar nicht, welch starke Reaktion sie auslösen konnten. Sogar die Blätter. Doch die Wurzelknollen entfalteten eine noch stärkere Wirkung, sie besaßen ein wesentlich stärkeres Gift. Unser Freizeitgärtner hatte es ausprobiert – beim Hund des Nachbarn. Schließlich brauchte man ein Versuchsobjekt, bevor man zur eigentlichen Tat schritt. Ein Versuchsobjekt, das jämmerlich zugrunde ging. Im Grunde, dachte die Person im Garten stolz, war sie inzwischen fachlich überaus versiert. Wenn man die Knollen trocknete und pulverisierte, entstand ein hervorragendes Gift, das in den alten Hexenzeiten ausgesprochen beliebt war. Da streute die missverstandene oder ungeliebte Ehefrau ihrem Gatten schon mal das Pulver aus der Knolle dieser Pflanze aufs Kopfkissen, damit der den nächsten Sonnenaufgang nicht mehr erlebte. Besonders in adeligen Kreisen war diese Methode sehr geschätzt.

Die Gestalt im Garten sah nun geradezu verliebt auf die wirklich attraktiven blauen und violetten Blütenblätter, es tat ihr direkt leid, was sie gleich tun wollte. Aber es musste sein, einige dieser schönen Dolden mussten abgeschnitten werden, denn unsere Person wollte sie verarbeiten. Schließlich benötigte sie einen gewissen Nachschub der giftigen Substanz, und als Adressat dafür flirrte der Gartengestalt schon eine bestimmte Person durch den Kopf. Sorgen machen vor Entdeckung musste sie sich nicht, sie wusste schon warum …

28 Ungläubige muss man töten

Als Julia Wunder den Senf-Palast in der Wiesbadener Taunusstraße betrat, sah sie keinen einzigen Kunden im Laden. Und auch von Rosalie Weisenbach war nichts zu sehen. Julia rief ihren Namen, und nach einiger Zeit öffnete sich die hintere Tür und Frau Weisenbach erschien. Sie wirkte erschöpft und müde, und Julia sah ihr sofort an, dass sie geradezu deprimiert war. Sie konnte sich schon denken weshalb, wollte aber nicht mit der Tür ins Haus fallen.

„Hallo, Frau Weisenbach. Ich dachte mir, ich besuche Sie mal."

„Wollen Sie mich aufmuntern?", erwiderte Rosalie träge, „oder wollen Sie mich festnehmen?"

„Das Letztere auf keinen Fall. Aber wenn's sein muss, muntere ich Sie auf."

„Warum wollen Sie mich nicht festnehmen?", widersprach Rosalie, „nehmen Sie mich unter Mordverdacht fest, ich bin die einzige Überlebende in dieser Senfmanufaktur. Da muss doch der Verdacht auf mich fallen."

Julia erklärte sachlich: „Wir ermitteln gründlich. Das kostet Zeit. Aber wir werden ans Ziel kommen, vielleicht nehme ich Sie sogar noch fest. Apropos: Warum sollte ich Sie aufmuntern?"

„Sehen Sie sich um", sagte die Senfkönigin, „dann erkennen Sie mit Ihrem Kriminalistenblick sofort, worunter ich leide."

„Sie meinen die Situation hier?"

Rosalie nickte: „Tote Hose. Heute war noch kein einziger Kunde da. Gestern auch nicht. Vor Kurzem war das noch ein florierender Laden."

Julia machte ein betrübtes Gesicht, fragte aber sofort: „Unter Ihren toten Kollegen leiden Sie nicht?"

„Natürlich leide ich darunter auch, das können Sie sich doch denken. Aber das Geschäft muss weitergehen oder soll ich den Laden ganz zumachen?"

Julia ging durch den Kopf, ob sie Frau Weisenbach zuraten sollte, aber das schien ihr keine wirklich gute Idee zu sein, denn ohne ihr Geschäft würde die Senfgöttin wahrscheinlich völlig in der Depression versinken. Und ihre jetzige Niedergeschlagenheit kam Julia nicht gespielt, sondern echt vor.

So sagte sie: „Halten Sie Ihr Geschäft nur offen. An Ihrem Senf kann es nicht liegen."

„Bestimmt nicht. Aber die Kunden sind empfindlich, die wollen nicht in einer Mord-Manufaktur einkaufen."

„Mord-Manufaktur – das ist doch stark übertrieben", erklärte Julia, „und Ihren Senf kann man nur loben."

Das war ein wenig gelogen. Julia wollte der deprimierten Rosalie ein Kompliment machen, um sie aufzumuntern, dachte aber in Wirklichkeit an den Abend im *Ristorante Venezia*, wo ihrem Freund Jürgen Stockmann elend schlecht geworden war nach Verspeisen eines Pestos, von ihr als Wahrheits-Serum deklariert, das freilich hier im Senf-Palast als Tiger-Sonf gehandelt wurde.

„Ich weiß, ich weiß“, erwiderte Rosalie, „alle Leute loben und kaufen meinen Senf. Das war einmal ...“ Sie hielt einen Moment inne, um dann zu fragen: „Wie waren Sie eigentlich zufrieden mit dem Tiger-Sonf, den Sie bei mir gekauft haben?“

„Ach, recht gut ...“

„Recht gut? Waren Sie nicht begeistert von der Wirkung?“

Julia wollte Rosalie nicht die ganze Wahrheit mitteilen, so sagte sie: „Na ja, ehrlich gesagt, bei meinem Freund hat sich gar nichts getan.“

„In aphrodisiakischer Hinsicht?“, fragte Rosalie, um gleich konkreter zu werden: „Erotisch meine ich. Da hat sich nichts getan? – Ist Ihr Freund schon uralt, geht er am Stock?“

„Kann man nicht sagen“, erwiderte Julia, „er ist jedenfalls eher ... wie soll ich sagen ... also apathisch geworden.“

„Apathisch!“, empörte sich Rosalie, „das kann nicht sein! Warum heißt denn mein Produkt Tiger-Sonf? Da hätte ich es ja gleich Schlafmützen-Senf oder Döskopf-Senf nennen können.“

„Es tut mir leid“, versuchte Julia sie zu beruhigen, „aber ich muss Ihnen doch die Wahrheit sagen.“

Rosalie Weisenbach schien diese Wahrheit so mitzunehmen, dass sie sich auf einen Stuhl plumpsen ließ und Julia nach einem Moment erzürnt anblickte. Ein Glück, dachte die Hauptkommissarin, dass ich dieser Senfnärrin nicht die wirkliche Wahrheit gesagt habe, die hätte mich angesprungen und vermutlich vor Gericht gezerrt. Julia war sich im Klaren, dass sie mit Bedacht weiterfragen musste.

„Könnte es nicht sein, Frau Weisenbach, dass der eine oder andere Käufer Ihres Tiger-Sonfs enttäuscht war?"

„Der eine oder andere?", wiederholte Rosalie.

„Vielleicht war es auch nur einer, nur ein einziger – das würde ja schon genügen."

„Um uns umzubringen?", fragte Rosalie und wirkte auf einmal etwas kleinlaut.

„Noch sind Sie ja am Leben", versicherte ihr Julia, „aber ich frage mich doch, ob die beiden Toten nicht vielleicht …"

Sie konnte nicht aussprechen, denn Rosalie fiel ihr ins Wort: „Ein Racheakt? Daran habe ich auch schon gedacht."

„Tatsächlich? Klären Sie mich mal auf."

„Na ja, Hamed ist doch Moslem und arbeitet hier mit einer Katholikin und einem Juden zusammen." Rosalie korrigierte sich: „Ich meine natürlich, er arbeitete mit uns zusammen. Ich hab' ihn sehr gemocht."

„Sie haben ihn sehr gemocht, sagen Sie. Hatte Herr Belalil nicht Freunde, Bekannte oder Verwandte, die seiner beruflichen Tätigkeit kritisch gegenüberstanden?"

„Jetzt, wo Sie fragen, finde ich es auch komisch. Es kamen nie Freunde von ihm hier in den Senf-Palast."

„Sie haben mir ja erzählt, wie Sie ihn kennengelernt haben, in Walluf in Ihrer Imbissstube. Kam er da immer allein?", wollte Julia wissen.

„Ja, immer. Ich hab' ihn nie in Begleitung gesehen." Rosalie hielt inne: „Wenn ich es jetzt so überlege, glaube ich, dass er damals ganz froh war, dass es den *Scharfen Rheingauer* gab."

„Sie meinen, dass er sich da wohlfühlte, so eine Art Heimatgefühl entwickelte?"

„Heimat weiß ich nicht", entgegnete Rosalie, „aber wohlgefühlt hat er sich im *Scharfen Rheingauer* schon."

Julia nickte: „Das dachte ich mir schon. Es ist für jemanden, der aus einem fremden Land kommt, immer wichtig, dass er sich bald wieder heimisch fühlen kann."

„Und er hat ja mit Dani gut zusammengearbeitet, auch wenn sie manchmal kleine Meinungsverschiedenheiten hatten", ergänzte Rosalie.

Ein Moslem und ein Jude arbeiten gut zusammen, dachte Julia, und das in Deutschland. Ein erfreuliches Ergebnis – wenn sie nicht beide jetzt tot wären. Laut fragte sie in Richtung Rosalie: „Also, Sie wissen von keinerlei Kontakten, die Hamed Belalil hatte?"

Frau Weisenbach senkte den Kopf, sie überlegte und plötzlich sagte sie: „Ich habe mal ein Handy-Telefonat von ihm mitbekommen, Hamed nannte den Namen seines Gesprächspartners, er nannte ihn Achmed, und soweit ich mich erinnere, fiel auch der Name Frankfurt. Ich glaube, er sollte nach Frankfurt kommen."

„Wissen Sie warum?"

„Nein, das ging mich nichts an. Und gefragt habe ich Hamed natürlich auch nicht."

„Vielleicht war es ein Freund aus der Heimat?", überlegte Julia.

„Sie haben doch bestimmt das Handy von Hamed sichergestellt, überprüfen Sie das mal, da finden Sie seine Kontakte."

„Danke, dass Sie mitdenken", erwiderte Julia freundlich, „natürlich haben wir den toten Belalil und seine Wohnung nach Handys abgesucht. Leider aber nichts gefunden."

„Schade", sagte Rosalie, „mit Handy kämen wir weiter."

Julia schmunzelte, aber nach innen. Rosalie Weisenbach sah sich offenbar als Hilfskraft der Kripo, wenigstens tat sie so. Vermutlich hatte ihr Kommissar Spyridakis diesen Gedanken eingepflanzt, um sie zur Mitarbeit anzuregen.

„Was ich Sie noch fragen wollte, Frau Weisenbach – wissen Sie, ob Herr Belalil eine Moschee besucht hat?"

„Eine gute Frage, da hätte ich auch drauf kommen können. Natürlich, eine Moschee! Da findet man Gleichgesinnte …"

„Oder auch Leute, die einem krummnehmen, dass man sich in der deutschen Gesellschaft eingelebt hat", fügte Julia an.

Rosalie nickte nachdenklich, um dann zu sagen: „Keine Ahnung, ob er in eine Moschee gegangen ist."

„War Herr Belalil eigentlich religiös?"

„Weiß ich auch nicht. Wissen Sie, er hat mich nicht gefragt, ob ich in die Kirche gehe, und ich hab' nicht gefragt, ob er in die Moschee geht."

„Verstehe", sagte Julia, die inzwischen einen Stuhl herangezogen und sich Rosalie gegenüber hingesetzt hatte.

„Ich verstehe aber nicht", begehrte Frau Weisenbach auf, „was haben denn Moschee und Kirche mit unserem Fall zu tun?"

„Na ja", setzte Julia zu einer Erklärung an, „wir ermitteln in alle Richtungen, und da ist es denkbar, dass es sich hier gewissermaßen um Religionsmorde handelt."

„Natürlich, natürlich", beeilte sich Rosalie Weisenbach zuzustimmen, die schnell ihre Gedankenlücke erkannt hatte, jedoch einen skurrilen Schluss zog: „Sie meinen also, dass Dani von den Moslems umgebracht wurde und Hamed von den Juden."

„Nein, das meine ich nicht", korrigierte sie Julia, „wir haben es hier mit zwei sehr unterschiedlichen Morden zu tun …"

„Weiß ich doch", fiel ihr Rosalie ins Wort, „aber der Täter ist raffiniert, der verwendet unterschiedliche Methoden, um uns hinters Licht zu führen."

„Möglich ist das, aber nicht sehr wahrscheinlich."

„Warum nicht?", widersprach die Senfkönigin, „für mich ist das sehr wahrscheinlich."

Die Mitarbeit von Rosalie Weisenbach wurde Julia jetzt etwas lästig, sie verspürte auch keine große Lust, der Senfgöttin die Psychologie bezüglich der unterschiedlichen Morde klarzumachen. So stellte sie fest: „Wie dem auch sei, über religiöse Fragen haben Sie jedenfalls weder mit Dani Birnbaum noch mit Hamed Belalil gesprochen?"

„War gar kein Thema zwischen uns", bestätigte Rosalie, „unser Thema war der Senf."

Julia lehnte sich im Stuhl zurück und dachte bei ihren Worten: Vielleicht ist gerade das der Grund, weshalb die beiden nicht mehr unter den Lebenden weilen. Die Senfkönige haben sich mit etwas sehr Weltlichem beschäftigt und alles andere ausgespart. Dieses andere aber könnte man das Fundamentale nennen, das Geistige, vielleicht das Religiöse – und irgendjemand hat ihnen die Verweigerung, sich damit auseinanderzusetzen, todübel genommen. Warum eigentlich?, fragte sich Julia, kann man nicht ohne jenes geistige Fundament leben? Möglich ist das schon, aber verfehlt man da nicht etwas sehr Wichtiges? Im nächsten Moment erschrak sie über sich selbst und dachte: Bin ich etwa schon dabei, die Morde zu rechtfertigen?

Laut sagte sie zu Rosalie: „Ihr Thema war der Senf, verstehe ich. Aber vielleicht hat Herr Belalil mit Leuten, die Sie nicht kennen, über andere Themen gesprochen."

„Schon möglich – Sie meinen über seine Herkunft und seinen Glauben?"

„Daran dachte ich", erwiderte Julia, „vielleicht haben die ihm deutlich gemacht, dass es falsch ist, mit einem Juden zusammenzuarbeiten."

„Was soll daran falsch sein?"

„Für Sie nicht, für mich auch nicht – ich versuche, die Dinge mit den Augen eines Moslems zu sehen, eines fanatischen."

Rosalie nickte nachdenklich: „Eigentlich ist mir das auch schon durch den Kopf gegangen. Blöd nur, dass ich Hameds Kontakte nicht kenne. Ich frage mich jetzt, warum er nie von Freunden oder Bekannten gesprochen hat." Die Senfgöttin machte eine Pause, um dann mit trostloser Stimme zu sagen: „Ich fühle mich mitschuldig an seinem Tod."

Julia sah sie erstaunt an.

„Ich habe ihn nie nach seinen Verhältnissen gefragt", erklärte Rosalie tonlos, „nach seiner Familie. Wie er mit ihr Kontakt hält. Ob ihm das Leben hier gefällt oder er sich zurückwünscht."

Julia war gerührt von ihrer Rede, das klang alles ziemlich echt, diese Rosalie Weisenbach besaß eine robuste äußere Hülle, die sie gern zur Schau stellte, doch darunter verbarg sich ein weicher und mitfühlender Kern. Sie sagte eine Weile nichts, dann aber teilte sie Rosalie mit: „Sie müssen sich nicht mitschuldig fühlen. Was Sie sagen, gilt für uns alle. Wir kümmern uns zu wenig. Wir denken nur ans Geschäft und an die Arbeit, doch der Mensch braucht mehr als Arbeit."

Die Senfkönigin schaute dankbar zu ihr auf, man sah ihr an, dass Julia ihr aus dem Herzen gesprochen hatte.

„Ich würde Ihnen so gern behilflich sein", sagte sie nach einer Weile, „mir sind sowohl Hamed wie auch Dani ans Herz gewachsen; dass sie beide gewaltsam ums Leben gekommen sind, lässt mich verzweifeln."

Julia nickte, auch diese Worte Rosalies kamen ihr echt und tief empfunden vor.

„Wir hatten ein gemeinsames Projekt", fuhr Rosalie fort, „wir waren auf Erfolgskurs, und jetzt sitz ich allein da in einem leeren Senfgeschäft."

Julia schaute sie verständnisvoll an: „Sie werden wieder auf die Beine kommen, Frau Weisenbach, Ihr Senf ist so originell und erfindungsreich, dass ich daran keinen Zweifel habe."

*

Während Julia im Senf-Palast Rosalie Weisenbach auf den Zahn fühlte und dabei fast selbst Zahnschmerzen bekam, fuhr Kommissar Spyridakis auf der Mainzer Rheinstraße in Richtung Dom. Er wollte sich, so hatte er es mit seiner Chefin abgesprochen, den Domdekan Weisenbach noch einmal vorknöpfen. Schließlich war er, wie Ernst Lustig herausgefunden hatte, ein Chorbruder ihres Hauptverdächtigen Eber. Zu seiner Überraschung fand Vlassi hinter dem Dom einen Parkplatz und ging zu Fuß in Richtung Grebenstraße. An der Nummer acht klingelte er am Schildchen neben dem Namen Weisenbach.

Sofort hörte er die wacklige Stimme des Domdekans, die diesmal sogar noch blechern klang: „Sind Sie's, Herr Kommissar?"

Vlassi hatte zuvor bei ihm angerufen und sich angekündigt, er antwortete in die Gegensprechanlage: „Ja, ich bin's, Spyridakis."

An der Haustür summte es, und Vlassi nahm die wenigen Treppen ins Erdgeschoss, wo die Wohnungstür gerade geöffnet wurde und der kleine, dickbäuchige Alfred Weisenbach erschien.

„Was haben Sie denn heute für eine Stimme?", fragte Vlassi ohne jede Zurückhaltung, „sie klingt so blechern."

„Im Alter werden wir alle blechern", erklärte der Domdekan majestätisch und ganz unblechern, „mit der Stimme fängt's an. Kommen Sie herein."

Domdekan Weisenbach führte Kommissar Spyridakis in das bekannte Arbeitszimmer und bot ihm einen der kleinen Sessel vor dem runden niedrigen Tisch an. Er selbst ließ sich in dem anderen Sesselchen nieder. Offenbar wollte er das Gespräch heute gemütlicher angehen.

„Wo haben Sie denn Ihren Kollegen gelassen?", fragte Weisenbach.

„Er muss sich um eine andere Leiche kümmern. Und außerdem will er Ihnen seine Seele partout nicht verkaufen, um keinen Preis."

Der Domdekan lachte bollerig: „Na, da hab' ich ja beim letzten Mal was Gutes bewirkt, ich Seeleneinkäufer."

Vlassi erwiderte: „Sie haben einem guten Katholiken Angst eingejagt."

„Ach was, dieser … wie hieß er noch mal?"

„Lustig", ergänzte Vlassi.

„Dieser Lustig ist doch Mainzer, der versteht mich, der hat keine Angst, der sorgt sich höchstens."

„Weshalb und wovor?", fragte Vlassi mit dienstlicher Stimme.

„Dass er sich nicht genug um sein Seelenheil kümmert – das hab' ich ihm klargemacht mit meinem Angebot, seine Seele zu kaufen."

„Das Angebot hatten Sie mir doch gemacht."

„Ja, bei Ihnen hab' ich gleich gemerkt, dass Hopfen und Malz verloren ist. Sie wollten doch sofort wissen, was ich zahle."

„Gilt Ihr Angebot noch?"

„Sehen Sie, da kommt schon wieder Ihr pekuniäres Interesse zum Vorschein. Haben Sie sonst keine Sorgen?"

„Doch!“, teilte Vlassi mit fester Stimme mit, „die Morde in der Senfmanufaktur Ihrer Tochter.“

„Ich weiß schon, Sie haben zwei Morde am Hals. Wir haben telefoniert, Rosalie und ich, auch den anderen in ihrem Geschäft, Belalil heißt er, hat's erwischt.“

„Ganz genau“, bestätigte Vlassi.

Domdekan Weisenbach beugte sich aus seinem Sessel vor: „Erwarten Sie jetzt von mir, dass ich betrübt dreinschaue und die Glocken läute?“

Dieser Weisenbach ist ein zäher Hund, dachte Vlassi, dem muss ich anders beikommen, bloß wie? Er legte den Kopf in den Nacken und sprach langsam: „Herr Weisenbach, wir wissen, dass Sie den Senffabrikanten Doktor Eber kennen. Wir wissen auch, dass Sie dem Senfgeschäft Ihrer Tochter abhold waren …“

Vlassi kam nicht weiter, denn Alfred Weisenbach fiel ihm ins Wort: „Darf ich einflechten, dass ich von Ihnen begeistert bin? Sie verwendeten gerade das Wörtchen abhold – selten heutzutage, das spricht für Ihr Sprachgefühl …“

Jetzt unterbrach ihn Vlassi: „Ich bin griechischer Herkunft, so erklärt sich das.“

„Sehr schön, ich hatte schon immer was für das Griechische übrig. Was Ihre Aussage angeht, haben Sie allerdings einen Fehler gemacht.“

„Ich mache Aussagen? Die sollen Sie machen!“

Weisenbach blieb unbeirrt: „Sie sagten, dass ich dem Senfgeschäft meiner Tochter abhold war. Falsch! Ich bin es immer noch. Präsens, nicht Imperfekt.“

Ich habe es mit einem ganz Genauen zu tun, überlegte Vlassi genervt, teilte aber lässig mit: „Ich bin ebenfalls für's Präsens, auch wenn's in der Vergangenheit liegt. Worauf ich hinauswill, ist, dass Doktor Eber und Sie sich kennen, bitte beachten Sie das Präsens in meiner Rede, und sowohl der Senfhersteller Eber als auch Sie ein Motiv hatten, bitte beachten Sie jetzt die Vergangenheitsform."

„Sie reden korrekt", schmunzelte Alfred Weisenbach, „tatsächlich könnte man auf den Gedanken kommen, dass wir beide ein Motiv haben."

„Haben oder hatten?", fragte Vlassi.

„Hier ist beides zulässig", erklärte der Domdekan, „da der Fall ja noch nicht abgeschlossen ist, er reicht gewissermaßen in die Gegenwart hinein."

„Was sagen Sie denn zu meinem Vorwurf?", fragte Vlassi ganz direkt, er war der Sprachspielereien überdrüssig.

„Ich muss Ihnen beipflichten, Ihr Gedanke, in Herrn Doktor Eber und mir die Täter zu vermuten, ist nicht abwegig."

Vlassi richtete sich im Sessel auf: „Sie gestehen also?"

Der Domdekan lehnte sich zurück: „So weit würde ich nicht gehen. Nutzen Ihnen denn Geständnisse, die auf tönernen Füßen stehen?"

„Wir sind mit jedem Geständnis zufrieden, auch wenn es tönern daherkommt", antwortete Vlassi unverzüglich.

„Ach", stöhnte jetzt der Domdekan auf, „ich habe Sie wohl doch überschätzt, Ihre sprachlichen Fähigkeiten haben mir für einen Moment die Sinne benebelt."

Prompt erwiderte Vlassi: „Meine sprachlichen Fähigkeiten vernebeln nicht, sondern hellen auf!"

„Aber an Ihrer Denkfähigkeit hapert's. Sie müssen so denken, als ob Sie ein enormes Gehalt bekämen."

Vlassi sah ihn betrübt an. So verkehrt war das nicht, was der Domdekan da sagte, sein Gehalt könnte ruhig etwas üppiger ausfallen.

Doch schon fuhr Weisenbach fort: „Denken Sie doch mal etwas weiter. Wenn ich richtig sehe, haben wir es einerseits mit einem raffinierten Senfmord zu tun, andererseits mit einem primitiven Dolchmord – so ist es doch?"

Vlassi nickte bedächtig, er hing noch dem Gedanken nach, dass ein höheres Gehalt auch seine Denkfähigkeit verbessern würde.

„Den Senfmord", sprach Weisenbach weiter, „können Sie Eber und auch mir zutrauen, aber doch niemals die Gewalttat mit einem Dolch. So etwas könnte ich nie tun, schon beim Küchenmesser scheitere ich und schneide mir selbst in die Finger."

„Ich könnt's auch nicht", flocht Vlassi ein, „Messer liegen mir nicht."

„Da sind wir schon mal einer Meinung. Jetzt aber weiter. Der zweite Tote in Rosalies Senf-Palast, Herr Belalil, war doch Moslem …"

„Stimmt", sagte Vlassi, und ihm ging durch den Kopf, dass an solchen Geistlichen wie diesem Weisenbach Kriminalrat Feuer sein Vergnügen hätte – vor allem über sein Gehalt sollte der Domdekan mal mit Feuer reden.

„Er war Moslem", fuhr Weisenbach fort, „und Sie lesen doch bestimmt Zeitungen und hören Nachrichten?"

„Ja, schon …"

„Dann wissen Sie doch, was derzeit in deutschen Landen passiert. In Burgwedel bei Hannover haben gerade zwei syrische Flüchtlinge eine junge Frau niedergestochen, das Motiv ist unklar. An Grundschulen im ganzen Land werden Kinder, die nicht moslemisch sind, gemobbt, es gibt sogar Morddrohungen gegen Grundschulkinder …“

„Stimmt das?“, fragte Vlassi.

„Glauben Sie, ich erfinde so was, um Sie zu erschrecken? In Berlin hat kürzlich ein Vierzehnjähriger einer gleichaltrigen Klassenkameradin gedroht, sie zu erstechen, weil sie Christin ist. An einer anderen Schule hier in unserer Stadt behauptete ein moslemischer Junge, dass jeder verbrannt würde, der nicht an Allah glaube.“

„Ja, ja“, murmelte Vlassi, dem die entsprechenden Berichte darüber entgangen waren.

„Ich merke schon, Sie lesen nicht“, sagte Weisenbach stirnrunzelnd, „da entgeht Ihnen viel. Wissen Sie eigentlich, dass Wissenschaftler herausgefunden haben, dass Lesen nicht nur klüger, sondern auch gesünder macht?“

Vlassi horchte auf. Letzteres interessierte ihn brennend.

„Wirklich?“, fragte er, „gesünder?“

„Ja, wirklich! Es macht gesünder, körperlich und geistig. Das können Sie schon an mir studieren, ich bin Vielleser. Natürlich darf man nicht fünf Zeilen im Internet lesen. Es geht um Bücher. Man muss übrigens Bücher und andere Schriften nicht verbrennen, um eine Kultur zu zerstören. Die Kultur geht zugrunde, wenn nicht mehr gelesen wird.“

„Da haben Sie wohl recht“, stimmte Vlassi zaghaft zu.

„Natürlich habe ich recht. Aber zurück zu unserem Thema. An vielen Grundschulen werden Juden beschimpft, weil sie Juden sind. Dasselbe wird uns Christen demnächst auch passieren. Ein jüdisches Mädchen in Berlin erhielt als Geburtstagsgeschenk von ihren moslemischen Mitschülern einen Zettel, auf dem geschrieben stand: *Du dreckige Jüdin! Magst du Zyklon B?*"

„Nein!", sagte Vlassi bestürzt.

„Doch, das ist passiert. Und zwar dort, wo Migranten aus arabischen Ländern die Mehrheit in der Klasse haben."

Vlassi wusste nichts zu erwidern, deshalb fuhr Domdekan Weisenbach in strengem Ton fort: „Fangen Sie an, sich zu informieren, Herr Spyridakis, lesen Sie, dann wissen Sie besser über die Welt Bescheid!"

„Und gesünder wird man auch", fügte Kommissar Spyridakis an.

Weisenbach ging auf seine Bemerkung nicht ein, sagte stattdessen: „Sie wüssten dann zum Beispiel, dass ein 17-jähriges Mädchen aus Libyen von ihrem doppelt so alten Ehemann brutal niedergestochen wurde. Warum? Es handelte sich um verletztes muslimisches Ehrgefühl. Die Scharia existiert mitten in Deutschland. Und wissen Sie, was der Vater des Mädchens zu dem Fall sagte?"

Vlassi schüttelte den Kopf.

„Er sagte, das sei recht so. Der Ehemann habe das Recht, seine Frau niederzustechen, wenn sie ihm nicht zu Willen ist."

„Ist ja grauenhaft", murmelte Vlassi.

„Finde ich auch. Der Vater liebt die Scharia mehr als sein Kind. So was ist unfassbar, aber Realität." Der Domdekan machte eine kleine Pause, um dann zu fragen: „Brauchen Sie ein Glas Wasser oder einen Kaffee?"

„Einen Kaffee könnte ich jetzt vertragen", sagte Vlassi.

Alfred Weisenbach erhob sich und schritt in die Küche. Vlassopolous Spyridakis ging durch den Kopf, warum er von all diesen üblen Dingen, die Weisenbach ihm mitgeteilt hatte, nichts wusste. Haperte es etwa bei ihm mit dem Lesen? Na ja, er las jedenfalls zu wenig. Und gesunden konnte man auch durch Lesen, wie er gerade erfahren hatte. Vielleicht wäre bei mehr Lektüre sein zwangserotischer Anfall bei Carola nicht passiert, wer weiß, in welch pathologisches Gebrechen er da hineingetaumelt war, ein Leiden vielleicht, das in Siechtum und Morbidität endete. Vlassi ermahnte sich innerlich und streng, mehr zu lesen. Am besten Bücher – da baute er vor, da schaffte er eine Grundlage für seine Gesundung.

Alfred Weisenbach kam mit einem kleinen Tablett zurück, auf dem sich zwei Tassen Kaffee befanden. Er stellte das Tablett auf dem runden Tischchen ab und machte eine auffordernde Geste zu Vlassi.

„Trinken Sie! Kaffee in Maßen ist gesundheitsfördernd, drei bis vier Tassen pro Tag beugen der Demenz vor. Wenn Sie mehr lesen würden, wüssten Sie das."

Kommissar Spyridakis nahm sofort einen Schluck vom Heißgetränk.

„Wahrscheinlich haben Sie auch nichts von dem Fall in Hamburg gehört", sagte Weisenbach.

Vlassi wollte nicht ganz unwissend dastehen, so sagte er: „Ja, Hamburg, da war auch …"

„Schweigen Sie!“, befahl der Domdekan, „Sie stochern im Nebel. Ein Glück, dass Sie zu mir gekommen sind. In Hamburg hat ein 27-jähriger Palästinenser in einem Supermarkt auf Leute eingestochen, die dort einkauften. Ein 50-Jähriger verblutete, sechs weitere Menschen wurden lebensgefährlich verletzt …“

„Ja, ja“, äußerte Vlassi, der das Schweigegebot des Geistlichen nicht akzeptieren mochte und seine Kenntnisse zeigen wollte, „davon habe ich gehört und gelesen.“

„Wissen Sie auch, was das Motiv des Palästinensers war?“

„Nicht genau“, gestand Vlassi.

„Er hielt die Leute, auf die er einstach, für Ungläubige. Er müsse viele Ungläubige töten. Noch auf der Straße vor dem Supermarkt hat er gerufen Allahu Akbar. Sie wissen, was das heißt?“

Endlich konnte Vlassi zeigen, dass er up to date war: „Natürlich, *Gott ist groß* heißt das.“

Alfred Weisenbach nickte zustimmend und nahm einen Schluck vom Kaffee. Auch Vlassi trank. Nachdem er seine Tasse abgesetzt hatte, fragte Weisenbach unvermittelt: „Was halten Sie von dem Satz *Der Islam gehört zu Deutschland?*“

„Ich bin … also … nicht ganz …“

„Sie haben keine Meinung“, stellte Weisenbach trocken fest, „das ist ganz schlecht. Dazu muss man eine Meinung haben. Ich sage Ihnen, was ich davon halte.“

Dieser Domdekan, dachte Vlassi, ist ja ein ausgesprochen politischer Mensch, wer hätte das gedacht, das ist man ja von Geistlichen kaum gewöhnt. Wenn die zu diesem Thema was sagen, kommt ja meist nur ein barmherziges Schwadronieren dabei raus.

„Warum ist die Behauptung, der Islam gehöre zu Deutschland, so problematisch?", fuhr Weisenbach fort. „Sie ist es deshalb, weil die Scharia zum Islam gehört, und die Scharia vertritt eine eigene Rechtsprechung, die nicht zu einem demokratischen Staat passt."

„Ja, aber die Muslime …", äußerte Vlassi in fragendem Ton.

„Die Muslime gehören natürlich zu Deutschland, sofern sie sich in unsere Gedankenwelt integrieren."

Alfred Weisenbach griff zu seiner Kaffeetasse und trank einen Schluck. Nachdem er sie abgesetzt hatte, sagte er: „Herr Spyridakis, Sie wissen doch bestimmt, dass Millionen Muslime in die europäische, in die christliche Welt streben – nicht umgekehrt. Warum wohl? Würde es Sie reizen, in Saudi-Arabien oder im Iran zu leben?"

„Warum nicht", antwortete Vlassi, „ich hab' gehört, man kann da mit einem Ferrari durch die Wüste rasen."

Weisenbach lächelte: „Lassen Sie ab von solch infantilen Vorstellungen. Die Wahrheit ist, dass Sie niemals in ein solches Land ziehen würden. Ganz einfach deshalb, weil Sie dort nicht frei und sicher leben können, hier aber schon. Und das liegt daran, dass es bei uns Religionsfreiheit gibt – anders als in der muslimischen Welt. Dort sind Christen und Juden allenfalls geduldet, Antisemitismus ist in den Heimatländern der Flüchtlinge Bestandteil von Erziehung und Bildung, der Hass gegen Juden und Israel wird von den Imamen gepredigt, in diesen Ländern schlachten sich sogar Sunniten und Schiiten gegenseitig ab."

Vlassi nahm einen weiteren Schluck von seinem Kaffee, der inzwischen nur noch lauwarm war, dann sagte er: „Sie sind ja ein regelrecht politischer Kopf, Herr Weisenbach."

„Ach ja, ich bin ein Kirchendiener, und die Kirche musste viel lernen, sie war einst auch unduldsam, wie es der Islam heute noch ist. Aber auch der Islam steht vor einem großen Lernprozess. Wenn er sich nicht fortentwickelt, werden die Gebiete, wo er tonangebend ist, immer rückständig bleiben und die Menschen werden zu uns streben – häufig genug mit ihren altertümlichen Vorstellungen im Kopf."

Vlassi sah ihn nachdenklich an: „Wenn ich Sie richtig verstehe, kommen Sie nicht für den Mord an Hamed Belalil infrage?"

„Auf keinen Fall", stimmte der Domdekan zu, „ich hab' Ihnen ja erklärt, weshalb. Außerdem ist dieser Belalil ein Mensch gewesen, der viele Anstrengungen auf sich genommen hat, um sich zu integrieren, das war kein fanatischer Moslem, sondern einer, der sich entwickeln wollte."

„Da haben Sie wohl recht", sagte Vlassi, „er hat sich ja mit Ihrer Tochter und Dani Birnbaum gut verstanden."

Domdekan Weisenbach nickte: „Bei Belalil können Sie mich als Täter streichen." Er machte eine kleine Pause, um dann fortzufahren: „Allerdings käme ich für den Mord an Birnbaum schon infrage. Er ist schließlich vergiftet worden ..."

„Woher wissen Sie das?", fragte Vlassi schnell.

Mit überlegener Miene antwortete Weisenbach: „Ich bin informiert und Leser, wie Sie gemerkt haben." Er senkte die Stimme: „Und außerdem liegt mir Gift."

Vlassi sah ihn erstaunt an, und Weisenbach vermehrte sein Erstaunen, indem er nachschob: „Wäre ich an Ihrer Stelle wüsste ich, was zu tun ist.“

29 Wie ist das Honorar für einen Mord?

Als Vlassi in seinem kleinen Corsa saß, sich schon in den Verkehrsstrom der Rheinstraße eingefädelt hatte und gerade auf die Kurt-Schumacher-Brücke fahren wollte, um in Richtung Wiesbaden davonzustieben, überlegte er es sich anders. Ihm war der rätselhafte letzte Satz des Domdekans durch den Kopf gegangen, *Wäre ich an Ihrer Stelle, wüsste ich, was zu tun ist*, den Weisenbach partout nicht hatte erklären wollen.

Ja, genau, das war es! Jetzt fiel es Kommissar Spyridakis wie Schuppen von den Augen. Dieser Leser und gut informierte Zeitgenosse Alfred Weisenbach hatte ihm einen Tipp gegeben – einen verschleierten Hinweis, mehr nicht, da er niemanden verraten wollte. Aber Vlassopolous Spyridakis hatte mit seinem genialen Verstand gerade erspürt, worum es ging, wen und was Weisenbach meinte. Vlassi fuhr die Rheinstraße weiter entlang, er fuhr an Tankstellen, Einkaufszentren und Baumärkten vorbei bis zum Kreisel. Und dort nahm er die Ausfahrt zum Vorort Gonsenheim.

Sein Ziel war die Händelstraße, aber nicht zur Nummer 17 wollte er, sondern zur 15. Zerknirscht dachte er daran, dass seine Chefin recht hatte, er und Lustig waren ins falsche Grundstück eingestiegen, Lustig und er hatten sich nicht penibel die Privatadresse von Dr. Eber aufgeschrieben – so entstehen fatale Irrtümer. Wer weiß, in welchem Garten sie bei Regen und Nacht herumgestrolcht waren. Wer weiß, welch gefährlichem Hundebiss er entgangen war. Vlassi stöhnte laut auf. Wenigstens konnte er sicher sein, dass er nicht in den Blauen Eisenhut gefallen war. Insgeheim fürchtete er jedoch, dass eine Vergiftung noch mit Verspätung über ihn herfallen könnte.

Und dieser Weisenbach – ihn hatte wohl die Reue übermannt. Einerseits wollte er seinen Chorbruder Eber nicht verraten, andererseits ließ ihn sein Gewissen nicht ruhen. Er war ja Geistlicher, und schließlich ging es um einen ziemlich ekelhaften Mord. Mit einer Giftpflanze namens Blauer Eisenhut. Vlassi warf einen Blick auf seine Armbanduhr, um diese Zeit konnte der Chef der Senffabrik daheim sein … und sich um seinen Garten kümmern … vielleicht gerade mit dicken Handschuhen angetan ein paar Dolden einer gewissen Pflanze abschneiden. Schließlich gab es noch eine Senfkönigin, die ihm im Wege stand. Doch da würde ihm Kommissar Spyridakis in die Quere kommen, noch einmal würde er nicht den Garten verwechseln.

Vlassi steuerte seinen Corsa in die Händelstraße in Mainz-Gonsenheim und fand direkt vor dem Haus Nummer 15 einen freien Platz. Er stieg aus, ging zum Tor und klingelte. Neben dem Grundstückstor strebten dichte und sauber geschnittene Büsche etwa zwei Meter nach oben. Hier war kein Durchkommen möglich, ja man konnte nicht einmal einen Blick nach drinnen werfen. Na, dieser Eber wusste sicher warum. Dieser Garten war mit Sicherheit für jeden Außenstehenden tabu, gewissermaßen eine

Hochsicherheitszone. In der Gegensprechanlage meldete sich eine Stimme.

„Hallo, wer ist da?"

Vlassi bemühte sich, ganz unverdächtig zu klingen: „Herr Doktor Eber, ich bin es, Kommissar Spyridakis."

„Was wollen Sie denn schon wieder?"

„Vor allem mich bedanken."

„Bedanken? Weshalb?"

„Na, für die gesunde Senfverkostung, die Sie uns geboten haben. Ich habe noch jetzt den Geschmack auf der Zunge."

„Ja gut, Sie haben sich bedankt. Auf Wiedersehen."

„Herr Doktor Eber, ich habe noch eine kleine Frage. Darf ich hereinkommen?"

Die Antwort ließ einen Moment auf sich warten, schließlich antwortete Dr. Eber mit einer Gegenfrage: „Haben Sie wieder Ihren dicken Kollegen dabei?"

„Nein, nein", beruhigte ihn Vlassi und überlegte im selben Moment, dass er Lustig doch besser hätte mitnehmen sollen. Eber konnte ihm eine Falle stellen. Ihn in den Garten führen und in den Blauen Eisenhut stürzen. Ihn anschließend bewusstlos schlagen und fesseln und eine alte Unterhose in den Mund stopfen. Beim Aufwachen würde Eber hämisch grinsen und ihm mitteilen, dass alles nach zwei Stunden vorbei wäre, inklusive furchtbarer Schmerzen, die er ihm leider nicht ersparen könne.

Nach dieser schnellen und profunden Überlegung korrigierte sich Vlassi am Grundstückstor und sprach in die Gegensprechanlage: „Der Kollege Lustig ist zwar bei mir, aber er bleibt im Auto sitzen. Wir wollen Sie nicht wieder zu zweit behelligen."

Ein zustimmendes Grunzen war die Antwort, dann summte es am Tor, und Vlassi trat ein. Der kleine und glatzköpfige Dr. Eber öffnete gerade die Haustür in einigen Metern Entfernung, und als Vlassi bei ihm ankam, fragte der Senfmogul mit gerunzelter Stirn: „Was für eine kleine Frage haben Sie denn noch?"

„Herr Doktor Eber, Sie teilten uns doch mit, dass Sie Herrn Weisenbach kennen, aber lange nicht gesehen haben?"

„Ja und?"

„Sie haben uns eine falsche Information gegeben", sagte Vlassi förmlich, „ich könnte auch sagen, Sie haben uns angelogen – Sie beide haben sich vor Kurzem gesehen. Es gibt einen Zeugen dafür."

„Na und wenn schon. Das habe ich eben vergessen."

Kommissar Spyridakis setzte seinen strengen Dienstblick auf: „Vergessen? So etwas vergisst man nicht." Und er schob nach: „Ein Mann wie Domdekan Weisenbach ist unvergesslich."

Jetzt lachte Eber auf, aber nur kurz, um dann zu erwidern: „Schöner Satz, den muss ich Alfred mal mitteilen, da wird er sich freuen."

Vlassi entgegnete ernst: „Haben Sie sich eigentlich meinen Namen gemerkt?"

„Natürlich, Spyridozulos."

„Ganz falsch, ich heiße Spyridakis, habe ich doch gerade am Tor gesagt."

Insgeheim dachte jedoch Vlassi, der Mann kann sich ja wirklich nichts merken, nicht einmal meinen einfachen Namen, vielleicht hat er tatsächlich vergessen, dass er sich mit Weisenbach im *Weinhaus Michel* getroffen hat. Vielleicht trinkt er zu wenig Kaffee und baut seiner Demenz nicht vor. Vielleicht hat er auch vergessen, dass er in seinem Garten den Blauen Eisenhut angepflanzt hat, das käme meiner Nachforschung entgegen.

Doch jetzt erklärte Eber mit sanfter Miene: „Ich habe nur einen Scherz gemacht, Herr Spyridakis, wollte mal sehen, wie Sie reagieren."

„Sie machen Scherze vor der Tür, machen Sie auch Scherze im Haus?", fragte Vlassi, der endlich eingelassen werden wollte.

„Also bitte, kommen Sie schon rein", erwiderte Eber, „aber machen Sie's kurz."

Vlassi betrat einen großen und nahezu quadratischen Flur, von dem verschiedene Zimmer abgingen und eine geschwungene Treppe nach oben führte. Der Senfmogul ging voraus und führte ihn in ein Wohnzimmer, das voller dunkler Möbel stand. Er bot dem Wiesbadener Kommissar einen Stuhl an einem großen Tisch an, doch als der sich setzen wollte, rief Eber: „Vorsicht!"

Vlassi blieb wie erstarrt stehen, er befürchtete, dass er sich beinahe in eine nur zu gut bekannte Giftpflanze gesetzt hätte. Doch Eber erklärte: „Vorsicht, der Hut."

Tatsächlich lag auf dem Stuhl ein brauner Borsalino, ein breitkrempiger Hut, bei dem man tief in den Geldbeutel greifen musste, wollte man mit ihm herumspazieren.

„Warum legen Sie denn das gute Stück hierher?", fragte Vlassi unwillig.

Der Senfhersteller zuckte lediglich mit der Achsel, setzte sich und wies auf einen anderen Stuhl. Nach einem scharfen Blick darauf nahm Vlassi ebenfalls Platz.

„Haben Sie denn schon etwas mehr herausgefunden, Herr Spyridakis?“

„Ja, das haben wir“, antwortete Vlassi.

„Wollen Sie's mir erzählen oder ist's geheim?“

„Sie haben doch gesagt, dass in der Mordwaffe, im gesunden Senf, was drin gewesen sein muss …“, tastete sich Vlassi heran.

„Hab' ich das? Na, da bin ich ja Ihr Mitarbeiter geworden. Da müsste doch ein Honorar fällig werden.“

Vlassopolous Spyridakis verzog seine Gesichtszüge zu einem Grinsen. Geschäftstüchtig war dieser Eber, vielleicht sogar witzig, das musste man ihm lassen, jetzt wollte er für seine Morde noch Honorar kassieren. Unglaublich.

„Mit Honorar geht man bei der Polizei sehr sparsam um“, teilte Vlassi mit, „ich kann davon ein Lied singen.“

Und er dachte für sich: Statt eines Honorars kann ich dir aber eine Gefängniszelle verschaffen, da kann man in aller Ruhe über Honorare nachdenken.

„Schön, schön“, sagte Dr. Eber, „rücken Sie doch endlich mal mit Ihrer kleinen Frage heraus.“

Unverzüglich erwiderte Vlassi: „Im Senf war was drin. Genauer gesagt, ein Gift. Ein tödliches Gift. Mehr kann ich zum gegenwärtigen Zeitpunkt nicht sagen. Aber ich muss Sie bitten, mich in Ihren Garten zu führen.“

„In den Garten wollen Sie? Vermuten Sie das Gift in meinem Garten?“

Vlassi zuckte mit der Schulter und machte eine unschuldige Miene, die jedoch den Senfhersteller nicht zufriedenstellte. Mit gekränkter Stimme sagte er: „Glauben Sie, dass ich eine Gifthalde angelegt habe? Erhoffen Sie sich vom Gartenbesuch irgendetwas?"

„Wollen mal sehen", sprach Vlassi und erhob sich.

„Jetzt gleich?", fragte Eber.

„Na ja, ich bin grad hier, da können wir das doch erledigen."

Dr. Eber stand unwillig auf: „Folgen Sie mir."

Die beiden Männer gingen zurück in den weitläufigen Flur und zu einer hinteren Tür, Eber kramte in seinen Taschen nach einem Schlüssel, es dauerte eine Weile, und Vlassi sah sich in seinem Verdacht bestätigt. In diesen Garten sollte nicht jeder einfach so hineingehen können. Den Schlüssel für diesen Giftgarten besaß offenbar nur Eber selbst. Schließlich zog der Senfhersteller einen Sicherheitsschlüssel hervor, steckte ihn ins Schloss und öffnete die Tür. An der Quelle des Verbrechens angelangt, dachte Vlassi, hier bin ich endlich im richtigen Garten.

Eber sah ihn an und fragte: „Soll ich vorgehen, Herr Kriminalrat?"

Vlassi erkannte sofort die Ironie in diesen Worten. Kriminalrat – was bildete sich dieser Eber ein?

„Wir wollen doch hoffen, dass Ihnen das Scherzen bald vergeht", erwiderte er eisig.

Vlassi ging ein paar Treppenstufen hinunter in den Garten und zog das Internetfoto vom Blauen Eisenhut aus seiner Jackentasche hervor.

„Was haben Sie denn da?", fragte Eber von hinten.

„Etwas, das Sie nichts angeht“, antwortete Vlassi, warf einen Blick auf die blauen Dolden des Eisenhuts auf dem Foto und ging in das Gartengrundstück hinein.

Es war so weitläufig wie das vom Nachbarn, in das Lustig und er bei Nacht und Regen eingestiegen waren, wirkte aber ungepflegter. Einige abgehärmte Bäumchen und Büsche standen herum, und auch Beete waren zu sehen, aber die trugen keine Pflanzen mit blauen doldenartigen Blumen.

Von hinten ertönte die Stimme Dr. Ebers: „Was suchen Sie denn? Vielleicht kann ich Ihnen weiterhelfen. Ich bin Hobbygärtner.“

Das weiß ich, dachte Vlassi, und am liebsten züchtest du Giftpflanzen. Und zwar solche, von denen normale Menschen keine Ahnung haben, dass es sie überhaupt gibt. Ich muss aufpassen, dass ich nicht wieder über einen Gartenzwerg stolpere und mitten hinein in den versteckt angepflanzten Eisenhut falle. Da würde ich ja Eber die Arbeit abnehmen, der könnte mich auf eine Straße legen, und später würde es heißen: Kommissar Spyridakis ist plötzlich umgefallen, in jungen Jahren gewissermaßen aus dem Leben gekippt.

„Haben Sie schon was Verdächtiges entdeckt?“, fragte Dr. Eber mit spöttischer Stimme in seinem Rücken.

Vlassi gab keine Antwort, er tastete sich bereits in eine Ecke des Gartens vor, die ihm nicht ganz koscher vorkam. Hinter einem Busch entdeckte er eine kahle Stelle auf dem Boden, während ringsum alles recht grün anmutete. Eber blieb einige Meter hinter ihm stehen. Vlassi beugte sich nach unten und inspizierte die kahle Stelle. Der Erdboden war frisch, die gute Gonsenheimer Scholle gewissermaßen umgegraben. Nur nicht die Hände auf den Boden legen und das Erdreich kontrollieren. Wer weiß, welche Samen und Keime der Blaue Eisenhut da hinterlassen hatte.

Vlassi richtete sich auf, drehte sich zu Eber um und deutete mit spitzem Finger auf die kahle Stelle: „Was ist hier geschehen?"

Der Senffabrikant blieb stehen, wo er war: „Was soll da geschehen sein …?"

Aha, dachte Vlassi, er stellt eine rhetorische Frage, um Zeit zu gewinnen.

„Hier ist doch etwas ausgegraben worden!"

Eber antwortete beflissen: „Ja, jetzt fällt es mir ein … hier ist etwas ausgegraben worden … ein Stachelbeerstrauch."

„Wo ist der Stachelbeerstrauch jetzt?", fragte Vlassi.

„Kann man mit Stachelbeeren töten?", fragte Eber zurück, „das wusste ich noch gar nicht." Er wirkte überlegen und glaubte wohl, witzig zu sein.

„Herr Dr. Eber, beantworten Sie bitte meine Frage."

„Na ja, der Stachelbeerstrauch ist auf den Kompost gekommen."

„Hier im Garten?"

„Nein, nein, ich habe ihn abholen lassen. Sollte ich mich für die Komposthaufen der Stadt interessieren?"

Vlassi zog ein mürrisches Gesicht, dieser Eber gefiel ihm nicht, und dass hier etwas im Garten fehlte, gefiel ihm noch viel weniger. Ein Stachelbeerstrauch! Seit wann grub man solche Sträucher aus, um sie auf den Komposthaufen zu werfen? Kommissar Spyridakis bedauerte heftig, dass er keine Kenntnisse in der Gärtnerei besaß, hätte er sie, könnte er diesem Eber Paroli bieten. So entschloss er sich, dem Senfmenschen einen vieldeutigen Blick zuzuwerfen und ihm mitzuteilen: „Wir werden diese kahle Stelle genau untersuchen. Ich schicke jemanden von unserem Labor."

„Warum nicht", erwiderte Eber, „wenn Sie in meiner Gartenerde herumwühlen wollen."

„Wir wollen!", teilte Vlassi streng mit und stapfte durch den Garten zurück, um durch den weitläufigen Flur zur Haustür und schließlich auf die Straße zu gelangen. Er ließ sich in den Fahrersitz seines Opel Corsa plumpsen und teilte dem imaginären Kollegen Ernst Lustig mit: „Herr Lustoog, ich habe Sie geschont, Sie durften im Wagen bleiben, Gefahr war in Verzug. Aber wir haben ihn, es ist nur noch eine Frage von wenigen Stunden."

*

Während Kommissar Spyridakis im Auto dem fiktiven Kollegen Ernst Lustig den Stand der Dinge mitteilte und bedauerte, dass der nicht leibhaftig neben ihm saß und singend seine Zustimmung bekundete, wie er es schon einmal bei dem dringenden Verdacht von Vlassis Vergiftung getan hatte, ging Julia Wunder unruhig in ihrem Büro vom Fenster zum Schreibtisch und wieder zurück und warf einen Blick zum Neroberg. Aber eigentlich interessierte der sie gar nicht, sie dachte nach und verhedderte sich eben in ihren Gedanken zum Senfmord an Dani

Birnbaum und dem Messermord an Hamed Belalil. Die beiden Gewalttaten, war sie sich sicher, passten nicht zueinander. Aber wenn es auch unterschiedliche Täter waren – es musste ein gemeinsames Motiv geben. Welches? Beide arbeiteten im Senf-Palast, beide arbeiteten mit Rosalie Weisenbach, beide verstanden sich gut, soweit sie herausgefunden hatte. Aber vielleicht klaffte bei ihr eine Wissenslücke? Kollege Spyridakis war unterwegs zum Senfhersteller Eber, eigentlich hatte nur der ein sichtbares Motiv, eigentlich kam nur er infrage …

Das Telefon klingelte, Julia ging zum Schreibtisch und hob ab.

„Frau Wunder, sind Sie es?", ertönte sofort eine Stimme.

„Ja, ich bin's."

„Hier ist Tova Birnbaum, ich wollte Sie noch einmal anrufen."

„Sie können mich jederzeit anrufen, Frau Birnbaum, das wissen Sie doch."

„Mein Lebensgefährte Fred hat mich dazu gedrängt, ich wollte Ihnen eigentlich nicht lästig fallen."

„Sie fallen mir nicht lästig", erwiderte Julia, „geht es Ihnen wieder einigermaßen gut?"

„Es geht so", murmelte Frau Birnbaum und fügte an: „Ich will Sie nicht mit meinem Kummer belästigen."

„Das tun Sie nicht, Frau Birnbaum, ich weiß, wie man sich fühlt, wenn man einen geliebten Menschen verloren hat."

„Danke, dass Sie so mitfühlend sind. Sie verstehen sicher, dass ich mich nach dem Stand der Untersuchung erkundigen will."

„Aber natürlich verstehe ich das. Ich muss Ihnen aber leider sagen, dass wir noch nicht so weit sind …"

„Ach, Sie haben den Mörder meines Dani noch nicht gefasst", fiel ihr Frau Birnbaum ins Wort.

„Leider nein …"

„Haben Sie den Mord von Paris mitgekriegt?", fragte Tova Birnbaum.

Julia erinnerte sich, vor einigen Tagen darüber etwas gelesen zu haben, doch schon fuhr Frau Birnbaum fort: „In Paris ist eine alte Dame, eine 85-Jährige, von ihrem arabischen Nachbarn umgebracht worden. Sie war Jüdin, eine Holocaust-Überlebende. Ist das nicht schrecklich?"

Jetzt fiel Julia der Zeitungsartikel ein, in dem über den Mord berichtet worden war, sie sagte: „Das ist furchtbar. Sie hat das Konzentrationslager überlebt …"

„Und jetzt muss sie so enden – eine alte Frau", murmelte Frau Birnbaum.

Julia blieb stumm, eigentlich wollte sie zustimmend sagen, dass es wirklich ein scheußliches Ende war, aber dadurch würde sie nur das Leid von Tova Birnbaum verstärken. Frau Birnbaum schwieg auch eine Weile, schließlich aber sagte sie: „In Berlin müssen 65 jüdische Einrichtungen Tag und Nacht bewacht werden, es ist wirklich schlimm."

„Ja, das ist sehr schlimm."

„Aber wissen Sie, was noch schlimmer ist?", fragte Frau Birnbaum.

Julia verneinte.

„Viele Deutsche machen keinen Unterschied mehr zwischen ihrer Abneigung gegen Juden und ihrer Feindschaft zur israelischen Politik. Sie werfen alles in einen Topf."

„Meinen Sie?", fragte Julia.

„Ich glaube schon, dass es sich so verhält. Ich will damit nur sagen, wenn das schon bei Deutschen so ist, wie stark muss dann der Antisemitismus in den arabisch-muslimischen Milieus sein – hier im Land, meine ich."

„Da haben Sie bestimmt recht", erwiderte Julia, die daran dachte, dass Muslime in ihren Heimatländern mit Israel- und Judenhass erzogen werden, ob Jude oder Israeli, das war für sie das Gleiche.

Frau Birnbaum sagte leise: „Wenn ich das sagen darf, Frau Wunder, ich glaube, dass Deutschland einen Fehler bei den Zuwanderern aus den islamischen Ländern gemacht hat."

„Sie dürfen sagen, was Sie für richtig halten, bei der Polizei gibt es keine Zensur", teilte ihr Julia sanft mit.

„Sind Sie sicher?", hörte Julia zu ihrer Überraschung.

„Solange ich hier arbeite, jedenfalls nicht", bekräftigte die Hauptkommissarin ihre Worte.

Tova Birnbaum räusperte sich: „Manchmal glaube ich, dass es in Deutschland nur zwei Reaktionen gibt – den Jubel oder die Gaskammer."

Julia verstand sofort, was sie meinte, sie schwieg einen Moment bedrückt, dann sagte sie leise: „Es fehlt der Mittelweg, das ist wirklich ein schwerer Fehler."

Frau Birnbaum sagte: „Ich glaube, dass man den Zuwanderern deutlich sagen muss, dass sie sich integrieren müssen, dass man etwas von ihnen verlangt. Sie müssen sich in das Land, in das sie gehen, einfügen. Nur so kann man doch Parallelwelten verhindern ..."

„Ich bin ganz Ihrer Meinung, Frau Birnbaum."

„Aber das ist nicht geschehen. Die Flüchtlingspolitik von Frau Merkel hat den Antisemitismus aus den arabischen Staaten hierher importiert.“

Diese Frau Birnbaum hat recht, dachte Julia, sie hat es auf einen Nenner gebracht. Man sieht an der Politik unserer Regierung, wie guter Wille schlechte Ergebnisse hervorbringt. Und diese schlechten Ergebnisse rufen eine Partei auf den Plan, die es sofort in den Bundestag schafft, was zu bedauern ist. Doch wer jetzt jammert, jammert zu spät.

Die Mutter des toten Dani sprach weiter: „Ich wollte Ihnen noch etwas sagen, ich habe mir Gedanken gemacht. Sie sagten mir beim letzten Mal, dass dieser Hamed auch tot ist.“

„Das stimmt“, bestätigte Julia.

„Ich sagte Ihnen schon, dass sich Dani und Hamed gut verstanden haben, sie haben sich, soviel ich weiß, sogar angefreundet. Aber wissen Sie, es gibt in diesen arabischen Communities nicht wenige, die so etwas nicht ausstehen können. Ich will Ihnen nur meinen Gedanken dazu mitteilen: Könnte es nicht sein, dass der Mord an Hamed von einem seiner muslimischen Freunde verübt wurde?“

Julia nickte für sich: „Ja, Frau Birnbaum, daran habe ich auch schon gedacht, Ihre Überlegung ist nicht abwegig. Das Problem ist nur, dass wir Hameds Kontakte nicht kennen, wir haben sein Handy nicht gefunden, und im Senf-Palast kennt Frau Weisenbach weder seine Freunde noch Bekannte …“

„Vielleicht hat er keine gehabt“, warf Frau Birnbaum ein, „ich meine, keine moslemischen Freunde.“

„Glauben Sie wirklich?“

„Wer sich so in die westliche Gesellschaft integriert wie er das getan hat, verliert vermutlich die alten Freunde“, erwiderte Tova Birnbaum nachdenklich.

Julia schwieg, und Frau Birnbaum ergänzte: „Er hat sich außerdem mit einem Juden eingelassen, hat mit ihm zusammengearbeitet, sich sogar angefreundet, das gilt für viele seiner Glaubensbrüder als Todsünde.“

30 Labsal für Geist und Seele

Vlassi fuhr nach seinem Besuch bei Dr. Eber, es war der finale, wie er dachte, über die Schiersteiner Brücke zurück nach Wiesbaden, als ihm ein Gedanke kam. Ihm ging durch den Kopf, was Domdekan Weisenbach über das Thema Lesen und Gesundheit gesagt hatte. In dieser Richtung sollte er doch etwas tun für sich, ja im Grunde war es höchste Zeit dafür.

Kommissar Spyridakis nahm die Ausfahrt Biebrich, fuhr am Real-Markt links ab, um zum Vorort Schierstein zu gelangen. Zur *Buchecke* wollte er, zum Buchhändler Andreas Dieterle, der ihn schon im letzten Fall mit einer Lektüre für seine Carola gut beraten hatte. Vlassi stellte sein Auto im Hof der *Buchecke* ab, zögerte keinen Moment und spazierte in die Buchhandlung hinein. Es war kein Kunde zu sehen, Dieterle saß auf einem Hocker an der Kasse und sah unverwandt auf den Computer.

Vlassi räusperte sich: „Die Umsätze klettern wohl gerade in die Millionenhöhe, wie?"

Andreas Dieterle schüttelte seine Löwenmähne und warf einen Blick auf Vlassi, seine eben noch skeptische Miene hellte sich auf: „Ah, der Herr Kommissar. Ja, das wäre schön, wenn ich auch von Millionen sprechen könnte."

„Es ist leer heute bei Ihnen", sagte Vlassi, „keine Kunden?"

„Nur vorübergehend. Es war schon eine Menge los heute – am Vormittag. Die Schiersteiner sind keine Nachmittagsmenschen."

„Nachtmenschen erst recht nicht, was?", fragte Vlassi.

„Überhaupt nicht. Die Bürgersteige werden um neun Uhr am Abend eingerollt."

Vlassi grinste, Dieterle verließ seinen Computer-Hochsitz und kam näher: „Und? Was machen die Ermittlungen im neuen Fall?"

„Es geht voran …"

Dieterle fiel etwas ein: „Sie wollten doch die Psychotherapeutin Heidi Teubner-Berg aufsuchen. Haben Sie's gemacht?"

„Ja natürlich."

„Die hat Sie vorangebracht, was?"

„Kann man absolut sagen", bestätigte Vlassi, „ich bin als neuer Mensch von ihr gegangen." Er merkte, dass er einen Fehler gemacht hatte, und korrigierte schnell: „Ich meine natürlich, als ein neuer Mensch in diesem aktuellen Fall."

„Beim Senfmord, ja?", fragte Dieterle.

„Ganz genau."

„Die Heidi ist ja Suchttherapeutin, wissen Sie ja, wie hat sie Ihnen denn helfen können?"

„Oh", erwiderte Vlassi und hob sein Gesicht nach oben, sodass der lange Kerl noch länger wurde und überlegte dabei, was er dem Buchhändler erzählen könnte. Von seiner Sexsucht durfte der jedenfalls nichts erfahren. Dann sagte er schnell: „Diese Frau ist großartig, sie hat mich durch ihre Fragen enorm weitergebracht."

„Durch ihre Fragen?"

„Ja, ja, sie hat so eine Art, Fragen zu stellen, die einem blitzartig den Himmel erleuchten, den geistigen Himmel, meine ich."

Jetzt entließ Dieterle ein lang gezogenes „Oooh", um dann nachzuschieben: „Na, da sehen Sie mal, was für gute Tipps der Volker Born und ich Ihnen geben."

„Vergessen Sie nicht Andreas Berg, der war ja auch im Bunde mit Ihnen bei der Empfehlung."

„Richtig, richtig, den wollen wir nicht vergessen", nickte Dieterle, um gleich neugierig fortzufahren, „hat die Heidi Ihnen denn im Senfmord konkrete Anhaltspunkte geliefert?"

„Indirekt, indirekt", antwortete Vlassi ausweichend, „ich kann noch nichts Konkretes sagen, wir sind aber gewissermaßen auf der Zielgeraden."

„Verstehe", erwiderte der Buchhändler und suchte wieder seinen Hochsitz am Computer auf, von dem aus er mitteilte: „Ich neige nicht dazu, die Leute auszuquetschen, aber Sie müssen versprechen, mir mehr mitzuteilen, wenn Sie so weit sind. Ich bin ja gewissermaßen in diesen Krisenfall eingebunden." Dieterle hob den Kopf: „Haben Sie gemerkt, was ich gerade gemacht habe?"

„Nö", sagte Vlassi.

„Krisenfall! Da steckt das Wort Senf drin", erläuterte Andreas Dieterle und schob stolz nach: „Ich bin über mich selbst erstaunt, manchmal werde ich direkt erfinderisch."

Vlassi ließ sich auf einer Art Schulbank an der Fensterseite nieder: „Sie lesen halt viel, da wird man am Ende selber zum Poeten."

„Nun ja“, meinte Dieterle bescheiden, „wir wollen nicht zu weit gehen.“

„Krisenfall im Rheingau“, wiederholte Vlassi, „auf jeden Fall sind Sie der Erste, dem ich alles erzähl, Bericht vom Mörder und so weiter.“

Der *Buchecken*-Chef nickte zufrieden und schien sich wieder seiner Computerei hinzugeben.

„Ich komme jetzt eigentlich zu Ihnen“, hob Vlassi an, „um mal wieder eine Empfehlung einzuholen.“

„Eine Empfehlung?“

„Ich brauch dringend ein Buch“, erläuterte Vlassi.

„Für Ihre Freundin?“

„Für mich, Herr Dieterle! Ich will mich dem Lesen ausgiebig hingeben … also, ich meine, aufs Neue hingeben.“

Der Buchhändler ließ vom Bildschirm ab und sah ihn musternd an, man muss wohl von einem gewissen Erstaunen in seinem Blick sprechen, wenn nicht sogar einer Bestürzung. Vlassi konnte ihn natürlich nicht über die wahren Gründe seiner frisch entdeckten Lese-Hingabe aufklären. Da hätte er nämlich mitteilen müssen, dass Domdekan Weisenbach ihm deutlich gemacht hatte, dass Lesen gesünder macht, körperlich wie geistig. Nein, nein, er, Vlassi, war im Grunde schon immer ein potenzieller Leser – nur hatte er das Lesen offenbar eine Weile vergessen.

„Ja, also“, sagte Andreas Dieterle, nachdem er seinen Blick wieder normalisiert hatte, „das ist ja sehr schön, dass Sie zu einem Buch greifen wollen. Und das bei Ihrem tagfüllenden Beruf.“

„Tag und Nacht füllt er", korrigierte Vlassi und dachte dabei an das falsche Gartengrundstück in der Händelstraße und seine Notuntersuchung bei Dr. Bindel.

„Sie sind bei mir an der richtigen Stelle." Der Buchhändler schnellte aus seinem Computer-Hochsitz, es ging darum, ein Buch zu verkaufen, da durfte er nicht lange zögern und herumsitzen.

„Ich habe etwas für Sie", sagte er, „das wird Sie erquicken, das ist Labsal für Geist und Seele."

Dann macht es erst recht gesünder, dachte Vlassi sofort und nickte Dieterle zufrieden zu.

„Sie werden beim Lesen ein Knistern hören", fuhr Andreas Dieterle fort, der inzwischen am Regal angelangt war.

„Ein Knistern?", fragte Vlassi erstaunt.

„Sie werden ein Knistern hören", wiederholte der Buchhändler, „das kommt von der Spannung und dem Witz."

„Hört sich gefährlich an", erwiderte Vlassi, „kann man sich auch verbrennen? Laufe ich bei der Lektüre als lebende Fackel herum? Ist es gesundheitlich bedenklich?"

„Lesen Sie, dann merken Sie, was ich meine!"

Andreas Dieterle zog ein Buch aus dem Regal und brachte es zu Vlassi in seiner Schulbank.

„Es ist ein Krimi, ein ganz besonderer."

Vlassi sah das Cover, es war gut gemacht und erweckte Neugier; Grabsteine und ein kahler Baum reckten sich in einen wolkenverhangenen Himmel, am Firmament ging gerade die Sonne unter. Er las den Titel: *Ein Grab im Rheingau.*

„Sie werden bei dieser Lektüre an Haupt und Seele erquickt werden", informierte ihn Dieterle mit sachlicher Stimme, „meine Kunden kaufen es in Mengen und berichten mir Erstaunliches."

„Dass sie gesünder geworden sind?", fragte Vlassi.

Andreas Dieterle warf sich in Positur und hielt das Buch wie ein Vertreter vor sich: „Sie werden als lebende Fackel herumlaufen, Herr Spyridakis, ein Knistern im Ohr haben und sich von Seite zu Seite erfrischter und gesünder fühlen."

Vlassi überhörte den poetischen Anfall von Dieterle und griff gierig nach dem Buch: „Wunderbar. Ich nehme es, und noch heute werde ich mit der Lektüre anfangen."

„Seien Sie versichert, Sie haben keinen schlechten Griff getan. Ach, was sage ich, Sie haben einen großartigen Griff gemacht. Das Buch wird Sie bis in die Nachtstunden auf Trab halten."

Vlassi stand mit dem Buch in der Hand auf und sagte: „Meine Nachtstunden sind eigentlich schon voller Trab. Ich könnte Ihnen da Sachen erzählen ..."

Der Buchhändler streckte begierig den Kopf vor: „Ja?"

„Na ja", sagte Vlassi, merkte, dass er zu weit gegangen war, wollte aber dennoch großmütig sein, „ich bin da einer Pflanze auf der Spur."

„Einer Pflanze? Hat die etwas mit Ihrem Fall zu tun?"

Vlassi überlegte, was er sagen könnte, zu viel durfte es nicht sein: „Gewissermaßen schon ..."

„Pflanzen, Pflanzen", fiel ihm Dieterle ins Wort, „Pflanzen gibt es genug. Wir haben hier in Schierstein und auch in Walluf genügend Schrebergärten, da wird alles Mögliche angepflanzt."

„Tatsächlich?", fragte Vlassi.

„Was glauben Sie, was die Leute in ihrem Schrebergarten alles anpflanzen. Wir sind eine Nation von Schrebergärtnern."

„Sagt Ihnen der Name ‚Blauer Eisenhut' etwas?", fragte Vlassi nach und legte sehr viel Förmlichkeit in seine Stimme.

„Noch nie gehört. Was soll das sein? Etwa was Giftiges? Aber selbst davor schrecken die Leute hier im Rheingau nicht zurück."

Vlassi gab keine Antwort, er setzte sich wieder zurück auf das Bänkchen in Dieterles Buchhandlung, und noch während er Platz nahm, schwurbelte ihm ein Gedanke durch den Kopf. War es möglich, dass ein Genieblitz auf ihn niedergefahren war?

„Was ist los?", fragte Dieterle, „haben Sie einen Anfall von Nachdenklichkeit?"

Vlassi antwortete nicht, und jetzt sah sich der Buchhändler zu deutlichen, wenn auch etwas respektlosen Worten genötigt: „Sie werden sich doch nicht vor der Lektüre des empfohlenen Buches eigenständig zu Gesundheit und Kreativität aufraffen?"

Vlassi gab wiederum keine Antwort, stattdessen stand er abrupt auf und verließ wortlos und eilig die Buchhandlung des Andreas Dieterle. Der sah ihm verwundert nach, bis ihm schließlich etwas einfiel und er vor sich hinmurmelte: „Sie haben noch gar nicht bezahlt. Bücher haben ihren Preis."

*

Hauptkommissarin Julia Wunder fuhr gemächlich in ihrem VW Passat am Rhein entlang und erreichte eben Walluf, den Ort, wo alles begonnen hatte, wo die Idee zum Senf-Palast geboren wurde, wo Rosalie Weisenbach den Juden Dani Birnbaum und den Moslem Hamed Belalil kennenlernte und sie gemeinsam an ihrem Senfprojekt zu arbeiten begannen. Als Julia an der Kirchgasse vorbeifuhr, dachte sie an Hamed, der vor Kurzem noch in diesem Sträßchen gewohnt hatte und jetzt nicht mehr lebte. Warum war sein Handy verschwunden, warum wollte er nichts sagen, warum wollte er nicht die kleinste Information an sie weitergeben? Hatte er Angst, war es ihm wie ein Verrat an seiner Herkunft vorgekommen?

Gedankenvoll fuhr sie weiter. Könnte er noch leben, wenn er den Mund aufgemacht hätte? Sie würde es nicht herausfinden und wenn sie sich noch so anstrengte. Das Problem ist, dachte sie, dass arabische Migranten unter sich bleiben wollen. Vielleicht ist es aber auch umgekehrt, vielleicht will ihre deutsche Nachbarschaft nichts mit ihnen zu tun haben. Das spüren sie und bleiben deshalb verschlossen. Gehört Aufgeschlossenheit nicht auch zur Kultur eines Landes? Aber kann man Aufgeschlossenheit von oben verordnen? Geht es nicht auch anders, nämlich individuell? Hamed und Dani haben sich gut verstanden, jedenfalls behauptete das Rosalie Weisenbach. Warum sollte Julia ihr nicht glauben? Rosalie war vielleicht etwas ruppig, aber in ihrer Art echt und vertrauenswürdig. Der Palästinenser Hamed und der Jude Dani waren sich nähergekommen und stellten dabei fest, dass sie sich keineswegs mit Hass begegnen mussten, vermutlich hatte sich sogar eine tastende Freundschaft entwickelt. Das aber war anderen offenbar ein Dorn im Auge, nur – wer waren diese anderen?

Julia verließ Walluf und fuhr die Rheinuferstraße weiter nach Eltville. Ihr Vater hatte sie im Präsidium angerufen, ob sie Zeit hätte, er wolle etwas mit ihr besprechen. Natürlich hatte sie Zeit für ihn, außerdem wusste sie genau, dass er Wichtiges zu sagen hatte, wenn er sie zu einem Treffen einlud. Vermutlich ging es nicht ums zeitgenössische Theater, das war mehr und mehr unbedeutend geworden. Und um Shakespeare oder Lessing ging es wahrscheinlich auch nicht. Wolfgang Hillberger wollte sich mit ihr im „*51*" treffen, das war ein Lokal direkt am Rhein, wo man im Stehen einen Wein trinken konnte. Julia fand einen Parkplatz in der Gutenbergstraße und machte einen Spaziergang zum Rhein hinunter. Schon von Weitem sah sie ihren Vater an einem Stehtisch mit einem Glas Wein in der Hand.

„Julchen", begrüßte er sie, „schön, dass du gekommen bist. Was trinkst du?"

„Den gleichen Wein wie du. Kennern vertraue ich."

„Korrekte Wahl", schmunzelte er und drehte sich nach der Kellnerin, um ihr mit erhobenem Glas zuzurufen: „Den gleichen Schoppen noch mal bitte!" Dann wandte er sich seiner Tochter zu, sah auf ihre Kopfbedeckung und stellte fest: „Schnaffidora-Hut, diesmal in Blau. Steht dir auch."

„Ich gebe mir Mühe“, sagte Julia, „Schnaffidora gefällt mir übrigens, so könnte man einen Hut wirklich nennen.“

Vater und Tochter standen direkt am Rhein, er floss träge keine zwei Meter von ihnen entfernt dahin, und nichts an ihm deutete darauf hin, dass er Kommissar Spyridakis vor Kurzem beinahe verschlungen hätte. Für die Uhrzeit lag noch viel Helligkeit in der Luft, auch die Temperatur war angenehm, obwohl es am Abend bereits kalt wurde. An den Stehtischen neben den beiden drängte sich etliches Volk, Eltviller vor allem, aber hierher kamen auch gern Besucher aus Mainz und Wiesbaden und Frankfurt. In Eltville gab es nicht nur wunderbaren Wein und Sekt zu trinken, das Städtchen wollte auch als Rosen-Domizil wahrgenommen werden. Die wissbegierigen Besucher konnten einiges besichtigen, historische Adelshöfe ebenso wie die Burg Craß oder den Eltzer Hof, gern wandelten sie auch auf den Spuren von Johannes Gutenberg, der hier einst gelebt hatte – und nach all dem Gucken und Schauen labte man sich bei einem köstlichen Mahl und trank einen guten Rheingauer.

„Wusstest du eigentlich“, fragte Julias Vater, „dass in Eltville seit dem 14. Jahrhundert Juden leben?“

„Wusste ich nicht“, gestand Julia.

„Im 19. Jahrhundert gab es hier im Ort sogar eine Synagoge, und der jüdische Friedhof ist heute noch vorhanden.“

„Papa“, sagte Julia schmunzelnd, „kann es sein, dass du auf dein wahres Thema schlingernd zusteuerst? Du willst mich doch sicher nicht über den jüdischen Friedhof informieren.“

Die Kellnerin brachte den Wein für Julia. Vater und Tochter stießen miteinander an und tranken, dann erwiderte Wolfgang Hillberger: „Ich schlingere auf mein Thema zu, du hast recht. Du hast mir doch von deinem Fall erzählt, diesem Senfmord …“

Julia fiel ihm leise ins Wort: „Nicht so laut, hier gibt es Mithörer.“

Ihr Vater senkte die Stimme: „Senfmord und Messermord. Ich habe dir schon gesagt, dass ich fest davon überzeugt bin, dass einem Mörder die Wahl der Waffe und des Ortes nicht gleichgültig ist.“

„Ich erinnere mich.“

„Und du erinnerst dich auch an den *Nathan* im Theater?“

„Natürlich“, sagte Julia

„Du hast ihn ausgezeichnet interpretiert. Auf die Ringe, die der Vater seinen Söhnen vererbt, kommt’s gar nicht an. Es kommt auf die innere Einstellung an, mit der man sie trägt.“

„Die Ringe stehen für die Religionen“, sagte Julia, „das weiß ich doch längst.“

Ihr Vater nahm einen Schluck vom Wein, und nachdem er genießerisch schmatzend das Glas abgestellt hatte, teilte er mit: „Ich weiß, dass du weißt. Aber alle alte Literatur wird museal, wenn sie nicht in die Gegenwart übersetzt wird. Verstehst du, was ich meine?“

„Nicht ganz. Meinst du, ich kann den *Nathan* zur Lösung meines Falls verwenden?“

„Zur Lösung vielleicht nicht, aber zur Erhellung. Die wahre Religion, das will das Stück von Lessing uns sagen, ist keine bestimmte, weder Judentum noch Christentum noch Islam können alleinige Wahrheit beanspruchen. Nathan heißt deshalb der Weise, weil er uns über diesen Umstand aufklärt, weil er uns eben erhellt."

Jetzt trank Julia vom Wein, während Wolfgang Hillberger weitersprach: „Aber von dieser Erhellung will der Islam nichts wissen. Wir haben darüber gesprochen, dass er sich nicht entwickelt hat. Kurzum, ich habe über deinen Fall nachgedacht mit dem Ergebnis: Messermord und Senfmord haben nichts miteinander zu tun."

„Ich suche also nach zwei unterschiedlichen Tätern", stellte Julia fest, „und habe keine Hinweise für den Mord an Belalil, sein Handy haben wir nicht gefunden, und verwertbare Spuren gab es auch nicht."

Ihr Vater trank sein Glas leer und sagte leise: „Ich könnte mir denken, dass ihn ein Glaubensbruder umgebracht hat, ein fanatischer Glaubensbruder." Er machte eine kleine Pause: „Und der Täter wohnt wahrscheinlich ganz woanders. In Frankfurt, in München, vielleicht sogar im Ausland."

„Du machst mir Mut", erwiderte Julia und trank von ihrem Wein.

Wolfgang Hillberger winkte der Kellnerin, er wollte zahlen.

„Lass uns gehen", sagte er zu seiner Tochter, nachdem er die Rechnung beglichen hatte, „es wird allmählich kalt."

Die beiden schlenderten durchs Martinstor die gleichnamige Gasse hinauf in Richtung Marktstraße, und während sie gingen, zog ein leichter Nebel vom Rhein her durch die alten gepflasterten Gassen. Sie gingen eine Weile, ohne ein Wort zu sprechen, doch dann räusperte sich Vater Hillberger: „Ich hab' dich ein bisschen deprimiert durch meine Überlegungen, ich weiß. Aber vielleicht kann ich dich auch etwas erfreuen. Ich habe nämlich auch über den Senfmord nachgedacht …"

Julia hielt in ihrem Schritt inne: „Strebst du eine Pensions-Laufbahn bei der Polizei an? Du wirst ja allmählich zum Neben-Kommissar."

Ihr Vater lachte: „Vielleicht wäre das was für mich auf meine alten Tage. Wie du weißt, würde ich die Fälle mit Literatur lösen."

„Mit Shakespeare und Lessing", stimmte Julia zu, schränkte aber sofort ein: „Wenn ich das meinem Chef sage, verfrachtet der mich in die Klapsmühle."

„Dann ist dein Chef ein wahrer Dummkopf, der weder was von Menschen noch von der Welt versteht."

„So weit würde ich nicht gehen, aber Ignoranz und Machtstreben kann man ihm schon zubilligen."

Die beiden gingen weiter und kamen am Glockenhof vorbei. Wolfgang Hillberger sagte: „Du hast mir doch von dem Gift im Senf erzählt …"

„Ja, der Blaue Eisenhut."

„Ich bin froh, dass du Schnaffidora auf dem Kopf trägst und nicht ihn. Ich hab' mich kundig gemacht, dieser Eisenhut ist ja wirklich hochgiftig."

„Weiß ich doch, du sagst mir nichts Neues."

„Ja, aber weißt du auch Folgendes …"

Vater Hillberger zögerte ein wenig beim Weitersprechen, eine neblige Düsternis hatte sich auf die Martinsgasse gesenkt, die Laternen waren angegangen und flackerten unruhig, die Schritte von Vater und Tochter hallten auf einmal merkwürdig laut. Niemand kam ihnen entgegen, der Ort schien mit einem Mal wie ausgestorben. Und während die beiden weitergingen und allmählich in der Nebelsuppe verschwanden, wurden die Worte von Wolfgang Hillberger immer leiser. Nur einzelne Vokabeln konnte man noch verstehen wie Schrebergarten und Walluf, der Name der einzig Überlebenden aus dem Senf-Palast fiel, und Julia nannte einen weiteren Namen – doch der Nebel verschluckte ihn, sodass er nicht zu hören war.

31 Ein widerwärtiger Gedanke

„Ich ernenne dich hiermit zum Neben-Kommissar im Polizeipräsidium Wiesbaden", sprach Julia Wunder ins Telefon, „zum außerordentlichen Neben-Kommissar."

Es war später Nachmittag des darauffolgenden Tages, und der ihr gegenübersitzende Kommissar Spyridakis schaute verwundert bei Julias Worten auf und murmelte für sich: „Das bin ich doch schon, und zwar ein richtig ordentlicher Neben-Kommissar."

Julia horchte in die Muschel, und da ihr Gegenüber Vlassi neugierig und überrascht zu ihr herüberschaute, wollte sie ihn nicht ganz ausschließen und schaltete auf laut. Kommissar Spyridakis wusste längst, dass seine Chefin mit ihrem Vater telefonierte, aber solche Komplimente wie eben litt er nicht. Was hatte denn Julias Vater schon getan? Lediglich nachgedacht, ein bisschen mit seinem alten Kopf gearbeitet, während er, der ordentliche Kommissar Spyridakis, mit seinem jungen Leib in die Bresche gesprungen war.

„Ich nehme die Ernennung an", hörte Vlassi aus dem Lautsprecher die launige Stimme von Wolfgang Hillberger, „aber wird dein Chef, dieser Feuer, auch damit einverstanden sein?"

„Lass das meine Sorge sein", erwiderte Julia, „Kriminalrat Feuer sollte dir sogar eine Medaille verleihen."

„Aber mit Lorbeer und Eichenkranz bitte", erwiderte Hillberger, „so 'ne Medaille kann ich dann bei mir ins Klo hängen, und wenn Frau Becker kommt, sage ich ihr: Heute verbringst du mal etwas Zeit auf dem Abort, da kannst du was entdecken, lass dir Zeit, ich reiche dir einen Gesundheitstee dazu."

Julia lachte, und auch Vlassi konnte sich ein Grinsen nicht verkneifen. Der Vater von Julia wusste, wie man mit Orden und Medaillen und ähnlich überflüssigem Zeug umging, das musste man ihm lassen.

„Also Papa, danke noch mal. Das Glas Wein gestern mit dir war wunderbar, und das anschließende Gespräch im Nebel wirkte nicht nur erhellend, sondern aufklärend. Wir haben den Täter."

„Vergiss nicht", hörte Vlassi die Stimme des Vaters, „bei deinem Chef ein gutes Honorar für mich herauszuschlagen, meine Pension kann's gebrauchen."

„Was?", fragte Vlassi, nachdem Julia den Hörer aufgelegt hatte, „seine Pension kann's gebrauchen? Was soll ich denn da sagen mit meinem mickrigen Gehalt?"

Julia lächelte ihn an: „Ihr Gehalt ist üppig bemessen, Herr Spyridakis ..."

„Üppig?", fiel ihr Vlassi empört ins Wort, „üppig ist für mich was anderes. Ihr Vater kann doch meditieren, das hat er beim letzten Fall auch gemacht, und beim Meditieren kann er sich eine größere Pension herbeifantasieren."

„Vielleicht tut er das schon längst und fährt gut damit", erwiderte Julia, „die Fantasie ist eine starke Macht."

Vlassi ließ sich nicht beeindrucken: „Außerdem habe im Grunde ich den Senfmord aufgeklärt."

„Na, sagen wir, wir sind gleichauf durch das Zielband gegangen."

Vlassi stimmte grummelnd zu, ganz unrecht hatte seine Chefin nicht.

„Übrigens muss ich nachher zu meinem Vortrag ins Gutenberg-Gymnasium", sagte Julia, „ist Ihnen noch was eingefallen, weshalb man zur Kripo gehen soll?"

„Natürlich", erwiderte Vlassi und setzte sich in Positur, „zunächst mal der schnelle Tod. Man fällt zum Beispiel in den Blauen Eisenhut und wacht im Jenseits auf. Plip-Plop. Kein Siechtum!"

„Das wird den Schülern gefallen", nickte Julia.

„Aber das ist nur ein Nebengrund", fuhr Vlassi fort, „machen Sie dem Publikum klar, dass man bei uns Aufregendes erleben kann …"

„Denken Sie dabei an den Kollegen Lustig?", fragte Julia.

Kommissar Spyridakis ließ sich nicht beirren: „Wir öden uns nicht den ganzen Tag in einem grauen Büro an. Wir führen ein spektakuläres Leben. Wir erleben Abenteuer im Wirklichen. Der Tod ist ein abenteuerlicher Mann und uns ein vertrauter Begleiter."

„Wusste gar nicht, dass Sie bei der Stellenbeschreibung poetisch werden können", warf Julia ein.

„Die Wahrheit muss ans Licht, ich spreche sie nur gelassen aus."

„Auf jeden Fall muss ich Sie rühmen", fuhr Julia fort, „Sie sind auf die Idee gekommen, diesen Buchhändler in Schierstein aufzusuchen und zu befragen."

„Dieterle, ja, ein genialer Einfall von mir", lobte sich Vlassi selbst. Er verschwieg seiner Chefin, dass er eigentlich per Lektüre gesunden wollte und deshalb den Buchhändler aufgesucht hatte, sich diesen genialen Einfall eigentlich nicht erarbeitet hatte – er war geistesblitzmäßig über ihn gekommen.

„Man muss eben Ideen haben und Geistesblitze", teilte er Julia überzeugt mit, „das macht den wahren Kommissar aus."

„Meinen Sie? Ich bevorzuge kontinuierliche Arbeit."

„Aber wo führt sie hin, diese Arbeit", sagte Vlassi klagend, „jedenfalls nicht zu einem Ferrari. Ich klappere die Verdächtigen immer noch mit meinem Corsa ab."

Julia überhörte seine theatralische Klage: „Ich war lange Zeit auf Eber konzentriert, das war der Konkurrent des Senf-Palasts, Eber hatte ein Motiv."

„Ging mir genauso", sagte Vlassi, „und er wurde mir noch verdächtiger, als er Lustig und mich zu einer Senfverkostung eingeladen hat. Das machen doch nur Leute, die sich reinwaschen wollen."

„Aber sind Sie nicht durch die Senfproben ein wenig gesundet?", fragte Julia ironisch.

„Vielleicht, vielleicht, ich habe mich jedenfalls auf der Höhe meiner Kraft befunden, als wir in Ebers Garten eindrangen und ich Leib und Leben riskierte."

Kommissar Spyridakis zog ein nachdenkliches Gesicht und überlegte, ob es ihn nicht nachträglich noch schütteln sollte. Was hatte er Grauenhaftes durchgemacht! Psychomäßig jedenfalls. Er war sicher, in den Eisenhut gefallen zu sein, und dieser furchtbare Dr. Bindel in der Eusebius-Klinik hatte ihn wie einen Hypochonder behandelt.

Julia sagte: „Das Stichwort war für Sie Schrebergarten, stimmt's?"

Vlassi nickte: „Da fiel bei mir in der Buchhandlung der Groschen, und ich bin sofort die Leute durchgegangen, die mit Rosalie Weisenbach und ihrem Geschäft was zu tun haben."

„Aber Sie hätten doch auch an einen Kunden denken können, einen, der den Tiger-Sonf gekauft hat mit ausbleibender Wirkung?"

Julia Wunder dachte dabei an ihren Apothekerfreund Jürgen, bei dem sie den erotisch-stimulierenden Senf ausprobiert hatte – mit scheußlichem Ergebnis.

„Wenn ich das Wort Tiger-Sonf schon höre!", schnaufte Vlassi, der nach wie vor keine Ahnung hatte, dass seine Carola dieses Anregungsmittel bei ihm ausprobiert hatte – mit überraschendem Erfolg.

„Männer haben ganz generell Anfälle von sexueller Lust", fuhr er fort, „dazu brauchen die keinen Tiger-Mostrich." Er überlegte einen Moment und schob dann leise nach: „Merkwürdig ist nur, dass manche ihre Lust bei der eigenen Frau ausleben."

„Ein weises Wort besonnen und offen ausgesprochen", nickte ihm Julia zu.

„Ich besitze nun mal Menschenkenntnis", erwiderte Vlassi, darum bemüht, seine Erkenntnis auf ein allgemeines Niveau zu hieven, und fuhr fort: „Wenn man alle Kunden überprüfen wollte, die dieses Tiger-Zeug heimlich mit angeklebten Bärten und aufgesetzten Perücken bei Frau Weisenbach aus dem Laden geschleppt haben, würden wir in einem Jahr noch nachforschen."

Julia nickte: „Sehr richtig. Wenn Kriminalrat Feuer kommt, werde ich ihm von Ihrem Scharfsinn vorschwärmen."

„Das wäre nicht schlecht", stimmte Vlassi zu, „erwähnen Sie bei der Gelegenheit bitte auch mein mickriges Gehalt und das zu minimale Dienstfahrzeug."

Julia schmunzelte ihn an: „Aber natürlich, ich werde ihm vorschlagen, dass Sie seine Stelle bekommen und er die Ihre. Wäre Ihnen das recht?"

„Na ja, dann könnte ich ab und zu hier reinplatzen und rumkrakeelen. Außerdem liegen mir Pressekonferenzen, in denen ich mit wichtiger Miene die Mörder bekanntgebe und wie ich sie gefangen habe."

Julia sah ihn nachsichtig an, doch Vlassi redete schon weiter: „Doch in einem Punkt würde ich mich unterscheiden von Feuer. Ich würde ausdrücklich betonen, dass wir die Lösung des Falles vor allem einer Person zu verdanken haben, nämlich Kriminalhauptkommissarin Julia Wunder."

„Da haben Sie ja gerade noch mal die Kurve gekriegt", sagte Julia in sachlichem Ton und ließ es sich nicht anmerken, dass sie von seiner Rede insgeheim angerührt war. Sie spürte, dass ihr Vlassopolous es so meinte, wie er es sagte.

„Also Schrebergarten war das Stichwort?", fragte sie.

„Ja, Dieterle sagte, wir seien eine Nation von Schrebergärtnern – da ist mir ein Licht aufgegangen, und mir ist klar geworden, dass ich nicht nur mit Lustig im falschen Garten war, sondern auch der ganze Eber-Garten verkehrt ist."

„Mein Vater hat mich in Eltville darüber aufgeklärt", berichtete Julia, „dass es in Walluf versteckte Schrebergärten gibt. Er hat sogar einen Spaziergang gemacht, ist dort, wie er erzählte, mit Stock und zerzaustem Haar wie ein alter Rentner rumgelaufen, um nicht aufzufallen …"

„Wenigstens ist er nicht in den Eisenhut gefallen, wie es mir Unglücklichem passiert ist", schob Vlassi ein.

„Wie Sie dachten, dass es Ihnen passiert sei", korrigierte ihn Julia.

„Schlimm war es in jedem Fall", versuchte Vlassi das letzte Wort zu behalten.

„Auf jeden Fall hat mein alter Herr dort diese Giftpflanze entdeckt", fuhr Julia fort, „er hat sich vorher im Internet über sie kundig gemacht."

„Verstehe, dass Sie ihn zum Neben-Kommissar aufpäppeln wollen", brummelte Vlassi.

Julia sprach weiter: „Das hat er mir mitgeteilt, und ich habe natürlich sofort überprüft, wem diese Schrebergärten gehören. Und ein Name ist mir sofort ins Auge gesprungen. Ein Name, den mir Rosalie schon bei unserem ersten Besuch im Senf-Palast genannt hat, als wir den toten Dani Birnbaum fanden."

„Derselbe Name wie mir!", stimmte Vlassi zu, „ich hab' nach dem Buchhändler-Besuch recherchiert, wer in Walluf und Umgebung schrebergartensüchtig ist. Das ist eine Sucht ganz eigener Art, wissen Sie."

„Ich muss gestehen", sagte Julia, „dass ich etwas verwundert war, als ich auf den Namen Eckart Wagner stieß …"

„Der Verlobte von Rosalie. Der hat auf mich einen unscheinbaren Eindruck gemacht, bisschen vorlaut war er bei der Befragung …"

„Da sehen Sie mal, das sind die Schlimmsten", ergänzte Julia.

„Die Vorlauten?"

„Nein, die Unscheinbaren", erklärte Julia, „wir haben seinen Schrebergarten heute Morgen inspiziert, und als wir ihn um die Mittagszeit festnahmen, hat er schnell gestanden."

„Das ist ein Vorzug der Unscheinbaren; hat man sie am Wickel, brechen sie auch gleich zusammen", erläuterte Vlassi mit fachmännischer Miene, „er wusste, dass er sich nicht rausreden kann."

„Die Fakten und die Situation sprachen gegen ihn", ergänzte Julia.

„Warum hat er den Birnbaum eigentlich umgebracht?"

„Das Motiv, ja, ja. Ich bin mir ziemlich sicher, dass er ihn als Konkurrenten gesehen hat."

„Als Konkurrenten?"

„In Liebesdingen. Er dachte, dass Dani Birnbaum ihm seine Rosalie abspenstig machen könnte, dass sie mit ihm viel lieber zusammen sein wollte."

„Schwaches Nervenkostüm", kommentierte Vlassi, „der hat wohl nie irgendeinen Mostrich seiner Rosalie probiert."

„Vermutlich hat er auch nie den Tiger-Senf gekostet", sinnierte Julia, um gleich fortzufahren: „Es gibt noch ein weiteres Motiv. Eckart Wagner war davon überzeugt, dass Birnbaum seiner Verlobten Rosalie die Idee zum Senf-Palast eingepflanzt hatte. Es muss für ihn ein widerwärtiger Gedanke gewesen sein, seine Zukünftige tagtäglich in einer Senfküche hantieren zu sehen, noch dazu mit Birnbaum."

„Ach", ächzte Vlassi auf, „Kriminalrat Feuer wird enttäuscht sein."

„Warum?"

„Kein Religionsmord!"

„Feuer wird froh darüber sein", entgegnete Julia, „er muss nur etwas nachdenken."

Vlassi verstand, was sie meinte, und fragte: „Und der Mord an Belalil?"

„Diese Tat kann Eckart Wagner nicht angelastet werden. Er hat sie auch sofort vehement abgestritten, damit habe er nichts zu tun", teilte Julia mit und erklärte: „Ich glaube ihm das."

„Ich bin sogar sicher, dass er es nicht war", ergänzte Vlassi, „ein Mensch, der mit einem raffinierten Gift arbeitet, greift doch nicht beim nächsten Mal zu einem simplen Messer. Aber wer hat den Dolch geführt?"

Die Hauptkommissarin ächzte leise auf: „Ich habe darüber nachgedacht. Mit dem Ergebnis, dass Hameds Mörder unsichtbar bleiben wird. Wahrscheinlich hat er sich längst ins Ausland abgesetzt …"

„In ein arabisches Land, meinen Sie?", fragte Vlassi.

Julia Wunder nickte, und in ihr Nicken hinein klingelte das Telefon. Doch bevor Julia abhob, sagte sie zu Vlassi: „Jeden Moment wird Feuer hier hereinkommen. Wir müssen ihm beim Nachdenken helfen, ihm sanft klarmachen, dass der fehlende Religionsmord besser zu verkaufen ist. Sie verstehen?"

„Na klar, die Politiker werden es ihm danken, wenn er nichts in dieser Richtung sagt", erwiderte Vlassi, „vielleicht können wir ihm sogar weismachen, dass Hamed Belalil an einer Überdosis von diesem Tiger-Senf zugrunde gegangen ist."

Julia hob den Hörer ab. Am anderen Ende ertönte die Stimme von Ernst Lustig: „Hab's schon gesteckt gekriegt. Ihr habt den Senfmörder."

Julia Wunder stellte das Telefon auf laut, damit Vlassi mithören konnte.

„Herr Lustig, ich wusste gar nicht, dass Sie bei der superschnellen Truppe sind."

Hauptkommissar Lustig ging nicht darauf ein, er hielt sein Wissen wohl für selbstverständlich: „Dass Alfred Weisenbach nichts damit zu tun hat, habe ich mir gleich gedacht."

„Dabei wollte er mir die Seele abkaufen", brummelte Vlassi.

Seine Chefin nahm das sofort auf und sprach in die Muschel: „Haben Sie an den Seelenkäufer nicht geglaubt, Herr Lustig?"

„Ach was, Seelenkäufer, Seelenfänger. Der Mann ist Domdekan, es ist sein Job, sich um Seelen zu kümmern, auch wenn er sie einkauft. Aber das Wichtigste ist: Der Mann hat sich sehr anerkennend über unseren verstorbenen Kardinal Lehmann geäußert – hat mir imponiert."

„Na ja …", murmelte Julia.

Doch Lustig fuhr unverdrossen fort: „Und das Allerwichtigste ist: Der Weisenbach ist nicht nur Domdekan in Mainz, sondern ein echter Meenzer. So einer kann kein abgefeimter Mörder sein. Der Weisenbach hat sich lediglich Sorgen gemacht."

Vlassi nickte: „Wo er recht hat, hat er recht, der Kollege von der anderen Rheinseite."

Lustig hörte seine Bemerkung und teilte sogleich mit: „Der Kollege von der anderen Rheinseite hat immer recht, das sollten Sie doch allmählich festgestellt haben."

„Ich stimme Ihnen im Prinzip zu", erwiderte Vlassi, „aber nur im Prinzip."

„Prinzipienreiter geworden, wie?", blaffte Lustig aus dem Telefon und schob leise nach, als sollte es nur Julia hören: „Gibt's denn schon einen neuen Fall, bei dem ich beispringen muss, Frau Wunder?"

„Ich denke Tag und Nacht an Sie, Herr Lustig", teilte ihm Julia mit, „mit einer Einschränkung allerdings: Sie müssen mich beim nächsten Fall ins *Weinhaus Michel* mitnehmen. Dort würde ich Ihnen sogar etwas zeigen, was Sie noch nicht kennen."

„Was denn?", fragte Ernst Lustig und konnte eine gewisse stimmliche Erregung nicht ganz unterdrücken.

„Meinen Schnaffidora-Hut", erklärte Julia gelassen.

Rezepte

Ein Senfgericht (garantiert ungiftig) aus dem Restaurant New Orange

(Backfischgasse 24, Wiesbaden/Schiersteiner Hafen)

Boeuf Stroganoff

Zutaten: 1 kg Rinderfleisch (weidebetäubtes Fleisch der Marke Weirinda), 500 g Zwiebeln, 500 g Stein-Champions, 100 g Rote Bete, 100 g eingelegte Balsamico-Gurken, 2 El Knoblauch, 2 El grober Dijon-Senf, 1 El Zucker, 2 Tl Salz, frische Kräuter: Petersilie, afrikanischer Strauch-Basilikum, Lumi, Pfeffer

Zubereitung:
Rinderfilet in Streifen schneiden, Zwiebeln, Champignons, Knoblauch, Zucker und Salz anschwitzen. Mit einem Schluck Rotwein abmischen, den Senf hinzufügen, dazu die in Streifen geschnittene Rote Bete. Alles zusammen reduzieren lassen, bis eine cremige Sauce entsteht. Anschließend das Rinderfilet für ca. 1:30 Minuten in der Sauce gar ziehen lassen. Vom Koch Christian Marcel Damm wird das Gericht im New Orange mit hausgemachten Spätzle serviert.

Ein Senfgericht (völlig ungiftig) vom Wiesbadener Gourmet-Gastronom Amir Samiei:

(Paradiso in Bad Schwalbach, Adolfstr. 36)

Simmentaler Rinderfilet unter einer Senfkruste
an saisonalem Gemüse und Kartoffelgratin.

Zubereitung (1 Person):
180 g Rinderfilet scharf anbraten von beiden Seiten. Im Backofen bei 180 Grad 8 Minuten garen lassen, dann in eine Pfanne geben, die mit Butter, Rosmarin, Thymian und Knoblauch aufgeschäumt ist. Die Senfkruste wird aus Pankomehl (getrocknetem Brot), Butter, Eigelb und einem scharfen Senf hergestellt (zur Auswahl des Senfs gibt die Romanfigur Rosalie Weisenbach nähere Auskünfte). Die Masse, die dabei entsteht, wird mit einer Frischhaltefolie ausgerollt und als Taler geschnitten. Die Kruste wird dann auf das Fleisch gelegt und unter dem Salamander-Grill gratiniert.

Ein weiteres Senfgericht (auch völlig ungiftig, dafür sehr schmackhaft) von der Weinwirtschaft Paul Laquai:

(Lorch am Rhein, Gewerbepark Wispertal 2)

Roastbeef mit Kräuter-Senf-Kruste

Nötig sind (6 Personen):
1 kg Roastbeef (ohne Sehnen und Fett)
Salz u. Pfeffer
4 El Olivenöl
100 g Semmelbrösel
75 g Butter
3 Tl körniger Senf
1 Zweig Rosmarin
2 Stiele Thymian

Zubereitung:
Das Roastbeef mit Salz und Pfeffer würzen. 2 El Öl in einer Pfanne erhitzen und das Fleisch von beiden Seiten kräftig anbraten. Auf ein Blech legen und ein Bratenthermometer in das Roastbeef stecken. Im vorgeheizten Ofen bei 100 Grad auf der 2. Schiene von unten ca. 1:45 Stunden garen, bis eine Kerntemperatur von 65 Grad erreicht ist (Umluft nicht empfehlenswert). Inzwischen die Brösel in einer Schüssel mit Butter, 2 El Öl, Senf, Salz und Pfeffer mischen. Die Kräuter abzupfen, hacken und untermischen. Das Fleisch aus dem Ofen nehmen und den Backofengrill

einschalten. Brösel auf dem Fleisch verteilen und auf der 2. Schiene von unten in 4–5 Minuten goldbraun grillen. Das Fleisch kurz ruhen lassen und in dünne Scheiben geschnitten servieren. Dazu eine Weinempfehlung: Lacquais Cuvée Vinum Mandelberg aus Cabernet Sauvignon, Merlot und Spätburgunder.

Noch ein Senfgericht – für Junggesellen und Anfängerköche:

Kartoffel-Gurken-Salat
mit grobkörnigem Senf und Buletten